创刊号

传记

BIOGRAPHICAL RESEARCH

斯日 / 主编

文化藝術出版社
Culture and Art Publishing House

图书在版编目（CIP）数据

传记学研究：创刊号/斯日主编 -- 北京：文化艺术出版社，2024.11 -- ISBN 978-7-5039-7720-6

Ⅰ.I055

中国国家版本馆 CIP 数据核字第2024WB3206号

传记学研究·创刊号

主　　编	斯　日
责任编辑	柏　英　邓丽君
责任校对	董　斌
书籍设计	李　响　姚雪媛
出版发行	文化艺术出版社
地　　址	北京市东城区东四八条52号（100700）
网　　址	www.caaph.com
电子邮箱	s@caaph.com
电　　话	（010）84057666（总编室）　84057667（办公室） 　　　　　84057696—84057699（发行部）
传　　真	（010）84057660（总编室）　84057670（办公室） 　　　　　84057690（发行部）
经　　销	新华书店
印　　刷	国英印务有限公司
版　　次	2024年11月第1版
印　　次	2024年11月第1次印刷
开　　本	710毫米×1000毫米 1/16
印　　张	20.25
字　　数	275千字
书　　号	ISBN 978-7-5039-7720-6
定　　价	78.00元

版权所有，侵权必究。如有印装错误，随时调换。

《传记学研究》编辑委员会

主任委员

周庆富（中国艺术研究院）

委　员（按汉语拼音音序排列）

陈剑澜（中国人民大学文学院）

杜桂萍（北京师范大学文学院）

李修建（中国艺术研究院《文艺研究》杂志社）

刘佳林（上海交通大学人文学院）

刘跃进（中国社会科学院文学研究所）

鲁太光（中国艺术研究院马克思主义文艺理论研究所）

马自力（首都师范大学文学院）

邱江宁（浙江师范大学人文学院、丝路文化与国际汉学研究院）

斯　日（中国艺术研究院传记研究中心）

孙伟科（中国艺术研究院红楼梦研究所）

王成军（陕西师范大学历史文化研究院）

王中忱（清华大学人文学院）

熊　明（中国海洋大学文学与新闻传播学院）

杨正润（南京大学文学院）

张　莉（北京师范大学文学院）

张新科（陕西师范大学文学院）

钟进文（中央民族大学中国语言文学学部）

编辑部

主　编

斯　日

委　员（按汉语拼音音序排列）

陈梦霏　黄若天　刘宸芊　史青岳

创刊词

FOREWORD TO THE FIRST ISSUE

《传记学研究》（集刊）的创办，缘于近年来人文学科领域一个颇有意思的热点现象，即传记研究法成为人文学科领域跨学科研究方法的首选，抑或说人文学科研究相继呈现鲜明的传记转向。国内外，历史学、社会学、教育学、传播学、心理学等人文学科学者纷纷撰写具有传记转向特征的著作，这些著作呈现出鲜明的超越所属单一学科特征的跨学科性，而这个跨学科性的中心落在人的生命史的研究，包括普通人、社会边缘人群、女性等以往主流研究极少关注的人群，并从人的生命史的叙述进入和展开对一个国家、一个时代、一个社会、一个村落、一个族群等人类创造意义上的各种组织的综合性研究。这种研究方法，既不同于传统个体生命史叙述的传记，亦有别于历史学、社会学等人文学科宏观性、结构化、抽象化的研究模式，其注重自下而上的研究思路，注重人及其经验的本质性，注重"历史的再人性化"（约瑟夫·C.米勒），呈现微观性、细节性、情感性，被称为传记研究法。

传记研究法的产生，与20世纪20年代以来社会学、历史学等人文学科研究所呈现的传记转向有关。美国社会学的芝加哥学派代表人物威廉·托马斯和弗洛里安·兹纳涅茨基1918—1920年出版的四卷本《身处欧美的波兰农民》，关注个体生命史与历史发展、社会变迁之间的交互作用，重视人的主体性和能动性，成为传记研究法开始在社会学领域被应用的标志。林耀华的社会学著作

《金翼：一个中国家族的史记》（1948）从黄、张两个家族的命运研究社会结构和历史进程，突出普通人在历史进程中的主体性以及历史之于个体命运的反观作用，尝试研究和呈现普通人及其时代之间彼此相互影响、不可分割的关系，成为中国社会学传记转向的代表性著作。发源于20世纪六七十年代意大利的微观史学则是历史学传记转向的风向标。学界开始对自上而下的传统史学观进行反思，注重自下而上的多样性历史面貌的发现、挖掘和讲述，关注历史发展进程中各个阶层以及边缘人群的生存状态及其在历史上的作用和价值。近半个多世纪以来，历史学的传记转向越发呈现枝繁叶茂趋势。在国外，相继出现埃马纽埃尔·勒华拉杜里的《蒙塔尤：1294—1324年奥克西坦尼的一个山村》（1975），卡洛·金茨堡的《奶酪与蛆虫：一个16世纪磨坊主的宇宙》（1976），史景迁的《王氏之死：大历史背后的小人物命运》（1978），娜塔莉·泽蒙·戴维斯的《马丁·盖尔归来》（1983）、《边缘女人：十七世纪的三则人生故事》（1995），阿莱特·法尔热的《蒙让夫人的反抗：启蒙时代一对工匠夫妇的生活》（2016）等诸多致力于通过分析普通人的日常生活来揭示更大的历史进程的典范之作。在国内，鲁西奇的《喜：一个秦吏和他的世界》（2022）、罗新的《漫长的余生：一个北魏宫女和她的时代》（2022），被视为历史学传记转向的代表作。

这些超越历史学、社会学、人类学等学科原有边界、呈现鲜明传记转向特征的著作的频繁产生及其所引发的影响力，促使我们思考：在现代学科细分化格局下，如何叙述和研究人的历史、人类社会的历史？其实，历史学、社会学、文学、传记学等人文学科，作为叙述和研究人类社会、历史发展的学科，它们之间的关系并非处于如表面所呈现的分化状态，如乔·莫兰所言，"人文学科本质上是跨学科的，因为它们关注的是人类凌乱、无边界、无算法规则的状态。它们研究人类创造意义上的整个杂乱过程"[①]。在客观现实中，人文学科之间的关系

[①] ［英］乔·莫兰：《跨学科：人文学科的诞生、危机与未来》"中译本序"，陈后亮、宁艺阳译，南京大学出版社2023年版，第Ⅵ页。

是开放式的，以社会学为例，人类社会的客观状态是整体的，社会并非被分割成历史学的社会、传记学的社会、社会学的社会，等等。诸如此类在学科内部的"独立空间"，是在现代学科细分化标准下形成的，并在各自构建的理论体系中研究和阐释原本一体的人类社会的现象。这样的结果，容易走向过于精细化、专业化而忽略整体性、统一性、普适性的局面，这也是导致当代人文学科研究时常陷入瓶颈式发展困境的客观原因之一。鉴于人文学科之间壁垒越来越高、研究效果则越来越弱的现状，已有学者在呼吁打破学科之间的僵化观念，推进跨学科研究："在寻求对人类行为理解的过程中，作为经验科学的社会学和人类学与人文科学结构性地互为依托。故文化和社会研究者需要跨学科的视野与能力。"[1] "社会科学是一个整体，若局限于某位专家的研究领域或者观点时，就人为地缩小了它的范围。"[2]

一种研究方法、一种学术思想的产生都是为了探索和解决社会中产生的新问题、复杂现象。当宏大历史叙述无法满足边缘人、普通人、女性等历史记载里被迫保持沉默的群体的诉求时，于是产生了微观史学、传记社会学等新的研究方法。这是从历史学、社会学等人文学科而言。这种现象，从传记学角度来讲，体现为在传记中开始出现了有别于以往以伟人为核心的普通人的传记，这是值得关注并持续推进的新趋势。但与此同时，我们必须要认清或者说是需要进一步加深研究的是，传记领域对微观视角的传记及其现象的研究还比较浅显，还只是停留在普通人的传记这个肤浅表象上面，而其背后的社会学、历史学等更加广泛而深层的意义，我们需要从传记学角度，更要从跨学科角度进行整体而深入的研究。

这也是为什么我们今天需要讨论传记学与历史学、社会学等其他学科之间关

---

[1] 蔡华：《中文版序言：我们身处跨学科时代》，载［法］让·埃蒂安、亨利·孟德拉斯编《逻各思 logos：多维视域下的社会学手册》，佘振华译，四川人民出版社2023年版，第3页。

[2] ［法］让·埃蒂安、亨利·孟德拉斯编：《逻各思 logos：多维视域下的社会学手册》"法文版前言"，佘振华译，四川人民出版社2023年版，第7页。

系的出发点，也是核心内容，或许更是传记的回归点——在跨学科研究中更加充分发挥传记的作用和意义，而更加需要重视的是由此来重新思考传记的学科属性以及未来的发展趋势：我们需要将传记研究从以往的内部研究转向外部研究，重新思考传记的概念、内涵、边界和学科属性，重点研究传记研究法在人文学科中的定位和价值，让传记超越个体生命史，呈现更大的历史现象、时代进程。值得肯定的是，近年来，国内人文学科学者普遍关注到传记在人文跨学科领域的独特作用，开始讨论传记的学科体系、学术体系、话语体系的建设，甚至对在国务院学位体系中将传记学建设成为一门综合性人文学科的可行性，提出全方位的方案和建议。

面对人类社会发展越发呈现复杂性、多样性、多面性，在传统单一学科框架、思路、体系内越发难以理解、研究和阐释好人类所面临的一系列新的现象、新的问题和新的挑战，当然这里还包括我们今天仍然未能认识透彻、解释清楚的先前遗留下的历史问题，今天我们需要学界以开放的学术视野、宽广的学术胸怀、综合的理论知识、不懈的行动实践，在彼此学科理论的借鉴与交叉中形成具有跨学科特征的新的知识、理论与方法，推动人文学科研究，为认识、理解、解决人类社会新问题、新挑战提供新的思路、方案和途径。作为具有悠久的历史传统、与生俱来即有跨学科性、在当下人文学科发展中重新获得生命力的一种研究方法，传记在当下以及未来的跨学科研究大趋势中将发挥重要的作用。

一种新的知识结构、研究方法、理论体系的有效建构和良性发展，需要一个具有创新精神、研究能力以及甘于奉献的学术团队，也需要一个供学术团队以发表观点、阐述思想、进行交流和沟通的学术平台。中国艺术研究院创办、具有鲜明跨学科特征的《传记学研究》即是承载着这样一种新的使命的学术平台。"路漫漫其修远兮，吾将上下而求索"，希望新生的《传记学研究》能够在学人通力合作下早日实现"枝叶之峻茂兮"，为新时代人文学科跨学科发展发挥应有的作用。

斯日
甲辰九月初一

目录

001　专题
003　　2023年度中国传记学学科发展报告 / 斯日

039　**中国传记学自主知识体系建构研究**
041　　构建传记学学科体系的若干思考 / 熊明
057　　何谓"中国现代传记"
　　　　——基于一种研究现状的考察 / 张立群

071　**跨学科视域下的传记学**
073　　丝路视域下的传记法
　　　　——以《史集》的修撰为核心 / 邱江宁
095　　传记研究的社会学技艺
　　　　——来自法国社会学的一些启发 / 赵丙祥
112　　论传记作品的人格教育功能与机制 / 陈兰村　许晓平
128　　文学疗愈：心理传记视角下作家的"自医"与"医人" /
　　　　李武成　舒跃育　廖书艺

143　**传记史研究**
145　　20世纪70—80年代的传记文学研究 / 全展

167　**作品研究**
169　　第一部汉译法国小说《𬤇者传》法文原书及作者考 / 徐洁

187　**传记学者生命史研究**
189　　"创造者"的足迹：杨正润的"生命写作"事业 / 梁庆标

217　**书信、日记中的传记研究**
219　　陈寅恪的经济生活史
　　　　——以《陈寅恪集·书信集》为中心的考察 / 薛平
252　　1978年以来当代作家日记的特点、类型与经典化实践 / 史婷婷

269　**青年论坛**
271　　文界革命与柳亚子清末传记文的转型 / 孙莹莹

291　一份刊物的诞生传（编后记）

307　稿约

Contents

001 [SPECIAL SUBJECT]

003 2023 annual report on the development of Chinese biography discipline / Si Ri

039 [RESEARCH ON THE CONSTRUCTION OF INDEPENDENT KNOWLEDGE SYSTEM OF CHINESE BIOGRAPHIES]

041 Some thoughts on establishing the discipline system of biography / Xiong Ming

057 What is Modern Chinese Biography: An investigation based on the current state of research / Zhang Liqun

071 [BIOGRAPHIES FROM AN INTERDISCIPLINARY PERSPECTIVE]

073 The biographical methodology in the context of the Silk Road: Centering on the compilation of *Jāmi'al-tawārīkh* / Qiu Jiangning

095 The sociological craft of biography: Some reflections from French Annales School / Zhao Bingxiang

112   On the functions and mechanisms of personality education in biographical works / Chen Lancun, Xu Xiaoping

128   Literary works healing: Writers' self-medicating and healing others from the perspective of psychobiography / Li Wucheng, Shu Yueyu, Liao Shuyi

143   [BIOGRAPHICAL HISTORY RESEARCH]

145   A study of biographical literature in the 1970s and 1980s / Quan Zhan

167   [WORKS RESEARCH]

169   A textual research of the original French book and author of the first Chinese translated French novel *Farmer Biography* / Xu Jie

187   [BIOGRAPHER'S LIFE HISTORY RESEARCH]

189   The footprints of a creator: On Yang Zhengrun's "Life Writing Studies" career / Liang Qingbiao

217   [BIOGRAPHICAL RESEARCH IN LETTERS AND DIARIES]

219   The economic life history of Tschen Yin Koh: A study centered on *The Collection of Tschen Yin Koh's Letters* / Xue Ping

252   The characteristics, types and classicalization of contemporary writers' diaries since 1978 / Shi Tingting

269   [YOUTH FORUM]

271   The transformation of Liu Yazi's biographical writing in Late Qing Dynasty: through the perspective of Literary Revolution / Sun Yingying

291   [THE BIRTH OF A JOURNAL (POSTSCRIPT)]

307   [NOTICE TO CONTRIBUTORS]

专题

SPECIAL SUBJECT

2023年度中国传记学学科发展报告

斯日

摘　　要： 近年来，越来越多的研究证明，传记是叙述和研究一个文明、一个国家、一个社会、一个个体等所有与人类创造意义上的人、事、物和现象的过去历史、当下现状、未来趋势最理想的方式和方法之一。2023 年，传记学继续拓展和创新传统概念、内涵和范畴，以跨学科研究方式，在讲述中华民族文明史和优秀传统文化的故事、塑造和凝聚中华民族精神、构筑中华民族共有精神家园和铸牢中华民族共同体意识、讲好全面建设中国式现代化强国进程中的故事、传播和促进人类文明交流互鉴、研究和叙述个体生命史及其与时代关系、传播好中国声音和经验等诸多层面发挥了独特而重要的作用。这些价值，在构建中国特色哲学社会科学学科体系、学术体系、话语体系的背景下，越发显示出其前沿性、跨学科性、独特性和重要性。

关 键 词： 传记学学科建设　传记法　跨学科研究　人类文明史叙述　讲好中国故事

2023 annual report on the development of Chinese biography discipline

Si Ri

Abstract： In recent years, more and more studies have proved that biography is one of the most ideal ways and methods to narrate and study the past, history, current situation, and future trends of a civilization, a country, a society, an individual, and all people, events, things, and phenomena in the sense of human creation. In the year of 2023, biography study engaged on expanding and innovating the traditional concept, connotation and category, by means of interdisciplinary research manner, trying to play an unique and important role in telling the story of the history of Chinese civilization and outstanding traditional culture, shaping and gathering the national spirit, constructing the common spiritual home and consolidating the sense of community for the Chinese nation, telling a story in the process of comprehensively building China into a great modern socialist country in all respects, disseminating and promoting the exchanges and mutual learning with other civilizations, studying and narrating individuals' entire life and its relationship with the times, spreading China's voice and experience in all aspects, etc. These values, in the context of the construction of the discipline system, academic system and discourse system of philosophy and social sciences with Chinese characteristics, increasingly show its cutting-edge, interdisciplinary, unique and important nature.

Keywords: discipline construction of biography / biographical method / interdisciplinary research / narration of human civilization history / tell the Chinese stories well

无论是在历史上，还是在当下和未来，中国都是一个大国。大国之大，在于悠久的历史和丰富的文化传统，在于关涉人类前途命运的关键时刻体现的智慧、胸襟和格局，在于践行人类命运共同体理念的坚定和坚持，在于全面建成社会主义现代化强国并以此推进中华民族伟大复兴的决心和信心。"文运同国运相牵，文脉同国脉相连。"近年来，越来越多的研究证明，传记是叙述和研究一个文明、一个国家、一个社会、一个个体等所有与人类创造意义上的人、事、物和现象的过去历史、当下现状、未来趋势最理想的方式和方法之一。[①]

2023年，传记研究方法成为人文学科领域的一个热点现象，甚至可以说，这个热点在一定意义上反映了人文学科研究未来的一种跨学科发展趋势。2023年传记研究的热点集中体现在以下几个方面：一是传记学学科建设首次正式提出；二是传记法成为人文学科领域跨学科研究方法的首选，抑或说是人文学科研究相继呈现鲜明的传记转向；三是传记突破传统意义上个体生命史叙述这个单一而相对封闭的狭隘模式，拓展概念，与其他人文学科研究法相互渗透、交叉运用、取长补短，形成新的研究方法，在人类文明史的叙述和研究方面带来新的研究思路和学术价值，引发世界范围内人文学科领域的广泛关注，学术界开始重新定义传记的概念、内涵和范畴，进行关于传记式研究法学科体系、学术体系、话语体系的进一步探索和研究。传记在人文学科领域引发的这种趋势，在提倡和倡导大学科、交叉学科、跨学科、综合性研究等大的学术背景下，将不断得到重视和加强，传记将在人文学科领域发挥越来越重要的作用。

一、前沿与热点：传记自主知识体系的构建、知识的拓展、方法论的挑战

（一）中国特色传记学学科体系的建设：新时代的新课题

2023年国内传记研究领域的第一个关键词是传记学的学科建设。在中国，传记具有悠久历史传统和丰富文化内涵，在传承和弘扬中华优秀传统文化、塑造和凝聚中华民族精神、构筑中华民族共有精神家园和铸牢中华民族共同体意识、传播和促进人类文明交流互鉴、研究和叙述社会发展史、书写和讲述个体生命史

[①] 这是笔者在综合分析和研究近年来国内外传记发展趋势基础上对传记的概念定义所进行的思考。在跨学科研究视域下，传记的概念、内涵和范畴、理论体系以及学术价值等，亟须学者给予重新思考和研究。

及其与时代关系、讲好中华文明故事、传播好中国经验等诸多层面，一直在发挥着独特而重要的作用。这些价值，在构建中国特色哲学社会科学学科体系、学术体系、话语体系的背景下，越发显示出其前沿性、跨学科性、独特性和重要性。2023年，学术界为推进新时代中国特色传记学学科建设，进行了一系列具有开创性、建设性的学术活动，从理论与实践各层面为推动传记学学科建设提供了有益的思路、方法和路径，引发了各方面广泛关注。

2023年3月17日，上海交通大学传记中心、上海交通大学国家大学生文化素质教育基地联合举办"传记与非虚构写作"工作坊第九期，笔者作为中国艺术研究院《传记文学》杂志主编作题为"困境与前景：再谈传记的学科属性"讲座，以近年来国内外传记理论和实践发展的例证，解读当下传记热点与前沿现象，分析新时代传记的转向及其文体属性，探讨传记创作和研究当下的发展困境和前景。综合国内外历史上关于传记文体属性的讨论，笔者认为，传记有文体的独立性。传记作品在其发展演变过程中，表述方法和呈现形式等趋于丰富和多样化，但这些只是变其形式而不是变其内容，更不是改变作品的本质属性。由于写作传记必须贯彻历史科学遵循的事实、材料的真实性和可靠性原则，传记的本质属性归于史学范畴。在认定传记归于史学范畴的本质属性基础上，传记的学科分类才可以求得科学的认识。最后，笔者重提朱文华1993年出版的《传记通论》的序言"建立'传记学'"，认为无论传记与其他学科的关系如何紧密，归根结底都是相邻学科之间的交叉关系。如近年来历史学、社会学、心理学等学科所呈现鲜明的传记转向现象，一方面提升了传记在人文学科领域的学术价值和影响力，另一方面则反而更加强化了传记的单一的史料性，甚至是附属性，忽略了传记自身的系统性和独立性，我们应透过现象分析其深层的背景和原因，一定要在纷繁复杂的交叉现象中保持清醒的认识：传记具有独立性和系统性，学界应共同致力于建设传记学的学科体系。[1]

---

[1] 参见《"传记与非虚构写作"工作坊第九期活动纪要|困境与前景：再谈传记的学科属性》，"交大传记中心"微信公众号，2023年3月19日。

2023年6月30日，中国艺术研究院传记研究中心举办"探索与共识：新时代传记学学科建设"论坛，南京大学的杨正润、陕西师范大学的张新科、北京大学的杨国政、中国人民大学的杨祥银、上海交通大学的刘佳林等多位学者围绕"新时代传记学学科建设"议题，讨论中国传记发展史以及传记与其他文体的关系，现代学科分类中传记学的学科归属，制约传记学学科发展的因素和机制问题，传记学的跨学科性质及未来发展方向，传记教育及教学现状、教材编写和人才培养情况，建立中国特色传记学学科的构想和对策，以及与传记学学科建设相关的其他前沿问题。《传记文学》杂志在2023年第8期、第9期"传记研究"栏目中陆续推出与会专家发言，与学界探讨新时代传记学学科建设相关问题，为中国特色哲学社会科学"三大体系"建设提供有益的思路和探索。[①]

2023年10月21日至22日，中国海洋大学举办"世纪先风"学术会议"理论、方法与实践：传记研究前沿论坛"，专设"传记学科建设与传记研究人才培养"圆桌论坛，讨论传记学学科建设和人才培养问题，笔者与上海交通大学的刘佳林、北京大学的赵白生作主旨发言，赵敏俐、程国赋、全展、邱江宁、田恩铭、陈国军等传记研究领域的权威专家参与了讨论。论坛围绕传记研究与教学的现状、中国传记界在传记学学科建设方面的努力、传记学学科建设的可行方案以及新机遇等议题展开深入研讨。与会专家一致认为，在当前强调文化自信、文化主体性、建设文化强国的时代背景下，传记学学科建设面临着新的机遇，亟须推动中国特色传记学"三大体系"的建设。

2023年11月16日，中国艺术研究院召开"新时代中国特色传记学学科建设学术研讨会"，中国人民大学文学院院长、教授陈剑澜，中央民族大学中国语言文学学部副主任、教授钟进文，首都师范大学文学院原院长、教授马自力，北

[①] 《传记文学》杂志2023年第8期、第9期"传记研究"栏目刊发与会专家发言有：杨正润《传记的变革与传记研究的任务》、张新科《关于传记学学科建设问题》、刘佳林《传记的制度化实践与传记学学科建设》、杨国政《在新文科背景下深化传记学学科发展》。

京师范大学文学院教授杜桂萍，中国社会科学院学部委员、河南大学特聘教授刘跃进，中国艺术研究院舞蹈研究所原副所长、研究员江东，中国艺术研究院红楼梦研究所所长、教授孙伟科，南京大学中文系教授杨正润，清华大学人文学院中文系教授、日新书院院长王中忱，陕西师范大学文学院原院长、教授张新科，上海交通大学人文学院中文系主任、教授刘佳林，中国海洋大学文学与新闻传播学院教授熊明，中国艺术研究院艺术学研究所所长、研究员李修建等来自全国高等院校和研究机构的二十多位专家、学者围绕"新时代中国特色传记学学科建设"主题展开了全面、深入的研讨。全国哲学社会科学工作办公室成果管理处邓文卿出席研讨会，中国艺术研究院副院长兼研究生院院长李树峰致辞，中国艺术研究院党委副书记、纪委书记齐永刚主持开幕式。学术研讨部分分别由中国艺术研究院副院长兼研究生院院长李树峰，中国艺术研究院马克思主义文艺理论研究所所长、《文艺理论与批评》杂志主编、中国艺术研究院研究生院中文系主任鲁太光，《传记文学》杂志主编、传记研究中心主任斯日主持。

李树峰从中国传记的悠久传统和雄厚的事实基础，丰富而多元的学术价值，传记学发展现状、存在问题及其解决对策，传记学学科建设的新机遇四个方面对中国传记发展历程、中国传记的历史价值、文化价值、学术价值以及当下所面临的问题等加以总结，提出在当下大力提倡文化强国建设、讲好中华民族现代文明故事、建设中国特色哲学社会科学"三大体系"的大背景和新文科、跨学科、交叉学科建设成为学科建设与发展主流的倡导下，传记学学科建设迎来了新的机遇。因此，关于传记学作为一门独立学科的范畴厘定、体系建设、价值重构、意义阐释，以及落实于高等教育学科序列的具体实践，都需要有开创性的推进和实质性的突破，希望学界共同推进新时代中国特色传记学学科建设这个新时代的新课题。

研讨会上，专家、学者一致认为，中国是传记大国，中国传记具有悠久的历史和丰富的文化内涵，提出传记学学科建设这个学术命题，具有时代发展、学科建设发展所需要的必要性和创新性，是现代学科观念成熟的标志，也是学术繁荣的必然要求。中国特色传记学学科建设是新时代的新课题，新发布的学科目录中交叉学科门类的设置，为传记学学科独立提供了制度性通道，学界应以此为方向，致力于使传记学学科在国务院学位办的学科目录中获得符合其人文社会科学领域内一门综合性的学科这一独特属性的地位，推进中国哲学社会科学自主知识体系的建设。传记学学科建设学术研讨会，第一次正式提出新时代中国特色传记学学科的必要性和重要性以及建设方案等，在学术界产生重要影响，得到《人民日报》《光明日报》《中国艺术报》等国内各大媒体广泛报道，尤其是《中国文化报》先后两次进行报道，充分体现传记学学科建设这个新时代学术命题的重要性。[①]

2023年12月16日下午和12月17日上午，上海交通大学传记中心和《现代传记研究》杂志举办"数字化时代的生命写作"学术研讨会，参会学者围绕数字化时代传记文本、研究方法、学科发展等多方面问题进行深入探讨，对当下传记研究的新问题，对传记的真实性、传记的本质等传统概念进行新的阐发，拓宽传记研究的空间，充分体现传记研究在数字时代的跨学科、多元性、创新性和前沿性。

（二）跨学科视域下的传记研究：一种新的知识、理论与方法的初步形成

2023年传记研究领域的第二个关键词是跨学科性。随着对传记学学科建设的呼吁，传记的跨学科性开始被学界重视和强调，当然这样的热点，与当下跨学科研究已成为科学实践与学术发展的一大显著特色有着直接的关系。现代意义上的跨学科研究，是20世纪六七十年代开始兴起的一种研究方法。关于跨学科研究的定义和性质，国内外研究机构和学者都进行了思考和分析。姜义华、瞿

---

① 参见曹语千《专家学者共话传记学学科建设》，《人民日报》（海外版）2023年12月7日；刘江伟《专家深入研讨传记学学科建设》，《光明日报》2023年11月21日；党云峰《"新时代中国特色传记学学科建设学术研讨会"召开》，《中国文化报》2023年11月21日；党云峰《传记学学科建设迎来新发展机遇》，《中国文化报》2023年11月30日；何瑞涓《"新时代中国特色传记学学科建设学术研讨会"在京召开》，《中国艺术报》2023年11月22日。

林东在《史学导论》中认为:"跨学科研究,超越传统学科分类,通过不同学科理论的借鉴与渗透、方法的交叉与合作,形成新的知识、理论与方法,推动研究创新,以解决人类所面临的更为丰富复杂、层次更为深入的问题,包括人类所面临的一系列新的挑战,也包括大量先前没有真正解决的历史问题。"① 美国国家科学院等机构于 2005 年联合发布的《促进跨学科研究》报告将跨学科研究定义为:"跨学科研究是团队或个人整合来自两个或更多学科(专业知识领域)的信息、资料、方法、工具、视角、概念和(或)理论来促进基础性理解或解决问题的一种研究模式,其解决方案是超越单一学科或研究领域所涵盖的视野。"②

跨学科性是传记自诞生以来所具备的身份特征。朱文华在《传记通论》(复旦大学出版社 1993 年版)中以"传记作品与其他学科的联系"一章的篇幅,讨论传记与历史学、档案文献学、文学、人才学、心理学、文章学之间的关系。李祥年在《传记文学概论》(安徽文艺出版社 1993 年版)中专设"传记文学与其他社会学科的关系"一章,讨论传记与历史学、心理学、伦理学、新闻学之间的关系。杨正润在《传记文学史纲》(江苏教育出版社 1994 年版)中从传记的历史性与文学性探讨传记的本质。不过需要指出的是,自 20 世纪 40 年代朱东润提出"传叙文学是文学底一个部门"③以后,直到当下包括上述著作,都是在将传记作为文学学科一个分支的前提条件之下进行研究的,这些研究成立的前提是传记属于文学的知识体系,其他学科只是作为传记创作和研究中的辅助性抑或延伸性而存在,如杨正润在《传记文学史纲》中认为:"有些传记家采用社会学的方法,有些传记家用心理学和生理学的方法,有些用人类学的方法,也有的吸取各种学说中的有用成分,采用综合的方法。"④ 目前关于传记与其他学科之间的关

---

① 姜义华、瞿林东:《史学导论》,复旦大学出版社 2018 年版,第 150 页。
② 杨祥银:《导论:口述史学的跨学科关系与应用》,载杨祥银、陈鸿超主编《多学科视域下的当代中国口述史学研究》,社会科学文献出版社 2023 年版,第 1 页。
③ 朱东润:《八代传叙文学述论》,复旦大学出版社 2006 年版,第 1 页。
④ 杨正润:《传记文学史纲》,江苏教育出版社 1994 年版,第 19 页。

系研究基本都是遵循这个学科分类原则。①

  2023年度跨学科视域下的传记研究呈现出以往年份所未有的趋势,历史学、社会学、教育学、传播学、心理学等相邻人文学科对传记法的运用是其最主要和最鲜明的表现形式。2023年,学界积极引进和翻译出版具有传记转向特征的社会学、史学领域代表性著作,这些著作呈现出鲜明的超越所属学科特征的跨学科性,而这个跨学科性的中心落在对人的研究上,包括社会边缘人群、普通女性等以往主流研究极少关注的人群,并从对人的研究进入和展开对一个国家、一个时代、一个社会、一个族群的综合性研究。社会学、历史学等学科将关注点转向对个体、群体、普通人、女性的研究上,在拓展所属学科的学术边界和研究意义的同时,反过来对传记学的传统概念、内涵甚至学术价值产生影响,促使传记学从内部研究转向外部研究,引发学界重新思考传记的概念和属性、边界、传记研究法在人文学科中的定位和价值,讨论传记的学科体系、学术体系、话语体系的建设,甚至对传记学在国务院学位体系中建设成为一门综合性人文学科的可行性提出全方位的方案和建议。

  在国内传记领域,文化和旅游部主管、中国艺术研究院主办的《传记文学》杂志近年来致力于开拓和创新传记的概念、内涵、边界和学术文化价值,以跨学科研究突破传统传记的单一性、线性研究和封闭性、边缘性研究,挖掘传记在历史、思想、文化方面的多元、多维学术价值,策划和推出一系列立意高远、主题新颖、具有鲜明跨学科研究特征的封面专题,为一成不变的传统传记模式注入一股新风,得到学界广泛认可,连续四次获得中宣部的"期刊主题宣传好文章"等多项荣誉,在传记界发挥了引领作用。《传记文学》2023年第4期封面专题《成

---

① 需要补充的是,有史学领域学者从传记史学概念研究传记,当然其前提是传记史学属于史学的一个分支,如陕西师范大学历史文化学院王成军教授著有《中西古典史学的对话:司马迁与普鲁塔克传记史学观念之比较》(中国社会科学出版社2009年版)等专著。将传记归属于史学,延续的是《史记》开创的史传传统,当代史学范畴的传记一般指现代学科分类之前的传记,在狭义上专指正史中的传记,现当代创作的传记作品一般放在文学范畴里研究。

保西陲：两汉之际张掖郡官吏与他们的生活》即是传记在跨学科研究方面进行的一次创新。作者焦天然是中国艺术研究院中国文化研究所历史学学者，她依据居延出土汉简所记载的史料，讲述了西汉成帝河平四年（前25）至东汉和帝永元十年（98）发生的三个历史故事，这三个故事里既有大历史叙事，如汉代西北防线军事要地张掖属国都尉窦融十余年的经略河西史；亦有小历史叙事，如中层官吏张获与粟君的职业生涯史和周育、冯匡、薛隆等处于最基层组织的小吏日常生活史。这样的历史是以往大历史叙事中所阙如的或记载不完整的，是我们所不熟知的，造成这样的原因有二：一是历史文献资料不完整；二是受大历史观的局限，正史中有意淡化、遮蔽甚至放弃对边缘地区以及小人物事迹的载录。其中后者为主要原因。所幸地不爱宝，从1927年开始陆续出土的大量简牍相对详细地为我们重现了两汉时期河西地区戍役基层军事组织中军人的生活史，弥补了大历史中相关内容的缺失。这样的叙述是建立在跨学科研究基础上的。宏大历史忽略不记载的小人物的日常生活，如何才能够讲述出来？首先，需要利用各种文献和出土文物，如该文作者依据居延汉简，力图寻找他们在历史时空中遗留下的蛛丝马迹；其次，需要研究思路和叙述手法上的跨学科思维，需要通过对历史学、传记学、社会学、考古学、心理学等相邻学科理论和方法的借鉴和交叉运用，形成超越单一学科思维的知识、理论与方法，以新的研究方法推动解决原有学科所面临的内容更为丰富复杂、层次更为深入多元而难以有效突破的问题。《戍保西陲：两汉之际张掖郡官吏与他们的生活》实现了这样的跨学科研究实践，由此让我们了解到两千多年前戍边普通军人的物质生活和精神生活，而这些有血有肉的生命在大历史叙事中曾只是一个个冰冷的数字。这样的叙述是历史学的传记转向，反过来说也是传记学的历史学、社会学、考古学转向。

2023年11月3日至5日，郑州大学外国语与国际关系学院、北京大学世界传记研究中心等单位在郑州联合举办"第三十届中外传记文学研究年会'女性传记的跨界研究'"。如何从跨学科学术角度研究女性传记是本次研讨会的主题。北京大学外语学院教授赵白生认为女性叙事中的"No Name Woman"是常见的无意识观念的问题，在当下性别观念和文化意识较为活跃的情况下，研究女性传记也要看到女性传记的多元叙事为女性观念的发展、为文明话语的发展带来的突破，打破固有观念并产生新的思想萌芽。中国人民大学教授梁鸿、河南省作家协会副主席刘海燕等学者专家围绕该主题发言，体现学术界从跨学科视域思考和研究女性传记的趋势。

2023年12月19日，中国艺术研究院传记研究中心举办第十五期传记论坛，主题为"传、纪与本末：社会学家的技艺"。主讲人中国农业大学人文与发展学院赵丙祥教授从"传记法的学术史回顾""传记的欧美传统""中国社会学近年来的发展""重归传、纪与本末"四个方面，介绍中国社会学家与人类学家在文学和历史学的影响下，对传记跨学科研究的一系列探索。在总体上，中国社会学家与人类学家重视各种人物与社会日常生活的关系，并给予一种结构性的安置。近年来，在大时代与跨学科研究的视野下，中国社会学家与人类学家的传记研究，充分借鉴与回归传统的书写方式，取得了值得肯定的新进展与新成果，未来这种跨学科研究方法将会带来更多新的理论和实践层面的价值。

2023年我国引进出版的法国历史学家阿莱特·法尔热的著作《蒙让夫人的反抗：启蒙时代一对工匠夫妇的生活》是一部从历史学、社会学、传记学、档案学等多学科的交叉视角叙述的史学著作，其中作为叙事手法和研究思路的传记法，使这部著作的传记学特征超越甚至是淡化了其史学方面的特征。阿莱特·法尔热在法国国家档案馆的Y系列司法案件档案中发现了一本64页的日记，档案馆将其命名为《"被出轨"丈夫的日记》，又名为《争吵》，编号为"ANY11741"。这本日记写于1775年，是法国大革命爆发前的时期，"整个巴黎都充溢着愤怒的情绪"，日记的主人是一个名叫蒙让的居住在巴黎小场十字街的裁缝，一个依靠手艺生活的小手工业者。64页的日记，其内容全是对试图从现有的底层阶级挣脱而向往贵族生活的妻子的"反常"行为的记录，由于蒙让的受教育程度不高，所以"日记中拼写、句法错误比比皆是，有时我们甚至无法还原其中的句子结构"①，像极了这位面对妻子的突然反抗手足无措的丈夫的纷乱心情。作为一位裁缝这样的底层手工业者的妻子，蒙让夫人是一个普普通通的家庭主妇，帮着丈夫缝制衣服、完成订单，照顾家庭和孩子是其生活的全部。而一次回乡下父亲家住了一个月零三天后，蒙让夫人变了，拒绝在丈夫的裁缝店里工作，不想从事日常的琐碎事务，"她也想像贵族一样生活，也想花时间让自己更美，也想去享受感官的陶醉。从丈夫的角度看，妻子变得虚荣、堕落，他用日记记下了夫妻之间的争斗过程"②。

作为一个重点关注穷人、手工业者、妇女和儿童等社会边缘群体的历史学家，阿莱特·法尔热对这个64页的日记产生了极大的兴趣，她想通过这本特殊的日记来研究法国大革命前夜法国普通家庭的女性以及手工业者的生活、思想状态。这样的研究方法属于微观史研究，全部研究将围绕这本64页日记展开，而作者对日记的主人及其妻子，关于他们的情况，除了日记中记录的信息之外一无所知，关于他们婚姻的后续情况，因为日记中缺失，也无法探知。作者提出了疑问：这样的微观视角研究能否实现历史学的任务？作品实际呈现的价值回答了作者的疑问："这当然是历史，哪怕只是一个家庭及其朋友的历史。其中大量的细节不仅勾画出了一对夫妻的私生活，也显示出了当时的社会各阶层对待命运的不同态度——或试图逃离、拒绝命运，或以千百种理由接受它。这里有两种不同的生活观念交会在一起：一种为男性的，另一种为女性的。彼时，女性问题贯穿整个社会，从哲学家到作家，从医生到艺术家都参与其中。'编年史学家在叙述历史事件时不分事情大小，也是考虑到这样一个事实，即什么都没发生的一

---

① ［法］阿莱特·法尔热：《蒙让夫人的反抗：启蒙时代一对工匠夫妇的生活》，杨书童译，生活书店出版有限公司2023年版，"前言"，第1页。
② ［法］阿莱特·法尔热：《蒙让夫人的反抗：启蒙时代一对工匠夫妇的生活》，杨书童译，生活书店出版有限公司2023年版，封底推荐语。

天在历史上也不算浪费。'"① 作者依靠一部日记，让"我们得以一窥法国大革命前夜，一位巴黎普通女性对家庭生活的反抗"。

加拿大历史学家、微观史代表人物娜塔莉·泽蒙·戴维斯的重磅力作《边缘女人：十七世纪的三则人生故事》②的翻译出版是史学研究呈现传记转向的另一个代表性现象。娜塔莉·泽蒙·戴维斯（Natalie Zemon Davis，1928—2023），历史学家，新文化史、微观史的代表人物，专长为欧洲近代早期历史研究，代表作有《档案中的虚构》《马丁·盖尔归来》等，其中《马丁·盖尔归来》已被翻译成24种语言。2010年，娜塔莉·泽蒙·戴维斯获得挪威郝尔拜奖（Holberg Prize），被誉为"当今在历史写作方面最具创造力的人之一"。娜塔莉·泽蒙·戴维斯2023年10月21日逝世，未能看到出版于2023年11月的《边缘女人：十七世纪的三则人生故事》的中文版，是一种遗憾。《边缘女人：十七世纪的三则人生故事》延续了作者微观史研究脉络，通过讲述17世纪三位平民阶层女性的生平，分析她们所处时代的政治、社会、文化、宗教各个方面的情况，以丰富的细节和书信、自传等多元文献，生动、深入分析和阐释"她们以及她们在早期现代史中的意义"。作者在"致谢"中明确提出，《边缘女人：十七世纪的三则人生故事》是运用"传记比较研究的优势"而写作的史学研究著作。作者的研究建立在17世纪平民阶层女性格莉克尔·莱布的七卷本自传、玛丽·居雅给儿子的信件和手稿、玛利亚·西比拉·梅里安的水彩画和昆虫研究出版物《毛虫》《苏里南昆虫变态》等自传性文献资料基础上，以传主的生平时间顺序为叙述主线，具备鲜明的传记性，人物的生平事件完整，更是通过细节性故事塑造了清晰的人物性格和个性，而传主所处时代的政治、社会、宗教、文化方面的情况，则结合其他学科的多种文献以延伸知识和研究的形式体现。这种叙述优于

---

① ［法］阿莱特·法尔热：《蒙让夫人的反抗：启蒙时代一对工匠夫妇的生活》，杨书童译，生活书店出版有限公司2023年版，第3页。
② ［加］娜塔莉·泽蒙·戴维斯：《边缘女人：十七世纪的三则人生故事》，李玮璐译，广西师范大学出版社2023年版。

传统的历史研究法和传记的单一化人物生平叙述模式，人物在时代中的多方面形态得到生动而丰富的展现，一个人之所以成为这个人的条件和原因分析得严谨、客观而科学。《边缘女人：十七世纪的三则人生故事》完成了作者原初的愿景：突破边缘人群模糊不清而千篇一律的形象，还原她们在历史上的真实面貌："她们的故事揭示了17世纪生活方式的其他可能性，因为她们在边缘地带开辟出了新奇的生活方式。"①

传记研究法，即指近几十年来史学研究中呈现的传记转向。学界对自上而下的传统史学观进行反思，认为传统史学的"历史是过去的政治；政治是现在的历史"，或者是"通过其他方式延续的政治"，比如是战争等以事件叙事为核心的研究方式，忽略或遗忘了历史的多元性、多样性，从而开始注重对自下而上的多样性历史面貌的发现和讲述，关注历史发展进程中各个阶层以及边缘人群的生存状态及其在历史上的作用和价值。而当开始研究这些阶层和人群时，会发现关于他们的一切信息几乎是空白的，在正式的文献和资料中几乎找不到关于他们的记载，因为历史从未真正关注过他们，遑论对他们进行记载，从而有学者称他们为"沉默的、无声的人群"。他们即使偶尔被历史关注到，也往往被注解为一串数字，或者在大而化之的概括性描述中成为大多数人中模糊不清的一个分子，正如娜塔莉·泽蒙·戴维斯在《边缘女人：十七世纪的三则人生故事》中所言："一些历史学观点可能会敦促我们去找寻一套知识或表征的单一原则，以当作这三个女人的方法途径的基础。或者，如果找不到，那就把这三种方法安放在一个尺度上，区别出'较旧的'和'较新的'，或者多多少少在时间尺度上进行分析。应该拒绝这样的阐释。"② 如何寻找边缘人群的相关材料并去认识他们，让他们在历史的时空中如实再现？面对这样的现象，有创新意识的学者另辟蹊径，将

---

① ［加］娜塔莉·泽蒙·戴维斯：《边缘女人：十七世纪的三则人生故事》，李玮璐译，广西师范大学出版社2023年版，第302页。

② ［加］娜塔莉·泽蒙·戴维斯：《边缘女人：十七世纪的三则人生故事》，李玮璐译，广西师范大学出版社2023年版，第306页。

目光投向档案馆中的各种卷宗、私人收藏书信和日记以及残缺不全的各类琐碎日常笔记、账单、就诊记录，甚至像人类学家一样依靠田野考察和口述史，希望在非主流的各种文献中捕捉到蛛丝马迹，还原这些人群在历史上曾经的存在状态，以弥补历史的残缺。日记、书信、档案、日常笔记等文献属于传记，学界运用这些资料性传记进行历史研究，由此产生历史学的传记转向，也引发其他学科如社会学、心理学、传播学的传记转向，并逐渐成为学界热点，产生了诸多有别于传统史学甚至引发其他学科关注的著作，如埃马纽埃尔·勒华拉杜里的《蒙塔尤：1294—1324年奥克西坦尼的一个山村》、卡洛·金茨堡的《奶酪与蛆虫：一个16世纪磨坊主的宇宙》、林耀华的《金翼：一个中国家族的史记》等。娜塔莉·泽蒙·戴维斯的成名作《马丁·盖尔归来》以及《边缘女人：十七世纪的三则人生故事》等都属于传记法研究史学著作。

关注个体生命，关注普通的边缘小人物的生命，关注微小社会集体和族群，并非无关紧要或不具备宏大历史价值，目光向下的历史研究更能够深入历史社会的最深处、最细微处，更能够揭示历史纷繁复杂而扑朔迷离的事实，更能够使我们在一个个普普通通而有血有肉的生命史叙事中触摸到历史本真的温度。在这个意义上，传记法的作用越来越受到历史学、社会学等相邻学科的重视，甚至使之不约而同都产生了传记转向。对传记创作和研究而言，这种转向是传记的多元丰富价值重新被发现的开始，抑或说这是传记与其他学科再次携手并进，一同讲述人类自身历史的一个有心智、有情感、有温度的途径。

以上几个传记的跨学科热点现象是围绕边缘人群的历史而展开的，而一直在历史上占有主流地位的名人、伟人的传记也在采用跨学科叙述手法，这样的现象同样需要学界关注和研究。美国著名导演诺兰的传记电影《奥本海默》的上映是这方面一个典型现象。这部传记电影讲述了"原子弹之父"奥本海默波澜壮阔、跌宕起伏的一生，也延伸出关于科技与伦理的深度讨论。与此同时，这部一经上映便好评如潮的传记电影另一个广泛被讨论的热点是影片所运用的传播学、传记学、物理学、历史学、政治学的交叉叙事手法，使一部人物传记电影成功变成一部关于人类历史上第一次核爆炸和原子弹发明史的物理学作品，一部关于展现"二战"时期美国陆军部所实施的"曼哈顿计划"的诞生史的史学作品，一部还原20世纪50年代美国推行的恶意诽谤、肆意迫害疑似共产党和民主进步人士的政治行动的麦卡锡主义政治史作品。一部传记电影不能仅仅停留在讲述一个人的生平始终、塑造一个人的性格、反映一个人的命运这样的传统人物传记电影的范式里，而是要通过这个个体的生命史，延伸反映这个人所生活的时代的大环境、政治背景、科技发展、军事活动等全方面形态，甚至是要深度挖掘和呈现像奥本海默这样的人物对一个时代、世界局势以及人类科技发展所带来的变化和革新，这种包罗万象、纵横捭阖式的叙事方式，正是《奥本海默》成功的重要因素之一，正如文本传记《奥本海默传：美国"原子弹之父"的胜利与悲剧》的作者凯·伯德和马丁·J.舍温所言："传记家既撰写生平，也描述时代。"①

《传记文学》杂志2023年第2期封面专题《梁启超与他的时代》也是一部采用传记学与历史学的交叉叙事法呈现的作品。这部传记通过讲述中国近代历史上时代精英梁启超的一生，揭示了梁启超所处时代的政治、社会、文化诸方面的历史。通过一个人的一生，呈现近代中国的风云变幻，应是一部优秀传记作品的历史意义所在，而这样的意义只有在跨学科研究思维下才能够取得理想的效果。

打通历史学、传记学、社会学等学科边界的著作的频繁产生及其所引发的影响力，促使我们思考：在现代学科细分化格局下，如何叙述人的历史、人类社会的历史？其实，历史学、传记学、社会学、文学等人文学科，作为叙述和研究人类社会、历史发展的学科，它们之间的关系并非处于如表面所呈现的分化状态——被分割在不同学科领域里，各自独立，各自体系化——在客观现实中，它们之间的关系是开放式的，以社会学为例，人类社会的客观状态是整体的，社会并非被分割成历史学的社会、传记学的社会、社会学的社会，等等。诸如此类在学科内部的"独立空间"，是在现代学科细分化标准下形成的，并在各自构

---

① 《〈奥本海默传〉作者如是说：传记家既撰写生平，也描述时代》，"交大传记中心"微信公众号，2023年9月7日。

建的理论体系中研究和阐释原本一体的人类社会的现象。这样的结果，容易走向过于精细化、琐碎化而忽略整体性、统一性、普适性的局面，这也是导致当代人文学科研究时常陷入瓶颈式发展困境的客观原因之一。鉴于学科之间壁垒越建越高、研究效果则越来越弱的现状，已有学者在呼吁打破学科之间的僵化观念，推进跨学科研究。如法国社会学家亨利·孟德拉斯呼吁："在寻求对人类行为理解的过程中，作为经验科学的社会学和人类学与人文科学结构性地互为依托。故文化和社会研究者需要跨学科的视野与能力。"

面对人类社会发展越发呈现复杂性、多样性、多面性特征，在传统单一学科框架、思路、体系内越发难以理解、研究和阐释好人类所面临的一系列新的现象、新的问题和新的挑战，当然还包括我们今天仍然未能认识透彻、解释清楚的先前遗留下的历史问题。今天我们需要学界以开放的学术视野、宽广的学术胸怀、综合的理论知识、不懈的行动实践，在彼此学科理论的借鉴与交叉中形成具有跨学科特征的新的知识、理论与方法，推动人文学科研究，为认识、理解、解决人类社会新问题、新挑战提供新的思路、方案和途径。作为具有悠久的历史传统、与生俱来拥有跨学科性、在当下人文学科发展中重新获得生命力的一种研究方法，传记会在当下以及未来的跨学科研究大趋势中发挥重要的作用。

（三）为人类文明发展史立传：一种新的研究方法的生成

2023年传记研究领域的第三个关键词是为人类文明发展史立传。为人之外的其他人类创造意义上的事、物和现象立传，近年来成为国内外传记领域另一个值得关注并深入研究的现象。关于这个现象，中国艺术研究院传记研究中心撰写的《2022年度中国传记研究发展报告》[①]、笔者的《中国传记：个体生命与他们

---

① 参见中国艺术研究院传记研究中心《2022年度中国传记研究发展报告》，《传记文学》2023年第4期。收入中国艺术研究院编《2022年度中国艺术发展研究报告》，文化艺术出版社2023年版，第452—481页。

的时代》①等研究成果都作了解读。2023年的传记创作和研究沿着为人类文明史相关事物立传的思路，出现了一批无论是在传主的主体性方面还是在叙事手法方面都令人耳目一新的作品。

2023年《传记文学》杂志的选题延续近几年的创新思路，为人类文明发展史立传，推出《竹杖之谜：从张骞在大夏所见谈起》②、《九十年代里的北京记忆》③、《食物里的中华文明史》④等。《竹杖之谜：从张骞在大夏所见谈起》从历史传记学视角研究《史记》里记载的中国历史上第一个跨国贸易史。作者谈晟广教授的研究视角和方法具有独特性和创新性。他的讲述始于两千多年前的一次惊讶——张骞在万里之外的大夏国见到中国产的竹杖和蜀布的时候发出了惊讶，而张骞的惊讶使谈教授惊讶，他惊讶于竹杖和蜀布尤其是竹杖为何在当时跋山涉水、千难万阻甚至可能丧失生命的长途贸易中充当重要的角色。从这个惊讶入手，谈教授结合古今中外多语种、多形态的历史文献以及丰富多元的出土文物，运用渊博的世界历史、考古、文化、地理、交通、环境等方面的知识，条分缕析、抽丝剥茧，精彩叙述古代中国之物——竹杖在跨国贸易史上的前世今生，更是在扎实的材料和严谨的研究基础上充分阐释了竹杖这个产自中国的物品所承

---

① 参见斯日《中国传记：个体生命与他们的时代》，《中国文化报》2023年3月10日。作者在该文中用"传记的回归：为中华优秀传统文化立传"一节对这个现象进行了解读，认为："今天被视作创新现象的城市传、江河传，其实是传记文体回归了传统，或者说是与古代传统再度融合，延伸、拓展了现代传记以人物为主体的局限性和单一性，使传记文体的功用和价值扩展、提升到真实记载文明、历史、文化、城市等与人类自身息息相关的事物的发展过程，无论是对传记学科，还是对历史学、人类学、文学等其他学科，都是一种突破以往固有概念的新现象，亟须相关学者给予关注和研究。"

② 《竹杖之谜：从张骞在大夏所见谈起》为《传记文学》2023年第10期封面专题，作者为清华大学艺术博物馆谈晟广教授。

③ 《九十年代里的北京记忆》为《传记文学》2023年第8期封面专题，作者为中国工艺美术馆（中国非物质文化遗产馆）副馆长苏丹。

④ 《食物里的中华文明史》为《传记文学》2023年新设栏目，一期一篇，全年共推出12篇文章，作者为著名文化学者白玮。

载的精神内涵及其在中西文化交流互鉴中所发挥的独特作用。作为人类文明史上一种普遍性活动,贸易并非只关涉所交易的物品本身,贸易背后的历史文化意义值得我们深入研究。《传记文学》该专题为人类文明史上早期跨国界贸易史立传,研究贸易背后的人类文明交流互鉴史,拓宽传统传记的边界和研究思路,将关注点延伸至人类活动的整体,反映的是传记研究的新趋向,提倡传记应该研究人类活动的多样性、多元性,丰富传记的内涵、拓展传记的价值。

《九十年代里的北京记忆》也是一部创新性传记,作者苏丹结合自己的人生经历,从个体视角回顾和记录了20世纪90年代北京这座都市的历史。在这部传记里,我们可以跟随一位年轻的艺术设计学教师重返90年代,感受那个所有事物都散发出勃勃生机的北京,三环以里和以外是圈内和圈外,城市形态以及人文环境迥然不同;一座座建筑物体里的"百般红紫斗芳菲",是一所艺术院校的蓬勃生命史;BP机和"大哥大",不只是连接人和人之间的交流,还倾听着一座城市的缠绵口述史;服饰衣冠和出行居住,是每个北京人的烟火生活,也是每个人的生命史。《九十年代里的北京记忆》是苏丹"个体生命史与城市传"三部曲第三部的节选,第一部为《闹城》[1],讲述了作者出生并度过童年、青年生活的太原城20世纪六七十年代的历史。2023年出版的《黑白之城》[2]为第二部,讲述了作者求学、任教之城哈尔滨20世纪80年代的历史。苏丹的"个体生命史与城市传"三部曲以"一座城和一代人的记忆"为叙述主线,在个体生命感受中,通过日常生活以及社会发展中呈现出来的丰富细节与各种现象,叙述城市在时代中的变迁,有人物,有故事,有情感,有思想,从而使钢筋水泥建造的冰冷城市具有了人文情怀。这种城市史的讲述与以往主流城市史不同,体现的是作者的创新意识,这也是人文学科近年来所呈现的传记转向。

---

[1] 参见苏丹《闹城》,花城出版社2020年版。
[2] 参见苏丹《黑白之城》,文汇出版社2023年版。

赵德发的《黄海传》①是中国第一部海洋传记，也是一部史学传记转向的代表作。作者以黄海为传主，从地理、人文两个层面钩沉黄海历史，讲述黄海故事，以全新的视角展现了中国海洋文明的发展历史，系统梳理了中国海洋文化遗产。

物传、城市乡村传、山川湖海传等以非人物为传主的传记作品，反映的是学术界和文艺工作者对优秀传统文化创造性转化、创新性发展的具体实践，"在与历史不断对话过程中，除了主流叙述模式之外，人们还在探索和尝试着多元化、多维度的其他叙述方式，个体生命史、社会生命史、日常生活史、城市史、村庄史、山川湖海史，等等，关于与人类文明发展息息相关的诸多事物的发展演变史的叙述不断产生，甚至呈现出越发繁盛的态势。这些历史叙述，以其内容的丰富性、主体的多元性、形式的生动性、文体的自由性，展现出以往主流叙述模式忽略或摈弃的社会生活的诸多方面，极大丰富和补充了历史的空间，使历史里的平常人、日常生活以及一座座漫长时间见证者的城市以及大自然里的山川湖海，一个个时空中的人与万物曾经的存在状态及其与人类文明发展之间的多元多重关系史，被我们所看见、所熟知"②。

西班牙哲学家、教育家何塞·安东尼奥·马里纳和历史学家、翻译家、编辑哈维尔·兰博德的《人类传：追寻客观幸福的历程》③是一部关于灵性动物人类的传记，"通过回顾人类大家族的历史，重新审视'人类'的定义，破解人类的文化基因。从170多万年前至今，人类这种'灵性动物'在追寻客观幸福的道路上，针对种种反复出现的结构性问题，不断提出新的解决方案，从而创造了无数璀璨的文明。尽管奴隶贸易、世界大战等非理性的洪流一次次打断文化演变的进程，甚至使之倒退，然而，当人类摆脱了赤贫、无知、教条、恐惧与仇恨这

---

① 参见赵德发《黄海传》，山东文艺出版社2023年版。
② 斯日：《作为历史叙述的城市记忆》，《传记文学》2023年第8期。
③ 参见〔西〕何塞·安东尼奥·马里纳、〔西〕哈维尔·兰博德《人类传：追寻客观幸福的历程》，阿瑶译，民主与建设出版社2023年版。

五大障碍，各文明将会向着共同的客观幸福合流"①。从内容上看，该著作是继以色列学者尤瓦尔·赫拉利的《人类简史：从动物到上帝》之后又一部关于人类发展史的史学著作，但与后者不同的是，作者另辟蹊径，将人类的发展史通过传记方式讲述，并将其命名为《人类传》，得到各国不同学科专家学者广泛肯定，西班牙皇家语言学院院士阿尔瓦罗·庞博的评语可视为其中代表："在当今这个历史时刻，被放大的局部细节时常掩盖了共性，因为我们更加需要宽广的视野，马里纳和兰博德的伟大'传记'便是应此需求而生的。"② 这段评语传达了两层颇具创新性的学术观点：一是关于历史研究，我们需要拓宽视野，在关注不同文明和文化的独特性之外，更需要关注人类文明和文化的共性；二是历史可以运用传记法写作和研究。《人类传：追寻客观幸福的历程》和阿尔瓦罗·庞博院士的观点相比美国政治学家塞缪尔·亨廷顿在《文明的冲突》中所提出"文明冲突论"，显示出值得重视和肯定的视野和格局。

巴西圣保罗大学人类学教授莉利亚·莫里茨·施瓦茨和巴西米纳斯吉拉斯联邦大学教授埃洛伊萨·穆尔热尔·斯塔林的《巴西：一部传记》③，无论是书名，还是叙述内容以及叙述手法，"细节充分，论述深刻且详尽……富有启发性，引人入胜且始终兼具思想性"④，都为传统史学研究开辟了一个崭新的思路。回顾世界各国历史的叙述史，中国汉代历史学家司马迁在《史记》中创作《匈奴列传》《南越列传》《东越列传》《朝鲜列传》《西南夷列传》《大宛列传》等当时独立于汉朝的其他民族国家历史，开创了以传记法书写民族国家历史的先河，之

---

① 〔西〕何塞·安东尼奥·马里纳、〔西〕哈维尔·兰博德：《人类传：追寻客观幸福的历程》，阿瑶译，民主与建设出版社2023年版，"内容简介"。
② 〔西〕何塞·安东尼奥·马里纳、〔西〕哈维尔·兰博德：《人类传：追寻客观幸福的历程》，阿瑶译，民主与建设出版社2023年版，"专家评语"。
③ 参见〔巴〕莉利亚·莫里茨·施瓦茨、〔巴〕埃洛伊萨·穆尔热尔·斯塔林《巴西：一部传记》，熊芳华译，社会科学文献出版社2023年版。
④ 〔巴〕莉利亚·莫里茨·施瓦茨、〔巴〕埃洛伊萨·穆尔热尔·斯塔林：《巴西：一部传记》，熊芳华译，社会科学文献出版社2023年版，"本书获誉"。

后各朝代的历史学家沿用这个模式，使其成为中国正史叙述中一个独特的方法，也形成了中国历史的一个传统，而世界上其他国家的历史学家几乎没有尝试用传记法讲述一个国家的历史。① 在这个意义上，《巴西：一部传记》的写作是一个创新。"这部由两位巴西著名历史学家撰写的作品，旨在展示（巴西）这个幅员辽阔的国家从其起源到 21 世纪的历史。本书描绘了不同时期但近乎持续的斗争，这些斗争是为了建立政治制度和社会框架、实现经济的稳定增长、保护公民权利——这就是本书的主题。虽然从某种意义上说，巴西仍未完全实现上述目标，但它依然是世界上最伟大的试验场之一：它兼具创造性、残酷性和独特性。对于当地居民和外来者来说，巴西的历史都是一部引人入胜的传记。"② 《巴西：一部传记》一经出版，便获得《泰晤士报》《金融时报》等媒体年度最佳图书奖，好评如潮，《泰晤士报文学增刊》刊发的帕特里克·威尔肯的评语又一次证明人文学科研究传记转向的重要价值："令人回味……施瓦茨和斯塔林采用了她们所谓的传记式方法：试图讲述一代又一代巴西人的集体故事……她们通过对殖民地巴西和帝国巴西的丰富回忆，以自己的才华实现了这一点……内容丰富而引人入胜。"③ 以传记法讲述与人类文明发展相关的事物以及自然地理、动植物的历史，即人文学科研究的传记转向，是近年来世界范围内学术研究中一个热点趋势，其背后的原因、带来的价值以及其他延伸现象，越来越引发学术界关注。

---

① 被称为西方"历史之父"的希罗多德的《历史》，具有故事性、生动性，有别于后来的历史叙述，在今天看来属于传记式历史叙事手法，但与司马迁运用传记法撰写民族国家历史不同：一是《历史》并非一部国家通史性著作，只写了公元前 6—前 5 世纪波斯帝国和希腊诸城邦之间战争史；二是希罗多德当时并无用传记法讲述国家历史的自主意识；三是当时西方还未产生"传记"的概念。

② ［巴］莉利亚·莫里茨·施瓦茨、［巴］埃洛伊萨·穆尔热尔·斯塔林：《巴西：一部传记》，熊芳华译，社会科学文献出版社 2023 年版，"内容简介"。

③ ［巴］莉利亚·莫里茨·施瓦茨、［巴］埃洛伊萨·穆尔热尔·斯塔林：《巴西：一部传记》，熊芳华译，社会科学文献出版社 2023 年版，"本书获誉"。

（四）口述史的跨界实践：问题意识、研究方法、学术价值

2023 年传记领域另一个热点现象是口述史在传记学、历史学、文学以及社会学等学科中引发多方面的关注。现代学科意义上的口述史学"发端于 20 世纪中叶的美国，20 世纪 60—70 年代兴起于英国、法国、加拿大与澳大利亚，而 20 世纪 80—90 年代以来则逐步流行于世界各地。作为一种以人类历史活动的主体——'人'为核心对象的研究方法与学科领域，口述史学由于其研究（实践）主体、研究对象、研究目标（用途）与传播（呈现）形式的多元性与丰富性，在当代的发展呈现出日益明显的跨学科特征与趋势"[①]。司马迁年轻时在各地壮游，通过观看和访谈等形式，获得关于以往历史的第一手资料。他在刘邦的故乡丰沛访问樊哙的后人樊他广，得到关于樊哙的生平经历故事，并依据樊他广的口述史料撰写了《樊哙列传》，有学者指出："《史记》第一次较清晰地展现了运用口述史料撰写史书的过程。"[②] 近几十年来，口述史超越传记学和史学领域，在其他人文学科如社会学、人类学、心理学，甚至是自然科学如医学研究中都发挥着独特的作用。

中国人民大学历史学院杨祥银教授和温州大学人文学院陈鸿超副教授主编的《多学科视域下的当代中国口述史学研究》是国内第一部以跨学科视角研究口述史的学术著作，《导论：口述史学的跨学科关系与应用》从口述史学的兴起出发梳理、总结了口述史在国内外的发展情况，更是重点阐述口述史所呈现的跨学科趋势及其六大转向：记忆转向、叙事转向、关系转向、女性主义转向、情感转向、空间转向。在此基础上，作者指出口述史学被广泛应用的多种人文社会和自然科学，包括但不限于图书馆学、档案学、社会学（社区研究）、人类学、民俗学、考古学、教育学、文学（传记研究与非虚构写作）、艺术学、民族志、性

[①] 杨祥银：《导论：口述史学的跨学科关系与应用》，载杨祥银、陈鸿超主编《多学科视域下的当代中国口述史学研究》，社会科学文献出版社 2023 年版，第 1 页。

[②] 陈洪：《〈史记〉中的"口述史"考论》，《江苏师范大学学报（哲学社会科学版）》2021 年第 6 期。

别研究、族裔研究、移民研究、国际问题研究、医学（临床医学与健康护理）、心理学、赋权研究（政治和解、社会正义、法律诉讼、残障研究）、灾难研究、环境研究、文化研究、媒体研究与 LGBTQ 研究（同性恋、双性恋、跨性别与酷儿研究），等等。作者呼吁"我们应该超越将口述史学视为历史学分支学科的习惯性定位，以更为开放与包容的态度来理解口述史学本身所具有的跨学科特征及其应用价值，并为口述史学的学科本位建设或学术研究的'去学科化'思路提供借鉴意义。同时，也应该超越将口述史学主要局限于提供史料来源与拓宽研究视野等较为狭隘的研究价值，充分发挥其更新研究方法、促进跨学科应用、加强代际传承、推动教育改革、提供决策信息、促进社会正义与实现政治和解的多元价值与功能"[①]。

2023 年 11 月 6 日至 12 日，中国传媒大学举办第九届中国口述历史国际周，本次活动主题为"回望·赓续——口述历史的时代担当"。国际口述历史泰斗亚历山德罗·波尔泰利和千余人次国内外口述历史专家、从业者的到来，及中国和美国、英国、法国、意大利、加拿大、日本、新加坡等十几个国家和地区数百个项目的参与项目展示，使之成为口述历史界的年度盛事，呈现出观察分析中国口述历史进程所必需的整体性。中国传媒大学崔永元口述历史研究中心副主任林卉认为："2023 年的中国口述历史事业具有以下年度特征：首先，大批因疫情停顿的口述历史从业者再次出发，所关注议题愈加丰富；其次，口述历史创作主体随着青少年群体和女性群体的加入而呈现多元化，促进学界生发出新的研究触角；再次，围绕口述历史与国史研究展开的学术讨论，显示出了从业者持续进化的实践意识，不断印证和推动着中国特色口述史学理论前沿的发展。"[②]

《传记文学》杂志 2023 年第 12 期推出《中国乡间医人、医事、医史口述史》

[①] 杨祥银：《导论：口述史学的跨学科关系与应用》，载杨祥银、陈鸿超主编《多学科视域下的当代中国口述史学研究》，社会科学文献出版社 2023 年版。

[②] 林卉：《2023 年中国口述历史观察报告》，《人民政协报》2024 年 1 月 11 日。

专题，作者是陕西师范大学医学与文明研究院李化成教授及其团队。陕西师范大学医学与文明研究院2016年开始启动"中国乡间医人、医事、医史口述史调研项目"，至今共进行15次，将口述史的跨学科研究方法推广到社会研究各领域中，无论在史学界，还是在医学界，甚至在传记学界，都产生了一定的影响。《传记文学》第12期专题即是这个调研项目的部分成果。在这些口述史中，既能够读到关于防治血吸虫病、大骨节病、"非典"疫情、新冠疫情等涉及范围广、影响巨大的公共卫生事件的历史记录，真实感受乡村医生个人从医经历的曲折与艰辛，又能了解中华人民共和国成立以后基层医疗卫生行业积极有效的改革措施，重新认知中国传统医学的功用与价值。这些口述史是一个个乡村医学工作者的个体生命史，也是关于当代中国医学史的一段段真实而生动的集体记忆，是中国乡间医人、医事、医史的重要史料。"作为跨学科领域，医疗口述和叙事医学旨在医疗领域充分挖掘个体的叙事能力，在患者、医生与社会之间努力建立关联和归属关系，使患者获得良好就医体验，医生获得职业满足感，同时为医疗历史的保存和医学人文的落地打下基础。近年来，医疗口述史研究领域不断拓宽，叙事医学接受度稳步提升，研究队伍和相关成果日渐形成。然而，医疗口述和叙事医学如何记录中国独特的医学历史、适应中国独特的医疗环境，仍是其面对的挑战。……医学在追求科学化的过程中，必须强调科学与人文的平衡。……从未来来看，中国的医疗口述和叙事医学发展要加强生命关怀，多去思考和关注在整个医疗实践中生命观和健康观的养成与变迁，以此推动医学的人文关怀和人文学科的生命关怀。"[1]

著名翻译家杨苡的口述自传《一百年，许多人，许多事：杨苡口述自传》，是一部文学学科运用口述史跨学科研究方法的代表性著作。杨苡的口述自传，如书名中的"一百年，许多人，许多事"，通过个体生命史，呈现了百年中国历史进程中的时代、群体和事件，"时代不是她的人生背景，她的人生就是时代本

---

[1]《医疗口述与叙事医学：跨学科的对话与交流》，澎湃新闻，2021年12月14日。

身"。对杨苡的口述材料进行整理和撰写的作者余斌在《写在后面：书成漫记》中的一段总结，对我们理解口述史在跨学科研究中所呈现的意义和价值有一定的启发性："杨先生的人生，穿越了几个时代，见证了无数的人与事。从历史的角度说，真正的参与者总是少数，大多数只能被动地充当见证者。杨先生不是弄潮儿，虽也曾向往投身洪流，绝大多数时候，却是居于时代的边缘，不关心政治，个人生活是其中心所在，然而百年中国战乱频仍，动荡不定，变化堪称天翻地覆，个体的生活也裹挟其中，家与国，个人与社会，纠缠到一起，无从分拆，假如说每个人都以自己的方式见证历史的话，杨先生无疑更有资格提供一份特殊的见证。"[1] 历史是由无数的个体生命书写的。一个个个体生命的故事，是丰富而多元的历史故事不可或缺的组成部分。

作为史学以及传记学的一个分支，口述史在当代学科研究中备受瞩目，这一现象一方面肯定口述史在记录、保存历史事实方面具有不可替代的重要作用；另一方面反映的是一种新的学术研究方法的生成，以往学科之间壁垒森严的固化状态逐渐被跨学科、交叉学科的大学科观念突破，而传记研究方法在这个新趋向中发挥着独特作用。学术研究中最重要的是问题意识和创新意识，学术界需要在跨学科、交叉学科研究新视野下，重新审视传记学的学科属性、学科体系建设问题。传记包括口述史并非只是一种资料的记录和保存方式，也并非只是静态的数据或者单一化的个体生命记录，而是具有在动态的演变发展过程中保留和叙述人类文明发展史的功能，其时代性、亲历性、情感性、细节性、人文性等特征，是其他学科研究所不具备或者是曾经忽略而逐渐被认识并得到重视的，从这个意义上可以说，传记在新的学术研究中将会发挥越来越重要的作用。

---

[1] 杨苡口述，余斌撰写：《一百年，许多人，许多事：杨苡口述自传》，译林出版社2023年版，第423—424页。

二、政策与导向：以传记方式回应时代之问，回答时代之题

文化关乎国本、国运，文化兴则国运兴，文化强则民族强。党的十八大以来，习近平总书记围绕新时代文化建设提出了一系列新思想新观点新论断，构成了习近平新时代中国特色社会主义思想的文化篇，形成了内涵十分丰富、论述极为深刻的习近平文化思想。习近平总书记在文化传承发展座谈会和全国宣传思想文化工作会议等重要会议上均作出要赓续中华文脉、推动中华优秀传统文化创造性转化和创新性发展的重要指示，多次强调中华文化传承发展的重要性。立足新时代新征程，在坚持"两个结合"的根本原则下，推动中华文化传承发展是贯彻习近平文化思想的重要内容。传记是真实记录和生动反映时代精神的纪实性文体，2023年传记创作和研究肩负着新时代新的文化使命，通过丰富而多元的传记故事构筑中国精神、中国价值，传播中国智慧、中国经验，为文化强国的建设作出了应有的贡献。

（一）担负新的文化使命，讲好中华文明故事

习近平总书记在文化传承发展座谈会上的重要讲话，贯通古今，融通中外，从中华优秀传统文化出发，首次系统阐述中华文明的五大突出特性，彰显了高度的历史自信和文化自信，廓清了历史认知、理论逻辑、实践准绳。中华文明是人类文明的发展源头之一，中华优秀传统文化是中华民族的根和魂。中华文明是推动世界和平发展、维护人类文明多样性的文明形态。以传记形式讲好中华文明的历史、当下的故事是阐释中华文明五大突出特性的最理想的方式之一。中国文明网开设"文明之声·云鉴馆藏"系列专栏，通过对美术馆收藏美术精品的介绍，使读者"了解一件作品的光阴故事，读懂一段珍贵的文化记忆"。文化记忆的讲述是大传记概念下人类文明史重要的叙述方式之一，在当下跨学科研究视域中发挥独特的重要作用。《传记文学》杂志2023年设置的新栏目《食物里的中华文明史》，一期一篇，以小米、大米、小麦、大豆、土豆、玉米等一个个我们生活中常见的普通食物为传主，通过对这些食物发展进化历程的讲述，探寻中

华文明史变迁线索，阐释中华文明的多元性、丰富性、传承性、包容性，讲述食物背后的中国故事。每一种食物背后都蕴含着一种生活方式和文明，中国是一个以农为本的国家，中国人在发现和寻找食物的过程中，开创了辉煌而灿烂的华夏文明。

（二）新时代新征程，讲好中华民族故事

党的十八大以来，习近平总书记审古今之变、察时代之势，深刻总结和把握新时代党的民族工作的历史方位，在继承党的民族理论和民族政策的基础上，创造性提出"铸牢中华民族共同体意识"的重大原创性论断，开辟了马克思主义民族理论中国化时代化新境界，为做好新时代党的民族工作指明了正确方向。

2023年，各界围绕中华民族共同体建设、中华民族现代文明建设、中华民族发展史、中华民族共有精神家园、讲好中华民族故事等重大课题开展研究，引导学术界按照增进共同性的方向加强和改进理论与实践研究。国家民族事务委员会立足中华民族悠久历史，坚持正确的中华民族历史观，以编纂《中华民族交往交流交融史》《中华民族共同体概论》等重点工程为抓手，不断深化中华民族交往交流交融史研究，讲清楚中华民族多元一体格局的起源、形成与发展，揭示中华民族交往交流交融的历史演进规律，为铸牢中华民族共同体意识提供了坚实有力的学理支撑。

2023年3月28日，蒙藏学校旧址暨中华民族共同体体验馆开放仪式在京举行，"中华一脉 同心筑梦"展览开幕式同时举行。蒙藏学校旧址是中国共产党成立初期在少数民族中开展革命活动和民族工作的重要阵地。中华民族共同体体验馆将以习近平总书记关于加强和改进民族工作的重要思想为遵循，以铸牢中华民族共同体意识为主线，通过主题展览，打造展示党的民族工作伟大成就的重要窗口、构筑中华民族共有精神家园的重要阵地、推动各民族交往交流交融的重要场所、对外讲好中华民族共同体故事的重要平台，推动中华民族成为认同度更高、凝聚力更强的命运共同体。

《传记文学》杂志2023年第9期推出《花开霓裳：敦煌服饰艺术中的文明

互鉴》专题，通过研究敦煌壁画中服饰艺术史，讲述敦煌服饰艺术所蕴藏不同国家不同民族文化交流和融合的历史。在敦煌服饰艺术中，既有汉族的衣冠服饰，也有各少数民族的衣冠服饰，还有来自南亚、中亚、西亚、欧洲等世界各地的衣冠服饰。这些衣冠服饰荟萃于敦煌，展示了各国各民族衣冠服饰的精彩纷呈、丰富多彩，更反映了各国各民族服饰文化在相遇、碰撞中交流、融合的相互关系。

（三）以文塑旅，以旅彰文：以游记方式讲述中国故事

作为传记的一种，游记具有真实性、亲历性、情感性，一直以来，在讲述和呈现一个国家历史和当下、人文社会风俗、自然地理环境诸多方面发挥着其他文体不可替代的作用。在大力弘扬中华优秀传统文化、推动文旅融合发展大背景下，2023年游记传记呈现了往年少见的可喜现象。

2023年9月，中国艺术研究院开展首届"文旅中的当代中国"主题征文活动，征文要求在旅行中体验历史，在旅行中感受文化，传播好中国声音，讲好中华文明故事，弘扬中华优秀传统文化，推动文旅融合发展，促进当代传记创作繁荣。征文一经发布，社会反响热烈，来自全国各地的传记作者、旅游和文学爱好者，结合自身的旅行经历，从历史文化的视角审视古今中国，撰写内涵丰富、情景交融的游记作品，踊跃参加征文评选。活动主办方经评审委员会初审、复审、终审，共评选出朱仲祥的《探访〈天工开物〉的纸乡传奇》、汪泉的《胡杨的绚烂、弱水的轻巧以及汉简的孤寂》、余达忠的《天下西江》、陈思侠的《敦煌：东方艺术的会客厅》、王征桦的《沿富春江西行》、张凌云的《杳杳梅村》、朱湘山的《海湾的疼痛——旅顺口散记》、柴薪的《凤凰记》、王锦忠的《沈园访放翁不遇》、冷江的《行走河套》、黄泽的《沙土，从盐茶古道上走来》、柯兰的《古道寻迹》12篇优秀作品（不分名次），入选的每篇游记，以文旅结合的方式讲述中国故事，讲述中华民族现代文明的故事，展现"可信、可爱、可敬"的当代中国形象，充分体现了征文活动的宗旨。

三、研究与学术：以传记法为创新和开拓人文学科研究之有力抓手

2023年度报告"研究与学术"部分将从跨学科研究角度对年度传记论文进行简要的介绍，目的在于对国内其他人文学科与传记学之间的跨学科交叉趋势、所呈现象、存在问题等进行总体把握，为将传记学作为人文学科领域综合性学科建设提供有益的思路、方法和路径。

（一）教育学与传记学

上海交通大学传记中心主办的《现代传记研究》集刊2023年出版第20辑和第21辑。第20辑，除了"作品研究""比较传记""传记史研究"等常设栏目之外，新设"传记教学"栏目，刊发吴凑春的《部编语文的传记学习体系：构成、品格及其生成逻辑》[①]一文，作者以教育部统编小学、初中和高中语文教材为对象，收集大量素材，归纳汇总，分析研究"传记学习体系"的构成、品格及其生成逻辑，对提高中小学语文的教学质量，有其参考价值。中国海洋大学传记与小说团队主办的集刊《中国传记评论》2023年出版第三辑和第四辑，第三辑以"特稿"专栏刊发陈兰村的《传记教育的历史回顾与新时代推进传记教育的现实意义》[②]。陈兰村教授认为，传记教育是以传记为载体，以优秀人物经历为榜样而向公民和学生进行的公共教育和学校教育活动。中国自先秦有史以来从部落和国家层面即重视传记教育，以纪念祖先、教育后代、团结族人、巩固国家为目的。近现代社会变革中，直至当代国家建设和社会生活中，在向先进人物看

---

① 参见吴凑春《部编语文的传记学习体系：构成、品格及其生成逻辑》，载杨正润主编《现代传记研究（第20辑）》，上海交通大学出版社2023年版，第255页。

② 参见陈兰村《传记教育的历史回顾与新时代推进传记教育的现实意义》，载熊明主编《中国传记评论》第三辑，中国海洋大学出版社2023年版，第2页。陈兰村与童志斌著《传记文学与语文教学》（浙江大学出版社2023年版），配合中小学语文教学改革，结合教育部统编版语文教材，传播传记基本理论知识，是从教育学视角研究传记的教育意义的力作，丰富和完善了传记的内涵，推进了传记学的学科建设。

齐的各种活动中，传记总是发挥着现实的导向作用。改革开放以后，从高中到大学传记教学正式进入课堂，传记教育得到进一步的推动。新时代推进传记教育具有深远现实意义。提出传记教育的命题很有必要，这有助于贯彻习近平总书记关于学史明理、学史崇德等主要指示精神，提高干部群众和青少年学生的民族自信和文化自信，提升社会成员的道德情操，促进新的传记类作品的繁荣。金贤哲的《朝鲜族人物传记的课程运用方案研究》(《中国朝鲜语文》2023年第5期)一文为了研究朝鲜族人物传记在与朝鲜语文相关的专业课程中多层次的运用价值，聚焦朝鲜族人物传记所涵养的主旋律、史料价值、精神遗产、实践意义等，着重探究教师讲授与学生讨论相结合、"线"与"面"相结合、宏观叙事与微观叙事相结合、历史与当下相结合、理论介绍与实践环节相结合等具体方案的运用。周仁文在《论人物传记对历史教学的启示》[①]中认为，处在青春期的学生崇拜历史上的杰出人物，喜欢听历史人物故事，然而我们的教科书只从政治、经济、文化等宏观的角度描述历史事件，很少涉及历史人物故事。在历史教学中，教师在讲解历史事件的时候，如果能结合历史事件相关的重要历史人物的传记，从历史人物传记中找到历史事件，再从历史人物的角度来讲解历史事件，必然能够提高学生对历史的学习兴趣。历史故事的最大来源是历史人物传记，历史人物传记的可读性强，不仅可以激发学生的课外阅读兴趣，提高教学效率，而且对培养学生积极进取、百折不挠的思想品质也具有积极的作用。所以，在历史教学中，应该重视历史人物传记的运用。

（二）心理学与传记学

《中国社会科学报》2023年10月11日推出"心理传记学"专版。舒跃育和谢霞的《心理传记学的过去与现在》一文从心理传记学诞生一百多年的历史入

---

① 参见周仁文《论人物传记对历史教学的启示》，载《课程教学与教育管理研讨会论文集》（二），2023年。

手，探讨心理传记学因何历经百年还未成为一个完全成熟的心理学分支学科，又因何百年之后依然能立足于心理学众多学科派系等问题；郑剑虹的《心理传记疗法关注完整生命故事》认为，心理传记疗法（psychobiographical therapy）是心理传记学的研究成果在心理咨询和心理健康教育领域的应用和实践。该疗法基于心理传记学的相关概念和理论，使来访者在辅导者的帮助下，通过叙说、倾听和书写自己完整的生命故事，以及阅读杰出人物的传记故事，自我发生积极变化；刘丹的《心理传记学的方法论基础》认为，科学的研究基础是方法论，心理传记学的方法论是心理传记学发展的根基和前提条件，以解释学为哲学基础的心理传记学研究具有重要的实践意义，不仅能推动科学心理学研究的发展，也能扩展向大众推广心理学已有研究成果的应用范围，提升心理学研究的价值；宋小敏的《以刘邦与项羽为例的比较心理传记学研究透视中国人性格的两极》[①]一文以心理传记学为方法，采用亚历山大的"心理凸显性基本指标"和舒尔茨的"原型情景"理论，以中国人性格中"经世致用"与"英雄气节"两种不同特征的代表人物刘邦与项羽为研究对象，回答了围绕二人所产生三大悬疑性问题，即实力弱小的刘邦为何能战胜强大的项羽，最终登上皇位？他们为何又不约而同以"天命"为由看待死亡？刘邦与项羽的不同性格特征又是如何形成的？此外，《第二十五届全国心理学学术会议摘要集——博/硕研究生论坛》（内部资料）收录了多篇心理传记学方面论文。

（三）社会学与传记学

鲍磊在《传记社会学的邀请》（《中国社会科学报》2023年10月13日）一文中认为，20世纪60年代以来，人文与社会科学领域中的转向便时有发生，80年代前后达到一个高峰，如叙事转向、历史转向、文化转向、空间转向、身体

---

① 参见宋小敏《以刘邦与项羽为例的比较心理传记学研究透视中国人性格的两极》，硕士学位论文，西北师范大学，2023年。

转向、情感转向等，至今余波未消。传记转向也是其中之一，在新近的发展中，越来越多认同此道者努力将该议题向前推进，并顺势采取传记社会学研究方法。鲍磊的《从生命经验到历史世界：狄尔泰的解释学对社会学传记转向的意味》（《新视野》2023年第6期）认为，在社会学的传记转向中，狄尔泰从解释学出发对传记的论述成为可资利用的重要资源。在狄尔泰看来，若要理解人类行动的意义，就要从行动者内部把握其主观意识和意图，为此要去观照人们对于生命的经验、理解与认识，进而去关注作为生命反思的传记。传记是人们把握和解释社会—历史事实的重要途径，对历史的研究可以看作对个体的综合研究，而对于历史整体结构的把握亦有助于理解生命。自传是关于个体对其生命之反思的文字表达，是理解生命最佳且最富教益的形式，是传记的特殊形式。狄尔泰虽以生命联结为念，图谋从特定个体生命经验过渡到普遍客观的知识诉求，但并未能彻底地解决二者之间的张力，而如何处理好这种张力亦是传记社会学基本议题之一。

（四）政治学与传记学

刘思源在《中共中央转战陕北时期〈任弼时年谱〉〈任弼时传〉若干史实考证——兼论中共领袖人物年谱、传记编写的"打通"问题》（《中国延安干部学院学报》2023年第1期）一文中认为，最新出版的《任弼时年谱》《任弼时传》，所记1947—1948年中共中央转战陕北若干史实存在错讹及相互矛盾之处：蒋介石1947年2月末并没有到西安部署进攻延安；前东原会议日期应为1947年8月23日；中央纵队并没有实际到过大会坪等。《任弼时年谱》《任弼时传》的问题在其他领袖人物的年谱、传记中同样存在。中共领袖人物年谱、传记存在三种矛盾情况：同一本著作内部相互矛盾，同一人物年谱、传记之间相互矛盾，不同人物年谱、传记之间相互矛盾。中共领袖人物年谱、传记应全面"打通"。

（五）史学与传记学

李隆国在《亲眼所见：艾因哈德的〈查理大帝传〉与中古拉丁欧洲传记的转型》(《史学史研究》2023 年第 3 期)中认为，长期以来，学界比较研究艾因哈德的《查理大帝传》与苏维托尼乌斯的《罗马十二帝王传》，尤其是在加洛林文艺复兴的文化背景之下讨论二者的联系。其实这两部作品在史源限定原则上存在重大差异，尽管借鉴古代传记依类叙事结构的写作原则，艾因哈德引入亲身见闻作为史源限定原则，不仅成功地树立了自己的叙事权威和可信度，而且还将神似与形似巧妙地结合在一起。在艾因哈德复兴了拉丁文君王传记之后，继起的类似传记则转而采纳了编年体例，从而强化传记的叙事与形似色彩，而淡化其神似色彩。中古拉丁君王传记也就具备了独特的写作体裁。

刘敏、邓洪波在《宋元传记资料中的夏竦形象塑造及其政治文化背景》(《史学史研究》2023 年第 3 期)一文中认为，宋元传记资料中的夏竦形象并非一成不变。英宗忌惮仁宗旧臣，为援引亲信张本，在《夏竦神道碑》中塑造了东宫旧僚的夏竦形象，并对《仁宗实录·夏竦附传》的书写产生了重要影响。夏竦在对夏问题上与神宗开边之策不合，导致了神宗时期《两朝国史·夏竦正传》中夏竦形象的"奸邪化"，而此时曾巩在《隆平集·夏竦传》中塑造了别于国史的夏竦形象，却秘而不宣。王称在《东都事略·夏竦传》中将夏竦与庆历诸君子的矛盾描写得更为丰满。元朝史臣对《两朝国史·夏竦正传》作了细节修改，最终形成《宋史·夏竦传》。了解夏竦的形象塑造及其政治文化背景，既可重新认识夏竦及仁宗政局，也可观时代的变迁。

（六）文学与传记学

熊明在《中国古代杂传的文学属性及其价值重估》(《湖南师范大学社会科学学报》2023 年第 4 期)一文中认为，现代学术话语体系中的"杂传"是重新命名的结果，是指中国古代正史以外的与列传相类的所有作品。中国古代杂传创作源远流长，具有兼文兼史的文体属性，杂传的史学属性，来自其作为史部一类的基本身份；杂传的文学属性，则与其文学化的书写取向息息相关。承认杂传的文学属性，并赋予杂传文学身份，这无疑将打破对杂传的许多固有认识，有助于在更加开阔的视域下审视杂传及其历史发展，也有助于更加客观、充分地认识中国古代杂传的价值与意义。张婷婷、薛海燕的《〈红楼梦〉传记文学的感伤色彩》[①]将《红楼梦》中的感伤倾向定为"色彩"而非"主义"，并联系其创作背景，分析《红楼梦》作为传记文学的感伤色彩。《红楼梦》所描写的时代是康乾盛世，主人公来自官僚世家贾府。作者从时代传记、人物传记两个层面，具体阐释了《红楼梦》感伤色彩的表现以及感伤氛围的营造。梁庆标的《转机与奠基：20世纪前期西方自传批评史述》(《传记文学》2023年第5期)一文认为，在20世纪前期这一文化激荡、政权更迭的时代，受日益激进的现代意识促动，西方文史界开始重视并系统研究自传，这与当时"新传记"潮流下的"传记独立"及背后的反宏大叙事、标举个体独立等观念颇为相关。莫洛亚、米施、巴赫金、居斯塔夫和帕斯卡尔等欧美批评家敏锐地转向了自传这一特殊文类，从文学、历史、哲学、心理等不同角度深入发掘，在勾画其文类特性的同时也拓展了人类自我认知与反思的疆域，奠定了自传研究的基石。

四、结语：传记是对历史问题、当下现状、未来趋势的一种新的研究法

2023年，传记研究在跨学科、交叉学科、新文科、综合学科建设的提倡和倡导等大背景下，出现了一些值得肯定的新现象、新趋势，尤其是学术界以学术共同体的精神，突破各自学科的固有界限，共同研究和分析这些新现象、新趋势，并积极建言献策，甚至提出学术界应共同致力于传记学学科在国务院学位办的学科目录中获得符合其人文社会科学领域内一门综合性的学科这一独特属性的地位，推进中国哲学社会科学自主知识体系的建设。

---

① 参见张婷婷、薛海燕《〈红楼梦〉传记文学的感伤色彩》，载熊明主编《中国传记评论》第三辑，中国海洋大学出版社2023年版，第186页。

继续推动传记研究的良性发展，以传记方式讲好一个文明、一个国家、一个社会、一个个体等所有与人类创造意义上的人、事、物和现象的过去历史、当下现状、未来趋势，建设新时代中国特色传记学学科，等等，都是时代赋予传记创作和研究人员的课题。综观近年来国内外人文学科领域具有传记转向的研究成果，都有一个共性，即学术界面对旧有学科所体现单一化、保守性、僵化性等问题时敢于创新、勇于探索、乐于借助其他学科研究思路，在与其他学科的合作、交叉与借鉴中形成新的知识、理论与方法，推动研究的创新，为解决人类所面临的一系列新的挑战，也包括一些先前没有真正解决的历史问题，带来行之有效的思路和方法。相比之下，国内以传记法研究和推动上述问题的研究并取得理想效果的传记作品抑或其他人文学科具有传记转向的作品，目前还不多。或者换一种表述说，国内以跨学科研究法讲述和研究中国和世界以及人类共同面对的多元、多重、丰富、复杂现象的优秀著作不仅在数量上更是在质量上乏善可陈。学术应回应时代之问，回答时代之题。学术界应在坚守传统、兼顾外来、创新理念的逻辑路径下，以开放的研究视野、深厚的学术功底进一步深化和开拓跨学科研究，通过理论和实践的努力创新，不断探索出能够以传记方式讲述和阐释中国和世界以及全人类共同面对的历史问题、当下现状、未来趋势的新的研究方法。

作者简介： 斯日

中国艺术研究院编审，硕士生导师。主要研究方向：传记（非虚构）研究与写作、现当代文学。

中国传记学自主知识体系建构研究

RESEARCH ON THE CONSTRUCTION OF INDEPENDENT KNOWLEDGE SYSTEM OF CHINESE BIOGRAPHIES

构建传记学学科体系的若干思考

熊明

摘　要： 构建独立的传记学学科体系切合了当前彰显文化自信，建设具有中国特色、中国风格、中国气派的学术体系的时代要求。中国传记的悠久历史及其丰富文献遗存为传记学学科构建提供了坚实的传统基础，传记基本文献整理与基本理论阐释的成就是传记学学科构建的知识基础，而当下传记写作实践、批评实践与研究实践需要又为传记学学科构建提出了现实需要。因而，推进传记学学科体系建设具有了较为充分的条件。当然，构建传记学学科体系，必然涉及对学科构成要素的明确和界定，不仅需要对相关概念内涵、发生原理、主体构成、时空边界、性质特征、主要标志等基本范畴作出集中的提炼、界定和阐释，还需要对传记历史发展与嬗变演化的规律和特征进行梳理和总结，建立传记的历史发展模型和理论体系，总结并形成传记学的系统知识体系。就目前现状看，还有许多工作亟须展开。

关 键 词： 传记　传记学　学科体系　基本问题

Some thoughts on establishing the discipline system of biography

Xiong Ming

Abstract: Establishing an independent discipline system of biography meets the requirements of the times to highlight cultural self-confidence and build an academic system with Chinese characteristics, Chinese style and Chinese quality. The long history of Chinese biography and its rich literature remains provide a solid traditional foundation for building the discipline of biography, the achievements in the collation of basic biographical documents and the interpretation of basic theories are the knowledge foundation for building the discipline of biography, and the current practice of biography writing, criticism and research puts forward the practical needs for building the discipline of biography. Therefore, there are sufficient conditions for promoting the construction of the discipline of biography. With no doubt, the construction of the discipline of biography inevitably involves clarifying and defining the constituent elements of the discipline, which not only requires concentration, definition and interpretation of the basic categories such as the connotation of relevant concepts, the principle of occurrence, the main body, the boundary of time and space, the nature and characteristics, and the main signs, but also needs to sort out and generalize the laws and characteristics of the history and evolution of biography. It is also necessary to establish the historical development model and theoretical system of biography, and summarize and form the knowledge system of biography. As things stand, much more needs to be done.

Keywords: biography / the discipline of biography / discipline system / fundamental problem

无论是在中国还是在西方，传记都有着悠久的历史传统，在中国更是如此。中国传记传统源远流长，然而，它却长期依附史学和文学，徘徊在文史之间。

因而，建构独立传记学学科体系，在当下建设具有中国特色、中国风格、中国气派的学术体系的自觉实践中就具有更为突出的意义。

回顾中国传记的发展历史，其呈现出如下基本特征：

第一，传记创作源远流长，贯穿整个中国古代文化史，其发展历史与中国古代文学、史学发展密切相关。在其历史发展过程中，作为史体的传记与作为文体的传记双线并行，构成了中国传记历史发展的基本方向和路径。

第二，传记的发展历史，既表现出典型的连续性，又表现出鲜明的阶段性。传记在历史发展中，与文学领域中小说、散文、诗歌和史学领域中史传、杂史、故事等关系密切，且相互影响，有着广泛的交流、对话和互动。

第三，传记具有复合与交叉的属性，具有双重身份，在传统目录学体系中，不仅是史学学科的组成部分，也是文学学科的重要构成部分，亦文亦史。

第四，传记文体具有独特性，既作为史体存在，又作为文体存在，但其自身又具有独立性，有着线索清晰、传承有序的发展历史，且在历史的发展过程中，自成体系，特征鲜明，形成了系统、完善的基本范畴和清晰、自洽的内在逻辑。

第五，传记文献遗存丰富，传记价值独特，不仅具有作为主体的独立研究价值，在历史人物、历史事件等研究方面，还具有独特的文学价值、史料价值。同时，传记中还保存了大量的地方民俗风情、特定时代的人文习尚，有着丰富的一时一地的民俗、民风资料遗存，在古代社会生活史及民间民俗、民风研究中，也具有标本意义。

第六，在中国社会从传统到现代的转型中，中国传记也实现了其从古代到现代的跨越，并在这一过程中与世界其他各国传记实现了交流与映照，成为当代世界多元传记构成中的独特存在和重要组成部分。

中国传记悠久的历史和丰富的文献积累，为传记学的学科建构提供了丰富的质料库藏和深厚的传统基础。中国传记学的学科体系构建应在充分尊重传记传统的基础上展开和实施。

一门学科的成立和发展，必然涉及对学科构成要素的明确和界定，传记学科的构建亦是如此，不仅需要对传记相关概念内涵、构成要素、发生原理、主体构成、时空边界、性质特征、主要标志等基本范畴作出集中的提炼、界定和阐释，还需要对传记历史发展与嬗变演化的规律和特征进行梳理和总结，建立传记的历史发展模型和理论体系，总结和形成传记学的系统知识体系。就目前现状看，还有许多工作亟须展开。

一、传记概念、属性及其基本范畴

《中国大百科全书·中国文学》卷对"传记"作了如下的定义："记载人物经历的作品称传记。其中文学性较强的作品是传记文学。传记文学的基本特征是：1. 以历史上或现实生活中的人物为描写对象，所写的主要人物和事件必须符合史实，不允许虚构。……2. 所写的人物生平经历具有相当的完整性……3. 它必须写出较鲜明的人物形象，较生动的情节和语言，具有一定的艺术感染力……这种文体在中国有悠久的传统，古代传记文学大体上包括两类，一类是历史传记文学，即史传文学，一类是杂体传记文学，即杂传文学……杂体传记文学包括史传之外的一切具有传记性质的作品，如碑诔、传状、自传等……"[①]

不难看出，这一定义的传记包罗甚广，然而对于其所陈列传记的属性如"文学性""必须符合史实""不允许虚构"等，学术界却有不同意见。比如对"文学性"的认识，中国历代正史，随着时代的发展，文学性是递减的，而历代杂传，文学性却始终是其基本特征。传记是否需要文学性？文学性是不是传记的基本特征和属性？这不仅是传记写作实践要面对的问题，也是传记批评、传记研究必须要正视的问题。如果片面强调"必须符合史实"，如何定义传记的功能？传记是否只满足于提供史料？与此相联系的，就是传记"真实性"的问题。传记到底可不可以虚构？虚构是否是传记的属性？我曾在《作为文学的传记：传记与传记传统及传记研究的边界》（《中国海洋大学学报（社会科学版）》2022年

[①] 《中国大百科全书·中国文学Ⅱ》，中国大百科全书出版社1988年版，第1312页。

第6期）一文中专门讨论过这一问题。虚构在传记中特别是杂传中广泛存在，如果片面强调真实，如何面对中国古代传记尤其是杂传中广泛存在的虚构问题？

对于传记的本质属性，在《中国大百科全书·中国文学》卷的定义中，"其中文学性较强的作品是传记文学"[①]，实际上是将传记划分为传记文学和非文学传记。这一判断与中国历代传记的实际历史生态有关，但这种对传记属性的判断，显然还是片面的，究其根源，则与传统文史观念的区分有关。中国早期学术是综合性的，特别是文与史，在很长的历史时期是混为一体的，直到魏晋南北朝刘宋时期，文学才正式从史学中分离出来，而随着四部分类法的确立，文史有了鲜明的界限。传统学术体系对传记属性的认识，或以为传记属史，或以为传记属文，显然是受此分类的影响。对于历代正史列传而言，其史的性质显著，而对于历代杂传而言，处于文史之间则是其显著特点。但很显然，在更为宏阔的视野下，就需要突破文与史的属性判别，挖掘和总结传记的本质属性，包括重新审视对传记"文学性""真实性"等的判断和认识。

对传记作出科学且符合历代传记写作实践、传记历史发展、传记研究现状与前瞻、传记研究未来发展趋势的定义，就显得尤为紧迫。理性科学的传记定义，应该具有如下特征：（1）宏观性，应该满足传记写作实践与研究的历史与现实；（2）开放性，能够容纳传记实践与研究的未来发展趋势；（3）包容性，应该涵纳传记写作实践与研究的各种创新；（4）有限性，传记的概念应该是明确的，本质的，有着清晰的边界。

如何理性、科学地定义传记，进而总结与明确传记的基本属性，需要确认其基本属性和解决现有传记概念中矛盾性问题。作为一门学科，应该跳出传统的史与文的判定，从"传记性"的独立视角，确认传记的基本属性。实际上，传记不仅具有史学属性、文学属性，或者兼文兼史的双重属性，从学术界兴起的民族志写作实践与研究而言，传记还具有社会学、人类学属性，甚至民俗学属性，

[①]《中国大百科全书·中国文学Ⅱ》，中国大百科全书出版社1988年版，第1312页。

因而，在综合考虑传记历史与现实生态基础上，跳出传统视域局限，总结与确认传记独立的"传记性"是必要的。

与对传记的定义和属性的确认相关，传记学学科的建立，还必须对传记相关的所有范畴进行梳理和界定，从传记概念入手，不仅要清理传记在历史发展过程中形成并涉及的相关概念，如传、记、志、录、列传、杂传、散传、类传、别传、内传、外传、家传、序，等等。实际上，传记作为有着悠久历史与丰富文献遗存并持续至今的活着的文体，相关概念与范畴在历史发展中都有或多或少的迁移、嬗变，因而，概念史或者观念史的梳理以及对相关范畴的厘定，是学科建立与走向成熟的重要标志和内容。同时，传记的定义，还应赋予传记"生长性"，即自我生长和更新的能力，也就是使其自身具有对传记写作实践中产生的新观念、新理论与新方法作出及时回应的能力和机制。

二、传记的类别与边界

在《作为文学的传记：传记与传记传统及传记研究的边界》一文中，笔者曾谈到传记研究的边界，指出"不同的研究目的，也必然需要划定不同的研究对象、并明确该研究相应的边界。对于传记研究而言，边界应该是开放而不是凝固的"[①]。不仅仅是研究要有边界，对于传记学学科的构建，传记本身也应该是有边界的。也就是说，传记也应该有明确的边界，和文学、史学一样，不仅要确立传记的内涵——概念和属性，也要确立传记的外延——范围和边界。

《中国大百科全书·中国文学》卷将中国古代传记文学分为两大类，一类是史传文学，一类是杂传文学。其中史传文学基本指向历代正史，而杂传文学则包罗甚广，包括"史传之外的一切具有传记性质的作品"，且列举了碑诔、传

[①] 熊明：《作为文学的传记：传记与传记传统及传记研究的边界》，《中国海洋大学学报（社会科学版）》2022年第6期。

状、自传等，这一概念是开放性的，包含了一定的科学性和合理性。中国古代传记中，正史列传的传记地位无可争辩，至于其所言"杂传文学"，除了传统杂传之外，如碑铭、墓志、行状等在历史发展中逐渐独立，单独成类；而诸如家族谱牒、个人年谱、集体学案等后来兴起并逐渐蔚为大观的文类，就其本质而言，传记性仍然是这些文类的重要特点，因而，将这些具有"传记性"的文类纳入传记学学科，论证并确立传记学学科的子属门类地位，也是确立传记边界的重要工作。同时，从《史记》纳入《匈奴列传》《南越列传》《东越列传》《朝鲜列传》《西南夷列传》《大宛列传》等民族传记开始，到目前方兴未艾的民族志写作与研究，在传记中也应该给予民族志相应的地位。另外，在传统杂传中就已经存在的物传，比如《国宝传》《玉玺正录》等，到近年《传记文学》杂志策划刊发的《黄河传》《长城传》等山河传记，也应该是传记的重要组成。

传记应该有明确的子属和类别。在传记子属的确立中，应该尊重传记在历史发展中形成的自然子属区分，同时也要对这些自然子属进行科学的甄别。一方面，要把确实不具有"传记性"的作品和类别排除，另一方面，也要涵纳和包括所有具有"传记性"的作品和类别，同时，还要涵纳历史发展中的新兴"传记性"作品和类别，并形成开放和包容的传记子属，以便容纳和鼓励传记写作实践与研究的创新和发展。那么，结合传记的历史与现实生态，传记中应该包括且不限于在历史发展中形成的史传、杂传、碑铭、墓志、行状、谱牒、学案、物传、民族志等子类。构建既符合传记历史又适应当下现实且指向未来的科学、合理的传记学学科谱系，是构建传记学学科的重要任务。

从历代传记作者的身份看，历代传记家大致可归为三种：历史家、文学家和学者，与此相应，传记也可分为历史家传记、文学家传记、学者传记三种，至于大量的未留下姓名的杂传作者，按照其书写取向，也基本可归入以上三家和三类。与作者的身份相联系，传记所体现出的倾向也是较为明显的，历史家的传记，往往表现出较为鲜明的史学属性，重视史料的真实与准确，历史性显著，如历代正史列传；文学家的传记，往往表现出较为鲜明的文学性，形象突出，行文多变，文学性显著，如陶渊明《五柳先生传》，韩愈、柳宗元等的传记文；学者的传记，具有客观、理性与全面的一般特征，重视辨疑存真，多有冷静的判断与评价，学术性显著，如黄宗羲《宋元学案》、朱东润《张居正大传》和《陆游传》等。作为仍然充满生命活力的文艺类型，传记有着自身前进与发展的内部机理，新的传记类型仍会不断出现，比如近年西方学者就提出了"作家传记"的概念和类型。作为学科的传记，特别是对传记发展具有理论思考能力的传记批评与传记研究，要能够及时回应传记实践中对传记类别与边界的拓展和突破，及时给予理论判断。

三、传记史与传记的历史发展模型

对学科历史的追溯与梳理是学科建设的重要方面，唯其如此，才能鉴往知来，才能推动学科健康发展。传记学学科建设也必须重视对中外传记史的梳理和传记历史发展模型的建构。梳理传记发展的历史进程，描述传记的发展线索和轮廓，揭示中国传记发展的连续性与阶段性等特征，发现传记发展、嬗变的内在动力和逻辑，总结传记发展的客观规律，建构客观、准确的传记历史发展模型，是传记学学科建设的重要内容。这当然包括中国的传记历史和世界的传记历史两个方面。

传记的产生几乎与人类进入文明时代同步，无论是在中国还是在西方都是如此。当人类步入文明时代，必然思考部落与家族之所从来，建构自身的历史，而部落与家族的英雄与历代祖先，就成为当然的主角，无论是以英雄史诗、神话传说，还是历史的方式，英雄与祖先的故事由此产生。当早期人类开始讲述这些"故事"的时候，无论是讲述"英雄及机灵的人们的事迹"[①]，"或为神性之

[①] [美] 克林斯·布鲁克斯、罗伯特·潘·沃伦编著：《小说鉴赏：双语修订 第3版》，主万等译，世界图书出版公司北京公司2012年版，第2页。

人，或为古英雄"[1]，都必然以人物的经历与事迹为主，或显著或隐约，基本上都是"传记"式的。许多传记学者从发生学的角度追寻传记产生的内外因素时，也往往最终指向人类对自身之所从来的思考。如英国学者哈罗德·尼科尔森认为："传记为满足纪念的天性而诞生，家庭希望纪念死者，人们写挽歌、悼词和用北欧古文字刻成碑文，部落希望纪念自己的英雄，于是，人们写英雄传奇和史诗，教堂希望纪念它的创立者，人们又写了圣者的早期生活传记。"[2]英国学者崔瑞德也认为，传记的产生"可能与氏族崇祀之文有关"[3]。美国学者爱德华·奥尼尔则更是将传记的产生归于人类的本能："人类保存其自身实录的愿望仅次于其保存自身的本能，由这一愿望而产生了历史学与传记文学的姻亲艺术。"[4]按哈罗德·尼科尔森、崔瑞德、爱德华·奥尼尔所说，传记的产生因素可归纳为"天性"渊源论、"尊祖"渊源论、"愿望"渊源论。陈兰村认为："这三种说法是互相联系的：人类保存自身实录的愿望，也有纪念的作用；祭祀固然是为了尊祖，又何尝没有纪念意义。"[5]不论是出于天性、尊祖，还是愿望，总之，人类为他们认为值得让子孙知道的人物立传的意识产生很早。

笔者在《汉魏六朝杂传研究》一书中大致描述了传记在中国萌芽和兴起的过程，从神话、传说中对部落英雄与家族祖先的记忆，到《诗经》及诸子散文中单纯的传人意识，到《尚书》中传记体的萌芽，到《穆天子传》传记体雏形的形成，到《晏子春秋》传记的登场，到《燕丹子》杂传的出现，到《史记》传记体的成熟和自觉传记写作实践时代的开启，中国传记也正式开启其贯穿整个中国古

---

[1] 鲁迅：《中国小说史略》，载《鲁迅全集》第九卷，人民文学出版社2005年版，第20页。
[2] 转引自陈兰村主编《中国传记文学发展史》，语文出版社1999年版，第2页。
[3] ［英］崔瑞德：《中国的传记写作》，张书生译，王毓铨校，《史学史研究》1985年第3期。
[4] 转引自陈兰村主编《中国传记文学发展史》，语文出版社1999年版，第2页。
[5] 陈兰村：《中国传记文学发展史》，语文出版社1999年版，第2页。

代史的发展历程。在这一历史过程中，历代传记家们不断拓展传记制度与方法等书写方式，创造了数量巨大、类型多样的传记作品，包含了上文言及的传记的所有子属。因而，对整个中国传记史的梳理，应该从各类别，即各子属的发展史的梳理开始。比如史传的发展历史、杂传的发展历史、碑志的发展历史、谱牒的发展历史、自传的发展历史、学案的发展历史，等等。在此基础上，完成对中国传记历史发展的梳理，总结中国传记历史发展的客观规律，建构符合中国传记历史实际的传记历史发展模型。中国传记之外的世界传记的历史梳理，也应如此。

当然，对传记的发展历史的梳理和客观规律的总结、发展模型的建构，应该以深入、全面地对传记个案研究、微观研究为基础、为前提。立足于对传记从个案到整体、从微观到宏观、从每一历史阶段的发展到整个历史发展过程、从现象分析到规律探寻，探索其中发展与嬗变的规律，寻找其中传记发展的自身逻辑，以此为基础，建构科学与符合传记自身历史的传记的历史发展模型。

四、传记写作实践、传记批评与传记研究

传记的魅力之一，在于它的实践性。传记写作实践始终是传记保持魅力与活力的源泉。传记批评则与传记写作实践相伴相生，是传记写作实践的重要基础。而传记研究则是对传记写作实践与传记批评的学术观照。学科建构视域下的传记学中，传记写作实践、传记批评与传记研究应该是"一体化"的存在，缺一不可。

无论是中国还是西方，传记写作实践都有着连续不断的悠久历史，且直至当下。传记写作实践也一直在不断开拓和创新，保持着旺盛的生命活力。以中国传统传记中的史传写作实践为例，司马迁以天才的智慧构建起纪传体的宏大体制，完成《史记》一书，以本纪、世家、列传的不同体例，诠释和呈现了传记的灵活性和表现力。继之而成的班固《汉书》，并不是完全依循《史记》，而是有许多创新，宋人倪思撰《班马异同》一书，阐释详尽。其后历代正史，仅就列

传而言，都没有完全依循前例，无不多有创立，如范晔《后汉书》增加设置了多种反映时代特征的《党锢列传》《独行列传》等类传，沈约《宋书》首次设立《恩幸传》《索虏传》，《南史》《北史》新设《贼臣传》，《宋史》新设《道学传》。不仅如此，在书写方式上，历代正史也不墨守成规，沈约《宋书》创带叙之法，魏收《魏书》引入谱牒之法，《新五代史》全用类传。进入现代以来，传记写作实践在各个方向与角度上进行了许多探索，加之现代技术手段的多样化利用，新的传记形态不断被创造，如图像传记、电影传记、口述实录、视频及自媒体传记，等等。传记也成为人们阅读的重要选择，《纽约书评》专门设置"传记与回忆录"一类，而许多传记一经出版就引起轰动，成为一时的现象级事件。一些传记被改编成其他艺术形式或进行新媒体改造，也常常引发轰动效应，如2023年8月上映的美国传记电影《奥本海默》（Oppenheimer）引发热议，而它就改编自凯·伯德和马丁·舍温撰写的传记《美国普罗米修斯》（American Prometheus: The Triumph and Tragedy of J. Robert Oppenheimer）。

传记批评在传记写作实践活动中扮演着冷静观者的角色，传记批评不仅总结传记写作实践的经验教训，也对传记写作实践进行理论指导，并作为传记家与读者之间沟通与对话的桥梁。传记写作实践离不开传记批评，是传记写作实践健康发展的重要支撑。仍以中国传统传记中的史传批评为例，司马迁的《史记》创立传记体，贡献巨大。但正如刘知几所说："寻兹例草创，始自子长，而朴略犹存，区分未尽。"并进一步指出传记体的不足之处："又传之为体，大抵相同，而述者多方，有时而异，如二人行事，首尾相随，则有一传兼书，包括令尽。若陈余、张耳合体成篇，陈胜、吴广相参并录是也。亦有事迹虽寡，名行可崇，寄在他篇，为其标冠。若商山四皓，事列王阳之首；庐江毛义，名在刘平之上是也。"[①] 其实，班固也是在充分总结《史记》经验教训的基础上开始撰作

---

① （唐）刘知几撰，（清）浦起龙释：《史通通释》，上海古籍出版社1978年版，第46、47页。

《汉书》的。《汉书·司马迁传》末,班固对司马迁及其《史记》进行了客观的评价:"至于采经摭传,分散数家之事,甚多疏略,或有抵梧。亦其涉猎者广博,贯穿经传,驰骋古今,上下数千载间,斯以勤矣。又其是非颇缪于圣人,论大道则先黄老而后六经,序游侠则退处士而进奸雄,述货殖则崇势利而羞贱贫,此其所蔽也。然自刘向、扬雄博极群书,皆称迁有良史之材,服其善序事理,辨而不华,质而不俚,其文直,其事核,不虚美,不隐恶,故谓之实录。"[①]可见班固对《史记》的优点和不足都有充分的客观认知和判断,也正因为如此,《汉书》在多方面都有改进。可以说,正是批评家的传记批评,概括总结《史记》的优长与不足,史传也因此逐渐走向成熟和完善。比如对史传应"尚简"这一准则,经过一代一代批评家如班固、干宝、张辅、裴松之等的不断努力鼓吹并在具体批评中不断加以强调,在史传中逐渐成为共识。批评的力量是巨大的,对传记写作实践可以发挥指导与向导作用。

传记研究是在理论层面对传记写作实践与传记批评进行观照,在对传记写作实践与传记批评进行微观与宏观的观照中发现并总结传记发展的客观规律,总结并形成相关传记知识,形成传记学的系统知识。传记研究是传记知识体系总结和系统化的重要途径和方式,是传记学学科建设的重要支撑。传记学学科建设必须重视传记的高质量学术研究,推进建构准确、完善、系统的传记知识体系。

必须指出,传记写作实践、传记批评与传记研究经常是三位一体的,一名优秀的传记家也可以是优秀的传记批评家和传记学者,或者说,传记批评家也可以是一名优秀的传记家和传记研究的优秀学者,传记学者也可以是优秀的传记家和传记批评家。同时,只有传记家、传记批评家和传记学者共同努力,才能推动传记学学科建设健康和高质量发展。

[①] (汉)班固撰,(唐)颜师古注:《汉书》,中华书局1962年版,第2737—2738页。

五、传记的学科定位与传记理论体系

　　传记在历史长河中的发展、嬗变，不可能是孤立展开的，必然受到时代相应人文生态的作用和影响，也必然与其他学科发生相互交流、对话和相互影响。近年来，笔者对中国古代杂传关注较多一些，发现中国古代杂传与文学领域中的小说、散文、诗歌和史学领域中的史传、杂史、故事等有着持续的相互交流、对话和相互影响，并形成"你中有我，我中有你"的交融、交叉的复杂关系。郑樵云："古今编书，所不能分者五：一曰传记，二曰杂家，三曰小说，四曰杂史，五曰故事。凡此五类书，足相紊乱。"[1] 马端临也说："盖有实故事而以为杂史者，实杂史而以为小说者。"又引《宋三朝艺文志》云："事多异闻，言或过实。"《宋两朝艺文志》云："传记之作……而通之于小说。"[2] 明代焦竑《国史经籍志》也说："杂史、传记皆野史之流……若小说家与此二者易溷，而实不同。"[3] 后来《四库全书总目》小说家类二卷末案语亦称："纪录杂事之书，小说与杂史最易相淆。"[4] 历代论者所言之"传记"指杂传，马端临、焦竑等所论实际上揭示了杂传与这些文体、史体之间的相互交流和影响，对这种交流本身的考察，这种交流如何达成、影响如何发生、以何种方式发生，以及结果对各自发展的影响和具体体现，弄清这些问题，是进行传记学学科定位的基础。

　　不仅中国古代杂传如此，传记中的其他子属类别如史传、谱牒、碑铭、墓志、行状、学案也有着与杂传同样的人文环境，也必然与文学、史学、社会学、人类学等其他学科有着广泛的交涉与对话。任何事物的发生发展都不是孤立的，

---

[1] （宋）郑樵撰，王树民点校：《通志二十略》，中华书局1995年版，第1817页。

[2] （元）马端临著，华东师大古籍研究所标校：《文献通考·经籍考》，华东师范大学出版社1985年版，第539、535、537页。

[3] （明）焦竑撰：《国史经籍志》，载《续修四库全书》第916册，上海古籍出版社2002年版，第347页。

[4] （清）永瑢等：《四库全书总目》，中华书局1995年版，第1204页。

传记的发生与发展也是如此。因而，梳理与确认传记与其他学科之间的交涉与交流、对话与影响是进行传记学学科定位的重要前提和内容。传记学学科建设需要对传记本身的特点和规律进行梳理和总结，梳理并厘清传记与其他学科之间的关系，不仅是构建平衡且富有张力的传记与其他学科之间关系的前提，也是确立传记学学科独立性的重要内容。这不仅需要厘清传记与其他学科之间的区别，还要在这种关系梳理中，确认传记之所以为传记的独特性即"传记性"，从而确立并建构传记独特的身份标志。

在梳理传记发生发展的人文生态过程中，要重点关注传记的独特"传记性"，通过传记与其他学科的区别与联系，在对照中发现与确认传记的基本特征，揭示传记的"传记性"，确立传记的独特身份标志。除此之外，还要由此出发，总结传记发生发展的内在逻辑与规律，建立传记学学科的科学理论体系。

在传记理论的宏观体系中，应该包括涉及传记写作实践、批评实践与研究实践的三个主要方面，即创作论、批评论与艺术论。同时，作为传记本身历史梳理的传记史书写及其相关研究，也应是传记理论体系的重要内容。而在具体展开过程中，则可以通过横向与纵向、断代与专门方向的具体工作入手，积累相关经验。同时，有着悠久传统的传记，在历史发展中积累了大量文献，对这些传记文献的整理与研究，也应该是传记理论体系建构的重要内容，应思考并提出如何整理、利用和保护这些传记文献。因而，传记文献学、传记史料学也应该是传记理论体系中的组成部分。另外，传记在历史发展中，产生了多种多样的传记类型，不同传记类型在文体制度、书写样态等方面存在着很大差异，所以建立专门梳理、总结传记文体特征的传记文体学，也是十分必要的。

当然，传记理论体系的建立是一项复杂而系统的工作，不仅要注意古今中外历代传记发生发展的人文生态，关注传记在历史发展过程中与其他学科的交涉和交流，还要注意古今中外历代的传记写作实践，关注历代已有传记家、传记研究学家的实践思考和理论阐释，从发现与确认传记理论的本体或者说"元概念"出发，从发现传记本身的历史发展逻辑入手，在批判继承古今中外历代传记写作经验与理论阐释成就，借鉴与利用成熟学科的理论体系模式，对传记进行科学定位的基础上,建立符合现代学科要求的传记理论体系。

六、作为方法的传记及其他

传记是一种写人或塑造人物形象的文艺类型,传记不仅自身是一种主体存在,与各种文学、史学及其他学科发生交涉与相互影响,同时,还作为一种方法,被引入其他学科。美国 E. M. 罗杰斯于 1991—1992 年完成、1994 年出版《传播学史》,其中文版译者在"译者的话"中写道,"按照罗杰斯本人的说法,随着他关于人类传播行为,尤其是大众传播过程的研究的深入,他对于传播学史的好奇心也与日俱增,并最终导致了传播学史的写作",他使用了传记方法,"通过传记式的编史工作,在人的基础上来理解传播学史"。[①] 传记作为方法,成为 E. M. 罗杰斯书写美国传播学史的方法。而在如今非虚构写作(non-fiction writing)思潮持续不衰的时代环境中,作为方法的传记不仅被引入文学中,更是被其他学科和文艺类型广泛借用,比如新闻、电影、戏剧、音乐等都有引入和使用传记方法的尝试,给文学艺术等其他学科带来许多新的可能性。

由此也引发我们的思考:传记还有怎样的可能性?因而,挖掘传记的潜能和可能性,也应该是传记学学科建构过程中应该思考的问题。

总之,构建独立的传记学学科体系切合了当前彰显文化自信、建设具有中国特色、中国风格、中国气派的学术体系的时代要求,传记的悠久历史及丰富文献遗存为传记学学科构建提供了坚实的传统基础,传记基本文献整理与基本理论阐释的成就是传记学学科构建的知识基础,而当下传记写作实践、批评实践与研究实践需要又为传记学学科构建提出了现实需要,因而,当下推进传记学学科体系建设具有了较为充分的条件。当然,构建传记学学科体系是一项十分复杂的系

---

① [美] E. M. 罗杰斯:《传播学史——一种传记式的方法》,殷晓蓉译,上海译文出版社 2012 年版,"译者的话",第 3、8 页。

统工作，以上只是就关涉传记学学科的一些基本问题提出了一些粗浅的认识和看法，在构建传记学学科体系的过程中，必然会发生或遇到许多具体的问题，则需要在具体实践中进行探索和思考，提出有针对性的具体方案。

作者简介： 熊明

中国海洋大学中文系教授，博士生导师。主要研究方向：中国古代传记与传记文献、中国古代小说与小说文献。

何谓"中国现代传记"

——基于一种研究现状的考察

张立群

摘　要：　"中国现代传记"概念的界定，与近年来现代传记研究的新趋势有关。中国现代传记既标志着中国传记发展进入一个崭新的历史阶段，还意味着其本质属性也不同于传统传记。通过对"现代"的层层解析、以往命名及其争议的回顾，中国现代传记的内涵得以由外至内地呈现。基于不同的标准，中国现代传记还包含着许多具体的形态。具体形态的确定离不开相应的现实，作为一个仍处于发展变化的概念，中国现代传记需要置于具体实践之中，并和其研究实际结合起来，才能获得相对的独立性和稳定性。

关 键 词：　中国现代传记　传记　现代　概念

What is Modern Chinese Biography: An investigation based on the current state of research

Zhang Liqun

Abstract:　The definition of the concept of Modern Chinese Biography is related to the new trend of modern biography research in recent years. The concept of Modern Chinese Biography not only signifies that the development of Chinese biography has entered a new historical stage, but also implies that its essential attributes are different from those of traditional biography. By analyzing the aspects of Modern and reviewing the past naming and its controversy, the connotation of Modern Chinese Biography is able to be presented from the outside to the inside. Based on different criteria, Modern Chinese Biography also contain many specific forms. The determination of specific forms cannot be separated from the corresponding reality. As a concept that is still in the process of development and change, Modern Chinese Biography needs to be placed in concrete practice and combined with its research reality in order to gain relative independence and stability.

Keywords: Modern Chinese Biography / biography / modern / concepts

一般地说，一个更为具体的概念的出现往往反映了该研究领域已呈现出新的趋势。相较于传统意义的"中国传记"，"中国现代传记"的提出离不开其已有的历史、实绩与自身独特的属性，更与传记研究本身持续发展、不断深入的内在吁求有关。从晚近召开两次重要学术会议的情况来看，无论是来自不同专业的学者都可以进行相应的传记研究，还是希求"新时代中国特色传记学学科建设"[①] 的成立，对于"传记"进行更为具体的划分与界定都是必要的。在此前提下，明确"中国现代传记"的基本内涵和外延，不仅有助于深化中国传记的认知视野，提高"传记"概念使用过程中的准确性，而且还可以在辨析不同传记不同属性的同时，推进传记的理论建构与研究的繁荣。

---

① 指2023年6月30日由中国艺术研究院主办的"探索与共识：新时代传记学学科建设"论坛和2023年11月16日由中国艺术研究院主办的"新时代中国特色传记学学科建设学术研讨会"、2023年10月20—23日在中国海洋大学召开的"理论、方法与实践：传记研究前沿论坛"。

一

概念的界定需要揭示事物的内涵与外延，进而呈现该事物区别于其他事物的本质属性与边界。依据事物的特性与范畴归属，概念的界定可使用直接定义、解说描述、对比辨析等方法实现。由上述逻辑考察本文的研究对象，"中国现代传记"的界定可采用以中国古代传记为重要参照，进而凸显其重要特征即"现代"的方式。而采用这种策略的理由则在于，中国现代传记虽为中国传记进入现代社会的产物，在诸多方面呈现了不同于传统传记的特点，但着眼于更为广阔的历史，中国现代传记仍是中国传记一个重要组成部分、一个晚近阶段，将其纳入一个整体视域、以对比的方式展开，可以在揭示内在连续性的同时呈现其相对独立的特性。

"现代"之于中国现代传记的意义，第一，在于其适应现代社会发展、符合现代文化精神。从第一批中国现代传记多出自现代作家之手且以自传成就最高，我们完全可以看到五四新文化运动催生的思想解放、人的发现以及"人的文学"的倡导之于现代传记诞生的重要意义。较早一批现代传记写作既可以像胡适为辗转到北平读书、英年早逝的女学生李超所写的《李超传》一样，涉及社会问题、反对封建礼教、为平民和普通女性立传，也可以像郭沫若《水平线下》《我的幼年》、胡适《四十自述》、庐隐《庐隐自传》、沈从文《从文自传》、谢冰莹《一个女兵的自传》等一样，书写自我、展现自我，劝导朋友们书写自传且形成一种风气。[1] 为平民、普通女性尤其是为自己立传，不仅使现代传记书写和"五四"精神保持内在的一致性，而且还一改中国古代几无严格意义上的自传的历史以及"生不立传"的观念。传主身份更为自由、多样和自传的大量出现，对中国现代传记后来的发展产生了深远影响，其一是扩大了传主的选择、实现了

---

[1] 指胡适由于深感中国传记文学的缺乏，在归国至20世纪30年代十几年间，到处劝朋友们写自传，进而引领一种风气。参见胡适《〈四十自述〉自序》，载耿云志、李国彤编《胡适传记作品全编》第一卷上册，东方出版中心1999年版，"序"，第1页。

传记写作的平民化，其二是拓展了传记的文体形式、形成新的类别。此后，中国传记进入了一个新的时代，其历史也掀开了新的一页。

第二，"现代"意指使用现代汉语，在语言质素方面发生新变。在为《南通张季直先生传记》所写的序言中，胡适曾言："传记写所传的人最要能写出他的实在身份，实在神情，实在口吻，要使读者如见其人，要使读者感觉真可以尚友其人。但中国的死文字却不能担负这种传神写生的工作。"[①]胡适的这段话延续了他在白话文运动中一贯的进化论观点，即用现代白话的"活文字"代替古文的"死文字"，而此时白话的使用经历晚清到"五四"的"白话文运动"，已然进入学术领域。语言文字作为传记写作的基本单位，其古今之变意味着书写载体和思维方式的变革：用白话（即后来的现代汉语）表达现代思想、书写现代的人与事物，对于写传者本人和传记本身来说都至关重要。现代汉语自由灵活、语法多变、浅显易懂，既有利于纪实叙述、真实生动地表现人物，展示传记写作者的文字功力和写作才能，又利于阅读、传播，进而为广大读者所接受，这些都是其优越于古文、具有现代品格的重要标志。

第三，是篇幅的扩充和内容的增多。对比古代传记"以简要为主"的叙述模式，现代传记在叙述时往往将内容分为若干章节，将传主生平划分若干阶段，进而突出其人生节点、展现其完整的生命历程，这些关乎传记本身的写作要求形成了现代传记篇幅扩充、体量增加及至长篇传记的诞生。为了能够突出传主的形象气质、再现其生动曲折的人生，现代传记不仅增加了传主儿时学习、受教育的经历和时代背景、自然环境的描写，还增加了传主内心世界的变化和生活细节等描写，这种基于完整、真实、深入展现传主生平的理念追求，在为传记增添文字内容的同时，自然也使传记的长度和容量得到扩充。篇幅的扩充和内容的增多同样是展现现代传记具有现代品格的重要方面。除了适应现代汉语的使用，

---

① 胡适：《〈南通张季直先生传记〉序》，载耿云志、李国彤编《胡适传记作品全编》第四卷，东方出版中心1999年版，第203页。

篇幅的扩充和内容的增多可以使现代传记容纳更多形式和方法。以"我国有史以来最长自传"之称的《沫若自传》为例：从1928年着意动笔，希图描绘"我写的只是这样的社会生出了这样的一个人，或者也可以说有过这样的人生在这样的时代"[①]，到1959年《洪波曲》（即"抗日战争回忆录"）出版，四卷本、计约110万字的《沫若自传》从1892年写到1946年，时间跨度半个世纪有余。在具体构成上，《沫若自传》集合了作者写于不同时期的与其生平经历相关的作品：在时间上，其最早完成的作品甚至可以追溯至1922年的《今津纪游》；而从形式上看，则包括游记、日记、回忆录和典型自传等。对于形式的多样性理解，一方面使《沫若自传》可以容纳更多文字、增多篇幅，另一方面则使其最大限度地完整再现传主的生平及至具体的内心世界，而上述两方面的结合，又为理解何谓中国现代自传及如何展现现代传记的复杂性提供了新的个案。

第四，"现代"还指在中国现代传记诞生过程中，对西方传记资源的借鉴与融合。晚清至"五四"时期西方传记作品的翻译、介绍和传播，在很大程度上推动了中国现代传记的发展，这一点就现代传记在历经传统传记转型之余，需要借鉴与融合外来文化资源展开现代化路径的角度来说也是合理和必要的。通过阅读西方传记，中国现代知识分子不仅看到了中西方传记的差异，而且还获得了许多经验资源。从胡适、郭沫若、郁达夫等较早的一批现代传记实践者的文字中可知：普鲁塔克的《希腊罗马名人比较列传》、鲍斯威尔的《约翰生传》，西方现代"新传记"作家如德国的艾米尔·路德维希及其代表作《歌德传》、法国的莫洛亚及其代表作《雪莱传》《拜伦传》、英国斯特拉奇及其代表作《维多利亚名人传》《维多利亚女王传》等，都对中国现代传记写作产生过影响。至于像法国作家、思想家卢梭《忏悔录》中自我解剖、自我暴露的叙述，更是为郭沫若、郁达夫等人的自传提供了创作原则和道德尺度。现代作家以此肯定人的价

---

① 郭沫若：《我的童年·前言》，载郭沫若著作编辑出版委员会编《郭沫若全集》（文学编 第十一卷），人民文学出版社1992年版，第7页。

值、揭示人的性格与内心世界，进而在丰富传记写作和人格表现力的同时使其具有现代性。

第五，"现代"还包含现代出版、传播，借助现代媒介之意。不同于古代传记的印行方式，中国现代传记以现代出版业为媒介基础，逐渐形成了报刊发表和图书出版两大基本格局。现代出版的整体特点是速度快、周期短、数量多、传播迅捷，其不仅可以有力推动现代传记的创作，而且还可以在不断衍生新的样态的同时促进现代传记的发展。当然，从流通和消费的角度上说，由于报刊发表、图书出版涉及版权归属、稿费制度、市场盈利等一系列问题，因此，现代传记为大众所认可后，还促进了职业传记写作者队伍的生成以及研究界的关注，如进入21世纪以后，传记成为图书市场上一道重要的风景，每年出版的数量数以千计。随着技术的进步，影视传记、网络版传记的出现，在主客观因素影响下，传记研究的升温直至出现专业性研究刊物，都反映了现代传记与现代出版、传播之间的密切关系。

综合以上五个方面，我们不难看出：中国现代传记之"现代"既具有其特定的时代性，同时也具有不断发展变化的特性。取意于时间和形制上的"现代化"，"现代"涵盖文学史意义上的"现当代"和"21世纪以来"，而着眼于语言使用和文化交流，"中国现代"视野中的传记则应当包括海峡两岸和港澳地区以及海外华文地区以现代汉语写作的全部的人物传记。

二

中国现代传记自诞生之日起，就面临着本质属性重新界定的问题。结合梁遇春的《新传记文学谈》（1929）、郁达夫的《传记文学》（1933）和《再谈传记文学》（1935）、胡适《〈四十自述〉序》（1933）以及那篇被后人冠名为"传记文学"的日记（1914年9月23日）等所述内容，我们不难看出：中国现代传记自诞生之日起，就一直存在游弋于"历史"与"文学"之间的现象。现代传记倡导者、研究者和写作者常常将"传记"与"传记文学"不加区分、交替使用，既与其受到西方传记写作的影响有关,同时也与最早的一批现代传记写作者基本为现代作家、将传记视为一种文体有关,而从文学创作的角度理解"传记"恰恰为重新思考中国现代传记的本质属性带来新的内容。

值得一提的是,在传记文学概念的使用过程中,有的学者曾用"传叙文学"来替代我国从古至今的传记概念,"什么是传叙文学?传叙文学便是时人称为'传记文学'的文学,但是为求名称的确当起见,似应改称为传叙文学……传叙两字连用,还有一种意外的便利。自传和传人本是性质类似的著述,除了因为作家立场的不同,因而有必然的区别以外,原来没有很大的差异,但是在西洋文学里常会发生分类的麻烦,我们则传叙二字连用,指明这类的文学,同时因为古代的用法,传人曰传,自叙曰叙,这种分别的观念是一种原有的观念,所以传叙文学,包括自传在内,丝毫不感觉牵强"[1]。"传叙文学"使用的目的可谓涵盖古今中外的传记类型,但究其本质来看,并未和之前的"传记文学"形成绝对的分野,何况就其使用者的观念演变来看,"传叙文学"最终还是回归到"传记文学"上来[2],这似乎都在表明:经历多年的积淀和检验,"传记文学"由于种种原因,仍为最具言说效力的命名。

从 20 世纪 90 年代一些理论著作回顾历史指出的情况来看,中国现代传记在其已有的百年发展过程中,关于传记的本质属性一直有不同的意见甚至存有争议,但却无一例外地指出现代传记应有文学的属性。如朱文华就曾在其著作《传记通论》中,结合我国现代学术界对于传记本质属性问题的认识,列举出"一是历史属性说""二是文史分离说""三是文史结合说""四是文学属性说"共

---

[1] 朱东润:《关于传叙文学的几个名辞》,《星期评论》1941 年第 15 期。
[2] 指朱东润在 20 世纪 60 年代特别是 80 年代所著文章中,不再使用"传叙文学"而使用"传记文学"。参见《漫谈传记文学》,《解放日报》1961 年 8 月 5 日;《论传记文学》,《复旦学报(社会科学版)》1980 年第 3 期;《传记文学》,《大地》1981 年第 5 期。

四种意见,并强调用"传记作品"①的统称来代替传记和传记文学的命名。全展在《中国当代传记文学概观》中回顾当代传记文学理论研究与批评态势时,列举出"史学说""文学说""边缘学科说或文史结合说"三种有代表性的观点,并指出:"1990年代以降,越来越多的人倾向于后两种说法。认为传记文学不属于历史学,但同历史学又有极为密切的联系。它源于历史又高于历史。传记文学不是历史与文学的简单相加,而是两者融合而成的一种独特的文学样式,它应该从历史中找出对现在社会有启发意义、有影响的人物进行文学化的挖掘,其中优秀的作品应该达到科学和艺术的统一。"②而在《现代传记学》一书中,杨正润又在上述基础上,指出:"大体上可以说,传记是某一个人物的生平的记录;从其文类考察,传记同历史学和文学都有相通之处,但又各有原则的区别;从其属性考察,传记是一种文化形态的体现;从其发生考察,传记是对一个人的纪念。从这些方面入手,可以获知传记的本质。"③从以上观点看中国现代传记的本质属性,可以看出随着现代传记写作的发展、传记研究的深入,现代传记在纪实求真的同时也在逐步完成一种身份意义上的独立与确认。如果说诞生期的现代传记对文学的强调更多是为了超越传统传记的写作模式,那么,随着现代传记的发展,如何叙述、篇幅形制等更为深层的要求,往往需要写作者在具体实践过程中思考想象、推究、呈现人物内心世界等一些具体的问题,从而为传记获得文本叙述和审美艺术的有效支撑。从这个意义上说,文学性的发现与强调是中国传记现代化的必然结果,同时也是其现代化进程中的重要特质之一,而中国现代传记也正是因为这一观念的转变才开启自己特定的历史的。

从以上论述可知:传记文学是一个现代概念,它以"传记"和"文学"结合

---

① 朱文华:《传记通论》,复旦大学出版社1993年版,第6—7页。需要指出的是,"文史分离说"是著者依据1979年版《辞海》认为"传记"可分为"历史性"和"文学性"两类,而"文史结合说"则主要指兼具两者性质。
② 全展:《中国当代传记文学概观》,黑龙江人民出版社2004年版,第250—251页。
③ 杨正润:《现代传记学》,南京大学出版社2009年版,第19页。

的方式为中国现代传记的认知带来了新的内容，它和"传记"可以交替使用，生动地反映了传统传记向现代传记过渡与转型的痕迹。当然，从学理的角度上说，区分"传记"和"传记文学"仍然是必要的。作为传记创作和研究中使用频率最高的两个命名，辨析"传记"和"传记文学"不仅可以更为深入地认识现代传记的本质，而且也有助于深化现代传记研究的理论发展、丰富中国传记的传统。

如果从泛指的角度上说，现代文化语境中的"传记"和"传记文学"完全可以通用。此时两者均是整体性或曰"类"的概念。其中，"传记"自不必进行过多的解释，而"传记文学"在使用"传记"基本义的同时更倾向于创作层面上的强调。历史地看，传记文学的出现与早期现代传记家在倡导过程中有意区别传统传记、吸取西方现代传记写作经验有关，但更重要的是命名的约定俗成和时间带来的某种身份和权利的确定。不过，如果从具体所指上说，"传记"和"传记文学"显然是有区别的。正如陈兰村指出的："'传记'名称是一个属概念，其本身能够包括文学和史学两个范畴的作品，它是记录真实人物生平文体的总名称。'传记文学'则是其中的一种。'传记'与'传记文学'是属与种的关系，'传记文学'是隶属于'传记'中的概念。'传记文学'也可称为'传记'。'传记文学作品'当然也可称'传记作品'。'传记文学作家'也可称'传记作家'。"在此前提下，陈兰村通过分析传记文学的基本特征对传记文学加以定义："传记文学的基本特征，应具有真实性、再现传主生平的相对完整性和着意表现其个性，并具有艺术性。这三条基本特征是互相联系的，失去其中一条就丧失了它的基本特征。根据这三条基本特征，可以给传记文学下定义为：它是艺术地再现真实人物生平及个性的一种文学样式。"[①]按照这样的理解，具体所指意义上的"传记文学"与"传记"的关系，颇似"小说"与"文学"之间的关系：将"传

[①] 陈兰村主编：《中国传记文学发展史》，语文出版社1999年版，"绪论"，第3—5页。之所以称其对王成军文章"疏漏"之处给予修正，是因为王文将"传记"作为一个"种概念"，不符合实际情况。"传记"应当是陈兰村所说的"属概念"，而"传记文学"是一个"种概念"，只有这样，"传记"才能包括"传记文学"。

记文学"称为"传记"没有任何问题，但将"传记"全部理解为"传记文学"则存在逻辑上的问题。毕竟，"传记"在具体展开时还包含如"评传""年谱""回忆录""口述史"等很多写作类型，它们的属性也各不相同，而"传记文学"最直接的参照应当是"史传"和"评传"。"传记文学"的笼统与具体之说，使中国现代传记概念具有了更为丰富的层次感，只不过关于其具体区分，又必将是一个实践的问题。

三

在由外至内的方式明晰中国现代传记的本质属性之余，中国现代传记的具体形态也同样有很多问题需要辨析。毫无疑问，经历转型之后的中国现代传记已形成了一个十分庞大的文类，并随着时间的推移不断衍生出新的形态。从已有的理论著述可以看到：尽管人们总是试图从理论的角度对其具体类别进行标准化的确定，但一旦进入具体的实践过程，我们总是感到标准其实是很难确定的。在这一前提下，承认现实、采取具体文本具体分析使之成为一个具体的问题，有助于深化人们对于传记本体的认知。

必须承认的是，由于中国现代传记种类繁复、形式多样，即使同一部传记，考察的角度不同，也会在不同场合得出不同的结论。所以，很难用一种整齐划一的、简单明确的标准对其进行归类。现代传记的客观实际情况使得其分类只能采取多维度共存的方式。如采取外在直观的角度，依据传主的身份与事业、成就与贡献，我们可将其分为"英雄传记""政治家传记""作家传记""明星传记""平民传记"以及更为笼统的"名人传记"等；依据内容与篇幅，可将其分为"短篇传记""长篇传记""集合传记"等；依据文本性质，我们可将其分为"标准传记""历史传记""文学传记""通俗传记""传记工具书"，等等。当然，结合古今中外已有的研究经验和理论著述，中国现代传记还可以依据写传者与传主之间的异同将中国现代传记分为"自传"和"他传"两大类，而后再分述各类别包含的诸多形式。

相对于传统的中国传记，"自传"不仅集中呈现了现代传记的现代性，而且还集中反映了一种现代主体精神。理论上说，广义的自传包括一般意义上的自传和回忆录、口述史（有时也以言行录、访谈录、创作谈命名）等"亚自传"形态，以及书信、日记、游记等"边缘形态"，但如果从实际的文本情态来说，上述分类往往还需要一定程度上的辨别。以"回忆录""口述史"为例，如果其内容是关于"自我"为主，那么，归入"自传"并无任何问题。但如果其内容是关于某一历史事件、某一时代或是关于某个亲友的，那么，这样的"回忆录""口述史"则不宜完全套用理论归入自传，相反地，如果是"亲友回忆录"，那么其实际上已是"他传"范畴了。"回忆录"兼具"自传"和"他传"的特点，应当是现代传记诞生之后，部分作家和研究者基于传记形式的考虑，将其分为"自传"、"他传"和"回忆录"的原因。① 而以"书信""日记""游记"为例，我们同样要强调其中"我"和涉及传记的比重究竟占有多少，再者就是要有较为清晰的时间线索。可以肯定的是，无论是"回忆录""口述史"，还是"书信""日记""游记"，只有其篇幅越长、与"我"相关且能够表现"我"的信息量越大，才越接近于自传，否则只能成为了解传主本人的重要参考资料。

自传是关于自己的记录，相对于传主整个生命历程是一次未尽的叙述，但就整体上说，自传常常具有"一次性书写"的特点。强调这些基本的常识是因为随着自传的发展、越来越受到读者重视，还有一种他者编辑过的"自传"相继产生，即由后人依据传主生前关乎自己生平的文字，按照大致时间顺序和生命历程编辑而成的自传。如1995年于江苏文艺出版社陆续推出的"名人自传丛书"（共25种），其中的《徐志摩自传》《萧红自传》《朱自清自传》《鲁迅自传》；2008年于华夏出版社陆续推出的"中国现代名人回忆录文丛"（插图版，共两

---

① 如现代作家郁达夫在《什么是传记文学》（《文学百题》，上海生活书店1935年版）一文中，就采用这种分法。此外，今人郭久麟在《中国二十世纪传记文学史》（山西人民出版社2009年版，第4页）中，也采用这种分法。

辑）中的《我所见的清华精神——朱自清回忆录》《巴黎的鳞爪——徐志摩回忆录》《这也是生活——鲁迅回忆录》等都是如此。这种类型的自传再次显示了出版业与名人传记之间可能呈现的较为复杂的互动关系，其名为"自传"，实为"编撰"，从一般阅读的角度上说问题不大，但如果是为了准确了解传主生平和进行学术研究，则需要甄别使用。

相对于"自传"，"他传"由于可以被不同时代、不同作者多次书写而在形式上显得灵活多样。作为一种习惯性的分类，人们一般是从日常阅读的角度，结合文本命名直接认识每一部传记的。在此逻辑下，传记可分为大传、小传、正传、外传、本传、别传、全传、简传、传略、评传、合传、画传、文传、诗传以及传记小说等类型，又包括许多随着写作和研究不断深入而产生的不以"传"命名的传记，如一些包含在"青少年时代""晚年""故事""家族史"丛书中的文本以及使用传记式写法呈现的"人物研究"，等等。尽管从命名的角度区分现代传记难免会有模糊不清甚至"望文生义"的问题，如许多以叙述性为主的"正传"和以评述性为主的"评传"并无太多差别，但其所具有的直观的特性仍具有相当程度上的实践效力，而此时，对一部传记的认知不仅取决于传记写作者采取的叙述角度和写法，而且还取决于阅读者的经验和把握尺度。

除以上两种主要类型之外，中国现代传记还在继承传统和拓展自我的过程中具有新的文本形态，此即为"年谱"和可以纳入此体系中的"研究资料汇编"。"年谱"作为"谱表类传记"，又称年录、年表，是一种古老的传记形式，资料性和翔实性是其重要特征。就具体文本而言，"年谱"虽不如标准传记那样故事性强、人生阶段脉络清晰、人物形象丰满，但其在占有大量资料的基础上详细地呈现了传主的一生，并在继承古代传记传统的前提下符合传记的本质。进入近现代以来，"年谱"在具体实践过程中有"自撰年谱"和他者所撰"年谱"，这使得"年谱"在具体展开时也有"自撰"与"他撰"之分。与"年谱"相比，"研究资料汇编""研究专集"作为汇编类传记，在归入传记范畴时需要进行区分。以20世纪80年代初期出版的"中国当代文学研究资料丛书""中国现代文学史资料汇编（乙种）"为例，其中涉及作家"生平与文学活动"部分，皆可属于传记范畴，至于具体呈现时这部分既包括作家自述、创作谈，又包括作家小传、年表等，则使"研究资料汇编"或者"研究专集"成为一个自传类和他传类的结合体。当然，考虑到部分署名为"研究资料汇编"的著述，在实际编排时不收录传记类文字，而只是收录与传主相关的、由他者所著论文，则另当别论。

从以上所述可知，中国现代传记在具体分类过程中呈现出复杂的、立体的网状结构，秉持不同的标准，任何一种分类都具有相应的有效性，同时也难以避免其相对性。较为完整而准确地确定一部传记属于何种类型，需要结合具体文本、条分缕析。进入20世纪90年代之后，由于技术的发达，影视传记以及传记的网络化，为中国现代传记的类别划分带来新的机遇，而这一客观前提要求研究者要及时发现传记文本的特殊性，进而做好理论的准备与经验的总结。

任何一种概念的确定都需要运用于实践，否则其只是一个空洞的命名。"中国现代传记"是中国传记演变的结果，在其身上凝结着中国传记传统的延续与发展。由于种种主客观因素的共同作用，中国现代传记已在发展过程中形成潮流和现象并成为一道跨越多个学科的风景，见证了传记的时代性和晚近的发展史。正是由于其在转型过程中有别于传统的传记，具有相对的独立性，所以才需要我们加以区分、甄别、使用。总之，通过以上三方面的论述，我们可以从整体上了解中国现代传记的内涵。值得指出的是，中国现代传记还应当包括现代阶段由现代汉语翻译出版的国外传记家所写的传记，以及在海外华文地区出版的由汉语书写的传记文本，对传记出版空间的拓展有助于我们全面认识何谓中国现代传记，只是限于篇幅，本文无法一一详细地展开了。

作者简介： 张立群

山东大学人文社科青岛研究院教授，博士生导师。主要研究方向：现当代作家传记与现代文学史料学。

跨学科视域下的传记学

BIOGRAPHIES FROM AN INTERDISCIPLINARY PERSPECTIVE

丝路视域下的传记法

——以《史集》的修撰为核心

邱江宁

摘　要： 13世纪，蒙古人对世界的征略，不仅拆除了那些使一个个文明隔绝开来的城墙，将各种文化结合在一起，而且深刻地改变了传统世界文明的单一性。在蒙古人征略之后建立起来的丝路体系，打通了欧亚大陆多民族、多区域的往来交流之路，肇开世界史诞生之端始，传记书写法度也随即发生深度变化。产生于14世纪初，由伊利汗国宰相拉施特主编的《史集》，作为人类第一部世界史，其编撰之初的政治目的及其所体现出的追问民族自所从来的意识，在编撰理念中所体现出的既朦胧又坚定的世界立场，以及在撰写过程中对于多语文献的搜集、口述历史和插图等实证性路径的践行，既具有时代标志性意义，又包含着极富开启意义的传记法内容。

关 键 词： 丝路　《史集》　拉施特　传记法

The biographical methodology in the context of the Silk Road: Centering on the compilation of *Jāmi' al-tawārīkh*

Qiu Jiangning

Abstract: In the 13th century, the Mongol conquests integrated diverse cultures and profoundly disrupted the unity of traditional world civilizations by dismantling the barriers that had isolated various civilizations. The Silk Road system which was established after the Mongol conquests opened up paths for exchanges among multiple ethnic groups and regions, marking the beginning of world history and leading to profound changes in the methodology of biographical writings. *Jāmi' al-tawārīkh*, or *Collector of Chronicles*, as the first book of world history was compiled in the early 14th century under the editorship of Rashid al-Dīn, the Prime Minister of the Il-Khan Abagha. Many factors in this book such as its initial political intentions, the consciousness of questioning the origins of one's own nation identity, the somewhat vague yet firm global stance reflected in its editorial concept, and the empirical approach to collecting multilingual documents, oral history, and illustrations during the writing process, not only have landmark significance for their time but also contain biographical methodology with great pioneering significance.

Keywords: Silk Road / *Jāmi' al-tawārīkh* / Rashid al-Din / biographical methodology

1300年，受伊利汗国（又称伊儿汗国、伊尔汗国）第七代统治者合赞汗（Ghazan Khan Mahmud，1271—1304）之命，伊利汗国宰相拉施特（Rashid al-Din Fazl Allāh Hamadān，1247—1318）开始编撰蒙古史。到1304年，合赞汗去世时，该著作尚未完成，1307年修完《蒙古史》时，继任的合赞汗之弟完者都汗将其命名为《合赞之福运蒙古史》，并要求补写与蒙古族有关的世界各地诸族的历史，撰写工作于1310—1311年暂告一段落。由于纳入了当时世界不同地区的文明史，此著作最终定名为《史集》，语义为"诸史之集"。《史集》分为四编，第一编为《蒙古史》，第二编为《亚欧各国史》，第三编为《世系谱》，第四编为《地理志》，是以蒙古帝国史为中心，内容包括13世纪的世界各民族史的世界集史。

作为一部反映14世纪初世界历史认知面貌、史料价值极高的著作，《史集》的出现与完成具有划时代意义，它是蒙古人征略世界背景下的直接产物和那个时代最典型的标志性著作。基于《史集》对中世纪历史百科全书式的记载，学界多从史料角度挖掘《史集》在民族学、宗教学、图像学等领域的丰富意义，对于《史集》的传记学意义鲜有关注。而《史集》产生之初的历史平台、写作动机以及完成之际的写作理念和为有效成书所践行的写作路径，相对于此前单一文明视野的传记写作而言，又可以说是贡献了极富启示意义的传记法，即使在当下的传记法研究中亦不失其引领意义。

一、伊利汗国的来历与《史集》的诞生之因

《史集》作为一部反映14世纪世界集史的著作，为何产生于伊利汗国？伊利汗国在哪里？伊利汗国为《史集》的诞生准备了什么必要条件？

伊利汗国是由成吉思汗的孙子，蒙哥汗和忽必烈汗的弟弟孛儿只斤·旭烈兀（Hülegü Khan，1217—1265）建立的，其建立的背景与蒙古第三次西征以及大蒙古汗国的分裂直接相关。而伊利汗国疆域所在区域的文化气氛为《史集》的撰修提供了非常优厚的文化基础。

1248年，拖雷家族与拔都等联手推举蒙哥为大汗。1251年蒙哥汗即位之后，即命令旭烈兀"开藩西域，一切承制专决，授为叶尔堪"，所谓叶尔堪，据西域之制而来，其汗曰阿塔毕，次汗位一等则为叶尔堪。《新元史》记载，在贵由汗时期，蒙古人将西域分为角儿只和呼拉商东西两大部分，而蒙哥即位后将西域划为四部分，"曰呼拉商、马三德兰、义拉克、阿耳佩占，皆统于旭烈兀"。1252年，蒙哥以位处波斯的木剌夷凶悍无道，命旭烈兀为主帅征讨，蒙哥告谕旭烈兀云"木剌夷平后，即入伊拉克、罗耳、库儿特诸部，以劫蒙古商旅也。报达如来修好，勿拒绝；否则移兵伐之"，在蒙哥汗的谕旨中，"意俟诸部平，尽畀旭

烈兀为封地"，是为蒙古第三次西征。① 旭烈兀于 1256 年率主力灭掉波斯的木剌夷国。1258 年，攻陷报达（即巴格达），报达的沦陷，意味着末代阿拉伯帝国的疆土尽归旭烈兀所率领的蒙古军。1259 年，进攻叙利亚，连破阿勒颇、大马士革等城，兵锋直抵加沙。

1259 年 8 月，蒙哥汗在攻宋过程中身亡，旭烈兀从西征战场撤回，第三次西征就此停止。而蒙古汗国又因忽必烈与阿里不哥的争汗之战陷入分裂，旭烈兀选择支持忽必烈为大汗，遂得到忽必烈大汗的认可，建立伊利汗国（1256—1335），"伊利汗"即"从属的汗"。《新元史》记载："至元元年（1264），世祖遣使者册封旭烈兀为伊而汗，自阿母河至西里亚，益兵三万戍之……旭烈兀封地南界印度洋，西南界阿剌伯河，东北界察合台、尤赤分地。"② 由此而言，伊利汗国的疆域从阿姆河和印度河一直延伸到西边的小亚细亚地区，从南部的波斯湾到北边的高加索山脉。确切而言，伊利汗国领土包含今伊朗、伊拉克、叙利亚、土库曼斯坦、塔吉克斯坦、部分巴基斯坦、俄罗斯、阿富汗等地。且在其鼎盛时期，罗姆苏丹国（土耳其前身）、格鲁吉亚王国、亚美尼亚王国和东罗马帝国亦俯首称臣，可以说，伊利汗国在历史上第一次实现了"大伊朗"的概念。

相比于同时期的掌管东亚区域的忽必烈所建立的元朝、占领中亚的察合台汗国、盘踞东欧和北亚的钦察汗国，伊利汗国所横跨的疆域范围涵括传统时代东西方之间的贸易通道，而昔日的巴比伦、阿卡得、亚述、赫梯、吕底亚、波斯等上古文明都在伊利汗国版图之内。旭烈兀攻陷阿拔斯王朝，底蕴深厚的波斯文化融入璀璨的阿拉伯伊斯兰文化之中，成就斐然。而东北部的呼罗珊（Khurasan）成为此间波斯文化复兴的摇篮，中亚城市布哈拉、撒马尔罕和花剌子模又可谓此间波斯文化的三大中心。如志费尼介绍，呼罗珊，处于中亚与西亚、南亚的交

---

① 柯劭忞撰，张京华、黄曙辉总校：《新元史》第 6 册，上海古籍出版社 2018 年版，第 2547 页。

② 柯劭忞撰，张京华、黄曙辉总校：《新元史》第 6 册，上海古籍出版社 2018 年版，第 2552—2553 页。

界区域，旧称"霍拉桑"，意为"太阳升起的地方"，在旭烈兀时期，呼罗珊分为四城区：巴里黑、马鲁、也里和你沙不儿，是一个遍地富庶的世界[1]，包括今伊朗东北部、阿富汗和土库曼斯坦大部、塔吉克斯坦全部、乌兹别克斯坦东半部的吉尔吉斯斯坦小部分等地区。其中，位于呼罗珊东北部的你沙不儿更是丝路贸易的中心，尤其富庶精致："如果大地可跟天空相比，那末，州邑像它的星星，而在群星中，你沙不儿又像星空的金星。如果大地像人体，那末，你沙不儿以它的精美质地，好像瞳孔……倘若地上有天堂，那天堂就是你沙不儿，若它不是天堂，那就根本没有天堂。"[2]而旭烈兀所攻取阿拔斯王朝的首都报达，如《西使记》所指出，"南北二千里"[3]，其富庶程度，乃为西域之冠，其政治地位又为"诸胡之祖，故诸胡皆臣服"[4]，等等。

更值得一提的是，在13世纪阿拔斯王朝被攻陷之前，前期经历过长达百余年的翻译运动，阿拉伯人将先于伊斯兰文明的希腊文明、波斯文明和印度文明的智慧内容大量地翻译成阿拉伯文。而阿拔斯王朝又堪称阿拉伯翻译运动的黄金时期，优秀的翻译家们将希腊语、古叙利亚语、波斯语、梵语、希伯来语以及奈伯特语等语言的天文学、医学、几何学、哲学、数学以及文学艺术的经典作品翻译成阿拉伯语。广泛而持久的翻译运动不仅使得非伊斯兰教的其他文化逐渐植根于阿拔斯统治的世界，更使得浸润其间的穆斯林学者得以博采众长、获得了良好的学术训练和视野熏陶。[5]

---

[1] 参见［伊朗］志费尼《世界征服者史》上册，何高济译，翁独健校订，内蒙古人民出版社1980年版，第179页。

[2] ［伊朗］志费尼：《世界征服者史》上册，何高济译，翁独健校订，内蒙古人民出版社1980年版，第200页。

[3] （元）刘郁：《西使记》，载顾宏义、李文整理《金元日记丛编》，上海书店出版社2013年版，第147页。

[4] （元）刘郁：《西使记》，载顾宏义、李文整理《金元日记丛编》，上海书店出版社2013年版，第148页。

[5] 参见哈全安《伊朗通史》，上海社会科学院出版社2020年版，第101页。

置身于文明气息如此丰厚而深沉的帝国，蒙古统治者也被多元知识氛围熏染，《史集》记载伊利汗国的开国者旭烈兀云："特别喜爱大兴土木"，"尽心竭力地把天文台［建造］完毕"，"很爱知识，鼓励学者们展开学术辩论，并给他们规定了一定的薪俸，他在学者贤士们在场时装饰自己的宫廷"。① 而授意编撰《史集》的合赞汗，《史集》记述他是一个知识渊博、明理好学的君王："喜欢跟优秀的学者和明理的人群谈话"，"在有各种各样学者、哲人出席的小团体和聚会上，所有的人都对他所提出的问题感到非常惊讶"。② 接任合赞汗的完者都汗也是"经常留心各种学问，爱读各方面的记述和历史，以其大部分宝贵时间消磨于获致各类学术和美德"③。可以说，蒙古人三次西征所形成的陆上丝路开拓成果在伊利汗国得到了最大程度的体现，伊利汗国统治者们对文化和思想的包容态度以及对具有各种信仰的学者们的重视，为伊利汗国诞生《史集》这样具有世界意识的诸史之集著作奠定了很切实的基础。

二、伊利汗国大汗的诉求与《史集》以蒙古人为中心的世界史撰修

为何伊利汗国会在合赞汗与完者都汗时代修撰《史集》这部以蒙古人为中心的世界史？作为第一部世界史，《史集》在内容上有怎样的突破？对传记法而言具有怎样的意义？

合赞汗的政治困境与关于蒙古人历史的《史集》撰修缘起。如开篇所述，合赞汗是伊利汗国的第七位大汗，而其汗位的获得却并非顺理成章、一帆风顺。1291年，合赞的父亲、第四代伊利汗国大汗阿鲁浑突然去世，阿鲁浑的弟弟乞

---

① ［波斯］拉施特主编：《史集》第三卷，余大钧译，商务印书馆1986年版，第94页。
② ［波斯］拉施特主编：《史集》第三卷，余大钧译，商务印书馆1986年版，第352、353页。
③ ［波斯］拉施特主编：《史集》第一卷第一分册，余大钧、周建奇译，商务印书馆1983年版，第90页。

合都（又称海合都）、堂弟拜都（旭烈兀第五子塔剌海之子）以及儿子合赞三人都有权争夺汗位，性格威严的合赞首先被淘汰，乞合都于 1291 年 7 月即位，成为伊利汗国第五位大汗。乞合都因为强制通行纸钞，人民不接受，导致"贸易和征收关税完全停止"[①]，1295 年 4 月，被权臣谋杀，拜都被奉为汗，成为伊利汗国第六位大汗。拜都信奉基督教引起穆斯林的不满，为夺取汗位，合赞改信伊斯兰教。《史集》记载，1295 年 6 月，合赞和全体异密[②]们"承认了唯一的真主，他们全成了伊斯兰教徒"[③]。在穆斯林们的支持下，合赞于 1295 年 10 月 4 日处死拜都，11 月 3 日登基为汗。

合赞成为大汗对《史集》的修撰意义非常明显。一方面，合赞汗为夺取汗位和巩固统治，通过全面伊斯兰化的方式获得本土势力的支持。而在伊斯兰教教义中，每个人都要"详悉自己祖先的子孙"。拉施特在序言中交代说："［安拉之］友亚伯拉罕有遗嘱告诉子孙，要他们世世代代完整地记住自己后裔和部落的系谱。"[④] 这样，合赞在即位五年之际，1300 年，授意拉施特"整理一切有关蒙古起源的史籍、与蒙古有亲属关系的诸部的世系，以及有关他们的零散事迹和记述"[⑤]，以编撰一部详细的蒙古历史传给后世。

另一方面，从 1253 年旭烈兀率领蒙古大军第三次西征，到 1258 年在西亚大地上建立伊利汗国，再到合赞汗在伊利汗国全面推行伊斯兰教，蒙古人远离自己的故土已数十年，而距离成吉思汗建立大蒙古国，率领蒙古人第一次西征也有八九十年。生活在伊利汗国的蒙古人正逐渐忘记自己的族群起源和族群来历，

---

① ［波斯］拉施特主编：《史集》第三卷，余大钧译，商务印书馆 1986 年版，第 228 页。
② 异密，emir，指汗廷的行政官员，也就是世俗权力的掌握者，大致相当于宰相，也有类似于蒙古人的"达鲁花赤"（掌印者，民政官、断事官）的概念。
③ ［波斯］拉施特主编：《史集》第三卷，余大钧译，商务印书馆 1986 年版，第 278 页。
④ ［波斯］拉施特主编：《史集》第一卷第一分册，余大钧、周建奇译，商务印书馆 1983 年版，第 107 页。
⑤ ［波斯］拉施特主编：《史集》第一卷第一分册，余大钧、周建奇译，商务印书馆 1983 年版，第 115 页。

也不能弄清楚自己为何会在"伊朗之地"生活,更无法梳理明白伊利汗国与东方的宗主国"大元兀鲁思"①以及其他的汗国之间的关系。事实上,合赞汗在实际行为上和内心深切认同自己的蒙古人身份②,他推动撰修《史集》的深切动机,是与当年成吉思汗征服世界,留在世界上从东到西、从南到北每个地方上的蒙古人建立联系,"希望居住在伊朗的自己的臣民们能够了解到他们自己所享受的光荣和富贵直接源于旭烈兀、源于他们所连接的蒙古血脉"③。

无论是出于对伊斯兰教义的遵循还是出于对自己蒙古血脉的追溯,合赞汗立意编撰一部关于蒙古族群起源、世系历史的做法,对于传记学而言,具有开启性的重要意义。相比而言,中国历史之父、公元前2世纪百科全书式的史学著作《史记》,其撰写目的是"究天人之际,通古今之变,成一家之言",而《史集》与《史记》最大的不同在于它以民族志的方式记录"(成吉思汗)家族的产生情况,以书面记载其编年史迹以及[成吉思汗家族所辖]各部落分支"④;《史记》作为为中国历代史书"立则发凡"的开创式著作,它的叙述中心是正统中原王朝的历代迁变,它以历朝皇帝的活动作为本纪内容,纲纪全篇,再辅之以表、书、

---

① 兀鲁思,ulus,蒙古语音译,亦作兀鲁昔、兀鲁孙等。原意为"百姓",随着蒙古部族、民族、国家的产生,也表示部族、民族联合体,并有了国家的含义。成吉思汗立国,称号是"也客蒙古兀鲁思",就是大蒙古国的意思。
② 《史集》中有一段关于1300年合赞汗攻陷叙利亚的大马士革城时的描述很能说明问题:"大马士革居民准备[为君王]效劳,求庇于君王强大的荫护下。伊斯兰君王问他们:'我是谁?'他们全体扬声说道:'成吉思汗之子拖雷汗之子旭烈兀汗之子阿八哈汗之子阿鲁浑汗的儿子合赞大王。'接着,[合赞汗]又问道:'谁是纳昔儿的父亲?'他们回答说:'阿里非。'[合赞汗]又问:'谁是阿里非的父亲?'所有的人都默不作声了。所有的人都明白了,这个家族的登上王位是偶然的,而不是合法的,所有的人都是伊斯兰君王的祖先的著名后裔的臣民。"[波斯]拉施特主编:《史集》第三卷,余大钧译,商务印书馆1986年版,第314页。
③ [日]杉山正明:《蒙古帝国的兴亡》上册,孙越译,邵建国校,社会科学文献出版社2015年版,"序言:历史的讲述者",第2—3页。
④ [波斯]拉施特主编:《史集》第一卷第一分册,余大钧、周建奇译,商务印书馆1983年版,第112页。

世家、列传等体裁为纬,通过王侯将相、各行业内领袖或重要代表人物的传记,将一个王朝的基本面貌勾勒出来,其核心关注点在于相对封闭且单一的汉族统治的中原王朝天下的兴衰成败。尽管《史记》中也对中原周边各部落、王朝有所关注和记述,并体现为《匈奴列传》《南越列传》《东越列传》《朝鲜列传》《西南夷列传》等传记,但其意图主要在于关注这些周边族群与中原王朝的关系。严格说来,合赞汗让拉施特所做的工作,记述"成吉思汗及其家族[后来的]列祖列宗、子孙后代[享有一切]尊荣之资之易和国门的大启,以及国事的进展,乃至本朝之兴隆"[①],似乎也带有一朝一氏的书写特征,但其核心关注点却是以蒙古人为中心的各个部落的起源追溯。拉施特表述道:

> 因为他们[蒙古人]之中的一个民族……其住所和驻扎地为起自质浑河[阿母河]和昔浑河[锡尔河]以迄东方地区极边,以及起自钦察草原以迄女真、乞台极边的广阔地区上,他们生活在这些地方的山岭、山隘和平原上,没有定居于城镇的习惯,[但]在有关他们生活的古代史籍中,缺乏充分的记载,在某些书中,仅录有其中的一鳞半爪;在未曾详尽研究有关他们、他们的遗迹的记载以及他们的传说的真实情况之前,专家们并不认为[这一切是充分的],尽管……各部落和分支彼此相似,最初的称号也都相同,但……他们之间有很大的差别。[②]

这段话虽然讨论的是蒙古人的族群起源和活动区域,但从整个人类的发展历程来看,任何一个王朝、国家都是由各类人群借由历史聚集演变而成的多元复合体,中国没有例外,伊利汗国也是如此。而各个人群最初的起源和生存现场也

---

① [波斯]拉施特主编:《史集》第一卷第一分册,余大钧、周建奇译,商务印书馆1983年版,第112页。
② [波斯]拉施特主编:《史集》第一卷第一分册,余大钧、周建奇译,商务印书馆1983年版,第114页。

往往都在那些极边区域，缺乏充分的文献记载，人们对其认知也模糊不清。相比于《史记》所确立的着眼于大一统王朝兴衰成败的宏观性、概述性、系统性表达原则，《史集》围绕蒙古人而进行的族群、部落起源及其生活方式的追溯，在试图回答合赞汗的问题：我们是谁？我们从哪里来？我们怎么居住在伊朗大地上？我们和元朝兀鲁思有什么关系？实际也更具有与现代人类学、民族志、微观社会学等学科探究相呼应的萌芽气象，对于传记写作而言，可以说是为一向浸淫于社会维度的写作路径开辟出了新空间，为传主行为模式和思维逻辑的探究提供了颇具质地和深度的写作方向。

《史集》的开篇是这样的：

> 从古到今一直被称为突厥的各民族也完全一样，他们住在草原地带，住在钦察草原、斡罗思、撒耳柯思……他们用武力、权势和征战，扩张到了中国、印度、客失米儿、伊朗、鲁木、叙利亚和埃及等地区，征服了世界上有人烟地区的大部分国家。久而久之，这些民族逐渐分衍成许多氏族，在各个时代，从各个支系中产生出［新的］支系，每个支系都以一定的缘故，获得自己的名称：如现今基本上被称为突厥蛮的乌古思人，他们就分为钦察、合剌赤、康里、哈剌鲁以及其他所属诸部落……①

《史集》从族群源起开启叙述，第一部第一卷题为"概述突厥各民族兴起的传说及其分为各部落的情形，以及各民族祖先生平的详情"②，全书从讲述突厥各民族所住某些地域的疆界，如何分衍为各部落、各民族祖先在其共同道路上的

---

① ［波斯］拉施特主编：《史集》第一卷第一分册，余大钧、周建奇译，商务印书馆1983年版，第121—123页。
② ［波斯］拉施特主编：《史集》第一卷第一分册，余大钧、周建奇译，商务印书馆1983年版，第119页。

生活详情，以及有关其中为世人所知的各分支称号的详情[1]，再进展到讲述成吉思汗的生平，其叙述的序列是由族群到各分支部落再到领袖生平的方式。而在叙述领袖成吉思汗的时候，又是从其祖先生平开始，再逐渐进展到成吉思汗的出生、成长和发迹，叙述也是由大的部落群体到个体英雄活动的先后展开模式。这和《史记》的传记理念很不相同。《史记》的开篇为《五帝本纪》，是从黄帝的传说开始，叙述黄帝及其衍生出的各子孙后代的王朝历史。作为汉武帝时代的精英学者，司马迁秉承"独尊儒术"的时代风气，以黄帝到汉武帝这三千年王道运行的历史进程为主轴，载记炎黄子孙为中心的天下事迹。在传记写作视角的选择上，《史集》趋于微观，却又有人类志、民族志的立场，而《史记》更倾向于宏观，但又有区域天下志、王朝书写的立场。

完者都汗的诉求与《史集》成为诸史之集的缘由。1304年，合赞汗去世，《史集》尚未完成。接续合赞汗位置的是其弟弟完者都。但《史集》的各部分"或曾以原稿，或曾以缮本进呈御览"[2]，完者都汗下令"[将此书进行]彻底修改整理"[3]。在阅读并订正初稿之书后，完者都汗下令继续补写与蒙古有关的世界各地诸族的历史。

完者都汗的编撰诉求和理念被拉施特在《史集》总序中载录出来：

> 迄今为止，过去任何时代均未创作过一部包括世界各族人民事迹和传说，并[记载]人类……各阶层(sinf)的历史；而我国也无册籍记载其他国家和城市；加之过去的任何君主均未[在这方面]显示探究[的愿望]；

---

[1] 参见[波斯]拉施特主编《史集》第一卷第一分册，余大钧、周建奇译，商务印书馆1983年版，第96页。

[2] [波斯]拉施特主编：《史集》第一卷第一分册，余大钧、周建奇译，商务印书馆1983年版，第89页。

[3] [波斯]拉施特主编：《史集》第一卷第一分册，余大钧、周建奇译，商务印书馆1983年版，第89页。

现在……世界各国及人烟稠密地区的各隅，均已为成吉思汗氏族所统辖，［属于］各种信仰和民族的贤人、占星家、学者和史家，如华北和华南［乞台和摩至那］人、印度和客失米儿人、吐蕃和畏兀儿人，以及其他民族如突厥、阿拉伯、富浪人等，［全都］群集侍奉于如天［般威严崇高］的陛下，其中每个民族都有本民族的历史、传说和信仰；我们的辉耀普世的智慧，得以获悉其中之一二，并得出如下结论——必须根据各民族历史和传说的详情，以我们神圣的名义，编写一部将事情的要点概括无遗的简明［通史］纲要，分为两卷，并以《速瓦儿·阿喀里木》和《马撒里克·马马里克》作为附录，如此编成的书是无与伦比的。鉴于各［民族］历史的汇集有此良机，编写一部为任何国君统治时所未曾有过的典籍已属可能，应无所迟延地加以完成，以使［我们的］声名因此而长存。①

从完者都汗的意图来看，他认为此前的任何时代都没有产生过一部包括"世界各族人民事迹和传说"，并记载"人类各阶层的历史"，也没有任何君王对这样的世界史有编撰的诉求。而在他看来，成吉思汗及其黄金家族所统辖的地方已经包括世界各国以及人烟稠密的各个地区，全世界有着各种信仰和民族的贤人、占星家、学者和史家，无论是中国华北和华南（乞台和摩至那）人、印度和客失米儿人、吐蕃和畏兀儿人，以及其他民族如阿拉伯、富浪人等，都是成吉思汗家族及其后裔的臣民。他本人又是一个"留心各种学问，爱读各方面的记述和历史"②的人，所以他希望拉施特关于蒙古人历史的著作能够将世界"每个民族都有本民族的历史、传说和信仰"都涵盖进去。

就传记学的视角而言，完者都汗期望借《史集》的编撰实现对世界所有民族

---

① ［波斯］拉施特主编：《史集》第一卷第一分册，余大钧、周建奇译，商务印书馆1983年版，第90—91页。
② ［波斯］拉施特主编：《史集》第一卷第一分册，余大钧、周建奇译，商务印书馆1983年版，第90页。

历史、传说和信仰的载记诉求，虽然属于前所未有的愿望，但值得注意的是，公元前5世纪古希腊"历史之父"希罗多德的《历史》在追述波斯与希腊诸城邦之间战争的历史之际，已经具有世界历史的萌芽视角，将其时作者能认知到的国家和民族的历史视作整体历史的一部分，对周边埃及、巴比伦、叙利亚等近20个国家和地区的政治、经济、宗教、民俗、文化等方面的情况皆有所涉及。区别而言，《史集》的意图在于以世界为对象进行历史描述，所以它最终成为"诸史之集"，而《历史》的意图在于将世界作为背景进行叙述，相当程度而言，希罗多德的《历史》和司马迁的《史记》都是以本民族的正统、正义性为中心，旁及周边世界的叙述，他们的世界意识和世界性是建立在单一民族的区域性视角基础上的。

综合上论，蒙古人"没有取得科技突破，没有建立新的宗教，也鲜有著作或剧作问世，也没有给世界带来新的农作物或农业方法。他们自己的工匠不能织布、冶炼、制陶，甚至不会烘烤面包。他们不会制瓷做陶，不会绘画，也不会盖房子"[①]。但值得注意的是，蒙古人虽然没有创造任何物质的或者精神的产品，他们却用他们的包容与冷静让传记的写作具有民族志和世界志的维度。诚如志费尼在《世界征服者史》中所记载："因为不信宗教，不崇奉教义，所以，他没有偏见，不舍一种而取另一种，也不尊此而抑彼；不如说，他尊敬的是各教中有学识的、虔诚的人，认识到这样做是通往真主宫廷的途径。"即使蒙古人可能"选择一种宗教，但大多不露任何宗教狂热，不违背成吉思汗的札撒，也就是说，对各教一视同仁，不分彼此"[②]。更确定地说，基于蒙古人打通13世纪亚欧海陆丝路背景而产生的《史集》，在世界文明的区域性、单一性被彻底改变之后，单一视角的书写历史也由此被彻底改变。

---

① [美]杰克·威泽弗德：《成吉思汗与今日世界之形成》，温海清、姚建根译，重庆出版社2017年版，"导言：消逝的征服者"，第41—42页。
② [伊朗]志费尼：《世界征服者史》上册，何高济译，翁独健校订，内蒙古人民出版社1980年版，第29页。

三、《史集》书写路径对于传记学的意义

作为《史集》的主编,拉施特具有怎样的素养?他为《史集》的撰修赋予了什么理念?对于传记学的书写路径而言,拉施特贡献了什么有意义的内容?

《史集》在修完被呈递给完者都汗御览时,完者都汗作出这样的评价:

> 迄今的各种口头传说和记载中,可能有所夸大或缩小,他们[作者们]的辩解正与尔所言者相同,无论如何,尔亦当以此见谅。[蒙古民族的]全部事迹及其起源的解释,自成吉思汗时代口头流传迄于今日者,为本[书编纂之]总旨,此于吾人大有裨益;凡[此]一切均属正确无疑,任何人皆无可非议,此类事迹,既未为任何他人笔之于书,亦未载入史乘。熟悉[史]事、[民间]传说和有关一切细节者,均将赞同于此,不致有所非议。而较此书所记更为正确、更为翔实、更为明晰者,迄今犹未有也。①

完者都汗认为到《史集》为止,没有一部著作能够在历史的描述和细节的呈现方面比《史集》更加正确、翔实、明晰地将蒙古民族的起源解释清楚,而这对于任何阅读的人来说,都是大有裨益的。而如前所引述,蒙古民族没有定居城镇的习惯,他们住在远离城镇和人烟密集的草原山岭、山隘和平原上,其他著述对他们的生活缺乏充分的记载,对他们的遗迹记载或者传说记录也往往是一鳞半爪的,或者不真实,或者很不充分。因此,拉施特的《史集》能做到让蒙古民族的后裔也认为它对于蒙古民族族源关系、社会生活、风尚、习惯以及传说的载记是正确、翔实、明晰的,那么他在撰修之际的实现路径就非常让人有一探究竟的意图,更重要的是,拉施特《史集》的写作路径对于传记学具有很大的启发意

---

① [波斯]拉施特主编:《史集》第一卷第一分册,余大钧、周建奇译,商务印书馆1983年版,第95页。

义。根据拉施特在序言中的表述以及《史集》自身的呈现,它的传记学意义大致体现为以下三个方面。

其一,多语料传说及文献的追踪。为追求对蒙古民族及其他相关民族客观、确切的载记,拉施特突破了此前伊斯兰史家忽略非穆斯林民族历史的撰写原则①,以沉浸式的文献追踪态度对世界多语材料进行搜集。拉施特在序言中表示,完者都汗要求对成吉思汗统治的全世界各民族的历史、传说和信仰都进行调查,获悉其详情,然后再对获悉的详情进行要点概括无遗的简明纲要表述。为了奉行圣旨,他对成吉思汗家族统辖的华北和华南(乞台和摩至那)人、印度和客失米儿人、吐蕃和畏兀儿人,以及其他民族如阿拉伯、富浪人等民族的所有学者和权威人士进行了周咨博询,并从古籍中作了摘录。②

诚如拉施特的清醒认知,对于传记而言,它的写作实际面临了和拉施特撰修《史集》一样多的难题:(1)世界上有如此繁多的民族、时间如此漫长的历史;(2)每人所述,不是承袭而来的,便是通过传闻的途径听得的,无论是口口次第相传的说法或者转述的说法,都绝不可能完全可信,而且记述者在其叙述中随心所欲地加以增减的情况也很多;(3)几乎共通的是,人类社会各种族、各民族,都从自己的信念出发,在任何情况下都可能偏爱自己的信念,对自己观点的正确性难免夸大,等等。基于种种分歧之源,拉施特认为,史学家的职责就在于:"将各民族的记载传闻,按照他们在书籍中所载和口头所述的原意,从该民族通行的书籍和[该民族]显贵人物的言词中采取出来,加以转述。[所述正确与否,

---

① 此前伊斯兰史家将伊斯兰教以前时代的世界历史看作穆罕默德的先行者的历史,而伊斯兰教纪元后世界的历史仅被看作伊斯兰世界各国的历史,非穆斯林民族的历史则被忽略无视。参见[苏]И. П. 彼特鲁舍夫斯基《拉施特及其历史著作》,载[波斯]拉施特主编《史集》第一卷第一分册,余大钧、周建奇译,商务印书馆1983年版,第60页。
② 参见[波斯]拉施特主编《史集》第一卷第一分册,余大钧、周建奇译,商务印书馆1983年版,第90—91页。

正如阿拉伯语所说],责任'在于转述者'。"① 为了实现转述者在表达上更为正确、翔实、明晰的结果,拉施特的做法是,对于"各民族口头传说和故事中所保存的一切,必须予以尊重"②,他认为,史学家如果"在记述时,随心所欲地作了某些更改,那末,[他的记载]就是绝对无根据和不正确的"③。为了保证《史集》记述的确实性,拉施特说《史集》对所有的各民族著名书籍中的记载、家喻户晓的口头传说以及各民族的权威学者、贤人按自己观点所述的内容"均未作任何变更、改写和妄自修改,而为各民族著名书籍中所见的记载"④。拉施特在纂修《史集》之际,就"聘请各民族学者参加纂修,并尽可能对由此获得的资料进行考证审核"⑤。事实上,位于自古即为东西方丝绸之路大交通枢纽的伊利汗国,具有非常天然的多语环境;提议撰修《史集》的合赞汗"懂得蒙古语、阿拉伯语、波斯语、印度语、客失米儿语、藏语、汉语、富浪语"⑥等语言;拉施特可能懂得波斯文、阿拉伯文、蒙古文、希伯来文和汉文等多种语言,在具体撰写过程中,还动用了从蒙古统治范围内各文明圈招来的不同人种、操不同语言的学者和知识分子。

尽管拉施特撰修《史集》要付出的努力非常大、代价非常高,从某种程度而言,也是极难以企及的,但对于传记学而言,他对待民族传记撰修而确立的正

---

① [波斯]拉施特主编:《史集》第一卷第一分册,余大钧、周建奇译,商务印书馆1983年版,第93页。
② [波斯]拉施特主编:《史集》第一卷第一分册,余大钧、周建奇译,商务印书馆1983年版,第93页。
③ [波斯]拉施特主编:《史集》第一卷第一分册,余大钧、周建奇译,商务印书馆1983年版,第94页。
④ [波斯]拉施特主编:《史集》第一卷第一分册,余大钧、周建奇译,商务印书馆1983年版,第94页。
⑤ [波斯]拉施特主编:《史集》第一卷第一分册,余大钧、周建奇译,商务印书馆1983年版,第100页。
⑥ [波斯]拉施特主编:《史集》第三卷,余大钧译,商务印书馆1986年版,第354页。

确、翔实、明晰的表述原则，并为实现这一原则而追踪多语料文献，并且在考证审核的基础上尊重各民族一切书籍记载和口头传说中所保存的一切，这个立场是非常值得尊重和遵循的。

其二，口述历史手段的参用。《史集》的修撰除参考了当时波斯、阿拉伯文的有关著作如《突厥语词典》、《世界征服者史》、伊本·艾西尔所著《历史大全》外，还参阅了伊利汗宫廷所藏《金册》（据拉施特说这是用蒙古语、蒙古文记录，但尚未汇集整理，以零散篇章形式保存，且秘不外宣的信史）、《蒙古秘史》，利用各种各样的资料为素材进行编纂，包括蒙古帝室传来的《黄金秘册》和蒙古各部族集团所保存的传说和古老记录、世系谱等口传、记述内容，以及从伊朗、图兰、埃及、大马士革、罗马、中国和印度等地搜集来的关于科学、历史等各方面知识的手稿，等等。在多语文献资料的掌握上可以说实现了13世纪关于世界历史记录的集大成。但拉施特对此并不满足，他在考订和审核过程中，还是会发现这些文献有互相矛盾的地方，因此，他在《史集》的具体撰写过程中，大大加强了口述历史手段的使用。

值得注意的是，伊斯兰文化特别重视家族和血缘关系的传承，而家族史和谱牒学的构建尤其不能忽略的是一些家族和部落历史、人物和事件的口口相传。应该说，伊斯兰史学家非常习惯通过口述方式收集和整理历史资料，甚至将其视作第一手资料，用以与文本文献进行对勘、考订等，以提升历史记载的确切性。在《史集》的撰修过程中，拉施特对于口述历史手段的参用极为频繁且意义明显。这可能要首先归因于合赞汗在其中的重要性。拉施特在《史集》中指出，合赞汗对蒙古民族历史事迹非常熟稔：

> 他知道古代以迄于今的算端，篾力们的一切癖性、习惯、规矩，即每个人在作战、宴饮、愉悦或不快时的习惯，衣、食、骑马的习惯，也知道他们的其他情况以及他们的现状。他曾把这一切详细地讲给各民族的代表们听，他们都感到非常惊奇。
>
> ……非常详细地了解很受蒙古人尊重的蒙古族历史，非常详细地知道

父辈、祖辈和男女亲族们的名字，古今各地蒙古异密的名字，并且详细知道[其中]每个人系谱的大部分。①

拉施特在《史集》中用了最长的篇幅来撰写《合赞汗传》，对合赞汗各个方面的政策制度以及合赞汗个人的才能、素养，生活中的各类细节，都努力载记和表述，为此他不仅经常向合赞汗请教，更利用职务之便采访合赞身边的侍从。《史集》极力夸誉合赞汗本人的蒙古民族知识，夸誉他对于《史集》撰写的助力。除了合赞汗之外，拉施特采访和请教的对象，如他所描述有"中国[kh(i)tāi]、印度[h(i)nd]、畏兀儿、钦察等民族的学者贤人及贵人"，"尤其要请教统率伊朗、土兰军旅的大异密、世界各国的领导者孛罗丞相"，还有那些"国内贤人以及各阶层学者、史家"，等等。② 就蒙古民族传记的书写而言，拉施特对口述历史手段的使用是极有裨益的，它相当程度地填补了书面文献载记的空白，为那些不确切、自相矛盾的传说、他族记录提供了丰富和生动的内容，也无怪乎完者都汗阅过之后，称赞《史集》是迄今为止、前所未有的关于蒙古民族及其他民族最正确、翔实、明晰的记录。

其三，辅以插图的表现手段。插图可以用生动具体的形象弥补文字难以传递的信息。作为"人类第一本真正的世界史"，《史集》在编撰之际尽管整合了世界量级的人力、物力和智慧资源，但仅仅只有文字的表述，依然很难将所见所闻穷形尽相地表达出来，为了更好地实现知识体系、传记情绪体验等内容的传达，《史集》大量使用插图，类型有人物肖像、地理图、历史事件图等，大约有

---

① [波斯]拉施特主编：《史集》第三卷，余大钧译，商务印书馆1986年版，第354页。
② [波斯]拉施特主编：《史集》第一卷第一分册，余大钧、周建奇译，商务印书馆1983年版，第116—117页。

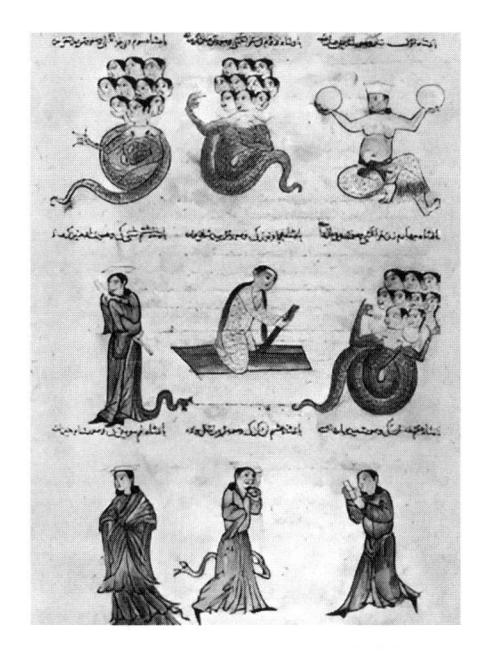

◎ 图1　MS Hazine 1653号抄本中的盘古（第一行右起第一位）
图片来源：潘桑柔：《古史的形象：拉施特〈史集·中国史〉帝王插图来源考》，载李军主编《跨文化美术史年鉴3：古史的形象》，山东美术出版社2022年版，第109页。

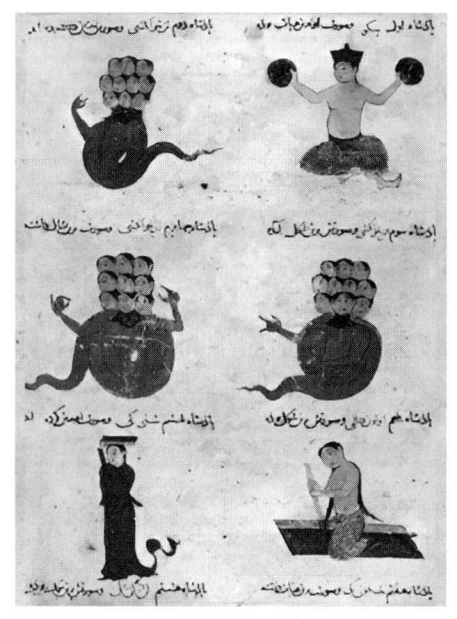

◎ 图2　MS Hazine 1654号抄本中的盘古（第一行右起第一位）
图片来源：潘桑柔：《古史的形象：拉施特〈史集·中国史〉帝王插图来源考》，载李军主编《跨文化美术史年鉴3：古史的形象》，山东美术出版社2022年版，第109页。

三四百幅，代表着13世纪末14世纪初波斯细密画的最高水平。① 客观而言，插

---

① Martin, F. R., *The Miniature Painting and Painters of Persia, India and Turkey from the 8th to the 18th Century*, London: Holland Press, 1912, pp.16-22. MS 727号抄本（藏于伦敦纳瑟尔·D. 哈利利伊斯兰艺术收藏）是现存最早的一部阿拉伯语《史集》插图本，但只有60幅单页存世，并配有100幅插图，能够忠实地反映拉施特本人的意图与设计。MS Hazine 1653号抄本（收藏于伊斯坦布尔托普卡普宫图书馆）和MS Hazine 1654号抄本（收藏于伊斯坦布尔托普卡普宫图书馆）则是现存最早、最完整的两部波斯语《史集》插图本，分别保存435幅和350幅单页。参见潘桑柔《古史的形象：拉施特〈史集·中国史〉帝王插图来源考》，载李军主编《跨文化美术史年鉴3：古史的形象》，山东美术出版社2022年版，第106页。

丝路视域下的传记法 —— 以《史集》的修撰为核心

图本身就具有很强的言说功能和历史承载意义，对于多元文化的交流和多元知识体系的承载是极有意义的媒介。

"传者，传也。记载事迹以传于后世也。"传记所包容、载记的内容应该是一代之中的所有典章、文物、法度、纪纲等内容，它可以通过英雄、领袖等显赫者作为载体进行表达，也可以借助一些普通人物进行表述，而其传载的方式和手段，如南宋郑樵《通志》所云，应该是图与书并存。郑樵指出："河出图，天地有自然之象。洛出书，天地有自然之理。天地出此二物以示圣人，使百代宪章必本于此而不可偏废者也。图，经也。书，纬也。一经一纬，相错而成文。图，植物也。书，动物也。一动一植，相须而成变化。见书不见图，闻其声不见其形；见图不见书，见其人不闻其语。图至约也，书至博也，即图而求易，即书而求难。"①郑樵认为"图谱之学"乃"学术之大者"，一代之中得其真谛者往往只有一二人，而这一二人"实一代典章文物法度纪纲之盟主也"②，如郑樵所论定，《史集》对于插图的大量使用也相当程度地表明其主编拉施特堪为13世纪世界典章文物法度纲纪之盟主，而《史集》也可以说因此给传记学领域留下了极有意义的写作示范。值得指出的是，在《史集》大量使用插图的时代，伊利汗国的大不里士画派在伊利汗国国君及贵族们的支持下，推动着波斯细密画走向成熟，并在14世纪30年代出现代表大不里士画派成熟标志的作品——大型历史画册"大蒙古《列王纪》"，原画册有280页，分为两册，其中有190张插图。有意思的是，这个时期，元朝进入插图表达的全盛时期。就宗教版图而言，元代完成的《碛砂藏》，扉画严整工丽，较宋刻优秀很多；中国不少品类的书籍插图，也是在元代才开始出现的，如元英宗至治时期（1321—1323）的《全相平话五种》是最早的平话刊本插图书籍；元泰定二年（1325）的《事林广记》是最

---

① （宋）郑樵撰，王树民点校：《通志二十略》下册，中华书局1995年版，第1825页。
② （宋）郑樵撰，王树民点校：《通志二十略》下册，中华书局1995年版，第1828、1827页。

◎ 图3　MS. Or 20号抄本中的《朱尔吉斯因拒绝皈依而遭摩苏尔国王折磨》(局部)
图片来源：潘桑柔：《古史的形象：拉施特〈史集·中国史〉帝王插图来源考》，载李军主编《跨文化美术史年鉴3：古史的形象》，山东美术出版社2022年版，第130页。

◎ 图4　日本内阁文库藏本《新刊全相平话·前汉书续集》插图《汉王游云梦擒韩信》中汉王"外推"的手势
图片来源：潘桑柔：《古史的形象：拉施特〈史集·中国史〉帝王插图来源考》，载李军主编《跨文化美术史年鉴3：古史的形象》，山东美术出版社2022年版，第130页。

早的附载插图类书；元末明初刊刻的《新编校正西厢记》是现存最早的戏曲插图本。尤其值得注意的是，在元朝英宗至治年间市面上出现的全相平话。现藏于日本国立公文书馆内阁文库的《全相平话五种》包括《武王伐纣书》(别题《吕望兴周》)、《乐毅图齐七国春秋后集》、《秦并六国平话》(别题《秦始皇传》)、《续前汉书平话》(别题《前汉书续集》《吕后斩韩信》)、《三国志平话》，均为上图下文，全相插图占版面约三分之一，每两页一图，即所谓"合页连图"，每帧图像均有小标题，五种平话共计246幅插图。《史集》插图、大蒙古列王纪以及《全相平话五种》等大型插图书籍在丝绸之路的不同区域先后产生，让人不难意识到正是13世纪丝路文化交流的繁荣，推动产生了人类第一部世界《史集》的产生，而《史集》修撰过程中的世界性意识以及为实现世界史撰写而贡献的路径对于传记又具有颇为恒久的实践意义。

作者简介： 邱江宁

浙江师范大学教授，博士生导师。主要研究方向：元明清地域文化与文学。

传记研究的社会学技艺

—— 来自法国社会学的一些启发

赵丙祥

The sociological craft of biography: Some reflections from French Annales School

Zhao Bingxiang

时至今日，无论在中国还是在欧美学界，"传记"都已经越出了文学和史学，而非被哪一个学科独占。中国的社会学家和人类学家同样要面对这个丰厚传统，早在20年多前，王铭铭教授呼吁要重视"人生史"的研究，2010年出版了《人生史与人类学》（生活·读书·新知三联书店2010年版），有意识地融合欧美和中国人类学的两个传统。今天的一些社会学家和人类学家也在做一些努力，打通社会学、人类学和文史哲学。如汪荣祖所指出，传记可以说是中国学术一个核心传统。[①] 当然，在今天照搬这种传统意义不大，而是要在当代学术视野中做到融会贯通。从社会学来说，如林耀华等前辈，他们在将近一百年前所做的就是这样一种工作。

我们现在做的一些探索，与前辈相比还是差距不小，我在学习的过程中，慢

---

① 参见［美］汪荣祖《史传通说——中西史学之比较》，中华书局2003年版。

慢体会到一些前辈的用心和做法。我在北京师范大学中文系待了七年，从本科读到硕士研究生。我很庆幸大学宿舍有两位历史系的同学，后来研究生宿舍的隔壁也是历史系的。我受他们的影响，有时候会逃课去听历史系的课，当时老师们也不管谁来听课。我后来始终觉得跨系宿舍是一桩很幸运的事情，无形中帮我换了脑子。中国传统的治学方式是文史不分家，现代大学科系体制的专业化造成了这个治学传统的断裂，这是无可避免的。我去历史系听课纯粹是出于兴趣，不能做到系统学习，所以要说学了多深是不可能的，但那种氛围的熏陶是最重要的。我博士研究生阶段转到人类学和社会学后，能有一点结合文史传统的想法，就是受益于那七年。我后来做社会学和人类学研究，读中国现代学术史的那些人、事和书，慢慢意识到，谈论这些话题，要把我们自己的学术史看成世界学术史的一个组成部分，而不是割裂开来，今天要谈的"传记"这个话题更是如此。

这种话说起来容易，做起来还是有点难度。说到现代学术史，要从梁启超开始说。无论在何种意义上，梁任公都是开风气的大人物。梁启超流亡日本后，接触到很多西方的史学思想，在1902年写成了《新史学》，对传统史学大加讨伐，他说二十四史非史也，二十四姓之家谱而已；英雄主宰着历史的舞台，舍英雄几无历史。这个说法一出，轰动学界，影响了几代学者，也远远超出了史学的范围。梁启超的讲法有非常重大的革命意义，敦促史学家把眼光从少数人挪到了社会大多数人身上，从政治史扩张到了其他领域，这促成了一种社会史观的兴起。不过要注意，梁启超的观点后来实际上有不小的改变。关于这一点，杨念群最近作了很好的梳理[1]，侯旭东也写了一篇文章，对梁启超的说法及其后续作了反思。[2]

---

[1] 参见杨念群《"天命"如何转移：清朝"大一统"观的形成与实践》，上海人民出版社2022年版。

[2] 参见侯旭东《政治史与事件史在中国：一个初步反思》，载应星主编《清华社会科学》第2卷第2辑，商务印书馆2021年版。

五四运动前后，梁启超的《新史学》宣言被与新思潮结合在一起，如李大钊写了很多普及教育的文章，他引用19世纪俄国民粹派的口号"到民间去"，鼓吹社会思想革命。这个口号既简洁又有力，深入人心。无论如何，作为一种思潮，如何书写历史人物和事件，是有一种共同的趋势。举一个例子，胡适写了一篇《李超传》，传主是北京国立高等女子师范学校的一个普通女学生李超，她从广西梧州来到北京求学，她哥哥想逼她嫁人，断绝了她的经济来源，只有姐夫想帮她，却又无能为力。李超过得贫困潦倒，后来不幸染上肺炎，最终凄凉地死在了北方的异乡。她的同学和同乡收集了她的书信等资料送到了胡适手上，于是有了这篇独特的传记，它打破了以前主要为名人写"行状"和"墓志铭"的传统。这篇传记的发表正值五四运动的高潮时刻，这样一个小人物的命运随即在社会上引发了相当的关注，北京知识界专门给她举办了一场追悼会，对社会关注的家长制、女性教育和继承权等热点问题的讨论有推波助澜之效。这篇文章很难说在胡适的学术中占多么重要的地位，但从另一个方面看，它的重要性也不容小觑，可以把它看作一个缩影，不是说以前的传记就没有给普通人写的，像考古出土的墓志中有很多也是普通人的，但《李超传》代表了一种有整体意义的观念转型，它与胡适的平民文学思想是一体的，我们看胡适的《白话文学史》就明白这一点；从更大的背景来说，这也不是胡适一个人的思想，而是许多知识群体的共同思想。

　　真正在学术上践行胡适的这种思想的，顾颉刚先生的研究是一个代表，他是胡适的学生。顾颉刚当时在北大哲学门，联合了一帮北大的同学如钱玄同、刘半农等人，把民俗学运动做起来了。1925年，顾颉刚、孙伏园、容庚、容肇祖、庄尚严五个人去妙峰山调查当时被认为是下里巴人们办的庙会，回来后写了一本调查文集《妙峰山》。在这一年，燕京大学社会学系也在甘博（Sidney Gamble）的领导下开展了北平平民家庭的成规模调查。在我看来，1925年是中国现代学术史上一个值得立纪念碑的年份，标志着田野调查的正式开端。《妙峰山》当然可以看作是一种集体传记，不过，真正体现顾先生见识和功力的，我认为是《孟姜女故事研究》。如果说《妙峰山》是受大众史观的影响，去看大多数民众的生命和生活是怎么样的，那么，《孟姜女故事研究》就是通过个人，而且是一个女子去看历史和社会，这差不多可以看成是另一个版本的《李超传》。按现代学科的归属，这是一个民间文学的题材，当然还是受平民文学观和大众史观的影响，他收集运用了大量民间传说、歌谣、善书、宝卷、唱本等各种民间资料。但在这个讲述一个普通女性去寻找丈夫的民间故事里面，恰恰隐含着顾颉刚学术体系中的深层悖论：从本事说，孟姜女故事的源头是春秋时期的齐国王公贵族。按《左传》的记载，杞梁跟随齐侯去攻打莒国，结果在城门那里战死了。齐侯带着他的棺材回国，在郊外遇到了杞梁的夫人。齐侯想行郊吊之礼，杞梁的夫人却认为不合礼制，于是改在家中受吊。这显然是一个以"礼"为中心的正统故事。也有近代学者认为，齐侯想行郊吊之礼，恰恰也是行古礼，并不违反礼制。再往后，随着故事的演变，它最终变成了一个弱女子控诉秦始皇"暴政"的故事，顾先生认为这是民众观念的集中体现。但是我们看他用的历史材料，又大多是文人这个精英群体写的，这在多大意义上是一种现代知识分子所说的"反抗"，就很难说了，因为这正是历代士人群体一直就怀有的"刷秦"之心，是很"正统"的。我们读读思想史，这是很清楚的，因为"暴秦"始终是统治阶层和士人阶层在治理国家、社会时的一面镜子。这当然不是否认它有民间传说的性质，但明显很多内容不是民众的，反倒有可能是民众从士大夫那里接过来的结果：从范喜良与孟姜女定亲，到孟姜女以秦始皇扮演孝子为许婚条件，这个故事在总体上自始至终讲的是孟姜女如何依礼行事，秦始皇的好色反而是违反礼制的。秦始皇又暴虐又好色，正是中国传统政治思想给亡国之君设定的两个核心特征。我们说顾先生有他的悖论，并不是要简单地苛责前辈，他呈现了那么丰富的层次，这就是"层累说"最了不起的地方。

对于顾颉刚先生的古史辨派，已经有很多研究了，我只讲与这个议题有关的一点心得。如果把顾先生的悖论放在更大的范围内，就会看到这不是他一个人的问题，而是那个时代都会遇到的问题。傅斯年、顾颉刚这些前辈当时受欧洲的思潮影响很大，主要是兰克史学。19世纪末到20世纪初，兰克史学在法国也是主流，以查尔斯·瑟诺博斯和朗格诺瓦等人为代表，法国史学家差不多全受这种主流思想的影响。傅斯年他们在德国留学的时候，将兰克史学引入了国内，瑟诺博斯和朗格诺瓦二人合著的《史学原论》在1926年有了汉语译本[①]，"信史"与"传说时代"的区分在很大程度上来源于此。傅斯年先是热烈地支持顾颉刚的古史辨，待到归国后不久，却不再"疑古"，而是走向了"直接史料"的道路，连他们的老师胡适也宣称："我要信古了！"他们的学术与世界学术的大势实有千丝万缕的关系，在这一方面似乎仍有挖掘的余地。傅斯年在归国后的讲课中，曾经坚定地说，史学就是史料学，不是其他的东西，尤其"不是社会学"[②]，并把"社会学"视同于"文词""伦理""神学"一样的东西。傅斯年何以对"社会学"如此反感？我推测这与他对兰克史学在法国遇到的挑战的看法有关，当然目前的史料不足，这还只是一个推测。在当时的法国，瑟诺博斯他们的方法论学派正面对着一场重大的危机，除了正在兴起的新一代年轻史学家如费弗尔、布洛赫等人的挑战，还面临着社会学年鉴学派的有力挑战。以傅斯年在欧洲游学时所涉之广，很难说对此不知情，傅斯年等人选择兰克史学应该是出于有意识的比较和考量，这样可以部分地解释他何以会将社会学排除在史学之外，他对法国学人独独推崇伯希和，也算一个旁证吧。相比之下，顾颉刚的古史辨路数却与法国新史学和社会学派颇有相通之处，比如杨堃回国后，他自然觉得顾颉刚的见解和风格与葛兰言是"智者所见略同"。当然了，这不是说顾颉刚受法国社会学家的影响，两者没有直接的关联。顾颉刚苦于自己的英语不太好，还是很努力地学习，他在燕京大学任教时也对社会学很感兴趣，就请当时还是学生的林耀华到家中教他英语，顾颉刚也读一些社会学著作，这在他的日记中是有记载的，他一点也不像傅斯年那样排斥社会学。

说到林耀华先生，现在学界对他的《义序的宗族研究》和《金翼：一个中国

[①] 参见[法]朗格诺瓦、瑟诺博司《史学原论》，李思纯译述，任鸿隽校订，商务印书馆1926年版。

[②] 傅斯年：《史学方法导论·史料论略》，载欧阳哲生编《傅斯年文集》第二卷，中华书局2017年版，第326页。

家族的史记》关注多了起来，有不同的角度，特别有意义。我读他的几本书时，有一个很强烈的感受，就是要把林先生的前后串起来。在大的背景方面，在梁启超、胡适和顾颉刚这些前辈那里，英雄史观和民众史观实际上是并存的，这对林耀华这些人是有影响的。林先生的第一个研究是他的本科学位论文《严复研究》，他有一个同学严群，是严复的侄孙，赠送给他不少严复的遗著。值得注意的是，林耀华在论文的"自序"中很明确地说到这个题目的缘起，一是他的老师吴文藻鼓励，二是在研究思路上则受胡适的影响。这篇"自序"里说：

> 曩者吾师吴文藻先生勖以从事侯官生平与学说之研究，当时茫无头绪，未着手也。嗣于吾友严群君处获见侯官遗著多种，喜出望外，严君乐以相假，而余研究之志遂益坚，此则兹篇之缘起也。
>
> 适之先生有言曰："近代中国历史上有几个重要人物，很可以做新体传记的资料。远一点的如洪秀全、胡林翼、曾国藩、郭嵩焘、李鸿章、俞樾；近一点的如孙文、袁世凯、严复、张之洞、张謇、盛宣怀、康有为、梁启超——这些人关系一国的生命，都应该有写生传神的大手笔来记载他们的生平，用绣花针的细密功夫来搜求考证他们的事实，用大刀阔斧的远大识见来评判他们在历史上的地位，许多大学的史学教授和学生为什么不来这里得点实地训练，做点实际的史学功夫呢？是畏难吗？是缺乏崇拜大人物的心理吗？还是缺乏史才呢？"
>
> 今兹篇之作，近承师友之赞助，远则蒙启发于胡先生焉。特志于此，以示不忘。且亦有望于海内求学同志，闻胡先生之言，皆奋勉于此等工作，则先哲得以表彰，后生有所旌式，是亦文化之邦，所不可少之事欤？

胡适这段话出自他给张孝若为其父张謇所作传记《南通张季直先生传记》所写的序。所谓"新体传记"与前面提及的《李超传》在意思上是一样的，而传主的类型却很不一样，李超是一个普通女子，张謇则是清末至民国的重要人物，对其生涯的理解当然关乎"一国的生命"。林耀华的《严复研究》分为两个部分，第一部分较短，主要是第一、二章，按照时代和年谱方法对严复的生平做大略的叙述，第三章以下详细介绍、分析严复的学说、思想与时代之关系。乍看起来，不是严格意义上的传记研究，实际上第二部分也是传记，大概相当于英语学界称的"intellectual biography"（思想传记）。从目前来说，学界一般都看到了后来的《金翼：一个中国家族的史记》这种"集体传记"与《严复研究》有一种隐约的延续关系。不过在我看来，《义序的宗族研究》无论是在时间上，还是在直接的关系上都与《严复研究》是一脉相承的。《义序的宗族研究》是他的硕士学位论文，分两个部分：正文部分和注释部分。正文部分讲述的是一个宗族的"社会"历程，注释部分讲述的则是历史制度与思想及其对于现实生活的影响，而这个基本写作框架恰好是在《严复研究》中已经完成的。

《严复研究》主要是受中国史学传统的熏陶，而从《义序的宗族研究》中可以看到林耀华所借鉴、运用的国外社会学和人类学理论方法，但这并非否定其中国史学传统的影响，注释部分仍然是社会思想史的写法，这一点对我们理解《义序的宗族研究》非常重要，我个人认为这是一个很了不起的成绩。林耀华先生在注释中会讲到"宗"在先秦时期的含义、朱熹对福建宗族的影响等内容，所以《义序的宗族研究》在很大程度上延续了《严复研究》处理的思想史问题，阐释从宋代到明清七八百年间的思想史如何对地方风俗的生活史和个人的生活产生巨大的影响。我们读《义序的宗族研究》时需要将正文部分和注释部分两部分并重，再读《金翼：一个中国家族的史记》的时候，才会明白为何可以说从《严复研究》到《义序的宗族研究》再到《金翼》是一个连续体。说这三部作品是一个连续体，并不是说没有变化，我们恰恰是要通过这样一个连续体理解其中的变化，林耀华先生在延续的时候又在不断地突破。《金翼》运用的是个人传记和集体传记的综合写法，著作中的主角黄东林，实际上是林耀华的父亲，按当时人类学的规则要化名，黄氏这个姓，是为了表示对义序人的敬意。写《金翼》时的一个大背景是，林耀华当时在美国哈佛大学留学，通过书写他们的家事，寄托一些乡愁。

在《义序的宗族研究》的正文部分，林耀华写了祠堂、组织、族谱、仪式、财产，等等，基本上遵照了社会学的功能主义范式。义序的实地田野调查是在 1934 年进行的，而林耀华撰写论文的时候恰好赶上第二年即 1935 年吴文藻邀请英国社会学家、时任芝加哥大学教授的拉德克里夫－布朗（Alfred Radcliffe-Brown）到燕京大学讲学，吴文藻安排林耀华担任布朗的翻译，所以这篇文章实际上是在布朗的指导下完成的。布朗是把法国涂尔干的理论传播到英国社会学和人类学中最关键的一个人，不仅影响了他的及门弟子，也影响了整整几代英国人类学家。其中与我们这个话题有关的关键一点就是所谓的生命传记法，这个方面我已经在以前写的一篇文章里作过简单的梳理[1]，就不再赘述，只在原文基础上再作一点补充。在"社会生命史"方面，林耀华通过拉德克里夫－布朗了解到法国社会学家阿诺尔德·范热内普关于人生礼仪的理论[2]，当时这本书还没有英译本，但他对这个学说的把握和运用还是比较精准的。这种间接的引用其实也等于是在提醒我们，要对中国现代学术史的诸多方法论有一个相对完整的理解，这与对当时世界学术的总体把握是脱离不开的。

在这里，我主要说有关法国社会学的部分。我想表达的意思是，在某些时候，两个国度的学术会表现出不一定相同却很类似的趋势，学术自有大势。顾颉刚与傅斯年的区别，实际上也是当时国际总体变化趋势的一个组成部分，绝不能割裂开来看。我最近应朋友邀约写了一篇小文章，梳理了一下这场史学与社会学的争论。在梁启超发表《新史学》的同时，法国历史学家和社会学家正在陷入一场长达十几年的论战。1903 年，涂尔干的一个门徒，经济社会学家弗朗西斯·席米昂针对兰克史学家发表了一篇战斗檄文《历史方法与社会科学》，这篇文章的影响可称巨大，在半个世纪之内，大概是法国历史学学生的必读文献。席米昂借用培根的"偶像"比喻，抨击历史学家长期迷恋于"历史部族的偶像崇

---

[1] 参见赵丙祥《将生命还给社会：传记法作为一种总体叙事方式》，《社会》2019 年第 1 期。

[2] 参见〔法〕范热内普《过渡礼仪》，张举文译，商务印书馆 2012 年版。

拜"：（1）"政治偶像"：这是指向以政治史和政治事实为主的事件研究；（2）"个人偶像"，历史被看作是个人的历史，因此历史学家往往研究的是个人，而不去研究社会制度、社会现象；（3）"编年纪事偶像"：历史学家习惯于追溯事件的起源，然后排比事件序列。[①] 这篇文章不仅可以视作社会学年鉴学派的宣言，在某种意义上，也说出了新一代史学家的心声，对费弗尔和布洛赫等人破除旧史学偶像十分重要的指导意义，以至于布洛赫直到40年后仍对此记忆犹新。[②] 这是十足的社会学立场，社会学家认为制度才是真正有社会性的初级现象，而在瑟诺博斯那里只是次级现象。早在1898年，涂尔干为《社会学年鉴》第一卷撰写创刊序言时，就干净利索地将大人物、事件及其序列——简言之，无论是集体的还是个体的传记——踢出了社会学家的视野：

> 我们在《年鉴》中必须收集的唯一事实，是那些在不远的将来更容易与社会学合并的事实，即可以进行比较的事实。这一原则足以去除那些把历史个体（如立法者、政治家、将军、先知、各种各样的革新者，等等）的作用当作主要对象的研究。其他的工作也是这样，如依照时间次序去追溯特殊历史事件之前后关联，以及构成特定人口的历史的表面体现出来的前后次序（如朝代、战争、谈判的次序、议会史，等等），简言之，所有传记之类的东西，不论是个体的还是集体的，其实对社会学家来说都没有什么用处。[③]

涂尔干把"传记"踢出了社会学，这在很大程度上决定了此后法国社会学的

---

① François Simiand, "Méthode historique et Science sociale", *Annales. Histoire, Sciences Sociales*, 15e Année, No. 1, 1960, pp. 83–119.

② 参见［法］布洛克《历史学家的技艺：第2版》，黄艳红译，中国人民大学出版社2011年版，第16页。

③ ［法］涂尔干：《历史学解释和社会学解释》，载《涂尔干文集》第10卷，渠敬东等译，商务印书馆2020年版，第532页。

走向。但问题没那么简单,到他的很多学生那里,传记很快又回来了,虽然走的路有点兜兜转转。为什么这么说呢?因为传记回到法国社会学的时候,是通过宗教研究和神话研究回来的,确实绕了一个弯。这些学生已经突破了涂尔干在十几年前给社会学划下的边界,我们举几个例子。

第一个例子是莫里斯·哈布瓦赫。他最重要的研究方向之一是关于集体记忆的,国内已出版根据英译本转译的中译本《论集体记忆》,不过这是一个节本,其中收录了《记忆的社会框架》的大部分,还收录了《福音书中圣地的传奇地形学》的"结论"部分。哈布瓦赫在集体记忆领域内的研究工作是开创性的,他没有直接说到传记法,但其中有些很重要的方面和方法实际上都与传记法有关系,比如,《记忆的社会框架》一书中"家庭"的部分,他很明确地指出"家庭的生命"就像"个人的生命",它是一个活生生的社会生命历程。这种论述很多。我想着重提一下第二本关于福音书的地形研究。从题目上看不出它与传记有何关系,实际上最有关系。在围绕着"福音书"讲记忆问题时,哈布瓦赫运用了基督、圣徒、十字军等的很多传奇故事,这实际上就是一种广义的"使徒行传"。宗教不只是教义,也不只是信仰,还是一种传奇或传说。比如"骷髅地",这是基督教史上最重要事件的发生之地,当然也是基督教信徒心目中最重要的一个地名,"基督的整个一生好像就是为了他的死亡而准备的"[①]。哈布瓦赫指出,离的地方越远,离开的年代越久,人们就越容易添枝加叶,最终以口传的形式形成一种行传。这部行传未必像文人写的"行传"那么严整,但把这些散在不同地方和群体中的传说集合起来看,就是一部完整的社会学传记。这种关于基督的记忆变成了教义和信仰的最重要部分,成为无数使徒和信徒追慕的模范,圣城也是一样,变成了一个寄托理想的朝圣中心。人物、事件、信仰、仪式、地形,等等,所有这些统合在一起,是一个多层次的、丰富的社会事实。

[①] [法]哈布瓦赫:《论集体记忆》,毕然、郭金华译,上海人民出版社2002年版,第325页。

与哈布瓦赫的这项研究很相似的,是涂尔干学派中另一个重要成员罗伯特·赫尔兹(Robert Hertz)的研究,他是涂尔干最有天分的学生之一。赫尔兹一家到意大利阿尔卑斯山区度假时,发现了一种围绕着小圣徒圣贝斯的崇拜节庆,后来又去做了第二次田野考察。赫尔兹在婆罗洲做过长期实地调查,说他是涂尔干学派田野工作的先驱也是当之无愧的,可惜天不怜才,他在"一战"中在前线阵亡了。赫尔兹在1913年写成了《圣贝斯:一种阿尔卑斯山区崇拜的研究》,采用文献研究和田野调查的双重方法,考察了阿尔卑斯山区一位殉道圣徒贝斯(Bess)的生平事迹。[1] 山区和平原上的信众都会站在自己的立场上争夺这位小圣徒,而都市的教会也为了自己的荣誉将他塑造成一个殉教圣徒,然后又把他当作主保圣人供奉起来。在那个时代,有不少类似的使徒行传都把这种小圣徒说成是受异教迫害的底比斯圣军团成员。但赫尔兹借助语文学的考察指出,有许多迹象表明,贝斯这个名字原本大概是"羊"的意思。这种崇拜的真相有可能是:它原本是当地牧羊人崇拜的一块岩石,在阿尔卑斯高山上常见的那种大石头。这是民间习俗中常见的现象,在整个世界范围内都屡见不鲜,如山东人为了孩子好养活,会让孩子拜一块大石头为干爹;再如,石敢当,起初就是一种灵石崇拜,后来被人格化了,变成了一个人,随着这种人形形象的确立,石敢当风行于整个中国,甚至流传到了中国周边地区。"贝斯"也经历了一个相似的过程,基本原理是差不多的。到了后来,这块岩石可能与某个"牧羊人"或某个殉教的基督徒发生了偶然的关联,它也变成了一个人。但无论如何,在各方力量的互相作用下,从这种民间宗教信仰和传说的形象中逐渐衍生出了使徒行传,一部社会学意义上的个人传记就是这样诞生的。

与赫尔兹的研究类似的,还可以举出扎诺夫斯基(S. Czarnowski)的一部著

---

[1] Robert Hertz, *Sociologie religieuse et folklore*, Paris: Les Presses Universitaires de France, 1928.

作《英雄崇拜及其社会状况：爱尔兰民族英雄圣帕特里克》[①]。扎诺夫斯基先在德国师从于齐美尔，后到索邦从学于涂尔干、亨利·于贝尔等，与涂尔干一起工作了很长时间，他后来回到了祖国波兰，是为波兰社会学奠定基础的三大社会学家之一。扎诺夫斯基的这项研究也取材于使徒行传、民间传说等历史文献和口头传统。亨利·于贝尔给他的这本书写了一个长达将近百页的序言，专门讨论英雄的概念与崇拜的社会学意义，限于篇幅，本文不予展开。翻阅莫斯的《民族志手册》便可知，这个时候，个人和集体"传记"已经是年鉴学派社会学家们着重关注的对象和方法[②]，而这正是在1908年那场论战发生的同时及稍后开始流行的。

年鉴学派的这些第二代学者都十分尊重他们的老师，一般都不愿直接批评涂尔干，但到了这个时候，与涂尔干排斥"传记"的看法相比，他们已经作出了很多重大突破，当然，在总体的研究理路上，他们还是走在涂尔干开辟的道路上，从社会结构、制度、心性等各个层面作出解释。对社会的"正常类型"的研究当然是一如既往地进行着，不过，我们刚举的几个例子表明，他们也回到了对于社会中的某些少数"个人"及其事迹的研究。这是二代群体集体努力的结果。为什么必须研究少数人呢？我们看涂尔干所说的社会类型，一种是基于小共同体的机械团结，最基本的单位是"horde"，它是转译过去的，其实就是中国典籍里记载的"斡尔朵"或"斡鲁朵"，"鄂尔多斯"就是其中一个变体拼法，当然传到欧洲后变成了"游牧群"的意思，与原义有很大出入。"horde"不能再拆分了，再拆分的话只能拆到个人。这种社会是"horde"意义上的简单重复累加，所以叫机械团结。而像现代社会这种类型是有机团结，每一个单位跟每一个单位是不同质的，这是社会分工的前提基础，所以这叫有机团结。但是到了第二

---

① S. Czarnowski, *Le culte des héros et ses conditions sociales: Saint Patrick, héros national de l'Irlande*, Paris: Librairie Félix Alcan, 1919.

② Marcel Mauss, *Manuel d'ethnographie*, Paris: Payot, 1967(1926).

代社会学家，他们看到，这两种类型分别是一头一尾，离得太远了，中间有缺失的环节，所以他们引进了历史学家所说的封建制。当然这个封建制不是狭义上的，而是一种用来补充涂尔干两种社会类型的中间形态。这种社会类型的特点是等级制。这些社会类型划分，现在看起来很陈旧了，但在当时的社会学草创时期是很了不起的。这个话题比较复杂，作个简单的介绍：这是一个个人主义兴起的时代，亨利·于贝尔称之为"英雄社会"（sociétés à héros），这是第二代社会学家的一大创见。当然这不是说，他们研究个人意味着与涂尔干截然不同，他们还是要通过少数个人以及对他们的崇拜来研究社会结构、制度这些基本的东西。对于社会大多数人的研究，恰恰是离不开对于极少数人的研究的，英雄就是如此。

这种"英雄社会"，与生命传记研究的关系就更密切了。无论是神话还是史诗，讲的都是英雄的故事。而在这种宗教研究中，仪式和神话是一体之两面，当然，这两者不是等同的。神话讲的要么是开天辟地的创世神，要么是二次创世的始祖型半人半神。在这个学派以及受其影响的学者中，研究创世神话的以列维–布留尔最为典型。他是个老资格的哲学家，后来受涂尔干影响，提出了著名的互渗（participation）概念，用这种思维来讲人与物的关系等，使之成为第二代学者差不多全都服膺的指导性学说。他在1935年出版了《原始神话》，这本著作与他以前关于原始思维的著作一脉相承，不同之处是，更多地讲了一些历史与现实的关系。神话被看作一种"元历史"，这种"元历史"并不是实际的原始历史，而是从社会生活的意义上来说的，在实际的生活中，这些创世神祇或者英雄是人们生活的"楷模"或"榜样"，这个世界是他们创造的，因此人们应当以他们为理想过日子。这是一个很有代表性的说法，将神话（以及传说）和社会生活关联在一起。

法国社会学在神话学研究方面取得了巨大的成绩，从20世纪上半叶来说，莫斯、葛兰言、热尔奈、哈布瓦赫等社会学家都有卓有成就的代表性著作。首先，在他们那里，神话被看作一种社会事实，是多重实在意义上的社会事实。既然神话讲述的是少数人，是大人物，讲述的是他们为这个宇宙和世界作出的丰功伟绩，也就是说在这个意义上，神话当然是一种特殊类型的"传记"，是社会的一种变形折射，是社会生命的一种特别而又集中的表现形式。其次，如果放在欧洲和中国这样的大型文明中，神话实际上大多变成了"传说"，更多地与历史人物结合在一起，也就是前面讲过的圣帕特里克。葛兰言被公认是这个学派中成就最大的神话学家之一，他有一部专著《中国古代的舞蹈与传说》，研究的是中国古代的"王霸时代"，有点像中国学术界所说的"传说时代"，但葛兰言并不做这样的区分，原因在前文讲过，那是瑟诺博斯的划分。葛兰言认为，一直到汉代，都可以用神话学方法加以研究，这跟这一派的社会学立场有关。这也是为什么他的学生杨堃回国后，对顾颉刚以及郭沫若、闻一多等人的研究十分感兴趣，觉得他们与葛兰言的风格很是相似。这也是我说世界学术之大势所趋的意思：如果说傅斯年、徐旭生等人更多继承了瑟诺博斯式的历史学旨趣，那么，同为历史学家的顾颉刚的研究却更多了一些社会学的意味，更像莫斯、葛兰言、热尔奈他们做的工作，欧亚大陆两端的学者虽然相隔遥远，却同时在做一些差不多的事情。

在社会生命史方面，一个典型的体现是马塞尔·莫斯的研究。莫斯在《民族志手册》里多次提到"传记"，但他这里说的"传记"是个体意义上的，既是指美国人类学家保罗·雷丁的传记概念，也指英国人类学家里弗斯说的"谱系法"，通过对个人的亲属关系的记录可以追寻家庭的生命史。这当然是没有问题的，但在我看来他们更大的贡献是在讲述"社会生命"方面。莫斯曾经说过一句话，大意是说：我们社会学是不研究少数人的，我们研究的是大多数人。但莫斯也有他的悖论。莫斯最好的著作是《礼物》，从这本小书中可以看得很清楚，他最喜欢研究的那种礼物交换形式，是以西北美洲为代表的"夸富宴"（potlatch），最典型的形式是：两个部族到了冬至的时候，比拼谁更土豪，但不是同时炫财，而是轮流坐庄。今年轮到我了，我就送给你好多财物，毯子、土豆、铜盘，等等，我赠送的方式往往是把很多贵重的财物销毁，而你只能承受这种"羞辱"。他们不像凡勃仑说的那种现代人，现代人大多是把钱花在自己身上炫耀，而他们是花在别人身上，也就是"敌人"身上来炫富。只有等到第二年冬天，你才能用回礼的方式原样羞辱我。莫斯认为，这是礼物交换的最高形式，他称之为竞赛式的交换。用一个印第安人的说法，这是"用财富打仗"。但是这种交换具体是通过什么人进行的呢？是酋长以他的名义代表整个部族赠礼，我们这个家族的人辛辛苦苦干了一年，就是为了挣钱，让酋长以他出面搞一次那样的"财富之战"。这恰恰是个人英雄式的竞赛，有非常明显的荷马风格！这也不奇怪，像《荷马史诗》这种古典学研究，对涂尔干社会学派的第二代群体是有非常重要的影响的。这些社会学家一方面说是要面向社会大多数，但另一方面，英雄史的研究也构成了非常重要的组成部分。说到最能体现"英雄"的体裁，可以顺带提一句史诗研究与传记这个话题有关的内容。史诗研究是一门显学，但中国社会学家和人类学家关注得很少。但从法国的社会学研究来说，最伟大的两位史诗研究专家都与涂尔干学派有直接的关系，一个是石泰安（Rolf Alfred Stein），他的代表作是《西藏史诗和说唱艺人》[1]；另一个是前文所提乔治·杜梅齐尔（Georges Dumézil），代表作是三卷本的《神话与史诗》。他们两人都受过葛兰言的亲炙，从他那里学到了社会学分析方法。

  回到以莫斯等人为代表的研究，从"节日"入手的做法是涂尔干社会学派的一大特色。不过，法语中的"fête"一词的含义与汉语有所不同。我们说的"节日"一般是指公共的"节"，而"fête"除了指公共的"节日"外，也可以指个人的某些仪式如婚礼、丧礼，只是个人性的节日。此外，这个词也可以译成"宴会"。这样一来，就打通了个人生活与社会生活的一体性，所以我一般译作"节庆"，虽然这个译法还是无法完整地传达"fête"的意思。为何他们如此看重节庆呢？布鲁诺·卡尔桑提（Bruno Karsenti）写了一本介绍莫斯的小书《莫斯与总体性社会事实》[2]，做了很好的总结。他说，节庆如同一个屋顶，它把一片一片

---

[1] 参见［法］石泰安《西藏史诗和说唱艺人》，耿昇译，中国藏学出版社2005年版。
[2] 参见［法］布鲁诺·卡尔桑提《莫斯与总体性社会事实》，杜娟译，商务印书馆2023年版。

的草苦子一下子就串在一起了。因此，这个概念的价值在于：提醒我们，社会生命是有起伏的，不是一条直线，在平常过日子的时候，大家的生活是比较平淡甚至烦闷的，换句话说，在日常的时候，其实"社会"是不存在的，至少是非常松散的，是以个人或家庭等小团体的方式过日子。而到了某一个时刻，所有的人，也就是整个社会突然就变得生龙活虎，简直是活力四射，你可以在这个时刻集中地看到社会生活的每一个方面。只有个人或国家的日子，而没有那些看起来乱七八糟的节庆，这种社会简直不值得活。因此，我们看到，这既是多数人的生活，也是少数人的历史。不只是莫斯，可以说是整个涂尔干学派都在写这个事情。

我们在前文提到过对林耀华先生发生过影响的范热内普，特别值得一说。范热内普的导师其实是莫斯，但是这个学派的其他成员多少都有些排斥他，有一个原因就是他总批评涂尔干，批评他的"图腾制度"研究等。他也有其他不少观点跟这些社会学家不一样，所以他一辈子也没能进入正轨的大学系统或研究所，但他一直坚持在谋生之余从事调查和研究，作出了十分独特的贡献，直到很多年后《过渡礼仪》有了英文译本后，他才暴得大名，赢得了世界性的声望，这多少有点像德国社会学家诺贝特·埃利亚斯的命运，令人叹息。除了这本书，范热内普还是一个《荷马史诗》专家，他有一本小书就叫《荷马问题》。我们把这两本小书放在一起，就可以看到他也跟莫斯这些人一样，认为一方面要看到社会的大多数人，另一方面还要看到《荷马史诗》讲述的少数人的故事。从我们这个话题来说，《过渡仪礼》给我们的教益是要从个人的生命史看社会的生命史，反之亦然：人在生命的每一个关口都要用仪式的方式去渡过难关。每个人其实都要把这个社会完整地经历一遍，从母亲的怀孕、婴儿的出生，到满月、周岁，到每年的生日，再到老了之后的各种仪式，直至死后的丧礼，我们每个人的人生同时也是一个社会在个人身上所过的一生。林耀华先生的三部作品，《义序的宗族研究》在很大程度上就是这种写法，而到了写《金翼：一个中国家族的史记》的时候，又吸收了美国社会学和人类学中的写法，从而一步步完成了自己的创新。

做一点算不上结论的简单总结，我没有涉及社会学如何学习并融合中国的传记传统，这是一个大话题，范围又大，也不太好谈，社会学家需要向文学家和史学家学习的地方太多了。我主要谈了一点学习顾颉刚和林耀华两人的体会。他们属于两代人，各自的学术领域也不相同，两人与法国社会学的关系也不同：顾颉刚与法国社会学家如葛兰言等人的学术并没有直接的交接，但他们在很多方面都有相通之处，若能比较一下他们的异同，一定会有一些新的启发；林耀华先生也只是通过拉德克里夫－布朗间接地受到一些影响，如范热内普的过渡礼仪理论。但无论如何，从今天的立场来说，我更关注的是如何在现代学术大势下看待他们研究中的一些共通之处，目的在于对我们自己的研究有所启发。上面谈的内容也大多不是专门的社会学传记作品，但我觉得这恰恰是应当引起社会学家注意的，我一直坚持的是一种广义的社会学"传记法"，可以单独运用，但更可能是一种眼光的价值。最近几年，我陆续在做法国年鉴学派社会学的一些介绍工作，其中不少内容都与广义的社会学传记研究有关系，将来有机会再就这个话题做一点扩展介绍。

作者简介： 赵丙祥

中国农业大学人文与发展学院教授，博士生导师。主要研究方向：社会人类学理论与方法、历史社会学和政治人类学。

论传记作品的人格教育功能与机制

陈兰村　许晓平

摘　要：传记具有教育与激励的功能，更具有进行人格教育的功能。语文课里的传记作品教学理所当然承担着人格教育的重任。利用传记作品教学进行人格教育既具有必要性，也具有可行性。因传记作品蕴含着独特的人格教育资源，优秀传记作品富含优秀的人格范例，相比其他文体的课文，传记作品进行人格教育有着其独特的优势。传记作品人格教育的具体运行机制就在于教师有责任挖掘传记作品的人格教育资源和优秀人格范例，引导学生把传记作品中的人格元素转化成学生自己的心灵感悟，自己成长的情感，让传记作品的人格优势转化成有效的育人价值，促使学生形成高尚人格。

关键词：　传记作品　人格教育　运行机制　高尚人格

On the functions and mechanisms of personality education in biographical works

Chen Lancun, Xu Xiaoping

Abstract: Biographies have the functions of education and motivation, and moreover, they have the function of personality education. The teaching of biographies in Chinese class rightly bears the important task of personality education. The teaching of biographies is both necessary and feasible for personality education. Because biographies contain unique resources for personality education, and excellent biographies are rich in excellent examples of personality, biographies have their unique advantages over other types of texts for personality education. The specific operation mechanism of personality education in biographical works lies in the responsibility of teachers to explore the personality education resources and excellent personality examples in biographical works, guide students to transform the personality elements in biographical works into their own spiritual insights and emotions of their own growth, so that the personality advantages of biographical works can be transformed into effective values of education, and encourage readers to form a noble personality.

Keywords: biographical works / personality education / operation mechanism / noble personality

语文教学应该进行人格教育。传记具有教育与激励的功能，更具有进行人格教育的功能，而作为语文教材选文的传记作品的教学，理所当然承担着人格教育的重任。传记作品教学进行人格教育既具有必要性，也具有可行性。因传记作品蕴含着独特的人格教育资源，优秀传记作品富含优秀的人格范例，相比其他文体的课文，传记作品进行人格教育有着其独特的优势。传记作品人格教育的具体运行机制就在于教师有责任挖掘传记作品中的人格教育资源和优秀的人格范例，引导学生把传记作品中的人格元素转化成学生自己的心灵感悟，自己成长的情感，让传记作品的人格优势转化成有效的育人价值，促使读者形成高尚人格。

一、以传记进行人格教育的必要性与可行性

（一）什么是人格教育？

什么是人格？从法律或道德的角度说，人格是人按照法律、道德或其他社会准则应享有的权利或资格。从心理学角度说，人格是一种心理现象，它反映一个人的整体精神面貌。从伦理学的角度说，人格指人的一种自我意识，他意识到人应该有区别于动物的特有的品格和行为。所以，人格是做人的尊严、价值和品格的综合。人格问题，实际就是指我们要把自己塑造成怎样的人的问题。

所谓健全人格，也称为健康人格。在西方，有的研究者会通过制订不同的标准对个体的人格进行测量，来评判该个体的人格是否健康。例如，高尔顿·乌伊拉德·奥尔波特（1897—1967，美国著名心理学家，人格特质理论创始人）认为：“成熟人格具有一个发展过程，判断个体人格是否健康和成熟具有六个标准：自我扩展能力、与他人的交往能力、自我接纳能力与安全感、实际的现实知觉、自我客观化和统一的人生哲学。”[①]健全的人格实际是指构成人格的诸要素获得平衡健全的发展，如气质、能力、性格、理想、信念、人生观等各方面要素。

什么是人格教育？人格教育，通俗来说就是将孩子培养成真正的人，就是教孩子"学会做人"。这里的"人"，是指一个具有良好品德、独立意识，拥有良好人际关系并且善于合作的个体，是一个既独立又合群的社会人。家庭教育和学校教育，都是要进行这样一种人格教育。语文课程理所当然要贯彻人格教育，传记作品教学更是承担人格教育的特别重要之阵地。

不同的人格在现实生活中客观存在。现实生活中我们发现，有的人性格开朗，能与人积极合作、愉快地交流，不断进取，完善自我；有的人则孤僻冷淡，对人对事消极，萎靡不振，等等。前者与后者是健全人格与不健全人格的不同

[①] 转引自梁宁建主编《心理学导论》，上海教育出版社2006年版，第518页。

表现。那么，健全人格由何而来呢？依据课程方案与各学科课程标准开展教育活动，就是培养健全人格的主要途径。根据中学生人格发展的特点和语文课程内容特点，借助语文学科丰富的人格教育资源，通过语文教学促进学生养成对语文的运用能力，并培养学生积极向上的健全人格，这是中小学生语文课程实施的题中应有之义。

人格教育的内容因学生成长阶段与学段的不同而不同。小学阶段，结合相关课文融入人格教育，可以着重培养学生良好的学习习惯、卫生健康习惯，培养孩子的爱国心、责任感，对父母和老师的尊重，对同学团结互助、不攀比等基本人格教育内容。初高中阶段着重培养学生自尊、自信、自强，爱国，有责任心、有担当等优秀人格品质。当然，不论是小学或初高中阶段，人格是人才素质的核心，培养塑造健全的人格是教育的最终目标。

（二）以传记进行人格教育的必要性

中学语文课程标准要求培养学生健全的人格。《普通高中语文课程标准（2017年版）》指出，要教育学生"培养良好政治素质、道德品质和健全人格"；《义务教育语文课程标准（2021年版）》也提出要培养学生"健全的人格"。从语文课程本身来看，语文教材中含有大量的人格教育资源，在教学中挖掘并运用这些资源，不仅有利于促进学生健康人格的发展，也有利于达成新课标对语文教育的育人目标要求。

人格教育是素质教育的核心，是灵魂。中小学教育归根到底是要培养合格的德智体美劳全面发展的人，是高素质的人才，而素质教育的核心和灵魂就是人格教育。从中学语文教学的实际情况看，强调人格教育是工作之必需。笔者从中学教学实践中了解到，现在传记作品教学并未突出其在人格培养方面的独特价值，传记作品自身的特点在教学中没有得到充分发挥，这与有些教师自身对传记文体的重视和知识储备不足有关。我们呼吁，语文教师自身应该加强传记文体知识的储备和传记作品的阅读，促进自身在传记作品教学中为培养学生人格发挥引导作用。

人格具有"可塑性"特点，对中小学生进行人格培养大有必要。人格在形成的过程中不但依赖于遗传因素，也受外部环境的影响，具有"可塑性"的特点；青少年的身心正处在成长阶段，对中小学生实施人格培养相当有必要，教育效果也特别显著。

人格教育是古今教育界提倡的教育理念和实践。在中国教育史和思想史上，孔子第一次明确将君子作为理想人格，他对学生子夏说："女为君子儒，无为小人儒。"（《论语·雍也》）[①]意思是你要去做个君子式的儒者，不要去做小人式的儒者。孔子在《论语·子罕》中说："知者不惑，仁者不忧，勇者不惧。"[②]智仁勇三者即是对"君子"品质的精要概述。近代教育家蔡元培先生在自己的著作《中国人的修养》中强调培养学生"健康的人格"，并提出"四育"（德、智、体、美四育并举）的教育方针，影响深远。

当代有关利用语文课以及传记文学进行人格教育的学术论文不少。笔者也发表过《传记文学与人格素质教育》一文（《荆门职业技术学院学报》2006年第5期），以中学课程改革中开设传记选修课为话题，论述传记文学与人格素质教育的关系，提出高中开设传记选修课的理由与要求，主张优秀的传记是人格素质教育的形象教材，要发挥传记的教育功能和激励功能，并对传记教学实施人格素质教育的可操作性作了具体探究。

程红兵在《程红兵与语文人格教育》一书中提出了"语文人格教育"的概念，专门论述语文教育中的"人格"。所谓"语文人格教育"，就是语文教师在语文教学活动中有意识、有计划地结合语文知识传授、语文能力培养，对学生实施人格教育的活动。这一活动是在语文教师指导下，师生共同创设育人环境，在语文知识、语文技能习得的过程中，实现健康人格塑造。我们认为，语文课程与教学加强人格教育，这是我们必须一直坚持的正确方向。

[①] 杨伯峻译注：《论语译注》，中华书局1980年版，第59页。

[②] 杨伯峻译注：《论语译注》，中华书局1980年版，第95页。

（三）以传记进行人格教育的可行性

传记作品具有人格教育的功能，也具有人格教育的可行性。注重学生人格的培养，有利于实现传记作品的教学目标。与其他科目相比，语文教材中由优秀的人物及人物事迹所构成的传记作品，其中所蕴含的精神力量与人格魅力等人格因素，是其他类型的文本无法相比的。

1. 传记作品教学在中学生人格培养方面具有独特优势

传记作品在人教版教材和其他省编教材中占有不小的比例，教材中选编的传记作品则具有显著的历史与文学特色。通过传记作品教学，能够使学生学习汉语知识、文体知识、写作知识，也体现出对中学生的人格教育价值：人教版高中语文教材中选编的古代传记作品节选自《左传》《史记》《汉书》等正史，且所选篇目都是正史中的优秀人物传记或极具文学魅力的历史片段记载。优秀人物传记中传主的人生命运、性格特点、精神品格和传记作者表达出的情感意志，以及与当代相结合的时代精神，是其他类型的作品不能相比的。可见，传记作品教学在中学生人格培养方面具有不可替代的独特价值。

2. 传记作品课进行人格教育与思政课的区别

两者从教学的内容到教学方法都有明显不同。从教学内容说，思政课即思想政治课，主要学习社会主义的政治知识，同时从理性角度要求学生具有良好的思想品德和各种正确的行为习惯，树立自己对社会的责任感，将来成为合格的社会主义公民。传记作品中的人格教育，从其教学内容来说，主要是发掘传记中传主的高尚人格行为和丰富精神内涵，同时从感情体验的角度让学生体验传主的人格风范和内心活动，进一步对照自己，反思自身，从而从精神上升华自己的人格。

3. 传记作品教学中的人格教育是正面培养学生自觉的感受，是情感教育

传记作品教学属于语文课的文学教育。中小学语文课是一门汉语与文学的复合课。语文教育家王尚文说："语文课负有语言（即汉语）教育和文学教育两

重任务，不可偏废，也不应混合。"①王尚文《走进语文教学之门》第一章标题是"语文课程的复合性"，第五节标题是"语文课程是'汉语''文学'的复合"。他指出，文学教育的主要内容当然是优秀文学作品的品味、鉴赏，也应有必要的文学知识为其辅助，但它主要不是文学知识教学，也不是文学评论教学，而是重在对文学作品中人的生命体验的发现，尤其贵在对自我、对他人的认识、理解，在潜移默化中使自己"变得更好"。

从王尚文对语文课的双重而各自独立的任务的论述中，我们可以得到启发：语文课里的传记作品应当负有文学教育的任务。而"文学作品教学的目的是让学生为文学而感动，因作品而动情，并让学生学会阅读文学作品。它最终是要生成和发展学生的文学素养，即培养学生敏锐的文学感觉、纯正的文学情趣"，所以不能"模糊了文学作品教学与道德教育、思想教育、公民教育的界限"。②同样的道理，传记是文学的一类，传记作品教学的目的也是要让学生为传记的传主而感动，因作品而动情。传记作品教学的内容包括：体验传主的生活和他的人格表现，以及在体验之后读者自己进行反思，而不是先找课文的主题思想再去理解和分析。

二、传记中的人格教育资源

语文课程培养学生健全的人格，这应该贯穿于整个课程体系当中，而传记作品的阅读与教学可以达成人格教育的目的。1953年1月12日，现代学者胡适在其台北演讲中谈到自己读西方传记的感受时说："我感觉到传记可以帮助人格的教育。我国并不是没有圣人贤人，只是传记文学不发达，所以未能有所发扬。

---

① 王尚文口述，童志斌整理：《守望语文的星空》，广西教育出版社2020年版，第127页。
② 王尚文：《走进语文教学之门》，上海教育出版社2007年版，第95、103、303页。

这是我们一个很大的损失。"① 胡适从自身阅读传记的感受出发,强调了传记可以帮助人格教育,这个观点是对的。但他认为我国"传记文学不发达",这个观点并不确切。我国的史传文学和杂传文学相当发达,并有悠久的历史。只是按胡适以近代西方式长篇传记为标准,当时的中国确乎缺少"传记文学"。说起来,我国古代的史传和杂传就包含有丰富的人格教育资源。

(一)古代传记中的人格教育资源

传记作品是语文教材的组成部分,语文课的拓展阅读也包括传记作品,因此传记作品是语文课程实施人格教育的重要资源。中国古代传记以《史记》为典范。陈兰村《中国传记文学发展史》指出:"司马迁不仅以自己的亲身行动表现了伟大的人格,而且更进一步在《史记》中寄托了自己的人格理想。"② 所谓人格理想,即指某个人或某个阶层所期望的高尚的人格境界。司马迁的人格理想,在《史记》中突出表现为他所赞赏的四种人格类型。

1. 自尊型

自尊即是人对自我尊严的珍惜意识。司马迁所肯定和赞赏的具有自尊型人格的人物,不是有一般的自尊心,而是有强烈的自尊心,即主体的自尊心受到伤害时会作出异常激烈的反应。如《李将军列传》写了汉代名将李广,一生与匈奴作战,但最后因受卫青的排挤,"终不能复对刀笔之吏"而"引刀自刭"。他的死,表示了对当时朝廷赏罚不公的无声抗议,也是为了捍卫自己的人格尊严。《陈涉世家》记述陈胜吴广的反秦起义过程。陈涉,人穷志不穷。他虽是雇工,却有鸿鹄之大志。他们受暴秦的压迫,为了保持一个人起码的生存权,走上反抗道路。

---

① 姚鹏、范桥编:《胡适讲演》,中国广播电视出版社1992年版,第186页。
② 陈兰村主编:《中国传记文学发展史》,语文出版社2012年版,第69—70页。

2. 自强型

自强一词，来源于《易经·乾卦·象传》："天行健，君子以自强不息。"意思是天体运行不止，君子也应该主动地努力向上，绝不懈怠。《史记》中有一类人，他们在生活道路上严重受挫，人格上受到莫大的侮辱，但他们没有自我沉沦，而是发奋有为，表现了奋力进取的精神。司马迁本身就是如此，因而他对自强型人格尤为赞赏，如夏禹、勾践、虞卿、韩信等人都有自强不息的精神。《史记·夏本纪》记载，夏禹"伤先人父鲧功之不成受诛，乃劳身焦思，居外十三年，过家门不敢入"，终于获得治水成功。

3. 侠义型

"侠"是指仗义的人，见义勇为的人。"义"是人际关系中一种抽象的道德义务、行为准则。如《游侠列传》中的汉代游侠朱家、郭解等人，他们都是好交游而勇于解他人急难的人。司马迁在《史记·游侠列传》开头，赞扬他们："其言必信，其行必果，已诺必诚，不爱其躯，赴士之厄困。既已存亡死生矣，而不矜其能，羞伐其德，盖亦有足多者焉。"这段话的中心意思是：游侠言信行果，舍身救人。这是游侠的道德观，也是游侠的人格写照。

4. 爱国型

一个人自我意识到个人与国家命运紧密相关，愿为维护国家尊严而献身，这是一种高尚的爱国精神，是一种爱国型的人格，如屈原、蔺相如等人就具有爱国型人格。《屈原列传》所写的屈原，是中国文学史上爱国诗人的典型。屈原忠君但不愚忠，他是将"存君"与"兴国"联系在一起的。楚王昏庸，他不仅怨恨，而且加以抨击，司马迁赞赏的正是屈原这种清醒的爱国精神。

自尊、自强、侠义、爱国四种类型的人格各有侧重，但也互相联系。自尊是人格的基础，自强是人格的动力，侠义是自我与别人的关系中人格的利他意识，爱国是自我与国家关系中的责任意识。[①]通过阅读《史记》等优秀传记，我

---

① 参见陈兰村主编《中国传记文学发展史》（修订本），语文出版社2012年版，第72页。

们可以了解并学习古人在人格上自尊自爱、自强不息、关心他人、爱国爱民的优秀传统。

（二）现代传记中的优秀人格范例

现代的优秀传记中也都可以找到中外人物的优秀人格范例，如《周恩来》[1]，《居里夫人传》[2]，《"两弹一星"元勋传》[3]，《贝多芬传》[4]。这些传记的主人公无一不是人格高尚的楷模。如威尔逊的《周恩来》记述了周恩来的一个故事，1946年，周恩来从重庆飞回延安与毛泽东商讨工作，两天后又飞回到重庆：

> 在这架双引擎飞机上随他一起飞回来的，有一个11岁小姑娘——新四军军长叶挺的女儿。国民党曾把叶公不公正地监禁起来，叶的女儿是去会见她刚出狱的父亲的。飞机经过一片冷空气层时机翼上结了厚厚的一层冰，飞机本来已经严重超载，这时开始失去高度，机长命令把行李扔出去，周帮忙把提箱扔出舱外。乘客还被告知系好降落伞，小姑娘由于座位上没有配备降落伞而大哭起来。在这个时候，周穿过起伏不定的机舱，解下自己的降落伞系在小姑娘的背上。"不要哭，扬眉。"他说，"要像你父亲那样勇敢，你必须学会与困难和危险作斗争。"后来，他们飞出冷空气层到达重庆。[5]

在飞机危急关头，周恩来毫不犹豫把自己的降落伞让给叶挺女儿。值得庆幸的是，这次旅程有惊无险，飞机最终平安着陆。通过这件事，我们能够看到

---

[1] 参见〔英〕威尔逊《周恩来》，封长虹译，中央文献出版社2000年出版。
[2] 参见〔法〕艾芙·居里《居里夫人传》，左明彻译，林光校，商务印书馆1984年版。
[3] 参见宋健主编《"两弹一星"元勋传》，清华大学出版社2001年版。
[4] 参见〔法〕罗曼·罗兰《贝多芬传》，载《傅译传记五种》，傅雷译，生活·读书·新知三联书店1983年版。
[5] 〔英〕威尔逊：《周恩来》，封长虹译，中央文献出版社2000年版，第168页。

周恩来身上那种高贵的品质。先他人后自己，这就是利他的可贵人格。读者可以想象当时飞机的紧急情况，小女孩因紧张而大哭，周恩来的镇定与无私；读者也可以思考，自己遇到这样的情况会怎样处理？从这样的传记作品里寻找到适合自己学习的楷模，在形成自己的性格意志、人生追求、健全人格的过程中，获得必要的启示、借鉴和激励。

三、以高尚人格战胜困难挫折

中小学生的人格培养，一个重要的方面是要让学生感悟到：身处自然、面对社会，人的一生从出生到死亡总会遇到各种困难和挫折，要紧的是在这样的时候，应该从内心认识自我，认识外界环境，不忘自己应该自强不息，不忘自己是个中国人，即使身处逆境仍然不忘保持自己高尚的人格。而具有高尚人格的人，他自身会产生一种精神力量，使自己在面临困难和挫折时，坚持下去，勇于克服困难和挫折，成为生活的强者。古今优秀传记中，不乏以高尚的人格与精神战胜困难和挫折的先哲。

（一）取经成功的唐代高僧玄奘

关于唐代高僧玄奘的传记《大慈恩寺三藏法师传》，记述玄奘少年出家，并有大志，"意欲远绍如来，近光遗法"。他为到西方取经，不畏旅途艰难，不达目的，决不罢休。有一次他不幸迷路，途中又不慎把水倒掉，是前进还是往回走呢？他"自念我先发愿，若不至天竺终不东归一步，今何故来？宁可就西而死，岂归东而生！于是旋辔，专念观音，西北而进"[①]。他能够坚守自己西行出发时许下的誓愿，不到天竺不东归。这就是做人的诚信与坚定的意志，是人格力

---

① 慧立、彦悰著，孙毓棠、谢方点校：《大慈恩寺三藏法师传》，中华书局2000年版，第17页。

量的表现。后来他终于走出沙漠,取经的志向、高尚的人格使他心无所惧,一往无前。

鲁迅在杂文《中国人失掉自信力了吗》中说:"我们从古以来,就有埋头苦干的人,有拼命硬干的人,有为民请命的人,有舍身求法的人……虽是等于为帝王将相作家谱的所谓'正史',也往往掩不住他们的光耀,这就是中国的脊梁。"[1] 这里提到古代舍身求法的人,"舍身"是佛教用语,意思是牺牲自身肉体。舍身求法,指古代有些僧人,不顾自己安危,远道取经的事,玄奘就是其中一位。

(二)严守人格、国格的汉代使臣苏武

古人以高尚的人格力量战胜困难者,不止玄奘一人。《汉书·苏武传》记述汉代苏武出使匈奴,被匈奴流放至北海牧羊,被扣留19年而本色不改的经过。他不为利诱所动,大义凛然,充分体现了人格和国格的尊严,最终返回汉朝。传记里写苏武杖汉节牧羊:"武既至海上,廪食不至,掘野鼠去草实而食之。杖汉节牧羊,卧起操持,节旄尽落。"[2] 汉节,是表示汉朝使者身份的信物。苏武杖汉节牧羊,表示他虽身被匈奴控制,但始终不忘自己是代表汉朝的使者,坚持汉臣的气节操守,艰苦的环境并不能使他屈服变节。因为文字的记载,苏武的爱国人格与对国格的捍卫被中国人民世代传颂。

(三)自觉保持知识分子担当和尊严的大学教授朱东润

当代知识分子中更不乏用坚强的人格力量战胜困难的范例,朱东润教授就是其中的一位。《朱东润自传》[3] 写了复旦大学中文系原系主任朱东润教授80年

---

[1] 鲁迅:《中国人失掉自信力了吗》,载《且介亭杂文》,四川人民出版社2020年版,第78页。
[2] (汉)班固撰,颜师古注:《汉书》,中华书局1962年版,第2463页。
[3] 参见《朱东润自传》,载《朱东润传记作品全集》第四卷,东方出版中心1999年版。

人生经历。他是个有志气的知识分子。"文革"中他妻子自杀，但他认定暴风雨总会过去。他为亡妻写了传记《李方舟传》，"后记"中引用老子《道德经》说："夫暴风不终朝，骤雨不终日，孰为此者天地？天地尚不可长且久，而况于人乎？"[①] 此段意思是说，狂风刮不到一早晨，暴雨下不了一整天。谁使它这样的？是天地。天地的狂暴都不能持久，何况人呢？他接着说："暴风骤雨好像很可怕，其实并不可怕。因为不久以后，暴风过了，骤雨停了，天还是照样的天，地还是照样的地，可怕在哪里呢？"结果正如他所言。朱东润教授在遇到人生大困难时，他从《老子》书中找到精神支持，自觉保持了知识分子的担当和尊严。

上面所举的传记作品，都是有助于理解励志人格的传记作品。阅读优秀传记作品，就是一种提升自己人格、自我励志图强的有效途径。

四、以高尚人格处理人际关系

中小学生的人格培养，另一个重要的方面是要让学生感悟到作为社会的人，生活在社会中必定要与别人打交道，因此如何处理好人际关系是每个人都会碰到的问题。优秀的传记作品有许多优秀的传主，他们能冷静认识自我，认识他人，能正确处理上下左右各种复杂的人际关系。他们以保持个人的自尊和自信为前提，用自己高尚的人格应事接物，值得我们细品和借鉴。

（一）待人接物，保持自尊和自信

人是生活在社会集体中的，无论是求学还是工作，都少不了与上下左右各种人打交道。怎样处理好各种人际关系呢？我们可以从优秀的传记作品中、从成功人物的人生经历里找到一些可以借鉴的东西。

---

① 朱东润：《李方舟传》，上海远东出版社1996年版，第109页。

一般与人打交道的前提，首先是保持自己健康的人格，要有自尊和自信，同时又符合自己的职业性质和角色身份的要求。著名的现代作家茅盾，本名沈德鸿，他在自传《我走过的道路》中说，自己年轻时从北大预科毕业后，无力升学，拿着亲戚的介绍信到上海商务印书馆找工作。介绍自己的名字时，接待人员不是很热情，问他"鸿"字是否是"江鸟鸿"？他回答道："是'鸿鹄之志'的'鸿'。"这样的回答，充分显示出青年茅盾的志气和自信。年轻人在求职时，也要克服自卑和羞怯的心理，大大方方参加应试应聘，自信自如展现自己。

（二）同学相处，报以真诚热情

在学校里与同学相处，应该互相关心，乐于助人，这也是处理好同学之间关系最好的方法。吴崇其、邓加荣在传记《林巧稚》中，写了当代著名妇产科医生林巧稚在青年时期参加升学考的考场救人的事迹：

> 正当巧稚为着一个单词苦心推敲的时候，考场里忽然咕咚的一声，接着是一片喧哗声。原来是一个女同学晕倒在地。监考先生……便对在场的考生说："她是厦门来的，你们谁认识她？"……（巧稚）随即举起手来说："我是厦门鼓浪屿的，她和我住一个房间！"……（监考先生）然后对她说："那好，你把她送到医务室里去！"[①]

林巧稚抱起那位晕倒的女生送到医务室，但自己的升学考试就这样结束了。回到鼓浪屿，对于能否录取，她并无信心，但父亲对她说："你做得对！放下了自己的题目不做，去抢救一个不相干的人，这表现了你有一颗纯洁的心和高尚的灵魂。"事后，北平私立协和医科大学寄来了录取通知书。她虽然没有答完考

---

① 吴崇其、邓加荣：《意外的消息》，载语文出版社教材研究中心编《中外优秀传记选读》，语文出版社2007年版，第98页。

卷，仍得到了足以录取的分数；本来担心落榜，结果还是考取了。这既是高尚的侠义人格行为，也是典型的助人事例。

（三）面对师长，敬重而不畏惧

对师长，对上级，正常情况下一般应该要有尊敬感，要配合工作，既不用畏惧，也不要无理对立。顾迈南的《华罗庚传》里写：华罗庚初中毕业失学后，继续得到初中读书时两位老师王维克和韩大受的热心帮助，在金坛中学当会计和事务员，他也很尊敬他们。当时一位大名鼎鼎的苏家驹教授公开发表了一篇数学论文，华罗庚发现教授的解题方法不正确。他便去跟王维克老师商量，可否写文章纠正教授的错误。王老师回答是"当然可以"。后来华罗庚的论文在上海《科学》杂志刊载了，这时他只有18岁。华罗庚作为初中生，他尊敬初中时候的老师，也尊敬教授，但与教授在学术上是平等的，正所谓"吾爱师，吾更爱真理"，他处理得很妥当。

（四）与朋友交，君子坦荡荡

如何交友？这是任何人生活中一定会遇到的问题。一个人想在社会上立住脚，离不开他人的支持和帮助，因而，友情即显得尤其重要。俞伯牙与钟子期、马克思与恩格斯，古今中外留下了许多关于知音的美丽传说。

《史记》中司马迁多次写到交友的事例。正面如《管晏列传》中的《管子传》，写春秋时期的"管鲍之交"即是其中一例。全文最精彩的部分，是借管仲之口，叙述他与鲍叔牙两人深厚的友谊。早先，管仲与鲍叔牙一起经商，赚了钱，管仲总是多分给自己，鲍叔牙知道管仲经济贫困，毫不计较。管仲曾多次为鲍叔牙办事，却常常把事情办砸了，鲍叔牙知道这是时机不好。管仲多次做官，多次被罢免，鲍叔牙认为是管仲时运不好。公子纠战败，管仲未以死殉节，鲍叔牙知道他是心中另有大志。这一部分通过几件事实的叙述，有力地强化了鲍叔牙对管仲的理解、支持和帮助。"生我者父母，知我者鲍子也！"一句话，把鲍叔牙对管仲的深厚情谊及管仲对鲍叔牙的感激之情，充分地表现了出来。

反面的如《孙子吴起列传》中的《孙膑传》，写春秋时期的孙膑与庞涓的交恶。他们两人原来都是鬼谷子的学生。但庞涓在魏国当将军，"自以为能不及孙膑"，"恐其贤于己，疾之"，"以法刑断其两足而黥之"。后来，孙膑在齐国为将，他靠自己的智慧，帮助齐国田忌在与诸公子赛马中获胜。他的办法是"以君之下驷与彼上驷，取君上驷与彼中驷，取君中驷与彼下驷"，结果"田忌一不胜而再胜"。他又设计在马陵（今河北大名）伏兵，预先"斫大树白而书之曰：'庞涓死于此树之下。'"，后来庞涓中计大败，果然在大树下自刎。庞涓因妒忌而害同学，最终害了自己。这些古代交友中的正反人物故事，对我们今天如何交友仍有很强的启示意义。

知识分子之间平时如何相处？文人相轻，自古有之。如何避免以自己之长看别人之短？如何包容别人？《朱东润自传》仍可以借鉴。朱东润在与不同性格的同事相处时保持君子之交，坚持自己的做人原则，绝不介入派别斗争。他既能客观地看到同事的长处，也不小看自己，对自己的学问，对学术问题保有充分自信。

在如何处理人际关系方面，优秀传记中提供了正反面经验教训，阅读之后可以使我们鉴往知来，少走人生弯路。

作者简介： 陈兰村
　　　　　　浙江师范大学人文学院教授。主要研究方向：古代文学和传记文学。

　　　　　　许晓平
　　　　　　浙江省杭州第四中学江东学校教师。

文学疗愈：心理传记视角下作家的"自医"与"医人"

李武成　舒跃育　廖书艺

摘　要： 心理传记学作为人格领域的一种特别研究方法，对于研究作家与作品的内在关联具有一定的科学性。通过心理传记学的研究视角会发现文学作品对于作者自身具有潜意识层面的疗愈与意识层面的建构功能。因作家、作品与读者彼此相关联，所以作品疗愈作者的功能便提供了作品疗愈读者的可能性。读者与作者通过作品这一中介可以跨时间、跨空间、跨文化地建立起一个意义空间，在此意义空间中，读者与整个生命的对话可以使读者突破自身的生命局限性，从而达到疗愈作用。

关 键 词： 文学疗愈　心理传记学　作品　自医　医人

Literary works healing: Writers' self-medicating and healing others from the perspective of psychobiography

Li Wucheng, Shu Yueyu, Liao Shuyi

Abstract: As a special research method in the field of personality, psychobiography has a certain scientific nature for the study of the inner relationship between writers and literary works. From the perspective of psychobiography, it is found that literary works have the function of subconscious healing and conscious construction for the author. Because of writers, literary works and readers are related to each other, the function of the literary works to heal authors provides the possibility to heal readers. Through the intermediary of literary works, readers and authors are able to establish a meaning universe across time, space, and culture. In this meaning space, the readers' dialogue with the whole life can enable them to break through the limitations of their own life, so as to achieve a healing effect.

Keywords: literary works healing / psychobiography / literary works / self-medicating / healing others

心理传记学可以看成是人格研究领域的一个分支，是研究人格的一种方法[①]，是运用心理学理论将传主的生命解释成一个连贯且富有启发意义的生命故事，是一种与传主整个生命或者生命的一部分对话的方式[②]。在一定意义上，心理传记学是心理学研究中的生命史研究，是对有关于传主的资料进行重复迭代分析来理解传主的生命。此种研究方法关注到"人"的社会性和历史性，也尊重了独立个体的特殊性。由此，通过心理传记学的视角来看待作家的生命故事具有一定程度的科学性。

[①] 参见〔美〕舒尔茨主编《心理传记学手册》，郑剑虹等译，暨南大学出版社2011年版，第5—6页。

[②] W.T. Schultz & S. Lawrence, "Psychobiography: Theory and Method", *American Psychologist*, Vol. 72, No. 5, 2017, pp. 434–445.

一、作品与作家生命

生命不完全是一个"客观实在"的外在对象,它是一个历史性的、动态性的存在,这就意味着以量化的研究方法来研究"生命"是不完备的,借助生命的表现物(人类的历史文化产品)间接认识生命的方法一定程度上可以作为研究生命本身方法的补充。在心理传记学研究中,便是以生命表现物来理解传主生命的,如作家所创作的诗歌、小说、戏剧等艺术作品。[①]因为艺术作品在某种意义上就是作家生命的表现物,生命的物态化。如精神分析学者认为,艺术的需要是一种对被压抑欲望的另一种形式的释放。人本主义心理学者认为,艺术的需要是人类的一种自我实现的需要,大部分人由于外部或者内部限制不能达到自我实现的境界,但这种自我实现的需要又不会消失。艺术恰恰能够满足"在意象中抒情"与"在想象中自我实现"这两种心理需要,于是作品成为生命欲望的艺术性表现。[②]并且艺术作品作为生命体验的客观化,极大地超过了纯粹的肢体表达和感叹,因为肢体表达是能够伪装的,而艺术则是指向或表达体验本身,故而不属伪装之列。[③]所以,在一定意义上,作品不仅是作者生命的客观化,也蕴含着作者的本质。在这个理论范畴内,文学作品具有表达性质与客观化性质,为心理传记学研究者通过作品达到作家的真实生命提供了可能性。

二、作家与作品的心理学关联

作家创作作品时会受到时代背景与个人内部经验世界的影响,此部分通过心理传记的视角来探讨作家主体经验与其作品的内在关联。

---

① 参见〔美〕舒尔茨主编《心理传记学手册》,郑剑虹等译,暨南大学出版社2011年版,第7—9页。
② 参见高楠《艺术心理学》,辽宁人民出版社1988年版,第19—27页。
③ 参见〔美〕帕尔默《诠释学》,潘德荣译,商务印书馆2012年版,第146—149页。

（一）作品作为压抑能量的释放途径

美国诗人西尔维亚·普拉斯（Sylvia Plath）大部分诗都是在描写孤寂、死亡和自杀等题材，整个基调比较忧郁和压抑，而且她的许多诗中明显地表现出对父母无意义的恨，这很大部分来源于普拉斯的心理客体与内投。早年父亲的逝世引发了她对失去所爱客体的内投，对内投客体的矛盾心理产生了自我愤恨，谋杀客体的努力最终导致了她的自杀行为。[1]英国作家詹姆斯·巴里（James M. Barrie）创作的《彼得·潘》中会飞的、不愿长大、也永远不会长大的小男孩其实是自己与自己心中客体的融合。早时，巴里哥哥的去世使母亲很伤心，巴里为了逗母亲笑，便每天陪在母亲身边，给母亲讲故事，也听母亲讲自己哥哥的种种形象。巴里就在这样日复一日的描述中，想象着去成为母亲描述中哥哥的样子。所以，彼得·潘就是这样一个始终为了使母亲开心而不愿长大也不能长大的巴里心中客体的"复制品"[2]。美国女作家伊迪丝·沃顿（Edith Wharton）小说的主旋律是渴望爱和渴望被爱，渴望与男性有亲密关系，通过性亲密而提升亲密感，以及渴望被称赞与被欣赏。要理解沃顿的这种内心冲突不能忽略她的童年经历，小时候的沃顿对于与其他小女孩做游戏并没有兴趣，但与男性产生亲密关系是她与生俱来的兴趣。她努力地想要为父亲做些什么，但是父亲在她20岁的时候去世了。而且沃顿童年时期很少从家里人那里得到赏识，并且她也不觉得自己能受到他们的重视，所以沃顿小说中这种主题的出现一定意义上是由个人童年经历造就的。[3]约翰·多恩（John Donne）的作品尤其是在《十四行诗》中表现出来的充足与需要、正当与自责以及全能与无能的冲突是由于他在"埃里克

---

[1] W.T. Schultz ed., *Handbook of Psychobiography*, New York: Oxford University Press, 2005, pp.158–174.

[2] W.T. Schultz ed., *Handbook of Psychobiography*, New York: Oxford University Press, 2005, pp.175–187.

[3] W.T. Schultz ed., *Handbook of Psychobiography*, New York: Oxford University Press, 2005, pp.188–189.

森人生发展八阶段"中前三阶段的危机没有得到解决。小时候，多恩兄弟姐妹的死亡使得多恩母亲会更细心照顾没有夭折的孩子，这给了多恩充足需要的满足。多恩在处于恋母情结时期，恰好父亲死去，而这让多恩觉得是自己杀死了父亲，满足了自己的弑父情结，让他觉得自己有一种全能感。但是母亲由于父亲的去世而很悲痛，这让他自责。后来母亲改嫁，嫁给了自己永远也杀不死的男人，这让多恩产生了无能感。所以，多恩一生也没有处理掉他自己的人生危机，这些冲突无意识地显现在他的诗歌里。[1] 艾米莉·勃朗特对于幼时失去母亲的悲痛也无意识地显现在《呼啸山庄》中，小说中几乎所有的人物都受到了母亲死亡的打击，他们不仅经历了沮丧、忧郁、歇斯底里的过程，而且还产生了一些显著的心理问题——亲密恐惧、抛弃恐惧、背叛恐惧、自卑、不安全的或不稳定的自我意识[2]，而且在《呼啸山庄》中充斥着不断地重复的模式——重复的名字、一个个孤儿和被遗弃儿童、主人和仆人的制度、杀婴和虐待的反复出现等，这些重复证实了艾米莉·勃朗特患有强迫症。文学作品中的这种重复性一定程度上在减轻勃朗特自己的痛苦。[3] 艾米莉·勃朗特还在《呼啸山庄》中表达了对于父权制的反抗，通过凯瑟琳到画眉山庄不是进入天堂而是进入地狱这一象征展现其对于文明的反抗，无论文明的好处是什么——这在本质上必然是父权制的——可能是什么，强加在公民身上的限制都是不受欢迎的。[4] "问君能有几

---

[1] L. Anderson, *"Contraryes Meete in One": A Psychobiography of John Donne*, Knoxville: University of Tennessee, 1995, pp.31-40.

[2] M.P. Asl, "The Shadow of Freudian Core Issues on Wuthering Heights: A Reenactment of Emily Bronte's Early Mother Loss", *Advances in Language and Literary Studies*, Vol.5, No.2, 2014, pp.1-9.

[3] M.P. Asl, "Recurring Patterns: Emily Bronte's Neurosis in Wuthering Heights", *International Journal of Education & Literacy Studies*, Vol.2, No.1, 2014, pp.46-51.

[4] M.P. Asl, & A. Mehrvand, "Unwelcomed Civilization: Emily Bronte's Symbolic Anti-Patriarchy in Wuthering Heights", *International Journal of Comparative Literature & Translation Studies*, Vol.2, No.2, 2014, pp.29-34.

多愁，恰似一江春水向东流"的名句创作者南唐后主李煜一生的创作无不在疗愈自己。前期词的创作主要是由其内倾型的人格和自己心中的"阿尼玛"原型为主导，后期词的创作主要以缓解其国破家亡沦落为囚徒后的"缺失性体验"为主导。[1]夏洛蒂·勃朗特笔下的简·爱独立、孤独、宗教反叛的形象塑造大都来源于作者本身对于失去母亲，父亲严厉刻薄，性与婚姻、宗教道德压抑下的内心倾吐。[2]写下"十步杀一人，千里不留行"的李白，他诗中的浪漫与潇洒也一定程度上源于他从武不成、报国无门的心理补偿。[3]纳兰性德将自己定位为"我是人间惆怅客"，并一生都在词中表达惆怅，而这很大程度上来源于他对自我价值和存在意义追寻受阻后的一种挫折感和无助感，是他无法解决自己弑父情结的一种痛苦挣扎。他想超越父亲却一直活在优秀父亲的阴影之下；他想壮志报国却始终是康熙权术中的小人物；他得到挚爱却又失去的剧痛。正是这些经历致使他短短一生都在词中抒发自己的抑郁苦闷。[4]

（二）作品作为自我建构的方式

津巴布韦小说家丹布佐·马雷切拉（Dambudzo Marechera）是一个不愿被体制和专制束缚的自由主义者，而他偏偏又生在被殖民和被压迫的环境当中，他便用文字的力量来抵抗权力。丹布佐·马雷切拉作品中反映的后殖民现实的残酷和他不同于常人的想象力，很大程度上来源于他个人的心理解体和对殖民统治的反抗动机。[5]巴西著名作家保罗·科埃略（Paulo Coelho），一生都在经历着特殊

---

[1] 参见沈鲲《李煜词创作的心理分析》，《江苏社会科学》2007年第S1期。
[2] 参见李辉《从精神分析角度解读〈简·爱〉》，《文教资料》2015年第36期。
[3] 参见舒跃育等《历史名人的心理传记》，中国社会科学出版社2017年版，第52—72页。
[4] 参见汪李玲《"千古伤心词人"之谜——纳兰性德自我寻求的心理传记学分析》，硕士学位论文，西北师范大学，2019年。
[5] K.C. Muchena, G. Howcroft, & L. Stroud, "A Psychobiographical Analysis of Dambudzo Marechera's Personal Development through His Writings", *Journal of Psychology in Africa*, Vol.25, No.5, 2015, pp.414-418.

人类体验（Exceptional Human Experiences）。正是通过写作，科埃略反思他的精神和他的特殊人类体验，他利用写作的过程将他的特殊人类体验转化为可接受的、健康的叙事来不断整合自我。① 鲁迅的作品把看客的冷酷无情剥开了揉碎了呈现在读者面前，把这一个个看客拉出来示众，莫不是鲁迅对于小时候祖父锒铛入狱，父亲因病而逝，家财散尽后而遭到"被看"恐惧的抗拒。② 张爱玲在文学领域"出名要趁早"的情结来源于她一生都想获得母亲从未给她的"无条件积极关注"，以及对于"淑女训练"未果的反抗。③ 残疾作家史铁生在多次自杀未果后反而在创作中寻找到了支撑他活下去且自我超越的力量，身体残疾所带给他的自卑感在创作中得到补偿。④ 以豪放洒脱的形象存在于人们脑中的苏轼实则一生都陷入仕与隐的矛盾当中，困于"儒者"与"山中人"的身份认同冲突当中。他一生仕途坎坷、命途多舛，但他的大部分诗词却尽显豪放与豁达，因为他的海量诗词并不仅仅是有感而发，实际上他在他的叙说中不断地完成自我的建构，迈向闲适与旷达，也在不断地完成自己内心苦闷的升华。⑤ 客家女诗人张芳慈在诗中书写她自身的生命经验，寻找她的主体性。她对文字界的最高认同与她自己的童年沃土使她与诗相恋，最终诗成为她的一种抵抗力量，成为她断裂生命的联结。她在诗中成为一个动词，表达着生命中的各种能量，在诗中朝向自身生命

---

① C.H. Mayer, "Exceptional Human Experiences in the Life and Creative Works of Paulo Coelho: A Psychobiographical Investigation", *Spirituality in Clinical Practice*, Vol.6, No.3, 2019, pp.166–181.

② 参见凌辉《鲁迅：在屈辱与侮蔑中抗争的灵魂》，载郑剑虹、李文玫、丁兴祥主编《生命叙事与心理传记学》第1辑，中央编译出版社2014年版，第209—233页。

③ 参见张慈宜《"出名要趁早"：张爱玲之成名情结？》，载郑剑虹、李文玫、丁兴祥主编《生命叙事与心理传记学》第1辑，中央编译出版社2014年版，第63—104页。

④ 参见唐文婷《自我价值寻求：史铁生的心理传记学研究》，硕士学位论文，西北师范大学，2020年。

⑤ 参见王世明《双重身份认同的矛盾与超越：苏轼心理传记学研究》，硕士学位论文，闽南师范大学，2013年。

的本真与主体性,并最后达到深刻的族群认同。① 台湾客家女诗人王春秋的书写之路也成为她的主体性追寻与认同之路,她跨越一切外在诗学与美学的审视与标准,坚持以客家语写诗。她以客家诗作为自我文化的认同之路,作为自己的觉悟之路,作为自己的回家之路。②

由此可见,无论是对压抑能量的释放,还是理性形式下的自我建构,都体现了作品具有治愈作者自身的功能。

(三)文学疗愈:读者与作者的相遇

文学作品的创作一开始就有一个潜在的读者存在作者的脑海里,在一定程度上,文学作品从创作到流行的整个过程都可以说是一个与读者的互动过程。在这个层面上,文学作品的自我疗愈功能或许同样适用于读者。

1. 作者自医的两条路径

通过心理传记的视角,会发现作品对于作者本身具有疗愈作用,而这种疗愈可能通过以下两种途径发生。

其一,潜意识层面的疗愈。依照弗洛伊德的理论,一切文学创作的背后动力都源于力比多的升华。③ 在此理论范畴内,作品疗愈是一个潜意识意识化的过程。荣格则把文学创作的模式分为"心理模式"和"幻觉模式",心理模式的加工素材来自人的意识领域,诗人的工作就是解释和说明意识的内容,幻觉模式的加工素材来源于艺术家对于原始经验也就是集体潜意识的一瞥。荣格主张心理学家应该关注幻觉模式下产生的作品,因为幻觉代表了一种比人的情欲更深沉更

---

① 参见李文玫、霍建国《"成为一个动词":客家女诗人张芳慈的心理传记学研究》,载郑剑虹、李文玫、丁兴祥主编《生命叙事与心理传记学》第2辑,中央编译出版社2014年版,第33—80页。

② 参见李文玫《在书写之中:台湾客家女诗人王春秋的认同之路》,载郑剑虹、李文玫、丁兴祥主编《生命叙事与心理传记学》第1辑,中央编译出版社2014年版,第303—399页。

③ 参见王宁《文学与精神分析学》,人民文学出版社2002年版,第8—9页。

难忘的经验。并且他认为艺术家是一个集体的人,他必须克服自己想要像普通人一样去过安稳幸福生活的欲望,而顺从残酷无情的,甚至可能发展到践踏一切个人欲望的创作情结,所以艺术家只是一个艺术允许通过他实现艺术目的的人。①即是说,幻觉式的文学创作,只是集体潜意识的表现形式,是创作者在受到这个时代未得到表达欲望的指引而创作的,也即表明幻觉模式下的作品并不表现创作者的个人意志与经验。这看似与弗洛伊德的"性欲升华"的观点是相冲突的,但其实质都是一个潜意识意识化的过程。

弗洛伊德的"升华"蕴含两个方面,一为创作活动的选择,弗洛伊德主张升华的原动力是性本能的冲动,升华的过程就是将这种力比多的能量转移到与性无关的活动,特别是对社会进步有益的创造性活动中去。②二为作品中角色的塑造,就是把文学创作者自己的"性欲"投射到自己所塑造的角色上,把内心的冲突塑造成外部的形象,也就是一个潜意识外化与物化的过程。③文学作为一个特殊的精神领域,能释放情感,宣泄本能,无疑是解除压抑的重要活动方式。作品中的人物角色无疑也成为投射"性欲"的最佳选择。④依荣格的理论,艺术是集体潜意识显现的过程,文学作品的诞生是这个时代的意识生活有明显的片面性和某种虚伪倾向时,原型意象被激活,出现在文学创作者的幻觉中,形成文学作品,并且对于这个时代的人都具有重大意义。虽然创作者是在集体潜意识指引下创作出文学作品,创作者在创作过程中也不释放自己的力比多,但是在作品完成后,创作者也必然会体验到集体潜意识的调节与补偿。所以,按照弗洛伊德的"升华说"观点,在创作的过程中,创作者被压抑的原欲、性欲、创伤经验等

---

① 参见[瑞士]荣格《心理学与文学》,冯川、苏克译,译林出版社2014年版,第9—17页。
② 参见车文博、郭本禹总主编,常若松主编《弗洛伊德主义新论》第一卷,上海教育出版社2018年版,第274—275页。
③ 参见王宁《文学与精神分析学》,人民文学出版社2002年版,第10—11页。
④ 参见王宁《文学与精神分析学》,人民文学出版社2002年版,第241页。

得到释放,这是创作者自身性欲的升华并达到疗愈的效果。按照荣格的"集体潜意识"观点,可以理解为创作者在集体潜意识的自动调节和补偿中得到疗愈。

其二,意识层面的自我建构。古语云,"有愤而发","不平则鸣",可见人类本身就是一个需要表达情绪的动物。① 文学本身具有的隐喻性与幻想性使得人暂时从现实世界中脱离出来,文学成为人们表达情绪的一条重要途径。但是在现在这个"祛魅"的时代里,科学叙事成为主流叙事,"神圣空间"的逐渐丧失使得人类个体的叙事不断被压抑。文学作品作为一种叙事,一方面满足人类叙述与倾听的心理需要;另一方面与心理叙事治疗的原理相似,文学叙事的完成就相当于对"问题"的"外化",使人重新发现被主流叙事压抑的生命片段,从而发现自己的生命力量。② 同时,文学叙事的建构是创建个人冲突的经历,从而让人在可能绝望的时期又出现希望,即通过叙事的术语赋予个人危机以意义。③ 在这个层面上,文学叙事也是一个建构意义的过程。由此,文学作品本身的叙事性与其对于意义的建构性在意识层面满足了人的心理需求。

2. 在"意义空间"中寻求疗愈的读者

当处于同一社会现实之中的作者与读者都在各自寻求着自己的精神寄托时,作者借艺术形式抒情达意,读者寻求艺术作品寓寄精神,正是这样的互动过程使得艺术作品成为拯救人类心灵的良药之一。

本研究假设作者与读者凭借作品这一中介共同建立着一个跨时间、地域、文化的意义空间,疗愈功能在此意义空间中发生。依社会建构的关系性存在观点,当读者在阅读某段文字时,读者、作者和作品这三个实体是不可能各自独立存在

---

① 参见成季耘《浅议文学与治疗》,《青年文学家》2019 年第 9 期。
② 参见袁愈祯《文学叙事治疗理论与实践》,硕士学位论文,陕西师范大学,2014 年。
③ 参见[美]西奥多·R. 萨宾主编《叙事心理学:人类行为的故事性》,何吴明、舒跃育、李继波译,北京师范大学出版社 2020 年版,第 316—333 页。

的，因为我们已然存在于先于我们而存在的关系之中。[①] 即作者以一个关系性的身份在建构作品，读者以一个关系性身份在诠释作品，他们可能共享着同一个关系传统，这使得读者、作者以及作品看似彼此独立，实则有着跨越时空的互动。这个互动过程不会是以作者或读者为主导的，它在某种程度上是一个作者与读者平等对话的过程。狄尔泰认为，通过基本理解达到对作者"原意"的理解后，还有一种"理解的最高方式"，那就是读者对于作者的"体验"进行重新体验，这样，读者与作者、作品同行，生命的进程一同前进。读者经历了再创造过程，因此从作品中可以理解到超出作者和作品的更多东西，读者有一个"再生"的过程，这个过程就是作者"原意"加之读者的"再创造"。[②] 伽达默尔对于读者的审美心理做了更进一步的揭示，他强调作品本身所表达的意义不能单单等同于作者的意图，他还把艺术作品与游戏对比，认为读者如游戏者表现了游戏一般，读者于艺术作品仍是本质的。所以，伽达默尔认为，对于艺术作品的理解包含对它意义的参与，我们只有在与我们自己境遇的关系中，也就是只在我们自己关注的情境中才理解文本、艺术作品或历史事件的意义。[③] 这就表明在整个对作品的理解过程中，我们不能完全抛弃我们个人的历史境遇，当读者以自己的历史境遇去诠释作品的时候，作品的本质才得以揭示。这已然是将作者与读者都变成了"创造者"，借着作品，他们共同创造了一个跨时空的意义空间。

此意义空间承担着疗愈的功能。以往对于阅读疗法的作用机制的解释主要有 M. 莫迪提出的娱乐、信息、益智和领悟说[④]，王波提出阅读疗法的心理学原

[①] 参见［美］肯尼思·J.格根《关系性存在：超越自我与共同体》，杨莉萍译，上海教育出版社 2017 年版，第 45—74 页。

[②] 参见童辉杰《心理学研究方法导论》，中国人民大学出版社 2012 年版，第 13—18 页。

[③] 参见［美］沃恩克《伽达默尔——诠释学、传统和理性》，洪汉鼎译，商务印书馆 2009 年版，第 84 页。

[④] 参见沈固朝《西方对图书治疗的作用及其机制的探讨》，《中国心理卫生杂志》1996 年第 10 期。

理,其中包括共鸣说、净化说、平衡说、暗示说和领悟说①。这几种原理究其本质都是一种与作者的对话过程,但是都没有更深入细致地探讨在互动过程中产生的"新"东西。以"共鸣说"为例,"共鸣"顾名思义就是在文学作品中体会到了自己曾经有的相同的情感。但这就不可避免地存在局限性,其一,难以界定是读者自己把自己的情感投射在作品上,还是真的作品中蕴含的情感与读者的情感相似。其二,共鸣会重新引起读者的情绪体验,这可能会加强读者的情感卷入而不一定能起到疗愈的作用。所以,作品疗愈读者绝不仅仅是通过共鸣或者是集体潜意识的补偿或者调节来完成,那么读者从文学作品中获得了"新"的东西,可能是作品疗愈读者的重要因素。

而这个"新"的东西就是作者与读者共构的意义空间,以及读者借由作品而生成的意义。前文已对读者作为意义参与者的身份作了明晰,这里需要澄清的是读者的诠释属性。在诠释学的范畴中,人类是符号的动物,最基本的思维方式就是诠释,生存的过程就是诠释的过程。②因为我们不能否认的是我们存在于一个先于我们而存在的符号、象征和关系的世界里,所以,我们借着诠释的属性才能生存下来。在这个理论范畴中,我们阅读文学作品的过程就可以说是一个诠释的过程,就是参与到瞬间融合过去与现在的传统之流中去。也是在这一流动体验中,读者建构了自己从过去绵延到未来的意义,这种对于未来的意义给读者赋予了力量。如当代存在精神分析家施奈德所认为的,人的治疗最核心的应该是"存在"领域,帮助来访者达到"存在"领域就是一个意义生成的过程,在这个过程中来访者拥有了理解世界的新方法并且对自己有了新的认识。③人类作为知道自己生命有限性的物种存在,为了对抗这种生命的有限性,人类一直在寻找存在的意义,一直在给外在事物赋予意义,意义在某种程度上成为人类个体继

---

① 参见王波编著《阅读疗法》,海洋出版社2014年版,第22—31页。
② 参见[美]帕尔默《诠释学》,潘德荣译,商务印书馆2012年版,第20页。
③ 参见车文博、郭本禹总主编,郭本禹主编《弗洛伊德主义新论》第二卷,上海教育出版社2018年版,第583—586页。

续存在的支撑。再者，艺术作品作为生命的载体，我们感受到的是生命本身的动态过程，那在对立两极之间，在欢乐与悲伤、希望与恐惧、狂喜与绝望之间往复震荡的过程。① 艺术作品展现的是情感由低到高、由强到弱的整个律动，超越的是我们的方寸世界，正是因为艺术作品展现的是形式的动态生命，当我们借助自身中一种相对应的动态过程的时候，我们便理解了这种动态生命。同时，读者在阅读作品的时候，面对的不是独立的作者或者作品，而是在和作者的整个生命对话，甚至是和整个人类历史对话。在这种与整个"生命"或者说"存在"的对话过程中读者可能会产生一种渺小感或敬畏感，这种审美体验类似于古之圣贤所谓的"天地与我并生，万物与我为一"的个体与宇宙的同构感。也就是在这样的"宇宙同构感"中，读者看到了自己生命的整体性、延展性与无限可能性，从而突破自己当前的生命局限性，达到疗愈自己的效果。

（四）人性：文学与心理学的联结

创作本身不是创作者"独立"完成的过程，创作者在时代背景的影响下借由创作活动将自身潜意识里的"性欲"以物化而达到升华，读者带着自己的主观体验世界参与诠释使得一部作品最终完成，这个跨时空、跨文化、跨地域的意义空间也由此生成，作者在此处自我建构、自我疗愈，读者在此地借着与整个生命本身的对话而自我弥合，完成超越。作者与读者的最基础连接在于人性本身，这也成为文学与心理学联结之奠基所在。现代主流心理学多以某种指标或者数据来揭示心理现象，而这不免抹杀掉了生命的完整性与流动性。文学以其自由浪漫之形式表达纯真完整之生命，作家创作文学作品的过程是弗洛伊德所说的"白日梦"的过程，也就是意识与潜意识共同发生作用的一个过程，是在一定程度上满足自己心理需要的过程，也是一个将生命流动体验物化的过程。再以心理学的视角去理解文学作品，进而体验一个完整的生命，这是一个文学与心理学相互

---

① 参见［德］恩斯特·卡西尔《人论》，甘阳译，上海译文出版社1985年版，第171页。

弥补的过程，而文学作品创作的完成，使作者生命完成自我建构，读者生命得到某种跨时间、空间的超越，这是一个疗愈的过程，是一个文学与心理学相互成就的过程。

作者简介： 李武成
宁夏师范学院心理健康教育服务指导中心科员。主要研究方向：心理传记学。

舒跃育
西北师范大学心理学院教授，博士生导师。主要研究方向：理论心理学、心理传记学、心理学史。

廖书艺
甘肃省兰州市城关区第五十四中学九州校区教师。主要研究方向：心理传记学。

传记史研究

BIOGRAPHICAL HISTORY RESEARCH

20世纪70—80年代的传记文学研究[*]

全展

摘　要： 20世纪七八十年代，传记文学研究兼收并蓄，在基本理论研究、发展历史研究、作家作品研究、国外传记文学研究与理论译介四个方面，取得了较丰硕的实绩。80年代先后创刊的《人物》《传记文学》《名人传记》，在引领我国传记文学研究方面起到了巨大的推动作用，"问题讨论"及其座谈会、研讨会影响深远。

关 键 词： 传记文学研究　20世纪七八十年代　问题讨论　研究态势

A study of biographical literature in the 1970s and 1980s

Quan Zhan

Abstract: In the 1970s and 1980s, the study of biographical literature was eclectic and made fruitful achievements in four aspects, including basic theory research, research on development history, research on writers' works,

---

[*] 本文系国家社会科学基金社科学术社团主题学术活动资助项目"当代中国传记文学研究史（1949—2020）"（项目批准号：22STA015）的阶段性成果。

as well as research on foreign biographical literature and theoretical translation. In the 1980s, *Nothing but Storytelling, Biographical Literature* and *Celebrities Biographies*, which were founded successively, have played a positive and huge role in leading the study of biography literature in our country. The Problem Discussion and its symposium have a far-reaching influence.

Key words: biographical literature study / the 1970s and 1980s / Problem Discussion / research landscape

粉碎"四人帮"以来，传记文学创作日趋繁荣。创作实践的发展也使传记文学理论探讨与作品评论日益增多。

1977—1978年，在揭批"四人帮"的大背景下，学术界对署名"石一歌"的《鲁迅传》之种种荒谬和错误展开了批判，如龚济民《评〈鲁迅传〉对史料的歪曲》(《破与立》1977年第4期)，龚坚、方炼《石一歌抢先发表〈鲁迅传〉末章的用心何在？》[《辽宁大学学报（哲学社会科学版）》1977年第5期]，刘济献、吉炳轩《评石一歌的〈鲁迅传（上）〉》[《郑州大学学报（哲学社会科学版）》1978年第1期]等。这些论文，对该传主题先行、为服从阶级斗争的需要而拼凑史实、将鲁迅概念化的行径予以有理有据的批判，但不可避免地还存有过去"大批判"的痕迹。

1977年10月22日，《光明日报》发表吴汝煜的《略谈司马迁传记文学的杰出成就》，高度评价了司马迁这位伟大的史学家、杰出的传记家、卓越的思想家，拉开了新时期传记文学研究的新帷幕。秦牧在《上海文学》1978年第7期发表《我们需要传记文学》，疾呼"我们十分需要传记文学"，为传记文学创作与研究鼓劲加油。

20世纪80年代，这是一个拨乱反正、百废待兴的时代，也是一个蓬勃昂扬、奋进向上的时代。传记文学研究兼收并蓄，在基本理论研究、发展历史研究、作家作品研究、国外传记文学研究与理论译介四个方面，取得了较丰硕的实绩。

一、传记三大刊引领传记文学研究

20世纪80年代,传记文学三大刊——后来被誉为"传记文学常青树"的《人物》《传记文学》《名人传记》先后问世。1980年1月,改革开放后的第一份传记类杂志——《人物》创刊。这份丛刊由生活·读书·新知三联书店出版,创刊号《编者的话》中表示,希望"这个丛刊在内容上能做到健康正确,丰富多彩,雅俗共赏;在文字上能够做到生动活泼,清新朴实"。同期发表的道弘《写革命回忆录何罪之有》一文指出:"马克思主义者承认个人在历史上的作用。记述那些在历史上起过作用、对我们的民族有过贡献的人(哪怕他们是帝王将相)的言行事迹,是算不得罪过,不能反对的。""我们要产生出更多的革命回忆录和先进人物的传记,使革命传统代代相传!革命精神发扬光大!这是人民的要求,也是革命发展的需要。"[①]

1984年,一份名为《传记文学》的大型丛刊在北京问世。这份丛刊由文化部主管、中国艺术研究院主办、文化艺术出版社出版,与台湾的同名刊物《传记文学》单纯重视史学价值有所不同,它的史学价值与文学价值并具,以发表用文学笔法撰写的古今中外著名人物的传记、回忆录为主,也刊登传记文学理论、创作经验介绍和作品评介等文章。林默涵的《关于传记文学(代发刊词)》辩证而深刻地阐释了传记文学的特质与写法,他指出:"'传记文学',顾名思义,应该既是传记,又是文学。作为传记,它应该完全忠于史实,不容许虚构,更不能随意编造。当然,由于年代久远,某些细节也不可能一丝不误。……作为文学,它不仅要有一定的文采,更重要的是要抓住所写人物的特征,生动地刻画出人物的性格和形象,而不是枯燥无味地记流水账。"[②]创刊号上还发表了朱东润的《我学习传记文学的开始》。他叙述自己从1939年开始认真学习和理解中外传记文

[①] 道弘:《写革命回忆录何罪之有》,《人物》1980年第1期。
[②] 林默涵:《关于传记文学(代发刊词)》,《传记文学》1984年第1期。

学传统、探索传记文学新路的心灵历程,在尼克尔逊提出的传记文学要"尊重历史、尊重个性、尊重艺术"的基础上,进而提出要"尊重祖国"的重大意义。① 这位传记文学大师语重心长,高瞻远瞩,为我国的传记文学创作与研究的发展指明了前进的方向。

1985 年,黄河文艺出版社出版的《名人传记》创刊。于友先在《开拓现代传记文学的新路(代发刊词)》中指出:"传记文学能融历史和艺术为一体,不仅能给人以知识,而且能给人以启迪;既可使今人借鉴历史上的经验教训,又可以教育后人。这对于意识形态的变革和思想解放,会起到有益的作用。"作者特别强调传记文学不仅要注意真实性,还要特别注意文学性、知识性和可读性。关于如何开拓现代传记文学的新路,作者认为:"应该十分注重时代感,不仅要以历史的眼光和时代的眼光为古人立传树碑,还应着眼于当代,为当代的英雄、模范人物立传,真实地反映我们伟大的时代,伟大的变革。"②

《人物》《传记文学》《名人传记》在 20 世纪 80 年代先后创刊,这一传之久远的文学盛事,无疑是我国传记文学事业的重大事件,得到了国家领导人、老一辈革命家、文化名流、知名学者和著名作家的高度重视,茅盾、叶圣陶、许德珩、朱学范、许世友、姚雪垠、王子野、秦牧等纷纷题词祝贺。三大刊在创刊伊始,便分别设立了"传记书评""杂谈·随笔""传记创作研究""传记论坛"等栏目,此后还辟有"笔谈""问题讨论""传记文学研究与探讨"等栏目,为传记文学研究提供了一定的版面篇幅。据统计,20 世纪 80 年代,传记文学三大刊共发表理论探讨与作品评论文章 60 余篇,在引领我国传记文学研究方面起到了巨大的推动作用。这段时期以来,《人民日报》《光明日报》《文汇报》《文艺报》《文学报》《读书》《书林》《博览群书》《中国图书评论》《文学评论》《中国现代文学研究丛刊》《当代文艺思潮》《世界纪实文学》以及高校学报等报刊,发表了

---

① 参见朱东润《我学习传记文学的开始》,《传记文学》1984 年第 1 期。
② 于友先:《开拓现代传记文学的新路(代发刊词)》,《名人传记》1985 年第 1 期。

大量的传记理论与评论文章,至90年代,传记文学理论与传记文学批评成为经常性的、活跃的文艺批评的一个课题。

二、"问题讨论"及其座谈会、研讨会的批评史观照

1981年12月8日,《人物》杂志编辑部邀请一些从事史学、文学及编辑等工作的同志,举办关于传记、回忆录等真人真事作品的写作问题的座谈会,有18人与会。此次会议,是进入新时期以来传记文学界的第一次会议,所讨论的一些问题事关重大,在传记文学批评史上产生了持久而深远的影响。《人物》1982年第1期特辟"问题讨论"专栏,围绕"关于传记作品的写作问题"展开讨论。该期刊发有关传记作品写作问题材料摘编,先从最近报刊发表的孙犁、朱东润等5人文章中摘录了一些段落,涉及"传记是历史还是文学""传记写作能否虚构、想象""不要轻易给活人立传"三个方面。

第2期"问题讨论·关于传记作品的写作问题",刊发了座谈会与会者的发言摘要,涉及"传记文体的归属""传记的真实性与文学手法的运用""立传的标准""传记写作中存在的问题""希望与建议"五大内容。关于传记文体的归属问题,包立民认为,人物传记总的来说属于历史范畴,但文体分类可为四种:历史传记、新闻传记、文学传记、评传。他还认为,文学传记与传记文学是两个不同的概念,前者属于历史范畴,后者属于文学范畴。胡华也认为,"人物传记属于历史学的范畴"[①]。孙思白提出,历史的传记必须真实,但可以写得有些文学色彩,具有生动性、鲜明性。南新宙将人物传记分为历史传记(或曰政治传记)、文学传记两大类,并赞同传记文学的说法,承认传记小说存在的现状。王黎拓认为"传记还是应当百花齐放",传记小说也应允许。关于传记的真实性与文学手法的运用问题,古灵认为,总的就是要写真人真事,传记要写得具体细

---

① 转引自梁士久《关于传记作品的讨论》,《编创之友》1983年第1期。

致，允许有"合理想象"。胡华提出人物传记的写作原则"三性"——准确性、生动性、鲜明性，强调人物、情节必须真实，评价必须实事求是。他还提出，英雄人物也可以允许写失误，反面人物也可以写。姜德明认为，人物传记的主要事实、主要人物、主要情节都必须真实，但还要动人，个别地方有点虚构也无妨。南新宙指出，历史传记的真实性要更严格一些，作为文学传记应该允许有些虚构和渲染。黄宗英现身说法，谈她写报告文学力求真实，选择人物具有倾向性，有个共鸣的问题，但充分利用文学渲染。她认为对生活的剪裁、取舍也是必需的。这对传记文学的创作同样适用。王黎拓认为，历史的真实是写烈士传的根本问题，甚至是党性问题，但要写得动人，文学手法还是必要的。黄旭东认为，不管是文学传记还是史学传记，必须遵循一条根本原则：真实。关于立传的标准，包立民认为，比较著名的、不著名的人物，都可以写，立传范围要宽泛一些。黄宗英则提出"可以给活人立传"。关于传记写作中存在的问题，王黎拓认为，有些传记写法一般化、格式化、概念化，没有什么细节；在人与事的关系上以写事为主，人物缺乏个性；加上"左"的影响和流毒没有肃清，存在回避传主的伦理、爱情生活的弊端，存在将传主的社会交往简单化、庸俗化的毛病。关于希望与建议，曾彦修希望《人物》多刊发一些饱受磨难痴心不改而作出显著成绩的人的传记，多刊发一些工农兵和中下层干部中特别优秀的分子、青年和妇女中优秀的先进分子的传记。王黎拓建议《人物》展开对传记的研究与评论，也希望《文艺报》《人民日报》都做这一工作。黄宗英希望从理论上给作家开一些路子，"多些路子，少些束缚"。

接下来的《人物》1982年第3—5期，紧锣密鼓、持续在"问题讨论"专栏刊发"关于传记作品的写作问题"相关文章。第3期有田居俭的《从〈史记〉看传记写作》、虞挺英的《传记的特点与文学的长处》、道弘的《文华而不失实》、子真的《传记作品应着意写人》、余也的《略谈介绍反面人物》。第4期有陈漱渝的《征引回忆录的几个问题》、郁进的《亲属与传记写作》、徐海帆的《写传记人物的外貌也应如实》。第5期有戴文葆的《求真与徇情》、魏璧似的《传记写作真实性问题断想》、洁茫的《关于传记文学的我见》。至此，《人物》

关于传记作品的写作问题的讨论暂告一段落，取得了丰硕成果，真正起到了推动传记文学创作与促进传记文学研究的作用。

如果算上《人物》1981年第1—2期的"笔谈人物和《人物》"专栏刊发的李维汉等人的文章，《人物》以总共7期的大容量和高规格刊发"问题讨论"专栏文章30篇。研究成果大多关涉传记文学基本理论研究、核心与重要命题，涉及中外传记文学的历史发展与变迁，有的文章在当时，乃至现在都达到了较高的理论水准，如戈宝权的《让我们多读些好的人物传记》、姚雪垠的《关于写人物传记》、田居俭的《从〈史记〉看传记写作》、戴文葆的《求真与徇情》等。

对传记文学的真实性、文学性这一理论与实践兼具的研究命题，"问题讨论"者的理解分歧十分正常。围绕这个话题的讨论一直延续到20世纪90年代乃至21世纪之初。再如"问题讨论"专栏中涉及"给活人立传"的问题、传记文体的分类归属问题也有不同看法。关于前者，黄宗英与孙犁看法有异；关于后者，包立民不敢苟同孙犁不应有文学传记的意见。这些都体现了真诚对话、畅所欲言的学术民主精神。

《人物》"问题讨论"专栏影响广泛，迅即由一本杂志延伸到整个社会，吸引了相当一批著名学者、传记文学家和文学批评家的关注，他们也情不自禁地参与进来，直陈己见。朱东润认为："我看争论的关键在于如何处理好真实性与文学性之间的关系。""传记文学写的是真人真事，所以所用的材料必须讲究真实，不能弄虚作假，这就要求作者在博采史料、辨伪求真上下功夫。"关于文学性的问题，朱东润认为："传记文学既然是文学，就要讲究文学色彩。"他就讲究文学色彩提出了许多好的方法。[①] 唐弢说："传记自然应以真实为主，但文学传记也要讲点文学性。所谓文学性，我的理解是要求文笔活些，生动些，不枯燥。但不能虚构，不能写成传记小说。"[②] 林默涵认为："传记文学的体裁、风格，应该是

[①] 参见朱东润《我对传记文学的看法》，《文汇报》1982年8月26日。

[②] 犁耘：《传记文学的科学性和文学性——北京十月文艺出版社召开现代作家传记作者座谈会》，《中国现代文学研究丛刊》1984年第2期。

多种多样的，可以写自己，也可以写他人，可以写一生，也可以写一段……关键是必须严格地忠于史实，而又具有优美的文学性。"[1] 孙犁提出："写传记，首先是存实，然后才是文采。"[2] 刘白羽认为："传记文学的基本特点是真实"，"当前有一种意见，说传记文学可以虚构，我以为，'真实的文学'这是传记文学的原则，否则就不是传记而是小说了"。[3]

《人物》杂志的"问题讨论"专栏开启了20世纪80年代传记文学座谈会、研讨会的先河，接下来，整个文学艺术界、出版界关于传记文学的对话与研讨接踵而至，主要有：1983年12月23日，北京十月文艺出版社召开现代作家传记作者座谈会，与会者以传记文学如何把科学性与文学性结合起来为中心议题，各抒己见，畅所欲言。会后由犁耘撰写了综述稿《传记文学的科学性和文学性——北京十月文艺出版社召开现代作家传记作者座谈会》（《中国现代文学研究丛刊》1984年第2期）。1984年冬，部分在京从事传记文学创作的作家聚集在"全国文艺之家"，就中国文联出版公司为繁荣我国传记文学创作、编辑出版"传记文学丛书"，进行了座谈。1986年11月，四川郭沫若研究会举办郭沫若传记文学讨论会，着重就郭沫若传记文学的地位、史料价值、主体意识、创作的艺术性和方法等问题展开热烈的讨论，会后由遐龄、明中撰写了《郭沫若传记文学讨论会综述》（《郭沫若学刊》1987年第1期）。1987年3月，中国青年出版社在海南召开全国传记文学研讨会，会议分析了传记文学的出版现状，就传记文学的真实性和艺术性展开热烈探讨，呼吁尽快成立全国传记文学学会，设立传记文学基金，定期评选传记文学优秀作品奖。[4] 1989年，上海文艺界联合召开徐开垒《巴金传》研讨会，一批学者、作家、记者欢聚一堂，从多层面讨论这部传记的

---

[1] 林默涵：《关于传记文学》，《人民日报》1984年3月5日。
[2] 孙犁：《关于传记文学的通讯》，《光明日报》1986年2月20日。
[3] 刘白羽：《我对传记文学的思考》，《文汇报》1987年4月27日。
[4] 参见徐伟敏《探讨传记文学创作的问题》，《文汇报》1987年4月15日。

思想艺术意义。《小说界》1989年第4期发表综述《学者、作家、记者纵论〈巴金传〉》，此前《文汇月刊》1989年第1期刊发了巴金、徐开垒的《作家靠读者养活——关于传记及某些文艺现象的谈话》。

所有这些座谈会、研讨会，都从不同角度探讨了传记文学的现象与问题，回应时代的关切，取得一定的共识，有力推进了传记文学创作与研究两翼健康发展，并直接带来20世纪90年代传记文学研究的繁荣兴盛。

三、"论""史""评"：全方位传记文学研究态势

文学研究中所常见并成为研究主体的论、史、评，即文学理论、文学史和文学评论三位一体的学科布局，在20世纪80年代的传记文学研究中得到一定的发展。

（一）基本理论研究

1. 范畴界定及属性问题研究

关于传记文学的定义及范畴界定，蔡仪1979年主编的《文学概论》认为："传记文学是形象地描写自己或他人的比较完整的或某一阶段的生活历程。"徐公持1986年为《中国大百科全书·中国文学》卷撰写的"传记文学"条目如下："记载人物经历的作品称传记，其中文学性较强的作品即是传记文学。"戚方在《让传记文学之花怒放》中认为，传记文学"是用文学的手法和语言，来反映已经过去的（包括刚刚过去的）形形色色历史人物的生活、成长和斗争经历。它是用文学的形式和人物的业绩反映的历史"[①]。

关于传记文学的属性，一般说来有"文学说""历史说""边缘学科说"三种

---

① 戚方：《让传记文学之花怒放》，《光明日报》1982年12月2日。

看法。"文学说"以朱东润为代表,他认为:"现代的传记文学,是文学中的一个独立部门,其著述之多,销行之广,仅次于小说及剧本。但是在中国,有人还认为传记文学只是史学的一个支流,不是什么独立的文学样式。其实这样的看法并不一定正确。"①"历史说"以孙犁为代表,他认为:"人物传记,自古以来,看做是历史范畴。"②"边缘学科说"以陈廷祐为代表,他认为:"传记是一门'边缘学科'。它是历史。……它也是文学。"③

2. 特征与功用研究

传记文学的基本特征,学术界大体上有较为一致的认识,即认为应具备严格的历史真实性、再现传主生平经历的相对完整性、着重表现其个性并具有艺术性。继20世纪50年代关于传记文学真实性和文学性的讨论与争鸣之后,国内学术界在80年代对这两大核心命题曾展开持续而深入的研讨,呈现新的态势。刘白羽在1987年4月27日《文汇报》发表《我对传记文学的思考》,谈了三点意见,认为"传记文学的基本特点是真实","传记文学必须把人写活","传记文学应给人以庄严和崇高感"。笔者的《试论传记文学的真实性》(《传记文学》1987年第2期)从"真实是传记文学的生命""历史真实和文学真实""绝对真实和相对真实"三个维度细加阐释,认为"唯有真实,传记文学作品才能历久而不衰,具有深刻的说服力和无与伦比的教育作用","传记文学的真实性,是历史真实性和文学真实性辩证的统一。传记作品首先要达到历史真实,在历史真实的基础上反映社会生活的本质和规律","传记文学的真实性,要求的是尽可能的相对真实。绝对真实是不存在的"。王泰栋的《略论传记文学的真实性与文学性——兼谈我写〈武岭梦残〉和〈陈布雷外传〉的体会》[《宁波师院学报(社会科学版)》1987年第4期]认为,传记文学要严格遵循真实性的原则,需

---

① 朱东润:《传记文学》,《大地》1981年第5期。
② 孙犁:《与友人论传记》,《人物》1982年第1期。
③ 陈廷祐:《认真撰写传记文学》,《光明日报》1980年6月18日。

要解决三个层次的问题,即在具体事实上要真实,在细节想象上要真实,还要追求历史的本质的真实。与此同时,传记文学在真实基础上要加强形象性与典型性。石玉山的《漫议传记文学的真实性——兼评当前传记文学写作中的问题》(《文艺理论与批评》1989年第2期),针对当时传记文学写作中较普遍存在的虚构编造的问题,旗帜鲜明地提出传记文学应当表现历史的真实,应把高度的真实性和尽可能完美的艺术性、可读性、生动性统一起来。在《试论传记文学的历史性》(《荆门大学学报》1989年第2期)一文中,笔者论述了传记文学的准确历史感和坚持历史主义的写作原则,阐述了作为历史与文学兼具的传记文学,应注意史料的运用和史料的价值问题,同时认为传记文学的历史性与传记文学的真实性密不可分。此外,影响较大的论文还有:范寅铮、徐日晖的《传记作品应注重真实性》(《人民日报》1980年7月9日),林君雄的《传记文学的真实性与艺术性》(《文汇报》1989年6月27日),王成军、李乃华的《试论传记文学》(《当代文坛》1987年第2期),等等。

此期还出现了一些论述古代传记文学特征、功能与民族特色的论文。如陈兰村《论我国古代传记文学的基本特征》[《人文杂志(社会科学版)》1989年第5期],认为古代传记文学与现代传记文学具有相通的一致性特征,即历史的真实性、鲜明的形象性、叙事性;其不同的特征在于古代传记文学具有体制上的非纯粹性、内容上的政治道德性、形式上的模式性。陈兰村的《试论我国古代传记文学之功能》[《浙江师范大学学报(社会科学版)》1986年第2期],阐释了古代传记文学的四大功能——"以人为鉴,以明得失""劝善惩恶,激发志气""明志、辩诬、传教、立论""美感功能及其他"。这些识见学富功深,概括精到,富有审美情趣,对当代传记文学的创作具有重要的借鉴意义。而徐国宝的《古代传记文学理论中的"人物本位"说》(《名人传记》1986年第5期),则从古人对于传记文学有真("实录")、善("寓褒贬")、美("史有别才")的要求出发,系统总结"以人物为本位"的传记理论,窥探其鲜明的民族特色:"一曰生气勃勃,二曰传神写心,三曰身份明白,四曰个性鲜明,五曰摹绘如画,六曰对比映照。"

还有刘可的《谈传记作家的"价值批判能力"》(《传记文学》1987年第1期），别开生面，拓展了传记研究空间。作者借鉴日本著名学者鹤见祐辅关于传记作家的"价值批判"理论，提出如要创造传记文学的"这一个"典型，传记作家需要有历史学家的谨严、理想家的眼光、社会学家的观察力、哲学家的深思和哲理，乃至文学家的审美和创造美的能力。

3. 写作艺术研究

20世纪80年代，传记文学写作艺术研究成为一大热点。《人物》杂志在1981年第1—2期设立"笔谈人物和《人物》"栏目，马沛文、钟沛璋、莫文骅、夏承焘、姚雪垠、罗尔纲、李维汉、陈登科、戈宝权等人就传记写作谈了很多有益的观点。该刊1982年更是连续用5期的篇幅展开"关于传记作品的写作问题"的"问题讨论"，在社会上引起巨大的反响。

这个时期，其他图书报刊的研究文章主要有：孙犁的《与友人论传记》(《人物》1982年第1期），概述了传记写作特点的四个方面：记言记行并重、大节细节并重、优点缺点并重、客观主观并重，还指出传记写作的数忌，即忌恩怨、忌感情用事、忌用无根材料、忌轻易给活人立传、忌作者直接表态、忌用文学手法。孙犁在《关于传记文学的通讯》(《光明日报》1986年2月20日）中还具体谈到作家评传的写作问题，认为写传记，应首先理解传主所处的时代，研究并熟悉他所处的时代，他个人的经历和在文学上的成果对这一时代的影响和作用；具体到写作上，"首先是存实，然后才是文采"。他的一些观点或有科学合理的一面，或有主观片面的一面。余之的《传记文学创作断论》(《书评》1987年第1期），就传记文学创作上涉及的若干问题，从"人与神""科学性与文学性""传主与传记作家""真实与想象""私生活与公生活""名人与普通人"六个侧面，作了"断论"式的探索，所论以扎实严谨见长。华士友的《传记文学的艺术》(《传记文学选》，漓江出版社1983年版），谈到了我国传记文学"实录"的传统，包含了"不虚美，不隐恶"的实事求是的作风，并指出在"实录"中应体现鲜明的倾向性和现实的战斗性。此外，作者还谈到了传记文学人物形象典型化方法应避免的误区。牛耕的《谈传记文学的艺术加工》(《文艺评论》1986年第6期)，就传记作品如何处理"出于现实而又不囿于现实"的关系的问题，阐述了若干看法，如人物对话、心理刻画等。此外，还有陈廷祐的《认真撰写传记文学》(《光明日报》1980年6月18日)、钟静的《去其陈言 增其鲜活——党史人物传写作思考札记》(《写作》1989年第6期)值得一读。

"传记家言"，即传记作家畅谈写作甘苦、经验体会的文章格外引人注目。张俊彪的《我与我的传记文学》(《飞天》1985年第7期)、何晓鲁的《我为陈毅外长写传——关于〈元帅外交家〉》(《书林》1985年第2期)、铁竹伟的《向二百二十四位老师致军礼——关于〈霜重色愈浓〉》(《书林》1985年第6期)、王泰栋的《我写蒋介石——谈〈武岭梦残——蒋介石在大陆的最后日子〉》(《书林》1985年第3期)、叶永烈的《为姚氏父子立传》(《书林》1988年第3期)等，涉及传主选择、人物采访、传记材料的搜集整理与取舍运用，以及主题提炼、谋篇布局、人物刻画、语言运用等方方面面。

(二) 发展历史研究

作为传记文学研究的一个重要方面，发展历史研究指有关中国古代和现当代传记文学史的宏观研究。对传记文学这一源远流长的艺术长河作一历史的追溯与探索，在它的发生及发展过程中寻觅并总结发展演变的外部因素与内部因素，探讨其鲜明的民族特色与时代特色，已成为20世纪80年代以来一些研究者的共识。

在浩如烟海的古代传记文学中，总结丰硕珍贵的文学遗产，具有极其重要的意义。朱东润的《论传记文学》[《复旦学报（社会科学版）》1980年第3期]，谈到了中国古代传记文学由汉至清曲折的发展历程，并将其与19世纪的外国传记文学相比较。吕薇芬、徐公持的《中国古代传记文学浅论》(《文学遗产》1983年第4期)，认为我国传记文学的源头可以上溯到先秦时期，而司马迁的《史记》则标志着传记文学迈入了成熟阶段。除了史传文学，杂体传记作品也得到了迅速发展。在略述我国传记文学的源流演变及文体概况之后，作者还就古代传记文学创作特色作了精要阐释与剖析，即在思想内容上忠于事实，忠于历史；在艺术上精彩纷呈，如必要的艺术加工，形制短小，以集中刻画人物表现人物性格为主要创作目标，描写人物的手法具有多样性。韩兆琦的《〈史记〉与我国古代传记文学》(《文史知识》1987年第7期)，条分缕析，深入细致地论述了司马迁的《史记》写人叙事的优良传统，不仅开创了我国古代传记文学，而且以其卓绝的思想艺术对后世传记文学的发展产生了极其巨大的影响，如忠于史实，秉笔直书；表现理想，"成一家之言"；以人物为中心，以写性格、写典型性为目的；爱憎强烈，有浓厚的抒情性；篇章结构及其叙事议论方法，为后世楷模。陈兰村的《略论我国古代传记文学的起源》(《人文杂志》1984年第3期)，由"传""传记"名称的起源，谈到了先秦传记文学的雏形、诸子散文中的传记因素、诗歌中的传记萌芽，认为公元前11世纪是中国古代传记最早的源头。陈兰村的《我国古代传记文学的发展过程及其历史地位》[《浙江师范大学学报（社会科学版）》1988年第2期]，将古代传记文学的发展过程大致分为四个时期，认为先秦时代是古代传记文学的雏形时期，两汉魏晋南北朝是古代传记文学正式诞生时期，唐宋时代是古代传记文学的发展提高时期，明清近代是古代传记文学在走下坡路的同时又有某些进展的时期。关于古代传记文学重要的历史地位，陈兰村指出，其发展过程具有延续性与系统性，它的文学成就在散文类各种文体中是最高的，具有鲜明的民族特色。李祥年的《试论魏晋南北朝新传记的崛起》(《学术月刊》1988年第7期)，聚焦魏晋南北朝杂传创作的崛起意义，认为这些内容丰富、形式多样的创作，不仅启肇了中国古代传记文学创作新时代的来临，并对后代的传记文学产生了重要的影响。张新科的《史传文学中人物形象的建立——从〈左传〉到〈史记〉》[《陕西师范大学学报（哲学社会科学版）》1988年第1期]，以《左传》《战国策》《史记》为主要依据，探讨了史传文学中人物形象的建立问题——在时空中不断扩展，由概括化向个性化迈进而不断丰满。李少雍的《唐初史传文学的成就》(《文学遗产》1989年第4期)，认为唐初史传文学（"八史"）上承史迁笔法，善于利用纪传体形式刻画历史人物，富有文采与史笔，在一定程度上形象而真实地再现了各个朝代的历史面貌。

新时期以来传记文学的发展现状是研究者关注的另一个热点。陈剑晖的

《近年来传记文学述评》(《文艺理论家》1987年第1期),对1979年下半年至20世纪80年代初期正处于起势的传记文学予以特别关注。这是一个充满希望的开拓期,也是一个艰难起飞的时期。作者认为,近年来的传记文学,由于解放思想、打破禁区,不仅在真实性、文学性、感情描写等方面有了较大突破,而且在题材和艺术形式上也有了新拓展。为此,他呼吁作家要进一步解放思想,写出更多既有高度真实性又有多彩的文学感的优秀作品。十一届三中全会以来,革命人物传记和回忆录形成出版热潮。这些作品以高尚的格调、深邃的思想、强烈的感染力而在读者中得到热烈的反响。其中既有众多可读性和可信性相统一的佳作,又有一些存在各种缺陷与不足的作品。徐矛的《革命人物传记与回忆录综览》(《书林》1984年第2期),高度概括一批优秀作品崇高与庄严、党性与科学性、生动与丰满相结合的特点,并就任意集中、随意拔高、"为贤者讳"、以推论代替史实四大弊病提出批评。

鲁迅传记写作史是20世纪80年代传记研究的重要内容。"认真总结鲁迅传写作的历史经验,特别是七种新版鲁迅传的新鲜经验,就不仅对鲁迅研究和鲁迅传记写作本身具有重要意义,而且对我国其他历史人物的传记写作也会有所借鉴。"[①]张梦阳、袁良骏、陈金淦、朱文华、徐允明等鲁迅研究专家、现代文学研究专家都发表了各自的论述。

陈金淦的《鲁迅传记五十年纵横谈——〈鲁迅研究的历史和现状〉之一章》(《中国现代文学研究丛刊》1984年第2期),堪称再现鲁迅传记50年历史变迁及其发展现状的一篇力作。这篇长文纵横捭阖,运用历史和美学相结合的批评原则,将鲁迅传记50年的历史分为单篇雏形时期、成册奠基时期、大面积丰收时期三个阶段,深入细致考察中外20余部各种形式鲁迅传的成败得失,总结经验教训,史论结合,新见迭出。特别值得褒扬的是,著者以鲁迅倡导的"批评

---

① 张梦阳:《论七种新版鲁迅传的新进展》,《学习与研究》1984年第11期。

必须坏处说坏，好处说好，才于作者有益"[①]的批评精神，始终坚持从鲁迅传文本现象出发，实话实说，好处说好，差处说差，其中的具体分析、规律总结，包括不断清理和消除来自"左"、右两个方面的干扰和影响，围绕鲁迅的性格和形象、鲁迅传的学术性和文学性、传记结构与体例等，进一步有所突破和创新，林林总总的想法既帮助传记作家不断提高思想认识水平和艺术水平，写出新的理想性传记，也帮助读者正确理解鲁迅作品的文本意蕴。张梦阳的《论七种新版鲁迅传的新进展》，从鲁迅传写作史的角度，谈论了20世纪80年代初期的七种鲁迅传：曾庆瑞《鲁迅评传》、吴中杰《鲁迅传略》、林志浩《鲁迅传》、林非和刘再复《鲁迅传》、彭定安《鲁迅评传》、朱正《鲁迅传略》（修订本）、陈漱渝《民族魂》。他认为这七种新版鲁迅传在新的思想高度、新的感情层次、新的艺术形式三方面取得了巨大的进展，在此基础上，张梦阳还展望了未来的新发展前景：一是写出新的更大规模、学术理论性更强的鲁迅传论，二是以新的方式、新的手法写一些有所侧重的鲁迅传记，三是以更新更高的文学形式描绘鲁迅和他所处的时代。[②]徐允明的《鲁迅研究与鲁迅传记的写作——兼谈新出的七种鲁迅传》（《文学评论》1983年第5期），就七种鲁迅传畅谈鲁迅研究与鲁迅传记的写作问题，等于对20世纪80年代初的鲁迅传写作史作一番检阅和展望。作者在细读文本的基础上，进行了比较和综合的研究，并提供了一些建设性的意见，如努力写出"真"的鲁迅，如实描绘传主形象，写出有血有肉的鲁迅，进一步开阔鲁迅研究的视野，认识鲁迅思想的新努力及其前景，关于传记的结构与文笔，从思想到艺术——娓娓道来。值得一读的还有袁良骏《鲁迅传记文学的丰收》[《广东教育学院学报（社会科学版）》1989年第2期]、朱文华《关于鲁迅传记编写的几个问题——兼评国内已出版的鲁迅传记》[《锦州师范学院学报（哲学社会科学）》1982年第1期]。

---

① 鲁迅：《我怎么做起小说来》，载《鲁迅全集》第四卷，人民文学出版社1982年版，第514页。
② 参见张梦阳《论七种新版鲁迅传的新进展》，《学习与研究》1984年第11期。

（三）作家作品研究

检索 20 世纪 80 年代传记文学研究，我们可以惊喜地发现，对中外传记文学作家作品的研究亦取得了不俗的成绩。

1. 中国古代作家作品研究

最引人注目的首推陈兰村关于司马迁及其《史记》的研究。陈兰村的《浅论司马迁的传记文学思想》[《吉林师范学院学报（哲学社会科学版）》1989 年第 2 期]，精心概括出司马迁传记文学思想的结晶包括如下几点：一是传记文学创作宗旨，即：史文结合，成一家言；褒贬人物，惩恶扬善。二是传记文学的取材原则，即：追求真实性、爱好传奇性。三是传记文学的形式创造和运用上体现等级观念，寓有褒贬之意。作者认为，司马迁的传记文学思想集中到一点，就是如何处理传记文学的客观史实与作者的主观爱好、评价和寄托的关系。陈兰村的《论司马迁传记文学的情感力量》[《浙江师范大学学报（社会科学版）》1989 年第 3 期]，从《史记》的抒情渊源、抒情内容、抒情方式、抒情效果四个方面，着力探讨抒情艺术与司马迁传记文学情感力量的关系。还有陈兰村和俞樟华合写的《漫谈司马迁人物传记的开头和结尾》[《浙江师范大学学报（社会科学版）》1984 年第 1 期]，精妙总结出司马迁人物传记开头和结尾的几个主要特点，如"含蓄蕴藉、句外有意""开端煞尾、妙在议论""以小见大、见微知著""前抓关纽、后激余波"。这些艺术经验十分宝贵，富有借鉴意义。

学界还有关于韩愈、柳宗元对中国古典传记之贡献的探讨。饶德江的《论韩愈传记文学的生命力与艺术美》[《武汉大学学报（哲学社会科学版）》1987 年第 3 期]，从生命写作和美学的双重视角切入，窥探韩愈传记文学的生命力和艺术美在诸多方面的体现（"表层具象"）：一是随事赋形，各肖其人；二是捕捉差异，凸显个性；三是以少总多，传达人情。饶文还从宏观上综合考察，进一步探寻韩愈传记呈网络式结构的深层意象，即情浓意挚的人道精神、不平则鸣的忧患意识、悲壮奇伟的悲剧风格，这三者互相渗透，奔涌、迸射出勃勃生命力和恒久艺术美。这种由表及里的递进式意象概括，可谓恰中鹄的。周陆军、黄理彪的《论柳宗元传记的独特性》(《湖南师范大学社会科学学报》1989年第4期)，将柳氏传记与传统传记相比较，显现出从内容到形式的明显区别，如内容的自我折射、形式的寓言化、价值的史学性、浓厚的文学色彩。值得一读的还有朱碧莲、吴小林先后发表的两篇同名文章《柳宗元的传记文》(《语文学习》1981年第12期、《古典文学知识》1989年第2期)。

这个时期的研究专著，最突出的成果有两部：一是郭双成的《史记人物传记论稿》(中州古籍出版社1985年版)，一是李少雍的《司马迁传记文学论稿》(重庆出版社1987年版)。郭著重在从文学角度对《史记》中那些写得成功的人物传记加以探讨，涉及司马迁的时代、生平和思想，《史记》人物传记的思想评价、艺术成就，关于从思想上和艺术上学习和借鉴《史记》人物传记的问题等。全书采用文学欣赏的方法，运笔灵活自由，立论谨言、辩证、公允且多新意。李著系一部论文结集，收有6篇文章，主要是从传记文学的角度，探讨《史记》纪传体伟大的文学价值和深远影响，给人印象最深的是长篇论文《司马迁与普鲁塔克》。作者从比较文学的角度，用洋洋洒洒八万余言的篇幅，对无独有偶的东西方两位传记文学大师的异同做了全面系统、深入细致的分析论述，无疑扩大了人们的视界。

2. 中国现当代作家作品研究

这方面尤以研究郭沫若、朱东润的为多。作为一位百科全书式的学术家、著作家，郭沫若一生著述极其丰富，不下1000万字，其中传记文学作品130余万字，具有高度的文学艺术性和历史真实性，在当时产生过重大的社会影响。《郭沫若学刊》1987年第1期(创刊号)发表十余篇郭沫若传记文学研究论文，或论述郭沫若传记文学的艺术成就，如廖永祥的《郭沫若传记文学研究及其它》，从整体观角度出发，论述了郭沫若传记文学的巨大价值和繁富内容，提出开展多侧面、多层次、多视角的总体的考察与研究，除开从中国现代文化史、文学史的角度去研究外，还可从社会学、心理学、伦理学、民俗学、教育学等全方位去考虑。刘元树的《戴着镣铐跳出的优美舞姿——试论郭沫若传记文学的浪漫主义色彩》，具体探索了郭氏传记文学浪漫主义色彩的表现——强烈的主观性、浓郁的抒情性、革命的理想性，并从作者写作时的思想情绪、作品反映的内容两个层面，进一步阐释色彩形成的原因及其作用。李耿、李建平的《试论郭沫若传记文学创作艺术特点及方法》，印证了郭氏就是要"通过自己看出一个时代"的写作抱负，从而使传记作品产生亲切感、真实感及辩证力量，具体说来包括"写个人""写感觉""幽默诙谐笔调"。或阐释郭沫若作品体现出的主体意识、传记文学观，如谷辅林、周海波的《郭沫若传记文学中"我"的形象》，匠心独运，卓尔不群。作者认为，郭沫若自传中"我"的形象，是我国传记文学中的一个杰出典型。通过"我"的形象独特鲜明的个性特征、时代感和真实性的揭示与剖析，可以清晰地看到自清末以来中国近代、现代社会的发展变化，同时也可以通过这个典型分析，进一步认识传记文学创作的许多理论问题。而文杰《浅谈郭沫若的传记文学观》、马征《对郭沫若传记文学的几点认识》，则理论化色彩要稍弱一些。这些论文的集束式发表，正如创刊号《发刊词》所言，将赓续郭老"深邃的研究精神"，创造性地开拓新的研究领域，不断地把郭沫若研究工作推向新的深度。

傅正乾的《〈沫若自传〉与〈忏悔录〉的比较研究》[《陕西师范大学学报（哲学社会科学版）》1985年第3期]，着意从中外传记比较研究的角度，揭示卢梭《忏悔录》对《沫若自传》不可低估的影响作用。认为郭沫若借鉴吸取和创造性地运用了它的某些表现手法，从而扩大和提高了传记文学的思想容量和艺术表现力。作者通过社会矛盾和主题再现、自我形象及其社会意义、客观内容和主观情感等多侧面的细致梳理与对比，凸显两位传主及其作品既具某些共同特征，又显迥然不同或存在一些差异。

作为中国现代传记文学理论建设与创作实践重要的开拓者，朱东润的传记文学理论及其作品自然成为学界研究的热门对象。一是从宏观角度出发论述传记家的主张、风格特色及成就，如王国安、叶盼云的《朱东润教授与传记文学》[《复旦学报（社会科学版）》1980年第3期]，深入探讨了朱东润传记文学独具的风格特色，即"博采史料，辨伪存真"，"客观、辩证地塑造人物形象，描写出人物性格的发展变化"，"紧密结合传主的身世经历，描绘其突出的贡献和成就"，

"浓郁的文学色彩"。徐天德的《朱东润传记文学的写作特点》(《写作》1982年第1期),评述朱东润传记作品具有很高的史学价值和文学价值,认为在史料方面做到了严格考证,精心甄别;选择传主,注意了人物的影响与特点,充分尊重历史事实,全面反映,形象鲜明突出,富于极大的艺术感染力。李祥年的《朱东润先生与中国现代传记文学》(《写作》1989年第6期),高度概括、系统而完整地论述了这位杰出传记家的传记文学主张,主要体现在如下四个方面:第一,传记文学是介乎史学与文学之间(或者说是结合了史学与文学)的一个独特的艺术形式;第二,传记文学的主要目的是刻画并再现人物变动不居且又前后一贯的性格;第三,传记文学创作既要反映历史的本来面貌,也要兼顾国家的利益;第四,从事传记创作者,要才、学、识、史德四者俱备,而尤以"史德"最为重要。周捷的《毕生心血　半世耕耘——记传记文学家朱东润教授》(《社会科学战线》1985年第4期),则相当于一部简洁精粹的作家评传。二是从微观角度出发评论具体传记文本,如黄克的《传记文学的新镜鉴——〈梅尧臣传〉读后》(《读书》1980年第4期)、林东海的《朱东润先生和〈杜甫叙论〉》(《读书》1984年第1期)。

围绕新时期以来的当红传记家张俊彪、何晓鲁、铁竹伟等人及其作品,文学报刊发表了不少评论文章,主要有:秦兆阳《为传记文学说几句话》,张恩奇、周铁山《历史的思考与再现——读张俊彪的军事传记文学》,李文衡《民族优根的曲折与延伸——从〈最后一枪〉谈别一种文学"寻根"》,何镇邦《剪裁五洲风云,雕塑外交家形象——读长篇文学传记〈元帅外交家〉》,王炳根《面对"陈毅":传记文学的玄想》,周嘉俊《何晓鲁、铁竹伟印象》,等等。此外,评论当时影响较大的作家作品的还有:程麻《鲁迅传记的新收获》,王骏骥《一部有风格的文学传记——读林非、刘再复的〈鲁迅传〉》,陈思和《巴金的魅力》,张韧《传记文学·人生选择及叙述基调——读〈李大钊〉随感》,沈卫威《南天思乡情——萧红等三部记传性作品比较研究》,高钟《写出了"这一个"——读〈杜月笙正传〉》,等等。还有直言不讳、有理有据提出批评意见的,如吴礽六《传记的真实性与〈徐悲鸿一生〉》(《书林》1984年第6期)、徐静波《传记应写出一个活生生的人——浅评郁云的〈郁达夫传〉》(《书林》1986年第9期)。

3. 外国作家作品研究

主要涉及古希腊的普鲁塔克、法国的莫洛亚、德国的茨威格、英国的斯特拉奇等。罗新璋选编《莫洛亚研究》（漓江出版社1988年版）一书时，专门写了一篇长文《编选者序》以及《莫洛亚及其传记文学》。在概述莫洛亚这位才情超卓、著述宏丰的重要作家的文学生涯和传记创作历程之后，重点论述了莫洛亚传记作品独具特色、自创一派的传记写法与革新之功，其间对《雪莱传》《拜伦传》《雨果传》《三仲马》《巴尔扎克传》等名著的解读颇具新意。此外，序言中也如实指出了莫洛亚传记的局限与偏颇之处。舒昌善的《真实、渲染、魅力——读斯蒂芬·茨威格的历史特写》（《读书》1984年第1期），从真实、渲染、魅力三个关键词出发，全面论述了茨威格长篇文学传记独具的思想艺术特质，其中"历史的真实性"和"赋予艺术魅力"之间矛盾的处理之道的解释，引人入胜，能给人以完美的享受。盛志光的《普鲁塔克：古典世界的传记作家》（《书林》1986年第3期），评介了普鲁塔克脍炙人口的《传记集》（又被称为《希腊罗马名人合传》），认为普鲁塔克将希腊名人和罗马名人合写在一起有其深刻用意，并阐述了合传的艺术成就及其缺陷。李祥年《读〈维多利亚女王传〉》（《传记文学》1987年第1期），从三个层面阐释了斯特拉奇这部名作不容忽视的典范意义，其成功经验值得借鉴。

四、国外传记文学理论的适当引进

改革开放之初，以海纳百川的开放胸襟引进国外传记文学的理论，成为20世纪80年代明智而有效的选择。《传记文学》先后发表了梅江海、刘可译《传记文学——〈新大英百科全书〉条目》，刘可译哈罗德·尼克尔森《现代英国传记》，杨民译莫洛亚《论自传》，刘可、程为坤译莫洛亚《论当代传记文学》《传记作品的艺术性》。《名人传记》发表武庆云译约瑟夫·爱泼斯坦的《传记文学的兴起》。《人物》发表刘可、王月玲译《大英百科全书》之《传记文学的诸方面要素》。《世界纪实文学》发表韦大玮、李宗杰译莫洛亚的《传记面面观》。这些译论涉及传记文学的基本理论和西方传记文学的发展历史，包含了许多重要的理论命题和创作信息，为我国传记文学研究者提供了可资借鉴的参照。

除了国外传记文学理论的翻译引进外，这一时期的成果还有对国外传记文学创作与研究现状的介绍，给不断开放的我国传记文学研究界吹进了一股清新之风。除前述罗新璋的《莫洛亚及其传记文学》外，影响较大的还有旅美著名学者、作家董鼎山在《读书》发表的4篇有关西方传记文学的文章——《传记文学的艺术》《作为严肃文学的传记》《四部传记两个时代》《传记文学的新倾向》。他率先打开西风窗，努力传播有关域外传记的新知识和新信息，构建中外文化与心灵交流的桥梁。他严肃认真地向中国读者介绍美国近年来流行的传记文学，大概可分为传记小说、评论性的传记、学术性的传记三类，并对鲍斯威尔、斯特拉奇、莫洛亚、伍尔夫、欧文·斯通、埃德尔、凯普仑等西方传记名家的传记创作经验与理论建树如数家珍，一一道来。他对"好的传记""传记文学""传记家"有着独到的见解，认为："把传记目为文学类型的作家的任务因此是多重性的：他是研究一个时代的历史学家；他是观察社会趋势的社会学家；他是搜索思想影响的学者；他是发掘人性发展的人文主义者；他是一个采访活人的记者；他是一个富含想象力的创作家。文学传记（Literary Biography）应该寓有这些条件。这样认真的传记才可算是传记文学。"[①] 此外，杨正润的《西方传记文学漫谈》（《文艺报》1987年9月12日），评述一批第一流的具有世界意义的传记作家作品及其理论，极大地丰富了传记文学的研究。

作者简介： 全展

荆楚理工学院文学与传媒学院教授。主要研究方向：当代传记文学。

[①] 董鼎山：《作为严肃文学的传记》，《读书》1987年第1期。

作品研究

WORKS RESEARCH

第一部汉译法国小说《穑者传》法文原书及作者考

徐洁

摘　要：《穑者传》为朱树人翻译的一部法国小说，于 1897 年 7 月开始在《农学报》连载。本文通过对《穑者传》法文原书及作者生平的考证，力图确定《穑者传》第一部汉译法国小说的地位。

关 键 词：《穑者传》　麦尔香　朱树人　南洋公学

A textual research of the original French book and author of the first Chinese translated French novel *Farmer Biography*

Xu Jie

Abstract: *Farmer Biography*, translated by Zhu Shuren, is a French novel serialized in *The Agricultural Journal* starting in July 1897. This article aims to ascertain the status of *Farmer Biography* as the first French novel translated into Chinese through textual research on the original French book and the life of its author.

Keywords: *Farmer Biography* / Henry Marchand / Zhu Shuren / Nanyang College

引言

我国法国文学翻译历史并不算长。最早的汉译法语文学作品诞生于开风气之先的上海：1855 年，耶稣会教士创立的徐汇公学刊印了一本简易法文教材《法兰文字》（图 1），正文后附"西文译课"，选取拉封丹寓言中的《鸦狐喻》（*Le Corbeau et le Renard*）（图 2）、《狐鹤喻》（*Le Renard et la Cigogne*）等篇章，以中法对照的形式出现，是为第一部汉译法国文学作品。拉封丹寓言虽具有故事情节和教化作用，实际上却是以诗体写成。

那么，第一部汉译法国小说又是何时诞生的呢？

许钧、宋学智在《二十世纪法国文学在中国的译介与接受》一书中曾提到："从严格意义上说，小仲马的《茶花女》是在中国被译介的第一部法国小说，那是在 1898 年，由林纾与王寿昌合作翻译，素隐书屋出版，译名为《巴黎茶花女

◎ 图1 《法兰文字》书影
图片来源：https://mp.weixin.qq.com/s/HPYCz8pZKzR1MCe3S2gP8g.

◎ 图2 《法兰文字》中出现的汉译拉封丹寓言
图片来源：https://mp.weixin.qq.com/s/HPYCz8pZKzR1MCe3S2gP8g.

遗事》。"①

事实真是如此吗？

韩一宇在《清末民初汉译法国文学研究（1897—1916）》（以下简称《法国文学研究》）一书中力图穿透历史的厚重烟云，考证出维新时期上海的期刊才为清末民初阶段"法国文学翻译的首发地"，"所见这一时期最早的两部汉译法国文学作品，就出现于1897年的报刊。第一部是'法国麦尔香原著，上海朱树人译述'的《稿者传》，1897年7月起连载于上海农学会编辑、罗振玉主办的《农

---

① 许钧、宋学智：《二十世纪法国文学在中国的译介与接受》（增订本），译林出版社2018年版，绪论，第1页。

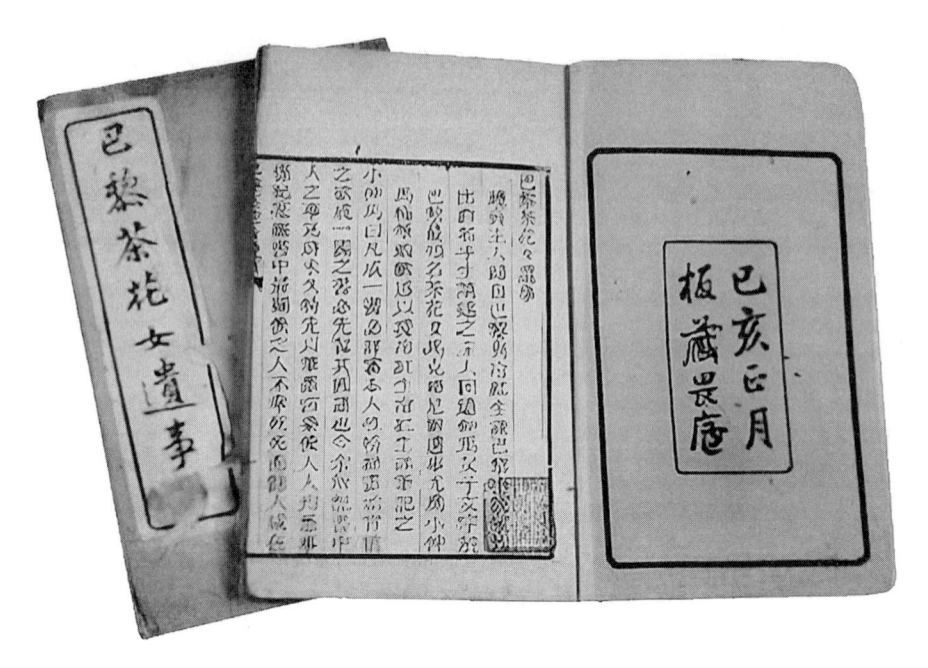

◎ 图3 《巴黎茶花女遗事》原刻初印本书影
图片来源：https://collection.sina.com.cn/pmzx/20121203/141394722.shtml.

学报》"①。

  史料明确记载，林纾从1898年开始和王寿昌合译《巴黎茶花女遗事》（以下简称《茶花女》），光绪二十五年（1899）2月以林纾的笔名"冷红生"在福州由林氏畏庐首版发行（图3）。而韩一宇在其书中提到的《稽者传》早在1897年7月就见诸上海报端，也就是说，《稽者传》才是真正意义上的第一部汉译法国小说。

  如果真是如此，我们不禁要问，这位译述《稽者传》的"朱树人"是何方神圣？

---

① 韩一宇：《清末民初汉译法国文学研究（1897—1916）》，中国社会科学出版社2008年版，第12页。

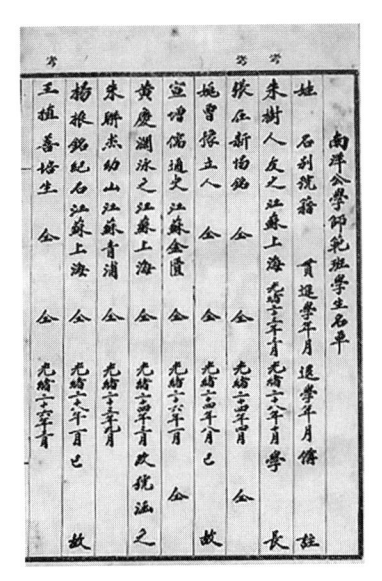

◎ 图4 1897年入学的南洋公学师范生名单上第一位是朱树人

◎ 图5 1926年刊登在《南洋季刊》（创刊号）的1898年入学师范班学生合影（前排左三为朱树人）

朱树人其人

在《法国文学研究》一书的第三章第三节《朱树人："无名"译者的世界》中，韩一宇曾对《稸者传》译者朱树人的身份进行考证。笔者则查阅了《清代硃卷集成》①中的履历部分和上海图书馆藏《上海朱氏族谱》作为辅助补充，终得勾勒出其生平大概：朱树人，字庆一，号樨之，同治丙寅年十一月二十八日（1867年1月3日）出生于江苏松江府上海县。1878年入学张焕纶创办的我国第一家新式学堂正蒙书院（后改名为梅溪学堂）②。1897年4月考入南洋公学师范院，成为南洋公学第一届学生之一（图4）。同年参加江南乡试，中第四名举

---

① 《清代硃卷集成》内容大体分为三部分：履历、科份和文章。
② 根据梅溪学堂创办人张焕纶之子张在新1914年在《先君兴办梅溪学堂事略》中"教授"部分的记载："自甲申年起，添课英、法文。"

第一部汉译法国小说《稸者传》法文原书及作者考　　　　　　　　　　　　　　173

人。后被选为南洋公学学长（即可授课的班长），负责管理师范生。朱树人在南洋公学期间，曾参与了《蒙学课本》（1897）、《（新订）蒙学课本》（1901）和《国民读本》（1903）等书的编纂工作，被誉为"我国人自编教科书之始"①。1903年，朱树人因编书翻译过于劳苦而双目失明。②同时期南洋公学因经费不足而裁撤师范院，朱树人随即辞职离校，专心为书肆译书。③"积六七年，得赀数千，将侍以为休老之计。不幸存庄被倒，遂致一无所遗，仰屋无方，日以嗟叹。"④在翻译发表《穑者传》的同时，朱树人曾在《实学报》上连载他翻译的《欧洲防务志》（作者为法国爱乃培）。他后来虽陆续有《冶工轶事》（1903）、《风流呆子》（1911）、《土窟余生》（1911）等译作问世，终究远不及林纾那样多产，这应该同他双目失明且生活困顿有关。朱树人出席了1926年南洋师范班同学会，同原师范班同学合影（图5）。1928年担任朱氏族会的审议员。⑤朱树人直到晚年依旧关注"百年树人"教育事业，曾于1936年第5卷第10期《进修半月刊》发表《关于普及教育的一个新建议：读了陶行知的普及教育之后》，1937年第6卷第20—21期《进修半月刊》发表《中级假期作业计划》，这是目前在史料中能找到的朱树人最后的踪迹。朱树人卒年不详，还有待深入考证。⑥

---

① 蒋维乔：《编辑小学教科书之回忆》，载张静庐辑注《中国出版史料补编》，中华书局1957年版，第139页。

② 出自上海交通大学数字档案馆。

③ 双目失明后的朱树人如何继续翻译？笔者在20世纪40年代的《小日报》上发现徐文短撰写的一篇短文，现抄录如下："四十年前，笔者初到上海时，任职文明书局编辑部，其时编辑部中，有一位盲著作家朱树人先生，他虽然盲目，不能动笔，他有一位助手，由他口述，再由那助手写出来。朱先生要看参考书时，也由那助手读给他听，而且他所要看的参考书，大半是法文书，所以当他的助手的，也非能读法文书不可。"

④ 1911年6月唐文治致盛宣怀函，载香港中文大学文物馆编《香港中文大学藏盛宣怀档案全编》，上海人民出版社2021年版。

⑤ 参见朱澄俭辑纂《上海朱氏族谱》，木活字本刊行，民国十七年（1928）。

⑥ 关于朱树人的卒年，笔者于2024年5月曾联系到朱家后人——上海老报人倪祖敏先生，其外祖父朱澄錼为朱树人的再从堂叔，名字曾出现在朱树人科举时提供的硃卷履历上，可惜未能获得更多的信息。

说回到译事上来，众所周知，林纾不懂任何外文，翻译时需要懂外语的助手口述。那么，朱树人是否通晓外文呢？

1897 年 8 月 28 日上海《实学报》创刊号中有王仁俊撰文《〈巴黎书库提要序〉序》可供参考："朱树人者，吴淞浜之方闻士也。少善治法文……"而在同期刊登的《本馆告白》中也有与朱树人有关的文字："本馆此举意在佐兴实学，颇蒙通人鉴许。上海朱君树人夙善法文，愿陆续译辑成书籍录送本馆，襄成美举，不受润仪，特登报端以表公谊。"

对此，朱树人本人是怎么说的呢？《实学报》创刊号里同样有所记载。他本人在《巴黎书库提要》自叙中说："树人自粗通法文，即喜涉猎彼土书籍，顾苦无书目可检。未由冥索，辄用废然，岁乙未，赵丈静涵自欧西归，出所携巴黎西书肆目录册见赠。其一仅载书目价格及撰人名氏，其一则书各有提要语。读之狂喜，自是购书乃有端绪矣。"

综上所述，朱树人不仅懂法文，而且已达到可通晓的程度，同不懂任何外语的林纾相比，可算是当时少有的有能力从法文直接翻译成中文的译者。林纾因翻译《茶花女》而名扬海内外，直到今天仍旧被视为翻译大家，而朱树人这个名字却已无几人知晓了。这一现象多少和我国学界长期以来无法还原《穑者传》原书，继而无法确立该书在汉译法国文学史上的地位有关。

《穑者传》其书

尽管《穑者传》这本书奏响了汉译法国小说的先声，一百多年来在我国学术界却鲜有人予以研究。除了上述韩一宇的著作以外，另有西南林业大学张强、孟丽曾在《中国第一部农事翻译小说——〈穑者传〉》（以下简称为《农事翻译小说》）一文中进行过详尽的文史互证研究。据上海图书馆编《中国近代期刊篇目汇录》第 1 卷《农学报》目录，《穑者传》于 1897 年 7 月到 9 月连续刊载，从 1898 年 2 月起断断续续用了近 6 年的时间分 20 次，直至 1903 年 4 月方才连载完成。在《农学报》连载结束后，1903 年即由文明书局出版了单行本，《无锡白

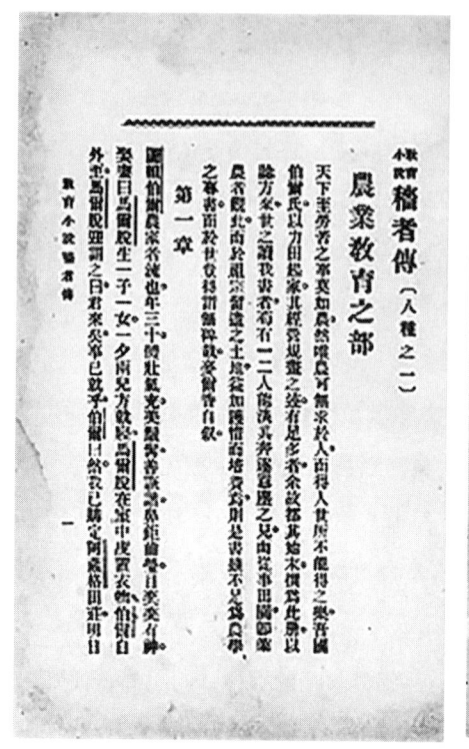

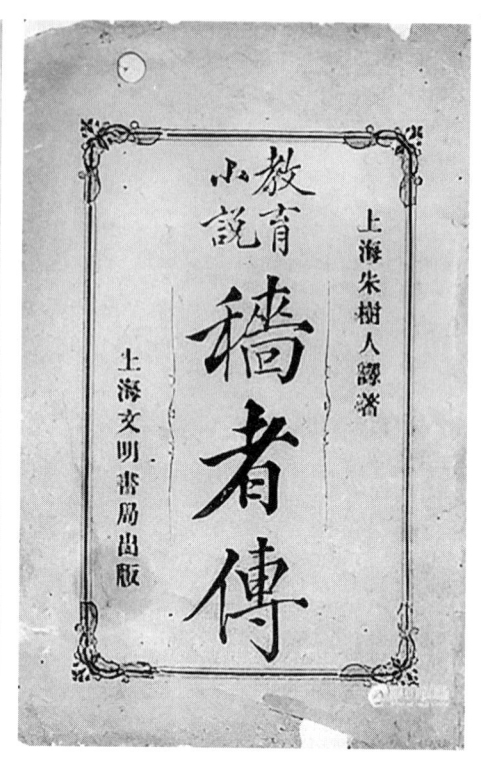

◎ 图6 1903年文明书局出版的《穑者传》单行本书影
图片来源：http://cn.51bidlive.com / Item / 6770276.

话报》和《北直农话报》用《阿藏格》之名连载了白话改编本，1909年广州出版的《砭群丛刊》上甚至还出现了《穑者传》的仿作《中国穑者传》。

1920年9月1日，《新青年》杂志刊载了胡适的一篇题为《中学国文的教授》的演讲稿。在谈到中学古文教材时，胡适说："第一年专读近人的文章，例如梁任公、康长素、严几道、章行严、章太炎等人的文章，都可选读。此外还应该多看小说。林琴南早年译的小说，如《茶花女遗事》、《战血余腥记》、《撒克逊劫后英雄略》、《十字军英雄记》、朱树人的《穑者传》等书，都可以看。"由此可见，法国小说《穑者传》的中译本在当时是具有一定影响力的。

那么，《穑者传》的法文原书究竟是哪一本？

朱树人在《巴黎书库提要》卷一中曾提到，他翻译的书是1892年"巴黎阿

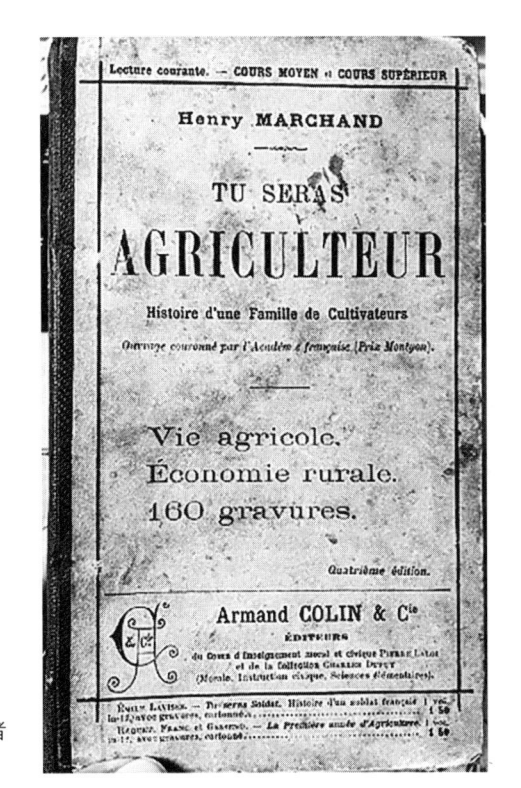

◎ 图 7　笔者从法国旧书商处购得的《穑者传》法文原书第四版

芒哥伦书肆印行，内多学堂通用之书"[1]。

"阿芒哥伦书肆"即为法国"Armand Colin"出版社，1870年创办于巴黎，至今尚存。韩一宇在撰写《法国文学研究》时提到："为了尽可能接近《穑者传》原作，曾通过电子邮件联系现代的 Armand Colin 出版社，但对方称未保留这方面的档案材料。"[2] 而张强、孟丽在《农事翻译小说》一文中甚至声称："鉴于清末小说翻译界所流行'豪杰译'，即译者关注作品内容和社会意义，对于原作

---

[1]　朱树人撰："树人识"，《巴黎书库提要》卷一，载《实学报》第六册，光绪二十三年（1897）九月二十一日。

[2]　韩一宇：《清末民初汉译法国文学研究（1897—1916）》，中国社会科学出版社2008年版，第206页，脚注。

内容多加删改和转译，致使今天研究者无法寻觅其原作真实面貌。"

2022 年，笔者与友人在巴黎玫瑰岩文化沙龙举办了名为"藏珍于箧，以书会友：法国文学藏书家的恪守"的讲座，请到了中法同文书舍创始人、藏书家朱穆先生，在听讲过程中得知我国学界长期未能还原《穑者传》的原书，便暗自发愿要找到这本书。

仰仗韩一宇老师在《法国文学研究》一书中提供的各类线索，再加上笔者的一点灵机，不久后终于在法国国家图书馆 GALLICA 数据库里面找到了法文原书（图 7）。《穑者传》法文名为"*Tu seras agriculteur*"（直译成中文就是"你将成为农民"），副标题为"一个农夫家庭的故事"（*Histoire d'une Famille de Cultivateurs*），朱树人将其翻译成《穑者传》还是相当贴切的。该书属于中高级班（Cours moyen et cours supérieur）的"通读读本"（Lecture courante），法国巴黎 Armand Colin 出版社 1889 年出版。

1894 年第四版扉页上还提到：该书曾荣获法兰西学院（Académie Française）大奖（Prix Montyon）、法国国家农学会（Société nationale d'Agriculture de France）银奖、法国农民联合会（Société des Agriculteurs de France）荣誉奖以及法国国家产业促进会（Société d'Encouragement pour l'Industrie nationale）金奖。根据笔者在法国国家图书馆在线数据库上的查找，这本书至 1912 年总共再版了 15 次，可见在当时的法国还是很畅销的。

值得注意的是，法国原书的封二上印着"你将成为……"系列（Collection des《*Tu seras*》）的介绍，将该系列称为"轶闻读本"（Livres de lecture anecdotique）和"人生成长手册"（Manuels d'apprentissage de la vie），"为小学生规划未来"（Ils préparent pour ainsi dire l'avenir de l'écolier et de l'écolière），认为"'你将成为……'系列将在各小学占据重要位置"（La collection des *Tu seras* a donc sa place toute marquée dans les écoles primaires）。如此看来，这本书暗合了朱树人一贯提倡的教书育人的宗旨，也难怪被他看中了。

为证明"Tu Seras Agriculteur"即为《穑者传》法文原书，现取两书正文开篇进行对照：

表 1　《穑者传》法文原书与汉译本第一页对照

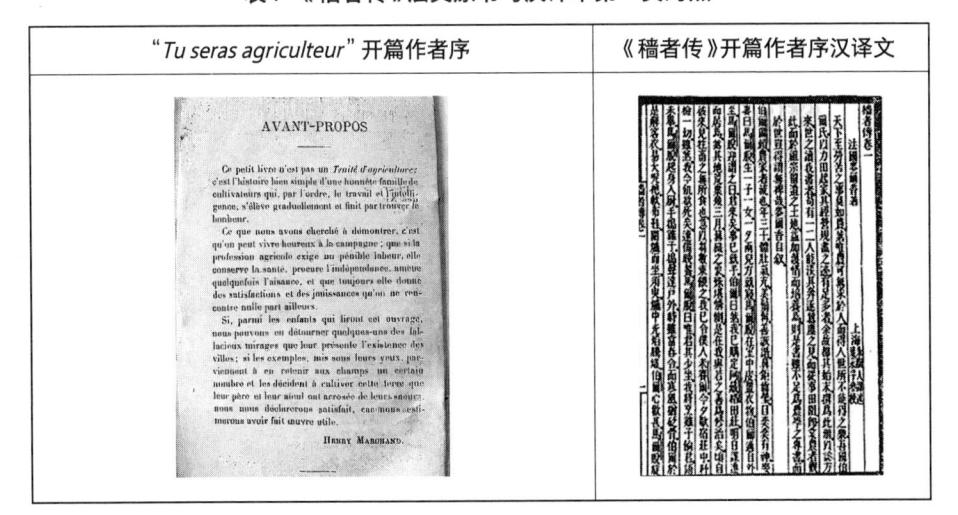

"*Tu seras agriculteur*" 开篇作者序	《穑者传》开篇作者序汉译文

法文原书第一页摘抄如下：

　　Ce petit livre n'est pas un Traité d'agriculture: c'est l'histoire bien simple d'une honnête famille de cultivateurs qui, par l'ordre, le travail et l'intelligence, s'élève graduellement et finit par trouver le bonheur.

　　Ce que nous avons cherché à démontrer, c'est qu'on peut vivre heureux à la campagne; que si la profession agricole exige un pénible labeur, elle conserve la santé, procure l'indépendance, amène quelquefois l'aisance, et que toujours elle donne des satisfactions et des jouissances qu'on ne rencontre nulle part ailleurs.

　　Si, parmi les enfants qui liront cet ouvrage, nous pouvons en détourner quelques-uns des fallacieux mirages que leur présente l'existence des villes; si les exemples, mis sous leurs yeux, parviennent à en retenir aux champs un certain nombre et les décident à cultiver cette terre que leur père et leur aïeul ont arrosé de leurs sueurs, nous nous déclarerons satisfait, car nous estimerons avoir fait œuvre utile.

HENRY MARCHAND

汉译本第一页摘抄如下：

> 天下至劳苦之事莫如农，然唯农可无求于人，而得人世所不能得之乐。吾国伯尔氏，以力田起家，其经营企划之迹，有足多者，余故都其始末，撰为此册，以念方来。世之读我书者，苟有一二人能淡其奔逐嚣尘之见，而从事田园，既业农者观此，而于祖宗留遗之土地，益加护惜而培养焉。则是书虽不足为农学之专著，而于世岂得谓无裨哉。麦尔香自叙。

经过对照，明显可看出：*Tu seras agriculteur* 的作者自序分成三段，开宗明义，直接点出写书的宗旨，即劝人务农；朱树人的译文则将原文进行了一定的精简，将三段整合成了一段，调整了某些句子的顺序，但原书原旨并没有丢，因此绝对算不上是"豪杰译"。

在人名、地名方面，朱树人均采用音译，比如主人公"Pierre Durier"按照中文姓在前名在后的习惯转译成了"图赖伯尔"，主人公创业的田庄"Les Ajoncs"则变成了"阿藏格"，等等。多亏朱树人的这一译法，笔者才得以在法国国家图书馆浩如烟海的数据库里找到了法文原书。

《穑者传》作者麦尔香生平考

《穑者传》的作者麦尔香是何人？在笔者所见所有版本的"Tu seras agriculteur"封面上，均注明作者名为"Henry Marchand"，1889年初版，1894年第四版扉页上标注其职务为"（法国）农业部办公室主任"（Chef de bureau au Ministère de l'Agriculture），1910年问世的第14版上则成了"法国农业部副主管"（Sous-directeur au Ministère de l' Agriculture）。但办公室主任也好，副主管也好，Henry Marchand 的法国农业部官员身份是毋庸置疑的。

笔者便以其农业部官员的身份为线索，两年来前往法国国家档案馆、法国国家图书馆、法国荣誉军团档案馆、巴黎市政府民事档案处、奥尔良市立档案馆、里昂市立图书馆等机构查阅多种法文资料，终于考证出了《穑者传》原书作者麦尔香（Henry Marchand）的生平（图8）。

鉴于麦尔香长期任职于法国农业部，而法国各部公务员都有独立的人事档案（Dossier de carrière），现如今大部分保存在法国国家图书馆。笔者便以此入手，果然找到了麦尔香的人事档案，勾勒出其大致生平如下：

"Henry Marchand"全名为"Jacques Henry Marchand"，1836年1月20日出生于巴黎，父亲是法国农业、商业和公共工程部（Ministère de l' agriculture, du commerce et des travaux publics）的一名书记员。在获得文科学士学位后，在父亲的引荐下，他于1856年以第三办公室（主管后勤供应）实习生的身份进入该部门的农业管

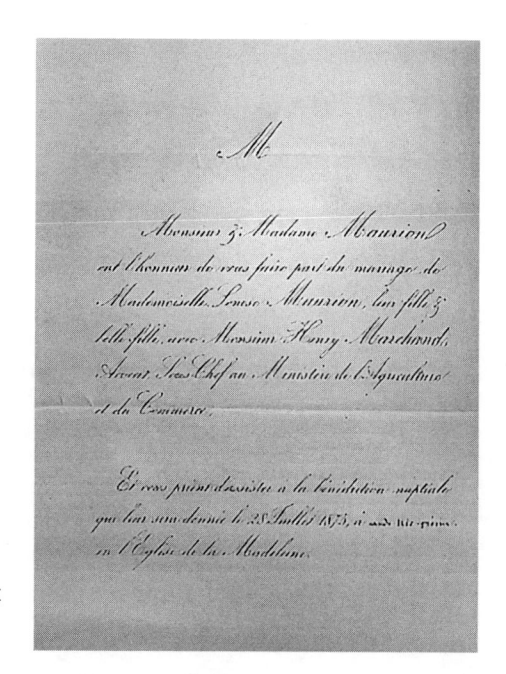

◎ 图8 保存在法国国家档案馆的农业部人事档案（档案号：F / 10 / 5908）

理处。在工作的同时，他开始学习法律，获得法律学士学位。1872 年，他申请转至第二办公室（即农业促进办公室），于 1874 年晋升办公室副主任（sous-chef du bureau），1879 年荣升主任（chef du bureau）。麦尔香在农业部的人事档案中充满赞美之词："出色的办公室主任；准确、勤奋、有能力"（Excellent chef de bureau ; exact, laborieux, capable.）（1888 年）；"他已效力 33 年，光荣地获得级级晋升。他实至名归。"（Il compte 33 ans de service et a gravi tous les échelons de la hiérarchie avec honneur ; il est arrivé par son seul mérite）（1889 年）。他分别于 1889 年和 1899 年荣获法国荣誉军团骑士级（Chevalier de la Légion d'Honneur）和军官级勋章（Officier de la Légion d'Honneur），1891 年和 1894 年荣获农业功勋骑士级（Chevalier du Mérite agricole）和军官级勋章（Officier du Mérite agricole）。麦尔香于 1899 年从法国农业部退休。

除了《穑者传》（Tu seras agriculteur）以外，麦尔香 1895 年时曾写过另一本成长小说，名为《幸运儿的假期》（Les vacances de Prosper，1899），同样由 Armand Colin 出版社出版。值得一提的是，他还出版过一本《农业竞赛》（Les concours agricoles），在书中总结了自己的工作经历，尤其是创办农业竞赛的前因后果，与《穑者传》中主人公参加农产品赛会形成了有趣的互文关系。

在家庭生活方面，笔者根据人事档案中夹带的一张结婚请帖得知：麦尔香于 1875 年 7 月在巴黎结婚。此外，笔者在巴黎市政府民事档案馆里找到了两人的结婚证明，上面标注新娘全名路易丝·莫里翁·拉罗什（Louise MAURION de LARROCHE），是一名钢琴老师（图 9）。

经过在巴黎民事档案中的钩沉查找，笔者了解到，麦尔香夫妇育有一子一女：儿子出生于 1876 年，1898 年就读于法国格里尼翁国立农业学校（École Nationale d'Agriculture de Grignon），1901 年 4 月因肺结核不幸早逝；女儿出生于 1879 年，和母亲一样同为音乐老师，后来嫁给了法国奥尔良民事法庭的一名候补法官，于 1970 年去世。[1]

---

[1] 法国家谱网 "Geneanet" 显示，直到现如今，麦尔香的大部分后人还居住在奥尔良附近。

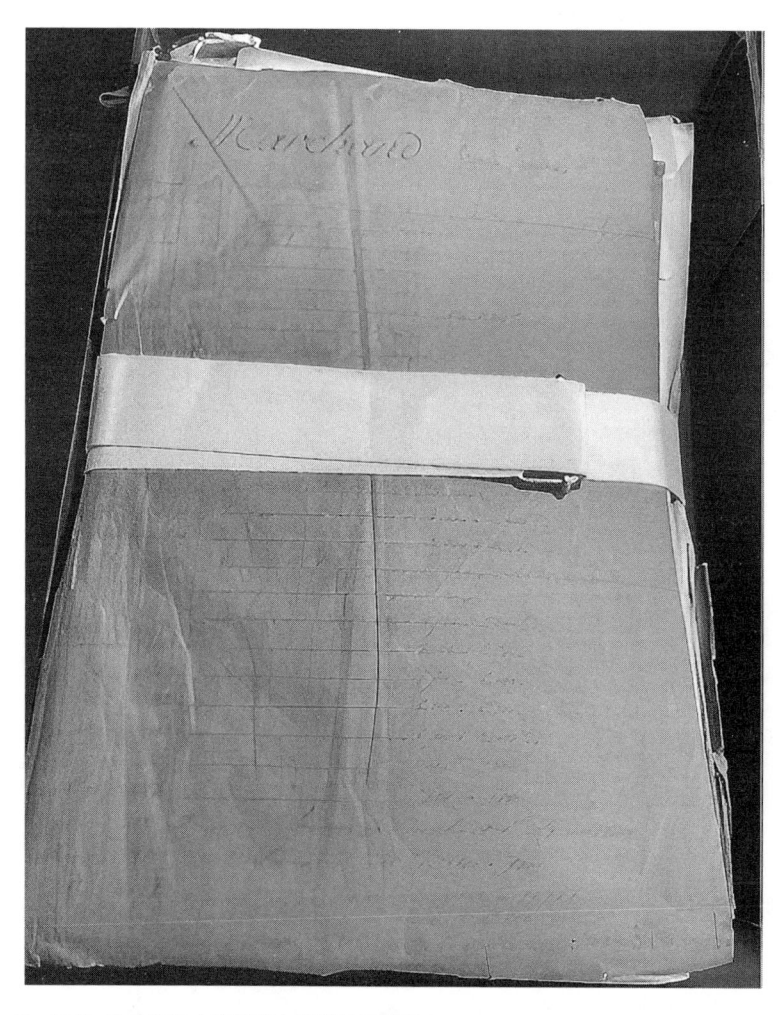

◎ 图 9　在麦尔香人事档案中找到的结婚请帖

麦尔香的人事档案里并没有注明他是哪一年去世的。笔者翻遍巴黎市政府和奥尔良市政府的死亡证明以及巴黎各大墓地的下葬记录，也没有找到任何蛛丝马迹。最后在 1904 年奥尔良园艺学会（Société d'Horticulture d'Orléans）的一则讣告中找到了线索："农业部名誉副主管亨利·麦尔香先生于 7 月 24 日于卢瓦

◎ 图 10　麦尔香的墓碑
图片来源：https: //cimetiere.gescime.com / Recherche Defunts / la-chapelle-saint-mesmin-cimetiere-45380.

雷省的拉沙佩勒圣梅曼镇逝世，卒年68岁。"[1] 在这则讣告中还提到，麦尔香退休以后，主管法国农业信贷各地区的办事处[2]，还在各大报刊撰写农业主题文章，真正为法国农业奉献了一生。

---

① 原文是：M. Henry Marchand, sous-directeur honoraire de l'agriculture, est mort à la Chapelle-Saint-Mesmin (Loiret), le 24 juillet àl'âge de 68 ans. https://gallica.bnf.fr / ark: / 12148 / bpt6k7051095k / f69.image.r=(prOx: %20%22henry%20marchand%22%2040%20%22agriculture%22)?rk=515024; 0#.
② 这些办事处于1920年合并，成为今天的法国农业信贷银行（Crédit Agricole）。

麦尔香死后被安葬在拉沙佩勒圣梅曼镇老公墓（Cimetière du Bourg）。为方便后人网上扫墓，这座公墓将所有墓碑照片上传，只需输入逝者姓名就能查看墓碑。笔者就这样轻松找到了麦尔香的墓碑。这是一块法国墓地里最常见不过的黑色大理石墓碑，上面镌刻着"雅克·麦尔香 1836—1904"，除此以外，并没有标示任何头衔和功绩，更没有人知道他就是第一本汉译法国小说的作者。

为进一步了解麦尔香的晚年生活及其后人的情况，笔者于 2024 年 4 月初通过法国家谱网"Geneanet"联系到了麦尔香夫人路易丝娘家的后人克里斯汀·拉罗什（Christian Job-Maurion de Larroche）先生。经过几番电邮和 WhatsApp 交流，在这位先生的热心帮助下，笔者获得了任何史料上都不曾记载的家族口述资料：麦尔香夫妇的女儿育有一子一女，这两位外孙辈都没有诞下子女。外孙在结婚后领养了其妻子与前夫所生的女儿，将她指定为法定继承人——也就是说，从严格意义上来讲，麦尔香已经没有直系血亲后代在世了。这个领养来的女儿后来嫁给了一位医生，生育了很多孩子，其中一个儿子现在上海工作。说来很神奇，一百年来兜兜转转，作者麦尔香的后人和译者朱树人的后人不约而同选择了在同一座城市生活。

结语

笔者为考证朱树人生平、《穑者传》原书作者麦尔香生平，两年来在中法各大机构奔走，可谓是感慨良多。

一个感想是，法国的档案管理制度极其完善。我国常常用"辨章学术，考镜源流"来形容历史文献的考证，法国人则真正做到了"百年无废纸"，为后世的查证研究打下了良好的基础。

另一个感想是，在 AI 智能、大数据、开源数据库时代，人们获取史料看似变得前所未有的简单，可似乎又缺乏了那么一点点温度，忽略了口述史的价值，忽略了学术考证研究终究以人为本，唯有以人的意志为驱动和导向，才能走上正确的研究道路。

在《〈巴黎书库提要序〉序》中有这么一句:"欧洲文字,惟法国最尔雅。为其近拉丁,其文学亦冠西域。"1897年的上海人朱树人,正是受到这"尔雅"的法国文字独特魅力的吸引,着手翻译麦尔香的小说《稿者传》。到了21世纪,博大精深的中国文化又反过来吸引麦尔香的后人来华定居。朱树人和麦尔香的故事恰恰是中法文化交流的一个缩影,两人对职业、对文学的坚守,突破了语言的壁垒,促成了第一部汉译法国小说的诞生,奏响了法国文学在我国广泛传播的先声。

作者简介:　　徐洁
　　　　　　法国上诉法院宣誓翻译(中法笔译)。

传记学者生命史研究

BIOGRAPHER'S LIFE HISTORY RESEARCH

"创造者"的足迹：
杨正润的"生命写作"事业

梁庆标

摘　要： 自20世纪80年代初任职于南京大学以来，杨正润便以传记为志业并开启了迄今已达40余年，且依旧不懈耕耘的传记理论与批评实践：其成果初显于《人性的足迹》(1992)，因对复杂人性的探究奠定了传记研究的基础；《传记文学史纲》(1994)这部内容宏富且论断深刻的世界传记发展史，是他更直接转向传记的力作；《现代传记学》(2009)则是他的传记研究升达至"传记学"高度的理论著作，颇具体系性、科学性、包容性和现代性。独立开展传记研究的同时，他作为传记教育家还致力传记人才培养和学科建设，通过学术合作等多元路径为传记界培养了数十位骨干，并在2011年后以国家社会科学基金重大项目为契机，成立了"上海交通大学传记中心"，创办了《现代传记研究》(集刊)，推动了中国传记研究的国际化和持续发展。除是传记理论家和传记教育家之外，他长期践行传记写作，亦是一位融理论于生命情怀的传记作家，这三者共同构成了其"生命写作"事业的三大坚实支柱。

关 键 词： 杨正润　传记学（研究）　传记教育　传记写作

The footprints of a creator: On Yang Zhengrun's "Life Writing Studies" career

Liang Qingbiao

Abstract: Since taking up his position at Nanjing University in the early 1980s, Prof. Yang Zhengrun has devoted himself to Life Writing Studies and has embarked on a more than 40 years long and tirelessly cultivated biographical theory and critical practice. His achievements first appeared in *The Footprints of Human Nature* (1992), laying the foundation for biographical research by exploring complex human nature. *The Outline of Biographical Literature History* (1994), a rich and profound history of the development of world biographies, is his masterpiece that directly turned to biographies. *A Modern Poetics of Biography* (2009) is a theoretical work that elevates biographical research to the level of Life Writing Studies, which is quite systematic, scientific, inclusive, and modern. While independently conducting biographical research, Yang Zhengrun, as a biographical educator, is also committed to cultivating biographical talents and disciplinary construction. Through various paths such as academic cooperation, he has trained dozens of backbone members for the Life Writing community. After 2011, he took the National Social Science Major Project as an opportunity to establish the Center for Life Writing, SJTU and founded the *Journal of Modern Life Writing Studies*, promoting the internationalization and sustainable development of Chinese Life Writing research. In addition to being a Life Writing theorist and a biography educator, he has long practiced biographical writing and is also a biographer who integrates theory with the sentiment of life. These three aspects constitute the three solid pillars of his career in Life Writing.

Keywords: Yang Zhengrun / Life Writing Studies / biography education / biography writing

2022年年末至2023年年初，一篇名为《"先生之风，山高水长"——追忆匡亚明校长》(《传记文学》2022年第11期)的传记文在传记界、文教界产生了巨大反响，并通过期刊转载、网络转发等传播渠道被广泛传阅，其中最具代表性的是《新华文摘》2023年第2期以《追忆匡亚明校长》为名予以全文转载，无疑高度肯定了这篇传记文的思想与艺术价值。学界人士清楚，此文作者正是对"传记"（life writing）[①]发展事业功勋卓著，亦堪称中国当代最知名传记研究家的杨正润先生，可见此文的成功绝非偶然，实乃其毕生精研传记之功力及诗艺才情的凝聚：自20世纪80年代初求学并任职于南京大学以来，杨正润便以传记为志业。在当时的中国学界，除朱东润先生等少数拓荒者的探索，传记基本还是处女地，尤其是缺乏具有世界格局和理论视域的传记学理研究。王元化先生在《〈鲁迅传〉与传记文学》（1981）一文中就指出了传记研究在中国缺失之憾事："在我们文学理论研究领域内，直到目前为止还留下许多空白点，而传记文学这一课题似乎始终没有提到日程上来。在国外，传记文学早已成为专门名家的学问。"[②]杨正润先生开启了迄今已长达40余年，且依旧在不懈耕耘的传记理论探索与批评实践，传记学术与现实人生中的各种阅历和磨炼更使其洞悉了人性的无尽深渊，也更深刻地理解了传记据以生发的历史根基和不可估量的文化社会价值；这也促使他有意割舍了专注于纯粹艺术形式、语言嬉戏、制造艰涩行话等"象牙塔"式倾向的文学研究理路，甚至减少了在非常擅长的莎士比亚研究领域的投入，矢志要倡导的是接地气、触人生的"活学术"。因而有心的读者如细加梳理和品读，就会发现在其理论研究和传记写作实践中都彰显了对坚毅人性与正

[①] 20世纪后期以来，国际更通行的用法是"生命写作"（life writing），以其更大的涵括性、更开放多元的现代意识取代比较传统保守的"传记"（biography）一词，杨正润大力倡导并乐于采用这一"大传记"概念，将自传、他传、回忆录、书信、日记、游记、年谱、传记影视、片传等都包罗其中，不过鉴于中文词"传记"在国内沿用已久，且已经通常用来指代包括他传、自传等在内的传记文类整体，用法较为简便，本文依然主要采用这一术语。

[②] 王元化：《思辨短简》，上海古籍出版社1989年版，第187—188页。

义良知的伸张，使学术与人生交融对话，以典范人物的德性品行为人类至高理想张目，因此他才能坚守传记阵地。更可贵的是，这些理念和情怀也都凝聚在他尤为倾心的传记教育与传记人才培养之中，从而将自己的人性观念、正义诉求、社会关怀传递到数十位亲炙弟子及成千上万的读者之中，使得中国传记事业能薪火相传，光芒越发明亮。

循着杨正润的传记研究"足迹"①可以发现，其研究起步于20世纪80年代，成果初显于《人性的足迹》（1992），因对古今中外复杂人性的好奇与探究而奠定了传记研究这一专门化领域的基础；随之而来的《传记文学史纲》（1994）则是他更直接转向传记领域的力作与宣示，通过十几年在中外传记作品中的穿梭摸爬，包括专门赴堪萨斯大学为期一年的访学或"传记朝圣之旅"，提炼出这部资料扎实、内容宏富、结构清晰且论断深刻的世界传记发展史，为今后他自己及传记学界的进一步开拓提供了坚实支撑；又过了15年，学界终于迎来了《现代传记学》（2009）这部将传记研究明确上升到"传记学"高度的巨著，称其为中外传记界迄今最具体系性、科学性、包容性和现代性的传记理论独著之一并非夸饰之词，它看似长久积淀后的水到渠成，实则凝聚了作者数十年的心力与艰辛劳作，可谓建构中国"传记诗学"夙愿之达成；而《岩石与彩虹：杨正润传记论文选》（2016）则是他各类有关传记的理论探讨、文本细读、鉴赏书评、前言后记等的系统结集，由《现代传记研究》副主编袁祺编辑成书，从中可以领略作者广博的学识、敏锐犀利的评述与隽永畅晓的文风，读来常常令人有入木三分、茅塞

---

① "足迹"是杨正润非常喜欢使用的一个朴实无华却能彰显严谨扎实学风、象征其不断"超越"之浪漫学术行旅的词语，如专著《人性的足迹》，序言《"朝圣者"的足迹》（载梁庆标《角力：传记的生命剧场》，广西师范大学出版社2022年版）等。巧合的是，当代英国著名浪漫主义传记家理查德·霍姆斯（Richard Holmes, 1945— ）也善用这一词语，其《足迹》（*Footsteps*, 1985）、《旁轨》（*Sidetracks*, 2000）、《漫漫求索》（*This Long Pursuit*, 2016）三部自传文集都凸显了其写传的一大法宝——"足迹原则"（Richard Holmes, *This Long Pursuit: Reflections of A Romantic Biographer*, New York: Pantheon Books, 2016, p.5）。

顿开之体悟。

而在独立开展传记研究探索的同时，被著名传记学者全展教授称为"传记教育家"的杨正润也致力于传记人才培养：一方面，仅指导的博士就有十余人专门以传记为论题撰写毕业论文并在毕业后从事传记研究，部分博、硕士研究生则在毕业之后转向或回归传记队伍，成为当代中国传记学界的主力军和代表性学者，为传记事业的发展提供了坚实的智性保障；另一方面，杨正润作为主编参与翻译了《知识分子》（1999），主编了《众生自画像——中国现代自传与国民性研究（1840—2000）》（2009）、《外国传记鉴赏辞典》（2009）等，撰稿人大多是其指导的博、硕士研究生及国内传记研究同行，这种集体协同合作既培养了人才，又扩大了传记在国内外学界的影响力。

杨正润的传记事业基于其厚重基础和团队的紧密合作，2011年之后出现了跨越式发展和巨大突破。从南京大学退休后，他受聘于上海交通大学，作为首席专家成功获批国家社会科学基金重大招标项目"境外中国现代人物传记资料整理与研究"[1]；以项目为依托，他任首届主任的"上海交通大学传记中心"这一被称为与牛津大学传记中心、夏威夷大学传记中心鼎足并立的重镇于2012年成立，凝聚了来自国内外十数座高校和科研机构的数十位传记研究者。他主编的《现代传记研究》（集刊）这一国内首个传记批评与理论刊物在2013年创刊，为传记研究者搭建了交流的学术平台，影响力日益凸显。2013年、2016年、2019年在上海交通大学传记中心举办的三次国际传记研讨会影响深远，既使学界吸收了国内外最新研究成果、扩大了国际学术交流，又将中国传记研究的力量和声音展示在了世界舞台。其宏富的成就、坚定的毅力和强大的学术魅力一直在感染着学界中人。如今，《现代传记研究》的作者群越发壮大和年轻化，既证明传记这一文类日益备受重视，也充分说明杨正润与其团队的传记研究的感召力。

杨正润在学术自传中曾写到，他立志建立现代传记学有三个前提："一是熟

---

[1] 这一项目在2013年、2016年分别获得两次滚动资助，尤见其学术含量与重要性。

悉中国和西方人文科学理论……二是熟悉传记史",三是"需要对传记的感性认识,因此必须自己动手写一部传记"①,可见他并无拘囿于纯粹理论构筑,而是始终将思辨与实践相结合,真正体悟了传记这一与现实人生最为密切相关的独特文类的本质。本性中浪漫诗意的才情、对雪莱经历的好奇以及对既有《爱丽儿:雪莱传》的不满等因素促使他首先完成了《众心之心:雪莱传》,其中就运用现代传记学的"解释"理论对雪莱的行为提出了自己的阐释,也弥补了莫洛亚的《爱丽儿:雪莱传》的不足,是一次极有收获的实验。此后,虽然为南京大学老校长匡亚明写传之夙愿未能实现,但他的《"先生之风,山高水长"——追忆匡亚明校长》一文极为成功,也多方面践行了其现代传记理论,堪称妙传。此外,他多次撰文回顾自己从事传记学研究的心路历程,其中许多观点值得反复揣摩,为传记学者和爱好者提供了有益借鉴。

如是观之,杨正润先生几乎将全部学术精力投入传记学建设、传记人才培养和传记写作实践之中,三者鼎足而立,构筑了其"生命写作"事业的宏伟大厦。

一、理论建构之路:从"传记史"到"传记学"

在《人性的足迹》后记开篇,杨正润就引用了《大趋势》的作者约翰·奈斯比特在完成著作后所说的一句话:"只有疯子才会写我这本书。"无疑,满怀热情完成第一部学术专著的杨正润深有同感。原因在于,这部著作的主题具有高度的跨学科性质,广涉古今中外的哲学、科学、文学、历史等领域,非有高度的宏观视野、求知精神、结构能力及化繁为简的笔力不能顺利完成,如作者所言,完成这一夙愿的勇气来自"论题本身对我的吸引力"②。这种坚毅勇气、挑战精神贯穿在作者长期的学术生涯之中。而更关键的是,这部作品所处理的核心问题是

---

① 杨正润:《我与"生命写作"》,《传记文学》2020年第9期。
② 杨正润:《人性的足迹》,江苏人民出版社1992年版,第398页。

任何人文研究者都绕不开的"人性","谈文学如果不研究人性,也就如谈《哈姆莱特》却抛开那位丹麦王子"[①]。如历代哲人、思想家、文史作家等对人生意义的多维度探讨,对智慧的无尽追求,对自由的渴求与奋争,对善恶美丑的挖掘与多层面理解等,似乎都在回应亘古不变的哲学追问:"我是谁?""我当何为?"作者在著作开篇就将这一问题挑明,引用了希腊德尔斐神庙上众所周知的箴言:"认识你自己!"对这一命题的回答构成了整部著作的线索,也为研究奠定了坚实的思想与哲学基础,而最终的回应自然而然地呈现在著作的结尾:"人类可以这样回答阿波罗神:我的本质是创造。"[②]结尾的"我的本质是创造"便是对开篇"认识你自己"命题的根本回答,构成了此书的逻辑结构,既是作者对人类本质的基本与宽泛理解,其实更可以看作他对自我的个体认知与具身把握,恰恰从这里发端,他以人性为根基和研究对象,进而拓展到(或与此同时正在着力)传记研究领域。从人性研究到传记研究,二者之间有着密不可分的逻辑关联,因为传记处理的是历史与现实中无数的真实个体人生,聚焦的是诸般人性的具体展演,古往今来红尘男女的生活阅历、身份选择、命运起伏等无不是各类人性的体现,顺理成章地,其突出体现就是《传记文学史纲》。当代中国比较文学的奠基人之一乐黛云先生在《传记文学史纲》的序中对杨正润赞赏有加,称他是"十分勤奋而纯净的青年学者,他的广博来自他的勤奋,他的深邃的思考能力来自他纯净而无贪欲的明亮的心境,他已用他的辛勤劳动和青春岁月为中国总体文学研究写下了开篇的章节",尤其是杨正润"广博的知识和极强的宏观综合能力"令人惊异,能将文史哲等不同学科编织在一起,其"隐含的图案……就是人类对'人性'理解的嬗变的踪迹"[③]。这一评述无疑准确把握了杨正润著述的核心,即

[①] 杨正润:《人性的足迹》,江苏人民出版社1992年版,第398页。

[②] 杨正润:《人性的足迹》,江苏人民出版社1992年版,第398页。

[③] 乐黛云:《序》,载杨正润《传记文学史纲》,江苏教育出版社1994年版,第3页。乐黛云先生在此将"传记文学研究"归入了"总体文学研究"之中,突出了其综合性、跨越性和比较视野,这一语境下"总体文学"可替换为"传记"。

"人性"主题。

《传记文学史纲》的出版代表着杨正润正式进入传记领域,此著达到了很高的水准,内容丰赡厚实而立意高远。在后记中作者如此描述:"它如同一座祭坛,上面奉献着我学术生命中最宝贵的一段时光。回顾近十年来的艰辛,我真为自己当年近乎疯狂的勇气感到惊异。"无疑,此书凝聚了已至知天命之年的作者的心力与情怀,是其十几年劳作的结晶。他提到,自己从事传记文学研究与国内外研究思潮有密切关系。国内方面,20世纪80年代中期朱东润在复旦大学"首次招收传记文学博士生",剑桥大学和夏威夷大学的传记研究如火如荼,都使作者"雄心顿起",从而立志在传记文学领域开疆扩土,奠定学科基业,成就一番事业,而根基则是首先撰写包含世界各民族传记之整体、具有现代理论意识且包含独到的传记作品鉴赏的"一部比较传记史"。经过近十年的辛勤劳作、探索,包括1987年专程到堪萨斯大学访学一年,结果便是这部包含中国、希腊、罗马、英国、法国、美国、德国、俄国(苏联)及意大利等十几个国家的传记史,"共评述了古今中外300多位传记作家的600多部(篇)代表作品",真切体现了作者的雄心壮志、博大视野与扎实劳动。这一研究在中国传记研究界有开创之功,而对作者本人而言,也是开启此后几十年传记研究工作、取得更大理论成就并培养众多传记人才的坚实基础,此后的诸多成果(包括大量高水平论文)发端于这部史纲。

此书名为"史纲",正文主体6章基本是按照时间顺序和文类自然发展规律,对中外十余个代表性国家及地区几千年传记史的梳理,分为发轫、辉煌、停滞与复苏、近代传记诞生、现代传记革新等几个基本阶段,把握精当准确,并具体评析了数百部经典传记作品,既有重点评述又有综合介绍,叙述沉稳,畅晓而含情,颇能动人,毫不卖弄行话术语,体现了严谨的学术著作的朴实厚重。具体而言,其一,此书论述的传记家与传主身份各异,涉及文学家、思想家、艺术家、政治家及普通人物等,以传记为中心将文史哲、艺术、科学、宗教等各界人物汇通归纳,并不显得散乱;对各层次、各品性传记的客观分析体现了研究者对传记本身的尊重,因为如"中世纪的圣徒传记""英国的维多利亚时代传记""美国的南北战争英雄传记""苏联的政治化传记"等虽然艺术性、思想性并不高，但无疑都是特定历史时空中文化政治与人性的具体折射，即都具有社会历史意义，作者能耐心加以清通介绍，充分彰显了其人性理解基础上的平等意识和民主精神。

其二，讨论的传记文类极为丰富，既有传统的自传、他传等正式形态，又包括回忆录、日记、书信、年谱、杂传、游记、传记小说等，视野广博而不避烦琐。而且值得注意的是，作者特别注重从历史演变的角度把握传记发展动向，既重视传统经典，又着力发掘新趋向，如在第五章"近代传记的诞生"结语部分，就敏锐地概括出了近现代传记与希腊罗马古典传记的最大区别，即平民化发展倾向，在约翰生的《诗人传》、鲍斯威尔的《约翰生传》及卢梭的《忏悔录》等具有突破性的传记中，"传记家描述中产阶级或平民，在他们平凡的生活中显示出人性的高贵。这一转变意味着从希腊和罗马时代开始的西方传记的传统方法已发展到顶峰，也标志着从文艺复兴开始的普遍人性论在传记中的最终确立"。[1]另如对20世纪早期的"新传记"、20世纪中后期的"精神分析传记""存在主义传记"的分析，都透露出传记虽受多重约束但依然不断革新的进取精神，以此为基础，此书梳理出了一条卓然独立的传记发展脉络，包含了复杂多元的文本形态。

其三，作者的另一大优势是善于总结传记发展规律，在每一章分国别、时段或类型的论析之后都有高度比较性、概括性的结语，颇得司马迁《史记》中画龙点睛的"太史公曰"及普鲁塔克《希腊罗马名人比较列传》中的"合论"之精髓和笔法，充分呈现了高度的综合能力和辨析精神。典型之一如第三章"辉煌的古典时代"的结语中提出，在西汉和古罗马这两大帝国同时出现了"古典传记的黄金时代"，这是独特历史语境与"作者的天才和鲜明的个性"合力的结果，因此，"在两个版图辽阔的开放性帝国中，传记家的个性相对自由地发展，形成了

---

[1] 杨正润：《传记文学史纲》，江苏教育出版社1994年版，第297页。

传记风格的多样化,《史记》色彩浓烈,《汉书》典雅细腻；普鲁塔克风趣流畅,塔西陀严谨生动,绥通纽斯自由洒脱,《新约》虔诚真挚"[1]。当然,政治化与道德化之间的考量竞逐与差异化处理,也影响了中外传记的品格与成就,要言之,正是开放、自由与个性催生了中外风格各异的多样化"传记帝国",这对历代传记写作与批评都是重要的经验或教谕。

其四,需要特别重视的是,作者能够将这些纷繁复杂而个性独异的传记家、传记作品整合在一起,在条分缕析中上升到理论高度,总结其思想特征,评鉴其艺术价值,进而在历史时空中给予准确定位,都与他对传记本质的充分理解不可分割；也就是说,强大的辨析能力与理论归纳能力让作者在令人眼花缭乱的传记现象中始终能目光如炬、视野超拔,处理各类文本与现象时游刃有余。从这个角度看,第一章"导论：诗与真"就凸显了作者的理论功力,即在广泛吸纳中外学界关于传记性质的评论及探讨基础上,在将传记与历史、小说等对照评析的基础上,界定了传记的独特属性：一是传记的对象是真实的人,二是"历史性与文学性是传记的两个最重要特点",但又并非二者"简单的相加",而是高度的融合,甚至是"科学与艺术的统一"[2]。在此基础上,作者就真实、想象等原则与限度等核心问题进行了辨析,最典型的是通过史可法、戴名世和方苞三人笔下的"史可法看望老师左光斗事件"[3]之对比,揭示了传记文本生成过程的虚实关系与演变路径,这一对比分析策略尤其凸显了传记研究的根本要求或科学方法,即尽可能占有并尊重各类传记文本,在相互比照中予以辨析,方能得出更为审慎客观的评判。作者还重点分析了"传记家的自我"(在《现代传记学》中就被提炼为"传记的写作主体")这一突出要素,认为传记家本人的个性、人生态度、社会观念等在决定传主选择、传材取舍、解释模式时发挥的作用,显然,这种主体性特

---

[1] 杨正润:《传记文学史纲》,江苏教育出版社1994年版,第155页。
[2] 杨正润:《传记文学史纲》,江苏教育出版社1994年版,第6页。
[3] 杨正润:《传记文学史纲》,江苏教育出版社1994年版,第11—12页。

征不应成为传记被攻击为不够客观的理由。毫无疑问，传记这一文类要展现的恰恰是高度的人际对话性，即真实具体的人与人之间的沟通交流，情感性、伦理性等基本倾向是应有之义，方才显示出传记的"人学"特征。带着为传记辩护的这种敏感意识，作者进一步拓展了对传记功能的探索，即从"传记家的自我展示"这一小空间延伸到对广大读者而言"非常实际的社会功能"上，典型如传记自古以来被寄望的"道德功能""认识功能""社会政治效能"及审美魅力等。[①]

更不能不察的是作者对传记这一独特文类的学术研究倾注的人间情怀，或曰通过对真实人生诸般面相与人格的洞察与描绘来理解人本身，穿透各种假面和丑恶，以良善正义之士为楷模来烛照人生，如作者所感慨的，"只要人们还在求知，人文精神就有复兴的希望，人性就会净化铜臭和污浊而走向正途"，正是在这种精神的激励下，作者才在面对各种苦厄艰辛时一次次"悚然振作，重新提起枯涩的笔"[②]。毫无疑问，这支笔毫不枯涩干滞，而是满含深情，倾注了作者的满腔斗志、才情、正义与坚毅。

总之，这部著作体现了作者的扎实厚重学风与开阔包容视野，是其后多年传记研究得以不断拓展生发的基石。不难发现，《现代传记学》《岩石与彩虹：杨正润传记论文选》的立论依据扎根于此，《众生自画像——中国现代自传与国民性研究（1840—2000）》《外国传记鉴赏辞典》的经典传记文本选择也以此为参考，更不用说"境外中国现代人物传记资料整理与研究"这一以多语种、国际化为目标的国家社会科学基金重大项目了，或者也可以说，在其指导的博、硕等各层次学位论文中，都是对经典传记文本的具体阐发与进一步探究，基本理论和思想架构多数都蕴含在了这部著作之中。

由此，在15年之后，当杨正润再次奉献出《现代传记学》这部体系严密、结构严整、内容精细、论证深刻的"传记诗学"时，学界必感期待良久，或者毋

[①] 参见杨正润《传记文学史纲》，江苏教育出版社1994年版，第21—24页。
[②] 杨正润：《传记文学史纲》，江苏教育出版社1994年版，第641页。

宁说这部著作也在期待着这位独一无二的研究者，此所谓学术之命运！在《现代传记学》后记开篇，作者起笔饱蘸深情，回顾了20世纪80年代末在堪萨斯大学访学的诗意、愉悦与丰盈，这是他"第一次读到西方传记和传记批评的许多重要著作"的地方，也是他立志成为"传记学者"，将传记作为"一生学术的主要方向"的福地。这一充满深情的回顾，恰恰可以抒发作者完成这部巨著后的惬意与放松感，因为从完成《传记文学史纲》到出版《现代传记学》这部扛鼎之作，杨正润花费了整整15年的光阴，这期间他整日伏案劳碌，"一字一句打出60多万个字来，再一字一句推敲修改，日复一日、年复一年"[①]。生命的韶华与能量都倾注在了字里行间，也再次抒发了作者通过传记学术表达社会正义的诉求。传记史上的善恶交织、美丑展演等你方唱罢我登场的人性大戏，早就写尽了人间百态，有时候难免使人生发传记文本与现实人生难分彼此之交融感，而这正是传记始终能生生不息且越发强势的"地气"与"底气"。

作为一部中外传记理论界的集大成之作，《现代传记学》是杨正润先生在全面总结世界传记发展和理论的基础上进行的深入探索，凝聚了其几十年的心力与情怀，其中就包括他从教数十年来在西方文学史、文学理论与批评等课程教学过程中恒久的思考、沉淀与汲取。在南京大学，杨正润师从莎士比亚研究专家张月超先生，1981年硕士毕业后，他留在南京大学任教，次年起便给本科生开设"西方文学史"和"外国文学名著欣赏"等课程，1988年起为硕士研究生开设"西方文论"这一基础理论课，2000年起则开设博士研究生课程"西方文学和文化理论专题研究"，这些教学工作一直延续到其2009年退休。长期在西方文学和文学理论领域的一线教学，对他的传记研究大有助益，在对西方文学发展史研究中才能更容易理解西方传记史，因为传记的发展演进与文学史相辅相成、难以分割；而传记理论建构也充分借鉴了亚里士多德以来的文学批评理论。《现代传记学》中的情节理论、无意识理论、主体理论、身份理论等创见都受到了西

[①] 杨正润：《现代传记学》，南京大学出版社2009年版，第654页。

方文学批评各种流派的影响和启发，如亚里士多德的《诗学》、弗洛伊德的精神分析、格尔茨的文化"深描"、格林布拉特的新历史主义等，这种学术积淀实非一日之功。

《现代传记学》全书70多万字，12章内容分为上、中、下三篇："传记本体论""传记形态论""传记书写论"。从传记的本质、构成、主体和功能等基本的理论，到他传、自传以及现代、后现代传记等多种形态，以及向来不被重视的传记写作过程、策略与技巧，都进行了比较详尽深入的分析，具有很强的理论性、综合性和实用性。其中，最具现代学术精神、领域开拓性和理论突破性的是"传记诗学"（poetics of biography）这一概念的提出，其理论支撑和学科范式远承亚里士多德的《诗学》，近则秉承美国著名传记家、理论家里翁·艾德尔，将其建立"传记诗学"的倡议变成他"终身的宏愿"。将一种自古以来在东西方文史写作界、学术界都比较边缘甚至模糊的交叉性、跨学科性文类独立为一个具有科学依据和成熟建制的学科，考诸中外传记学人，未尝有之，西方的约翰生、莫洛亚、帕斯卡尔、艾德尔、勒热讷、豪斯、史密斯、汉密尔顿、乔丽等人，中国的梁启超、胡适、朱东润、韩兆琦等人，处理的大多是关于传记史、传记批评、传记文类及传记理论的局部问题，未曾提出宏观的学科设计，民国时期王名元出版了一部小册子《传记学》（1948），可能受五四时代创新学术风气之影响而使用了"传记学"这一术语，但篇幅短小、论述比较粗疏，大多"袭用梁启超、郭登峰等人见解，缺乏创见"[1]，只能算是一本传记入门，根本无意也没有能力建构现代意义上的传记学科。

《现代传记学》则是这一学术雄心和伟大理想的实现，虽然基本上从"宗旨、思路到框架结构"等方面都是"一切从头开始"[2]，但事实证明这一成果已颇具学术前瞻性和预见性，为当下中国传记学界呼声越来越高的设立独立的"传记学"

---

[1] 廖卓成：《评杨正润〈现代传记学〉》，《现代中国文化与文学》2012年第1期。
[2] 杨正润：《现代传记学》，南京大学出版社2009年版，第654页。

学科的诉求提供了理论资源，奠定了扎实基础。它将迄今为止传记理论涉及的复杂问题大都包含其中，并作出了有相当深度的阐释，就其理论体系的完整性、论析的深刻性、思想的独创性和前沿性而言，堪称当今世界传记研究的里程碑式著作，而且关键是作者时刻警醒自己不要落入时髦或空幻的解构游戏之中，而是"脚踏实地，从传记作品和传记史开始"①，即以《传记文学史纲》等前期研究为根据，一步一步积淀而来，搭建出经得起推敲辨析的观点和架构。

从细节上看，全书内容广博，思虑周延，鲜明地体现了作者渊博的学识与严谨的治学精神，涉及十几个国家400多位传记家、理论家的近千部（篇）作品与理论著作，资料丰富、内容翔实。而且，在文学与历史学之外，作者旁涉心理学、哲学、宗教、美学、文化人类学等领域，从各个层面各个角度进入传记这一开放性、边缘性的文类，力图使论述全面而系统。更为重要的是，作者对所用概念术语的界定、剖析非常严肃，如"传记""自传""主体性""身份""文化"等核心概念，无不在认真考察的基础上进行剖解，进而提出自己的观点，保证了传记诗学的科学性与学理性。另外，作者还引用了大量经典传记作品，如普鲁塔克、司马迁、鲍斯威尔、卢梭以及斯特拉奇、莫洛亚、茨威格等"新传记"家的作品，在论证传记理论的同时，为读者提供了鉴赏传记作品的策略，也增强了这本书的生动性和可读性。

同时，作者不满足于表面现象和材料罗列，而是以高度耐心和探索精神进行寻根究底式探查，力图将论题推向深远。如对传记与历史学、传记与文学的关系的细密考察，将传记内在包含的真实性准则与真实的相对性、文本的文学性、艺术的修饰性问题，即"诗与真"这一矛盾细加剖析，对深入理解传记这一特殊文类的本质必不可少。而对传记的四种主体——"书写主体""历史主体""文本主体""阅读主体"的划分，则发前人所未发，在通常所认定的传记主体即"传主"之外，肯定了另外三种主体的存在，将传记的内在构成清晰地呈现出来，从

---

① 杨正润：《现代传记学》，南京大学出版社2009年版，第653页。

整体上建立起了传记家、历史传主、文本传主和读者的交织关系:"书写主体获取历史主体的材料,并赋形为文本主体,阅读主体通过自己的阅读行为影响书写主体的活动。"[1]尤其是通过对"书写主体"和传主的关系的分析,将传记家的"主体性"特征(如传主和传材的选择,写作过程中的认同、同情和移情现象等)及其局限详加解释,从传记生成的角度指出了影响传记品格的某些方面和值得警惕的问题,富有启发性。

特别值得一提的还有作者对"他传"的分类这一极其复杂的问题的处理。针对传记形式的多样、分类的困难,作者并没有拘泥于单一的分类标准,而是将中国古代传记(分为史传、年谱、言行录等8类)这一特殊现象之外的传记按照三种标准——形式(篇幅长短)、传主身份(如英雄、平民、女性等)和性质(如实用性、学术性和文学性)进行了划分,共分出24个细类,使大多数传记样态都有了归属依据。诚然,这种划分比较烦琐,标准也不一样,未必十分恰切,不过我们由此可以体会到传记的复杂性与传记研究的难度,而对作者的研究姿态不得不心生敬意了。

对传记的挚爱、几十年的积累和深厚的学养,使杨正润对传记这一文类有了独到的认识与理解,文中新见迭出,大大丰富和深化了传记理论,提升了传记的品格,给人颇多启发。将传记看作一种"文化"就是杨正润理论独创性的体现。通过将传记提升到文化的高度,就使传记超越了历史学与文学的复杂纠葛,具有了更加丰厚的内涵。作为一种文化产品,传记与特定社会和时代精神有着不可分割的密切关联,一方面,"文化结构造就了自己的传记家",也"决定了传主";另一方面,传记成为"时代精神的表征"和"文化传统的载体",必须在互动的关系中理解传记的生成与特征,同时也可以由此丰富人们对文化的认识。比如作者对《史记》与西汉精神、《希腊罗马名人比较列传》与古罗马精神的关系的解释,指出了古代传记的繁盛同时代的"总结性"文化特征的内在关联,总

---

[1] 杨正润:《现代传记学》,南京大学出版社2009年版,第147页。

结出了传记发展的一大规律,颇有启发。 在作者看来,从内在的角度看,传记又是人性的体现,它起源于人性的"纪念与自我纪念"以及人的自我认识、自我超越本能,这种对传记的人性内涵的理解贯穿《现代传记学》始终,如对传记的真实与虚假倾向、人的善恶本能对传记品格的影响的分析,都触及了人性复杂隐秘的深层世界,和外部的文化分析一样,都是有益的探索。

"身份理论"的提出是作者的又一理论贡献。 身份是自传者对自身社会角色的"自我认定",这在很大程度上决定了他将自己描述成什么样的人:"传主从自己的身份,特别是主导身份出发,叙述自己的人生经历,最终是证明了他确实具有这一身份。 他不但会明确自己的身份,而且字里行间总是反映出他的身份。"[1] 准确概括出自传者的某个或几个主导身份,就等于找到了认识传主的钥匙。 以卢梭为例,作者鲜明地指出了他的两种主导身份:普通"公民"身份与"社会的良心和精神的导师"身份。 卢梭反复强调前者,是借助地位的低下而使之成为他为自己的过失和恶行进行辩护的基础,而后者则是"他公民身份的自然发展",是他的"自由""道德"精神的体现,他又不断利用这个身份向社会发动攻击和批判,也依赖这个身份支撑他的精神,帮助他抵抗一次次打击、渡过无数难关。 这种身份分析可以使我们对卢梭在自传中表现出的矛盾态度,如大胆暴露、自我剖析精神、社会批判、自我辩解意识等有更深入的理解。

对传记中"解释要素"的分析则是杨正润先生对传记理论的另一精彩发挥。 在他看来,无论是传记还是自传,在叙述生平、人格之外,总离不开传记作者的解释,这是传记走向深入的必然。 他引用传记家斯特拉奇的名言道:"没有解释的事实正如埋藏着的黄金一样毫无用处;而艺术就是一位伟大的解释者。"[2] 通过对传主的解释,可以从杂乱的材料和表面的现象中发现潜在的意义,帮助读者更好地理解传主的个性人格和思想行为的依据。 在梳理传记解释历史的基础上,

---

[1] 杨正润:《现代传记学》,南京大学出版社 2009 年版,第 319 页。
[2] 杨正润:《现代传记学》,南京大学出版社 2009 年版,第 120 页。

《现代传记学》中总结了四种主要解释方法:"历史解释""直觉解释""精神分析解释""综合解释",其中以历史解释和精神分析解释应用最为普遍。历史解释采用"知人论世"的方法,注重从历史时代、个人生活以及细节逸事等方面入手,来对传主的行为和思想提供解释,大部分传统传记都会采用这种方法;精神分析解释则是现代传记解释的"重要潮流",它提供了一种解释人和人性的新方法,"性心理""精神创伤""童年记忆"是其三种主要角度,弗洛伊德的学生琼斯以及斯特拉奇、茨威格、《詹姆斯传》的作者艾德尔等都是这种方法的实践者,为理解传主开辟了重要的渠道,并吸引了一大批追随者。

《现代传记学》的出版和"传记诗学"的建立无疑是对"传记死亡说"的有力回击。作者直面现实,坚持建设性的姿态,"坚守理论立场,维护传记和传记理论的独立性,反对颠覆和消解传记文类"[①]。他扎根几千年的世界传记史,从中总结规律,并吸收中外传记理论家的思想资源,通过自身的思考,建立起这样一个比较合理、全面的传记诗学体系,力图扭转、抵制那些消极态度,其价值自不待言。而传记写作和传记研究在当代的兴盛与繁荣,无疑从另一个方面肯定了传记的存在价值,同时也验证了《现代传记学》的若干积极论断。

不过应该看到,与诗歌、小说等已经过了鼎盛时代的成熟文体不同,传记虽然古老,却并不十分成熟,它依然处于开放性的发展之中。而且,因为传记文类的独特、形态的复杂和作品数量的庞大,要想全面地掌握材料、建构完美理论、毕其功于一役是不可能的。因此,当前任何传记理论都只能是当代人在可能的视野范围内对传记历史的总结和传记未来发展的展望,观点不可避免地具有个体知识缺陷或时代桎梏的局限性,而不可能是一成不变的金科玉律。《现代传记学》也不免会忽视某些理论问题和传记现象,或在当时情况下尚未对日后风行一时的自媒体、多媒介传记等流行现象有更多关注和探讨,在一些问题上也还存

[①] 杨正润:《现代传记学》,南京大学出版社2009年版,第1页。

在一些争议等。① 因此说，杨正润先生提出的观点也必定随着时代的发展而发展，他本人其实在后来也在不断修正和补充，如在《人民日报》《光明日报》《传记文学》等报刊多次撰文，并在多个学术会议上提倡加强对网络与自媒体传记、图像传记、片传、平民传记、回忆录、国民教育、传记的医疗与科学实用功能、真实观念革新等日益凸显和新兴的传记现象的研究，当然这更需要后代研究者和传记爱好者的积极参与和不懈努力，符合作者"动态传记观"的基本理念。总而言之，现代传记诗学期待着向更深、更广的领域拓展和延伸，对此，我们有着充分的信念，因为毕竟已经有了一部百科全书式的《现代传记学》，它为我们作出了良好的示范。尤其值得庆贺的是，《现代传记学》已经两度被列入"中华学术外译项目"，一是 2019 年立项的英译项目，由青岛科技大学许勤超教授主持；二是 2021 年立项的俄译项目，由南京大学杨正主持，都说明了此著的巨大学术影响力，其价值亦必将得到国际传记界的认可，对推动中国传记成果走向世界以及国际传记学术的深入发展起到更大作用。

限于篇幅，本文不重点细评《岩石与彩虹：杨正润传记文选》这部论文集，但其重要性亦不容忽视。虽则它不像前三部著作那样有宏大的体系和理论架构，但这些自 20 世纪 80 年代中期以来发表的论文如同珠玉撒落在其研究旅途之中，大多论题敏锐、观点深刻、新见迭出，读来令人目不暇接，也更能体悟杨正润传记观的发展轨迹，如《论传记的要素》《"解释"与现代传记理念》《西方现代传记文学中的精神分析》等文对"生平""人格""解释"的高度提炼，尤其是将"解释"这一问题不断深化，梳理概括了不同类型，对传记写作亦启发良多；《自传死亡了吗》《论忏悔录与自传》《中国自传：现代性的发生》等文或辨析自传的特质，或为自传辩护，或发掘自传与现代性、国民性之关系，拓展了自传研究的

---

① 如廖卓成在评述中认真但也比较苛刻地指出了一些值得商榷的问题，如细节不够准确、对传记叙述者的描述有些含混、个别表述不够严谨等，不过他依然认为此著"体大虑周""眼界开阔"，实乃"踵耀前贤"而"鹤立鸡群"，给予了至高评价。参见廖卓成《评杨正润〈现代传记学〉》，《现代中国文化与文学》2012 年第 1 期。

空间;《传记的界限》《实验与颠覆：传记中的现代派与后现代》《比较传记：历史与模式》《危机与出路》等则站在前沿与跨学科角度，以开放的、与时俱进的精神敏锐地把握了传记发展趋向及面临的问题，提出了有预见性的建议；还需注意的是，他虽然长于西方传记和理论，但始终关切中国传记的传统与现代发展，《中国传记"不发达"吗？——对一种主流学术话语的质疑》《我们向司马迁学习什么：〈史记〉传记方法的现代意义》《传记出版为何这么热？——答〈光明日报〉记者问》等多篇文章，都试图让读者、研究者去更多关注中国传记的优秀资源、理念更新及发展问题，体现了中国学者的本土关怀。笔者尤其向传记入门者推荐这部论文集，在对传记的洞察与阐发之外，杨正润的构思行文、标题拟定、材料运用、语言表述等方面都值得细品学习，看似平实、实则丘壑万千。笔者当初入门传学，一开始苦于文思不畅、立意不高、下笔无神，后灵感突至，乃一篇篇仔细揣摩导师文章，方有所悟，此后文笔也慢慢灵动蜿蜒起来。

二、人才、项目、中心与刊物：传记学建设攀高峰

传记学在中国乃至西方都是 20 世纪后期以来的新兴学科和前沿研究领域，除了学术体制与专业定位的困境外，研究人才匮乏是困扰其发展的一大瓶颈。杨正润早年投身传记学，虽然有朱东润、艾德尔、坎道尔等前辈学者的垂范激励，但在现代传记理论建构等方面依然近乎是白手起家，他深谙其中单打独斗、纠偏辩疑的滋味，因此在执掌南京大学中文系外国文学专业及上海交通大学传记中心时，大力拓展渠道开展传记人才培养工作，如上所述，一是传统的博士、硕士学位论文写作指导，二是与研究生合力撰写或翻译传记著述多部，三是集萃精干力量申请重大项目、撰写研究著作，以此为根基建立上海交通大学传记中心并创办传记研究刊物，还多次举办国际学术会议，这使其研究成果蜚声海内外，传记学建设攀上了新的高峰，激发和培养了大量新生代力量加入传记研究队伍。

在杨正润培养的传记人才中，近些年来从事传记学术的主要是他当年指导的博士生，其主力是博士阶段即以传记为专攻方向并撰写博士学位论文的十位左

右,如研究斯特拉奇与"新传记"的唐岫敏、研究约翰生与鲍斯威尔的孙勇彬、以研究精神分析传记为博士学位论文并以后延展到卡夫卡传记学术的赵山奎、研究富兰克林自传的袁雪生、研究晚清使西日记的尹德翔、研究奥古斯丁至卢梭《忏悔录》的曹雷、研究知识分子自传并转型到美国建国国父传记的周凌枫、研究卢梭《忏悔录》与中国现代自传关系并拓展到西方传记理论与批评的梁庆标、研究口述自传的王军等;刘佳林、戴从容、杨莉馨、刘萍、陈瑞红、袁祺、许勤超等原本在博士阶段专攻欧美经典作家或理论研究,但在毕业之后也渐次转入传记学术或将传记研究作为重要的研究方向。他们大多现如今已经成为国内知名教授、博导或学术骨干,又培养了一代代的青年学子,增添了传记队伍的生力军。不夸张地说,这些学者都在各自专长的领域拓展、深化了传记研究,形成了当今中国传记界的中坚力量甚至半壁江山。

杨正润在人才培养方面不遗余力、成果丰硕,而且尽可能多元化、多渠道展开,充分发掘学生潜质,做到因材施教,这尤其体现在他多次带领学生展开合作研究、合撰或合译著作上,身体力行、手把手对学生进行学术训练。在合作过程中,他一贯实施编委负责制,即参与者都是编委,大家既各司其职,又协同共进,在各种形式的编委会上可以各抒己见,充分发扬民主原则,于是就有了与传记有关的三部著作。1999年,他任主编,与孟冰纯、赵育春、施敏三位硕士研究生一起翻译了保罗·约翰逊的《知识分子》[①]一书,此书追承的是古罗马传记家苏维托尼乌斯的《罗马十二帝王传》,属于"揭丑传记",只不过将视角从对帝王将相奸淫邪恶之无情披露转移到了欧美知识分子,卢梭、雪莱、易卜生、托尔斯泰、海明威、布莱希特、罗素、萨特、奥威尔、康诺利等都成为被解剖的对象,诸多鼎鼎大名的所谓"知识分子"的自私、冷酷、暴力、贪财、好色、虚伪、剽窃等劣行都被集中披露,呈现了思想与行动之间的断裂,提出了知识分子

[①] 此书另一个版本以《所谓的知识分子》为名于2002年在台北究竟出版社出版,内容有所不同。

与政治间的复杂纠葛等严肃问题。从译序可知,杨正润选择翻译此书,是经过了审慎考量的,主要目的是针对知识分子长期面临的生存境况、价值理想及社会功能等方面的困境加以思考,一方面,并不否认约翰逊此书的以偏概全或以隐私故事迎合大众读者,面对污蔑知识分子的普遍现象而捍卫其尊严;另一方面,或更重要的是,肯定其"道德侦探"式的价值,"揭露并不存在的圣徒,或是还人物以本来的面目,匡正一种未必有益的嗜好"[①],因为这正是传记的根本特质或存在价值之一,让沉迷于虚伪粉饰的所谓"圣徒君子"一类潜在传主都战战兢兢,始终面对传记可能的"正义审判"。

基于上述合作经验,杨正润又与一批博士研究生弟子共同撰写了《众生自画像——中国现代自传与国民性研究(1840—2000)》一书,此书被列入南京大学国家"985工程""汉语言文学与民族认同"哲社创新基地项目,杨正润为主编,编撰者为曹雷、王军、尹德翔、袁祺、赵山奎、郑歆、周凌枫以及笔者。该书将晚清以来至20世纪末这160年间的中国各形态、各体自传详加梳理和解读,始终贯穿着国民性这一核心主题,基于个体生存与家国共同体相互纠葛的角度予以审视,深入辨析近代以来中国人的自我意识、自我形塑与自我剖析,提供了国民意识发展演进的微观细密路径,一定层面上填补了中国传记整体及国民性研究的罅隙,视角别具一格而文字清通可读,且在材料收集上不遗余力,发掘了不少珍稀自传文本,为后来学者在此领域的进一步拓展深化勾勒了基本图景。值得注意的是,杨正润在导论部分把国民性问题与文学、哲学、人类学及自传相互结合,凸显了研究的跨学科视角与开放精神,同时以"身份认同"这一现代理论为切入点,把握了近现代国人在自我认同方面的觅求、挣扎与不断调适,在将自传与文化、社会研究结合的路径上作出了有效实践。[②] 大约与此同时,参与杨

---

① 杨正润:《关于知识分子的一种思考》(译序),载[英]保罗·约翰逊《知识分子》,杨正润等译,江苏人民出版社2003年版,第10页。
② 参见杨正润主编《众生自画像——中国现代自传与国民性研究(1840—2000)》,上海人民出版社2009年版,第23—29页。

正润传记团队和传记研究项目的成员日益扩大，他以上述撰稿人为班底，又大量吸收之前已学成毕业的博士和硕士以及国内相关高校的传记研究者，通力合作撰写了《外国传记鉴赏辞典》这一传记工具书。此书共收入外国经典传记鉴赏文章109篇，每篇分为"作品提要""作品选录""赏析"三部分，并专门撰写了作者小传，从选编文本的宽广时空与代表性、赏析的理论性而言，此书可以视为一部具体形象的"世界传记史"，欧美亚非拉的经典传记都得以呈现，如柏拉图、普鲁塔克、苏维托尼乌斯、蒙田、约翰生、鲍斯威尔、卢梭、歌德、富兰克林、托尔斯泰、高尔基、爱伦堡、弗洛伊德、卡夫卡、伍尔夫、斯特拉奇、莫洛亚、茨威格、艾德尔、萨特、纳博科夫、博尔赫斯、奈保尔、福泽谕吉、三岛由纪夫、甘地、曼德拉、马哈福兹等人的个体传记。[1]这些篇目都是杨正润依据阅读史而精心筛选的，无疑正与他独著的《传记文学史纲》《现代传记学》相互支撑，形成了文本与理论的互为补充，是传记爱好者的感性入门宝典。

机缘巧合或曰机运垂青，2009年接连出版了上述三部传记力作并在南京大学退休之后，仍对传记事业充满热情、满怀心志的杨正润于2011年被上海交通大学聘为访问特聘教授，主要职责是建设和发展中国传记学，一生所学终得施展。如前所述，他不负众望，当年就在激烈竞争中夺魁，作为首席专家立项了国家社会科学基金重大招标项目"境外中国现代人物传记资料整理与研究"（批准号：11&ZD138），项目共包括十个子课题，即美国（刘佳林主持）、英国（尹德翔主持）、法国（唐玉清主持）、德国（赵山奎主持）、俄国（苏联）（朱剑利、贾锟主持）、日本（陈玲玲主持）、新加坡和马来西亚（杨正润、蒋亭亭主持）、台湾地区（袁祺主持）、港澳地区（梁庆标主持）、数据库建设（陈进主持）部分，吸收了国内外高校和科研机构的20余人展开合作，并在此基础上得到上海交通大学校方及人文学院等部门的支持，成立了上海交通大学传记中心，创办了《现代传记研究》集刊，对其过程，他在学术自传文中有详细交代，此处不再赘

---

[1] 参见杨正润、刘佳林主编《外国传记鉴赏辞典》，上海辞书出版社2009年版。这一辞典列属"外国文学鉴赏辞典大系"，由季羡林先生题签。

述。[①] 8年（2011—2018）沪上开拓耕耘，成果更加丰硕，目前重大招标项目早已结项，包含3000多位传主、15000种以上资料的中、英、法、德、俄、日多语种传记数据库工程也告一段落，十卷本研究专著也都杀青，等待恰当的时机出版。杨正润功成身退，2019年主动卸任上海交通大学传记中心主任，只保留传记学术委员会主任一职，他推举刘佳林教授任传记中心主任。目前传记中心在刘佳林带领下有很好的发展势头，通过举办"传记与非虚构写作工作坊"（每个学期4次，一年8期），邀请了传记研究界与写作界的众多知名人士开展讲座对谈，不断激发大家对传记的热情；传记中心负责组办的上海交通大学"文治杯"大学生写作征文大赛也接连以"传记写作"为题，得到了海内外众多高校传记写作者的呼应和支持，征文质量颇高，吸纳了不少青年才俊加入传记行列。而从影响的深广度与持久性角度言之，则当数由杨正润任主编，刘佳林、袁祺任副主编的《现代传记研究》这一刊物，这份学术集刊2013年秋创刊，2017年即入选中文社会科学引文索引数据库（CSSCI），编辑部10年来战胜了稿源不足、经费捉襟见肘、疫病阻碍等各路魔障，至2023年秋已出版至第21期（按每期约30万字，即他已经手审阅共600多万字），每期杨正润都亲力亲为，从匿名评审通过的稿件中优中选精、拟定基本篇目、撰写编后记等，投入巨大心力，也更加敏锐地把握了传记发展的方向，做到与时俱进、不断更新观念、培养了大量后继人才；除每期基本都有国外知名学者的访谈或专稿、保持了与国际传记界的同步发展外，许多新的论题也由此得以被发现，如"疾患传记""城市传记""片传""多媒介传记""传记教育"等。

三、立足人生：践行传记写作

杨正润是当代传记理论家和传记教育家，同时不应忽视的是他长期坚持践行

[①] 参见杨正润《我与"生命写作"》，《传记文学》2020年第9期。

的传记写作，因此亦堪称一位传记作家，这三者共同构成了其"生命写作"事业的三大坚实支柱，也由此彰显出传记在其生命中无比重要的地位。正如他在追忆匡亚明老校长时所言，在长期传记研究过程中，传记写作一直是他非常关注且身体力行的事，尤其是2009年之后，"写一部匡亚明传记的念头重起，而且越来越强烈。自忖我大半辈子研究传记，也写过传记，有些经验和心得，对写作传记的各种问题有所了解，我也是中国传记文学学会的副会长，写作时有方便之处"①。这一"重起"的念头指的是1999年6月匡亚明的夫人丁莹如教授希望他能为匡亚明作传之事。遗憾的是，由于机缘不巧，前后十年中他始终未能完成为匡老写传的夙愿。正如杨正润所说，这篇迟到的回忆聊可弥补这一缺憾，而事实上，令人欣慰的是，其巨大的影响力或许堪可替代一部正式的全传，因为这篇一万多字的传记文字字珠玑、堪称精品，凝聚了杨正润多年传记研究的心得秘境：他充分利用了传记家与传主的熟识这一难得条件，以一个普通教师的角度和鲜明的主体精神写一位传奇式的大学校长，匡校长"古貌古心""端正待人""不拘一格"的治校风格令人感佩，尤其是能真正关心教工、极力解决其困难，传主的高尚人格在字里行间呼之欲出，也彰显了传记主题的正义性与当代意义。在传记素材处理上，杨正润有意凸显场面化、戏剧化情境，文章从校长亲拟的"视事"布告开篇，追溯到早年第一次见面时的深刻印象，在能攻读研究生一事上对校长的感激之情，在此铺垫下着力写了三次拜见校长事件，一为解决住房，校长热情接待了一帮并未预约的年轻老师，并为学校住房政策的不合理而大为光火；一为成立学会，这次校长虽腿部生病但还是很干脆地写了贺信以示支持；一为编纂传记丛书，90岁高龄的校长正在治疗重病，但依然高度肯定并支持杨正润的想法，遗憾的是匡校长的遽然去世使这一计划未能顺利实施，杨正润把"'外国思想家评传丛书'的编写草案，焚烧在匡校长的遗像前"②，读来令人感慨不

---

① 杨正润：《"先生之风，山高水长"——追忆匡亚明校长》，《传记文学》2022年第11期。
② 杨正润：《"先生之风，山高水长"——追忆匡亚明校长》，《传记文学》2022年第11期。

已。行文之中舒缓持重的语言、强烈的主体情感寄托等无疑增强了传记文的诗性魅力,令人回味再三,而除了三次拜见匡校长这些核心事件,"给教师一间书房!""一封贺信""我支持!"等标题的拟定都是画龙点睛之笔,极具感染力,颇得《约翰生传》之神韵。

杨正润认为,文学家传记与一般传记不同,"文如其人"是基本写传原则,"文与人"关系不可或缺,这一修正抓住了这类传记的要害。传记之外,1997年,杨正润在台湾业强出版社出版了《众心之心:雪莱传》,他认为写传是传记研究整体不可或缺的部分,而且这部传记与莫洛亚那部著名的《爱丽儿:雪莱传》等相比有着明显的补充和深入,如"不像莫洛亚那样回避他的错误,也比只写雪莱错误的作者更进一步,对其犯错的原因进行了分析和解释",尤其以"同情的理解"的角度解释了雪莱与两任妻子情感纠葛的根由,即"雪莱批判婚姻制度,信奉恋爱自由,他给自己这种自由,也鼓励妻子这样做",这就深入雪莱的社会政治理念来进行解读;对莫洛亚作品另一缺点的纠正是,"他对雪莱的诗歌作品未置一词",而杨正润的《众心之心·雪莱传》则突出了评传的色彩,将文学与人生结合起来进行交互对话验证。

杨正润的自传文也颇具特色。《传记研究:我终生的事业——写给青年朋友的学术自传》(《荆楚理工学院学报》2013年第1期)、《我与"生命写作"》(《传记文学》2020年第9期)等文虽然只是简要的学术回顾式自传,但对传记研究者启发重大,其中最值得揣摩的是他以传记为志业这一决定性的人生选择:一方面,他注意到中外学术界有无数才智之士未能对学术方向有准确定位,皓首穷经一辈子,最终却被冷落如尘烟,心血空耗白费,令人惋惜;另一方面,他甚感庆幸的是,"我刚开始自己的学术生涯时,就注意到了这一点"[1],即敏锐地把握到了传记这一古老而新颖的学术领域的广阔空间和发展潜能,果断地投身

---

[1] 杨正润:《传记研究:我终生的事业——写给青年朋友的学术自传》,载袁祺编《岩石与彩虹:杨正润传记论文选》,广西师范大学出版社2016年版,第4页。

其中。这奠基于他对自己兴趣与才情的审慎考量基础上，如少年时代就倾心于《史记》、初中时代尝试文学虚构遭到挫折，才意识到"我成不了戏剧家，也成不了小说家。命运早就给了我另一种安排：我少年时代就熟悉了《史记》，这是中国最伟大的一部传记作品，我很早就同它联系在了一起"①；此外，杨正润注意到，改革开放后朱东润先生在第一批博士点单位复旦大学招收传记文学方向博士研究生，国外亦兴起新历史主义、精神分析、接受美学等新的批评方法，而他本人的研究方向即以亚里士多德《诗学》、莎士比亚评论为中心的西方文论，这些都为传记研究提供了"模仿理论、主体理论、身份理论、对话理论、叙事理论"②等多维视角，都与传记有着内在的学理姻缘；而两次赴美国丰盈愉悦的访学之旅、三部传记研究著作出版后引起的巨大反响及收获的荣誉、受聘上海交通大学后"一大项目、一个中心与一份刊物"稳固而突破性的"传记三位一体"对其事业及声望的推动与提升，都呈现出他辛勤耕耘后自然而然的春华秋实。回顾这一明智而成功的选择，杨正润在自述中的欣悦与满足溢于言表。以上对诸多偶然或必然要素的勾勒显然是他将传记中的"解释"理论在自己身上恰当运用的范例，从而为自己的学术选择赋予了自然正当性："回顾此生，当历史的发展使传记或生命写作的研究成为必要，也成为可能的时候，我选择了它，这是一个正确的、及时的选择。传记帮我理解人生和人性，生命写作使我的生命有了意义，谢谢你，传记！谢谢你，生命写作！"③一位学者能如此紧密地将人生情志与学术研究无间地融会在一起，实属难得，也确为幸事。

除了未能为自己极为钦佩的老校长匡亚明先生作传这一心结，杨正润先生还有其他憾事。他早就有编纂"外国思想家评传丛书"的宏伟计划，其规模体量大可与匡亚明主持的"中国思想家评传丛书"（200卷）相并；在2019年前后他

---

① 杨正润：《我与"生命写作"》，《传记文学》2020年第9期。
② 杨正润：《传记研究：我终生的事业——写给青年朋友的学术自传》，载袁祺编《岩石与彩虹：杨正润传记论文选》，广西师范大学出版社2016年版，第7页。
③ 杨正润：《我与"生命写作"》，《传记文学》2020年第9期。

主持的国家社会科学重大项目结项之时,他与团队一起制订了详细的"外国名人传记丛书"计划,为参与者分配了任务,并成立了"传记写作委员会",还为此在各大高校邀请了十几位年轻的传记写作人才,专门开办了"传记写作工作坊";更不用说他在不同场合都不断地鼓励、督促学生们进行传记写作,并且设法为有志者寻找各种推荐机会。由于条件不够成熟,这些作传计划大都搁浅,但他对传记写作的满腔热情和期待始终令人难以忘怀,而且之后他依旧在潜心构思和写作传记,继续生命书写之旅。期待未来有识之士接过这一重任和挑战,赓续这一至关重要的写传传统,将他们对传记的研究、体悟、认同,对人生的阅历、理解与期望等都融汇到一部部、一篇篇传记之中,扎扎实实地促进中国传记的现代发展,贡献优秀的传记作品。

四、结语

传记即生命写作正是杨正润"学术正义"理念的生动体现,其事业扎实坚韧、丰盈饱满、满怀深情,即以人性理解与洞察为主线,以丰富翔实的中外传记作品和传记史为根基,以传记理论概括与提升为导向,以"人的超越本能"[①]为持续创造的主体驱动力,并且始终渗透着"社会正义"这一人间情怀,通过与文史作品的跨学科式对照、对西方文学批评理论的持续吸纳,及充分参照和吸收哲学、心理学、艺术学、媒介学、科学等成果,剖析了传记这一文类的性质、功能、文体特征、复杂形态及发展趋向,为作为一门独立学科的现代传记学的建设提供了理论基石。2019年年初,杨正润在他主持的国家社会科学基金重大项目如期正式结项之后,颇感轻快并诗兴大发,送给同仁一首《江城子》,正可借来为本文做结:

---

① 杨正润:《现代传记学》,南京大学出版社2009年版,第653页。

江城子
——赠上海交大传记中心诸君

才俊重返旧门墙，别秦淮，驻闵行。

欧美东瀛、新马并台港。

四海留踪寻文档，书十卷，待辉煌。

良宵齐聚饮琼浆，鬓虽霜，志犹强！

道继班马，理法取西洋。

爝火薪传兴传学，路漫漫，旗高扬。①

作者简介： 梁庆标

宁波大学人文与传媒学院教授。主要研究方向：传记学、英美文学。

---

① 杨正润：《我与"生命写作"》，《传记文学》2020 年第 9 期。

书信、日记中的传记研究

BIOGRAPHICAL RESEARCH IN
LETTERS AND DIARIES

陈寅恪的经济生活史

——以《陈寅恪集·书信集》为中心的考察

薛平

摘　要： 《陈寅恪集·书信集》收录了陈寅恪1923年至1966年的信函，呈现了陈寅恪自德国归国后的生活状况，从经济层面提供了一部20世纪中国学人个人史的真实样本。陈寅恪的职业收入处于现代中国知识分子的高位，但其生活多在困顿中。抗日战争全面爆发前，陈寅恪经济生活的窘迫主要是由家庭生活支出较大与个人消费偏好造成的，从1937年年底逃离北京开始，动荡时局成为他穷困流离、贫病交加的根本原因。尽管经济生活的不稳定决定了陈寅恪的人生选择和职业选择，但仍能看到政府和各界始终对这位顶级知识分子给予最高补助和极大关怀，是对陈寅恪个人声誉和学术地位的肯定。

关 键 词： 陈寅恪　书信　经济生活　个人史

The economic life history of Tschen Yin Koh: A study centered on *The Collection of Tschen Yin Koh's Letters*

Xue Ping

Abstract: The letters in *The Collected Letters of Tschen Yin Koh* comprehensively presents Tschen Yin Koh's life situation from 1923 to 1966 since his return from Germany, providing a real sample of the personal history of a Chinese scholar in the twentieth century from an economic perspective. Tschen Yin Koh's professional income was at a high level among modern Chinese intellectuals, but his life was often in hardship. Before the full-scale outbreak of the War of Resistance Against Japanese Aggression, the main reason for Tschen Yin Koh's economic hardship was the large family expenses and personal consumption preferences. However, starting from the end of 1937 when he fled from Beijing, the turbulent situation became the fundamental reason for his poverty and illness. Despite the instability in his economic life influencing his life and career choices, it is evident that from the Republic of China to the People's Republic of China, the government and various sectors have always provided the highest subsidies and great care to this top-level intellectual, affirming Tschen Yin Koh's personal reputation and academic status.

Keywords: Tschen Yin Koh / letters / economic life / personal history

《陈寅恪集·书信集》（以下简称《书信集》）230 封信函中，涉及陈寅恪经济状况的超过一半，集中在全面抗战的烽火岁月，反映出 20 世纪中国文化学者的生存际遇，似乎通过个体的絮语呼应着历史的弦音。这些信函中展现的陈寅恪的经济困境，让人难以相信这是一位顶级知识分子的真实经历。一次次挣扎在贫病中的学人形象令人不禁感慨个体的渺小、随世沉浮，即便是国宝级的大师、教授也难以幸免。个体在乱世中的生存图景是我们进入其生命与生活轨迹的必经之路，通过传统的治学思想和方法固然能够反映他们的生存状态及波动，但"作为'生存着'的'人'的生存本身，在动荡时期会受到多种干扰，在干扰中仍能保持下来的生存样态无疑是最本真的常态，更具代表性"[①]，《书信集》可以说是这一本真样态的集中体现。

在一种普遍的历史想象中，像陈寅恪这样民国时期的高级知识分子，其经济状况应该也是极富裕极令人羡慕的，但是《书信集》中230封信函或许会更加倾向于呈现这样一个事实：陈寅恪的经济生活面貌与其生活轨迹形成了一种相互印证的关系，为我们描绘出20世纪上半叶中国知识分子的流离与辛酸。《书信集》中呈现出明显的阶段性特征，从1925年接受清华大学聘任，到1937年年底随校南迁辗转于战争年代，再到战争结束后长居岭南，陈寅恪人生的几个重要阶段恰恰能够通过这些书信所涉及的经济状况反映出来。可以说，陈寅恪的经济生活史，是他个人的生活史，也是一部20世纪上半叶知识分子的生活史。

一、民国教授经济生活的"优渥"与"拮据"

陈寅恪结束多年海外治学之路返回国内，正值北洋政府与南京政府交替时期。当时北京的政治功能性虽有所下降，但相对完备的生活设施为居于北京的知识分子提供了相对宽松的物质生活条件。据一项当时的物价调查，1900—1924年北京地区各类主要食品的物价大抵如下："白面每百斤平均花费银元6.02元，大米每百斤为6.42元，玉米面每百斤为3.58元，羊肉每百斤为13.47元，猪肉每百斤为12.84元，香油每百斤为17.26元，花生油每百斤为15.41元，盐每百斤为4.1元，煤球则每千斤为4.36元。"[②] 陈寅恪归国后的十年间物价基本平稳。根据1926—1928年生活费指数的上下浮动可以看到，当时社会整

[①] 陈廷湘：《政局动荡时期中国学人的生存样态——从李思纯〈金陵日记〉〈吴宓日记〉〈胡适日记〉中窥见》，《社会科学研究》2008年第4期。

[②] 李艳莉：《崇高与平凡——民国时期大学教师日常生活研究（1912—1937）》，博士学位论文，华中师范大学，2015年。相关数据整理自孟天培、甘博《二十五年来北京之物价工资及生活程度》，《国立北京大学社会科学季刊》1926年第1—2期。

体经济环境处在稳定阶段，虽然并不能直接表明大学教师生活条件，但是提供了一个可参考的社会经济环境背景数据（表1）。

表1　1926—1928年北京生活费指数

年度	食品	衣服	房租	燃料	杂项
1926	103.7	95.3	100.0	98.2	96.3
1927	100.0	100.0	100.0	100.0	100.0
1928	101.5	105.3	91.3	109.4	104.7

注：以1927年北京居民生活费指数为100计算。

资料来源：《北平生活费指数》，《工商半月刊》1929年第1卷第13期。

1927年颁布的大学教员薪酬等级制度，进一步向我们呈现了当时大学教师群体的基本生活水平（表2）。

表2　1927年教育行政委员会修正公布大学教员薪酬等级

（单位：国币元）

等级	月俸数额
教授	400—600
副教授	260—400
讲师	160—260
助教	100—160

资料来源：教育部教育年鉴编纂委员会编：《第一次中国教育年鉴·乙编：教育法规》，开明书店1934年版，第64页。

大学教师的月收入是保障其日常生活开支的基本和重要来源，在薪酬与物价水平成正态关系的时候，这一群体的生活在当时社会经济环境下确实能够维持在一个较为优渥的水平上（表3）。在这样的外部条件保障下，民国大学教授的生活水平是符合人们的想象的。

表3　清华大学筹备委员会所拟教职员薪酬稿

（单位：国币元）

等级	初来月薪	第一年加薪	第二年加薪	第三年加薪	以后每二年加薪
正教授	400	25	20	15	20
教授	300	25	20	15	20
副教授	200	25	20	10	15
教员	100	25	15	10	10
助教	50	10	10	10	10

资料来源：《清华大学筹备委员会报告草案：教职员薪津拟稿》，《清华周刊》1924年第332期。

但具体到个人，生活状况仍有较大差别。虽然《书信集》中反映这一阶段陈寅恪生活信息的信函并不多，但从一些细节我们仍能窥察这位民国教授、国学大师战前经济生活的大体面貌和其个人的开销情况。

1925年，吴宓向清华大学强烈推荐陈寅恪以"四大导师"之一身份入职时，拟定支付给陈寅恪的月薪是400元国币。从表2和表3可以看到，不论是政府规定还是清华自定，这样的薪酬都已是当时的顶级待遇，可以看出清华对陈寅恪学术能力的极大认可和招揽人才的决心。不仅如此，傅斯年筹建中央研究院历史语言研究所（以下简称"史语所"）后，聘请陈寅恪担任第一组组长，另批给月薪200元。较之一般学者，陈寅恪的经济条件可说是相当宽裕、稳定。

这样的待遇，即便是在外兼有其他职务的学者、教师，也很难轻松达到。著名历史学家谭其骧在北平图书馆做馆员的时候，还同时在辅仁大学、北京大学、燕京大学等学校兼任讲师，教零钟点课，每课时5元，每月收入在40—60元，可见加上兼职要达到月薪200元也是极其不易的。这当然是教育研究单位对陈寅恪这样高水平学人的特别优待。这种优待是全面的，不仅表现在衣食住行上，还体现在机会条件上。考察史语所的工作制度可知，史语所一直要求研究人员专心于所内研究工作，不应兼职院外其他工作和领取另外的薪水。但这项规定在陈寅恪这里作出了让步，"允许其继续在清华教学，并以史语所专任研究员的名义享有兼任研究员的待遇"[①]。虽然陈寅恪曾数次致信傅斯年希望免除其在史语所领取薪水的特殊待遇，但不论史语所所发薪水在数目上有何波动，一直到全面抗战时期，史语所均未停止向陈寅恪支付薪水。

因此，自1925年受聘清华至1937年逃离北京，陈寅恪的收入始终是当时学人中的佼佼者，符合他"国宝"的身份。但是不是陈寅恪的家庭经济状况也始终处在优渥中呢？这样的追问或许在《书信集》中较难找到直接的答案，但我们通过《书信集》中部分信函内容以及其他方面的印证与推导，可以得出一个初步的判断。实际上，即便在陈寅恪收入极高的十来年间，他的各方面生活开支也几乎追平其收入。这主要源于两个方面：赡养与购书。

陈寅恪的大女儿陈流求在回忆战前家庭生活时，曾简短地提到家中生活的拮据状态，"因为非但要省出钱来给父亲买书，更须每月拿出一半的工资，交给大伯母，用以奉养老人及负担城里姚家胡同的家"[②]。

陈寅恪任职清华后，最初几年住在京郊的清华园。与唐筼结婚后，考虑到父亲散原老人陈三立的养老，在城内租了一间四合院，也就是北平西四牌楼姚家胡同三号。根据陈家女儿的描绘，这间屋子有专属的工人房、人力车车房，大小十几间屋子，还有三个院子和一个小菜园，仅仅房子的租金就已经是一笔不小的开销。

此外，随散原老人到北平定居的还有孀居已久的大嫂黄国巽和侄子陈封猷。之后亦常有子辈、孙辈连同家人来京省亲。陈寅恪的二妹陈新午携子俞方济来往最勤，陈隆恪夫妇和侄女陈小从、陈登恪一家也常来。同住京城的堂侄陈封可、大表哥俞大纯夫妇和孩子更是常来常往，这里一应亲友往来的吃住行均需从陈寅恪的收入中支出。

---

① 张峰：《历史语言研究所与陈寅恪之学术研究》，《史学理论与史学史学刊》2013年第10期。

② 陈流求、陈小彭、陈美延：《也同欢乐也同愁：忆父亲陈寅恪母亲唐筼》，生活·读书·新知三联书店2010年版，第104页。

《书信集》中能够偶见陈寅恪提及当时自己较为拮据的生活状态。如1928—1933年写给容庚的一封信中，陈寅恪回复"顷斐云兄来言刻《古籀余论》，弟近况极窘，无力刻书"①。同样是1928年，陈寅恪写给傅斯年的一封信中谈及汉学家、语言学家钢和泰任职安排时，在信末解释自己为何不发电报而发快信，原因之一是"近状甚窘，发电又须借钱"②。短短两句，能够一瞥陈寅恪当时的经济状况，尤其是第二句。按1922年全国邮电加价，电报资费大致如下：

> 华文明码每字同城收费洋4分，同省8分，隔省1角5分。洋文电报比照现行华文明码，改收加倍，华文密码，与洋文同价，急电加三倍，一等电减半，新闻华文4分，洋文8分。③

1928年史语所成立于广州，陈寅恪写给傅斯年的信如按电报派发，应按隔省资费1角5分每字计算，全信字数在300字上下，一封电报的费用40余元。但是一般电报内容往往比信件简短，所以实际电报费用在30元以内。虽然该价格对于普通市民家庭来说相当昂贵，但是以陈寅恪的收入，因30元左右的电报资费而需向亲友特别说明"近状甚窘，发电又须借钱"是令人困惑的。相较于普通百姓的收入与生活条件，陈寅恪战前的经济条件当然不至于难以糊口，但是相比其自身收入与当时的生活成本而言，这种窘况或许主要由于家庭环境所需以及个人的生活习惯、消费。

据马嘶在《百年冷暖：20世纪中国知识分子生活状况》中的考证，与同为清华教授的好友吴宓相比，陈寅恪在人际交往中是不吝于花费重金的。一方面，陈寅恪较常接受朋友的宴请，另一方面自己在宴请朋友时，"则发请帖，聚宴于

---

① 陈寅恪：《陈寅恪集·书信集》，生活·读书·新知三联书店2015年版，第13页。
② 陈寅恪：《陈寅恪集·书信集》，生活·读书·新知三联书店2015年版，第16页。
③ 民国交通部：《交通部训令第三三二六号》，《铁路公报（沪宁沪杭甬线）》1922年第78期。

'东方楼'大酒店，酒宴丰盛，完全是北京、上海著名大酒店那等排场，燕窝、鱼翅、海参等皆备"①。这样的消费习惯也成为维持家庭生活的一笔不大不小的负担。

但要说到他个人生活中最大的开销，则必定是购书一项。陈寅恪在购书上的"豪华"开销可谓人人皆知。陈寅恪自小认为读书须先识字，而识字就得读书，因而爱书成癖，在海外留学时就有"读书种子"的名声，只要是他认为重要的书籍，尤其是专业资料和工具书，他往往不惜置以重金，甚至借钱购买。陈寅恪对购书的痴迷与一掷千金，在《书信集》中可通过两例得到印证。

其一是1923年陈寅恪写给二妹陈新午的信。当时他仍在德国留学，时值商务印书馆重印日本刻藏文《大藏经》出售，单此一套书的预约券价就需四五百元。同时他还列出了其他购书计划，希望陈新午能够替他筹借一笔"巨款"：

> 不知何处能代我筹借一笔款，为购此书。因我现必需之书甚多，总价约万金。最要者即西藏文正续藏两部，及日本印中文正续《大藏》，其他零星字典及西洋类书百种而已。若不得之，则不能求学，我之久在外国，一半因外国图书馆藏有此项书籍，一归中国，非但不能再研究，并将初着手之学亦弃之矣。我现甚欲筹得一宗巨款购书，购就即归国。②

即便当时最高级别大学教授的月薪高达400—600元，但要筹借万元"巨款"，也实属不易实现。但陈寅恪对购书从来是执着的。在写这封信之前，他为了购得一部藏文的《大藏经》，从美国写信给当时甘肃宁夏两道的道尹，望其能够代为垫付购书费用。此事虽未成功，但极可说明陈寅恪对购书从来是不计花费的。虽然这些书籍在写信时并未成功筹款买到，但是到了20世纪30年代他的经济能力提高后，便一口气花2000元购入这套日刻藏文《大藏经》以平他

---

① 马嘶：《百年冷暖：20世纪中国知识分子生活状况》，北京图书馆出版社2003年版，第53页。

② 陈寅恪：《陈寅恪集·书信集》，生活·读书·新知三联书店2015年版，第1页。

的念念不忘。

其二，通过陈寅恪因公购书的事无巨细皆亲自筹理，也可了解他对购书的一贯态度。在清华大学和史语所任职期间，为公务而购书可谓其最上心之事。1925年接受清华大学聘任邀请时，陈寅恪还未归国。当时他以清华教授身份承担的第一项工作就是立刻申请经费用以在国外遍寻国内难觅之书籍资料。经时任清华大学校长的曹云祥特批后，"预付购书公款2000元"[①]，当年10月又经吴宓手，为其追加了2000元购书公款。陈寅恪因而为清华大学国学院购回了一批极有价值的图书，包括大量清朝秘密文件、西方关于东方学研究的资料、中亚语言工具书等，还有大量可供研究中国近代历史的一手资料。

《书信集》中记录了一件关于陈寅恪购书的趣事。1928年10月，陈寅恪得知历任晚清、民国官员的李盛铎处有大量史料档案打算出售，据说有"八千麻袋之多"。陈寅恪判断将来整理明清史料必不可少，并且"李木斋（李盛铎字）亦藏有敦煌卷子"[②]，如能收购可便于同事赵万里进行敦煌研究，因而为此事多次奔走，于1928年10月到1929年3月间至少5次致信傅斯年，或专门或附带地商议该批档案的收购事宜。不仅如此，陈寅恪几乎次次都极精细地筹谋了收购资金的来源与安排，可见其对此事用心之细。

> 购买档案事，则因有燕京大学竞争故，（上略）李木斋欲得三万元，玄伯意若以政府之力强迫收买，恐李木斋怀恨在心，暗中扣留或毁损，且须在国府通过一条议案，极麻烦费事。因大学院已批准二万元，再与李木斋磋商减价，大约二万余（数千）元即可买得。此二万元由大学院原案所批准款项内拨付，所余之数千元由历史语言研究所出；如一时财力不及，则与之

[①] 吴定宇：《守望：陈寅恪往事》，中国社会科学出版社2014年版，第77页。
[②] 陈寅恪：《陈寅恪集·书信集》，生活·读书·新知三联书店2015年版，第20页。

磋商分期交付。[1]

显然，陈寅恪在这件事情上的积极性非常高。一方面，信中表示，这时他已经与清华大学商定，由清华大学提供收购档案的绝大部分经费，说明在写此信前陈寅恪已经做了不少游说工作。另一方面，在收购此批档案的过程中，他时时忧心经费不足难以成交，不仅因为清华大学那边的出资较为艰难，更因为在跟燕京大学与哈佛中国学院的竞争中，竞争对手燕京大学的经费十分充裕，他担心"若此项档案归于一外国教会之手，国史之责托于洋人，以旧式感情言之，国之耻也"[2]，因此在收购经费的筹措和分配上尤为尽心。甚至连如何与李盛铎谈判他也考虑到了，叮嘱傅斯年要拿到清华的经费后方能有足够的谈判底气，并且派人谈判时"不能太空洞与之谈"[3]。一直到此事已成定案，他仍事无巨细地安排后续的运输与保管工作。

> 已付李公一万元，乞告杏佛先生，彼已书一收条，俟再付一万后，将与二次之收条一同寄院存案。李藏档案，天津有一部分，非特别请铁路局拨车运不可，此事弟已转托古物保管委员会北平分会，即马叔平，俟付清二万及房屋定后，才能进行……[4]

但实际上，陈寅恪在工作中并非热衷于、善于处理烦琐行政事务的人，例如他虽然长期担任史语所第一组组长的职务，但除了做自己的研究工作，很少参与所内事务。傅斯年对此颇有微词。"当时的史语所，有点类似现在的博士后研究点，新聘的助理，都由年长的研究员指导。而陈寅恪虽有大名声，但对所内工

---

[1] 陈寅恪：《陈寅恪集·书信集》，生活·读书·新知三联书店2015年版，第19页。
[2] 陈寅恪：《陈寅恪集·书信集》，生活·读书·新知三联书店2015年版，第25页。
[3] 陈寅恪：《陈寅恪集·书信集》，生活·读书·新知三联书店2015年版，第20页。
[4] 陈寅恪：《陈寅恪集·书信集》，生活·读书·新知三联书店2015年版，第28页。

作，并不参与，因此傅有怨言。"① 这样的工作状态在傅斯年看来是不合适的，因此在回复张颐的问函里，傅斯年非常直接地表达了对陈寅恪这方面的不满：

> 贵校办研究所计，寅恪并非最适当者，因寅恪绝不肯麻烦，除教几点钟书以外，未可请其指导研究生。彼向不接受此事，而创办一研究部，寅恪决不肯"主持"也。②

这样一个居于俗事之外的学人，却在购书公务上心细如发，不仅对李盛铎出售史料文献的情况和动态掌握详尽，对经费的使用和史料的运输存储等一系列流程也处理完善，实可见得购书在他生活中的重要地位。我们甚至可以追溯至陈寅恪在海外求学十来年间的生活，对购书的执着始终贯穿了他的求学生涯。原本可以过得较为宽裕的留学生活，因其大量扫荡式购书而变得捉襟见肘。吴宓曾在日记里记录了陈寅恪当时的生活状态：

> 哈佛中国学生，读书最多者，当推陈君寅恪，及其表弟俞君大维。两君读书多，而购书亦多。到此不及半载，而新购之书，已充橱盈箧，得数百卷……③

而那封写给妹妹陈新午的信中极欲购得的《大藏经》最终也在十年后以翻了几番的价格购入。

这些信息拼出了一个并不完整但仍清晰可见的"书痴"形象，让人更理解

---

① 王晴佳：《陈寅恪、傅斯年之关系及其他——以台湾中研院所见档案为中心》，《学术研究》2005年11期。
② 转引自王晴佳《陈寅恪、傅斯年之关系及其他——以台湾中研院所见档案为中心》，《学术研究》2005年11期。
③ 吴定宇：《守望：陈寅恪往事》，中国社会科学出版社2014年版，第54页。

"教授的教授"陈寅恪经济收入虽然远超普通人，但对购书的豪阔手笔足以令他在生活的其他方面处于经济紧张的状态。当我们尝试从《书信集》中一窥陈寅恪南下之前的经济生活面貌时，这些不多的细节已然可以展现这位民国学人的基本生存样态。但不论从何角度言之，这一阶段陈寅恪的家庭生活、经济条件、精神生活是和谐统一的，这也是他人生中难得的安定平和时期。

二、人在困途：全面抗战时期陈寅恪的经济绝境

尽管"九一八"事变后人们已经对迫近的强敌有了实实在在的感受，但真正改变一代知识分子命运的时刻在六年后才真正到来。陈寅恪与家人在清华园中过着平和安定的学人生活时，也许或多或少已体察到巨大的动荡将要袭来。1937年7月7日，卢沟桥事变发生，日军悍然发动全面侵华战争。一个月后的8月8日，南京国民政府教育部颁布了《临时大学计划纲要》，又20日后，密文"指定张委员伯苓、梅委员贻琦、蒋委员梦麟为长沙临时大学筹备委员会常务委员，杨委员振声为长沙临时大学筹备委员会秘书主任"[1]，京津两地三校的南迁方案正式启动，开启了一场史无前例的保留中国"读书种子"的知识分子大迁徙。

清华大学的教授们是较早动身的，但陈寅恪一家人离京南迁要晚于他人。北平沦陷后，陈寅恪的父亲，85岁高龄的散原老人陈三立忧愤交加，尿毒症复发，却拒绝用药、拒绝治疗，绝食五日后因抑郁虚弱而亡。陈寅恪在悲愤中守孝满七七四十九天后，才于11月3日清晨携妻子与二仆匆匆离开北平。《书信集》中近乎半部篇幅都在讲述这场大迁徙中一个知识分子家庭辗转流离于战争岁月的艰苦。

《书信集》中的内容，自1938年开始，随着陈寅恪个人和家庭生活的变故而紧紧围绕着经济困境展开。南迁开始，陈寅恪和几乎所有教授、老师一样，生

---

[1] 西南联合大学北京校友会编：《国立西南联合大学校史（修订版）——一九三七年至一九四六年的北大、清华、南开》，北京大学出版社2006年版，第11页。

活状况急转直下。以《书信集》中收录最多的致傅斯年信来看，77封信函中，向傅斯年直接讲述自己的经济困境并寻求帮助的，就达32封，另有数封涉及各个阶段自己与家人的身体与生活状况，直观呈现了动荡时局下知识分子的生活面貌。陈寅恪经济生活的动荡贯穿于困居香港、转徙桂川和重返清华三个时期。

（一）困居香港，艰难求生

陈寅恪一家抵达长沙后，上海、南京已相继失守，长沙临时大学常委会决定迁校昆明，成立西南联合大学。全校师生奔赴昆明的线路主要有三条：一是湘黔滇徒步线，部分学生与部分老师沿这条路线徒步转徙终至昆明；二是湘桂公路线，即出长沙，经桂林、柳州、南宁，过越南，再通过滇越铁路，乘火车至昆明；三是海上路线，即从长沙坐火车至广州后，在香港坐海轮到越南，再转乘火车至昆明。

陈寅恪一家以及大多数老师、家眷主要走的是第三条路线。1938年1月底，陈寅恪一家抵达香港后，本应稍作停留后继续转徙昆明，谁知一到香港，襁褓中的三女儿陈美延突发高烧，夫人唐篔的心脏疾病因逃难劳顿而加重。陈寅恪只得将家人安置在香港，托付许地山夫妇照拂一二，自己与浦薛凤、张荫麟等教授赶赴位于云南蒙自的西南联合大学文学院授课。此时开始至1942年5月家人逃离香港，近五年时间，陈寅恪一家的生活几乎可用"困"与"逃"二字概括，生活中方方面面的计划与安排都首先与经济因素挂钩。

陈寅恪在蒙自和昆明授课期间，要负担自身和远在香港的家人两处生活开销，考虑到这笔经济账，陈寅恪作出了赴英国牛津大学讲学的决定。这件学界久为关注的事，前后拉扯了三年时间，也影响着陈寅恪的生活计划。1939年2月9日，陈寅恪在写给傅斯年的信中，详尽回应了他对这件事的构想和计划：

> 前所云九月抵英之议，不得不履行矣。闻英国所得税率，单身者约抽百分之二十，有子女者递减，若有三子，即几全免抽。牛津年俸为八百五十镑，其百分之廿为一百七十镑，弟家眷若不去，亦须别寄款回家，

其数亦在一百余镑，故以经济方面计算，似亦以全家同去为合算，且可免羁旅万里，终日思家之苦，但全家同去，则弟与内人及三小孩共为三大人之旅费。由港赴欧英船贵而迟，意德则中日战争时不可坐，免受精神痛苦，故惟有法船较廉，其二等船则由香港至马赛，约七十镑，以三成人船位计之，共为二百镑。尚须由法赴英车费。又弟做洋服之费故，总计此次全家去，非三百至四百镑不可。旅费事前已与杭立武先生提及，请兄便中即与之一商，不知英庚款会可设法帮助垫借否？或者弟此次去英，可以请求外汇特许，即中央银行第一法定率兑换外汇否？然此层恐更麻烦也。便中亦求代为一询教育部，或英庚款会干事为荷。[①]

这封信中陈寅恪的经济考虑不可谓不细致。对英国税制与个人及家庭收入关系的全面分析，使他最后得出全家同去最为合算的结论。这封信历来也受学界的高度关注。据程美宝在《陈寅恪与牛津大学》中的考证，牛津大学在1938年10月28日之前就已经作出聘请陈寅恪出任该校中文教授的决定，并通过颜慈（时任伦敦大学中国艺术和考古学教授）、杭立武（时任中英庚款董事会总干事）和胡适等多方了解沟通，而陈寅恪最初对去往牛津讲学一事并不十分积极。1938年12月23日陈寅恪夫人唐筼在写给赵元任夫妇的信中，代为表露了陈寅恪婉拒的态度：

寅恪已于11月21日离港赴滇，剑桥无消息，而牛津曾来电聘请，年俸仅850镑，每年一聘。寅恪与有经验者斟酌，以薪俸太少，而牛津又有贵族风气，一年后又不知续聘否，是以决不应聘，已请杭立武代婉辞谢矣。[②]

[①] 陈寅恪：《陈寅恪集·书信集》，生活·读书·新知三联书店2015年版，第52—53页。
[②] 《唐筼致赵元任夫妇函》（1938年12月23日），Folder 32, Carton 2, Yuen Ren Chao papers, 1906—1982, The Bancroft Library, University of California Berkeley, BANC MSS 83/30C. 转引自牛力《全面抗战时期陈寅恪的经济状况与就职选择》，《中山大学学报（社会科学版）》2021年第1期。

彼时陈寅恪主要考虑两方面因素：年俸与聘期，都是从非常现实的角度出发的。一方面，陈寅恪曾申请愿为剑桥大学汉学家退休教授慕尔（Moule）的候补，剑桥开出的年俸是1000英镑，较之陈寅恪所知牛津大学开出的年俸高出15%，在与"有经验者斟酌"后判断这样的薪俸是不合适的。另一方面，杭立武在1938年10月4日发给大学中国委员会秘书的信中透露陈寅恪原本候补剑桥的计划，"陈寅恪年47、健康良好、能以英语授课、打算在剑桥逗留5年，被认为是最好的中国学者之一"[①]。可见，如按陈寅恪最理想之计划前往剑桥任教，不但年俸较牛津高出不少，且聘期的稳定性也更高，也就意味着能够给家庭提供更加稳定的生活，这在战时一定是陈寅恪的首要考虑。

因着经济上的考量，陈寅恪不止一次婉谢此事。在写给梅贻琦的信中也提到"弟于牛津教书极不相宜，故已辞谢两次"[②]。即便到了1939年6月，赴英之行按计划几乎已成定局时，他仍向梅贻琦细陈去英的不得已之处，大致有三方面考虑：一是驻英大使郭泰祺的不懈劝说；二是家人可共聚一地；三是唐筼生病，已挪用中英文化协会300英镑旅费。

而他同时因唐筼身体状态未必能够一同赴英充满担忧，"此次内子若不能偕往……离家万里而作不甚兴趣之工作，其思归之切，不言可知"[③]。能够看到，无论从经济条件、家庭客观现状，还是从工作条件考虑，陈寅恪在对待赴牛津讲学的事上并不积极。虽然他在多封信中表示"郭大使来电，要重新考虑，所以非去不可""九月抵英之议，不得不履行矣"[④]这样的想法，但其背后的经济考量与生活隐忧始终并存于他的心里。然而不久之后，陈寅恪对赴英讲学的态度发生了重大转变。虽然1939年至1940年赴英一事由于二战爆发延后一年，但国内

---

① 程美宝：《陈寅恪与牛津大学》，《历史研究》2000年第3期。
② 陈寅恪：《陈寅恪集·书信集》，生活·读书·新知三联书店2015年版，第152页。
③ 陈寅恪：《陈寅恪集·书信集》，生活·读书·新知三联书店2015年版，第152页。
④ 陈寅恪：《陈寅恪集·书信集》，生活·读书·新知三联书店2015年版，第153、152页。

局势对陈寅恪生活的影响促使他作出了截然不同的打算。

如果说1940年之前陈寅恪对赴英讲学还抱有去与不去两方面担忧并存的态度，1940年后陈寅恪几乎一心只做赴英之想。他几次致信傅斯年，不断强调自己极欲赴英的打算。他在信中直言，"英国如今秋能去，仍去，以完成及履行前言……如不能去，则问题太多""仍冒险赴英""弟今岁仍作赴英之准备，请渠亦为我早为预备，弟之所以作此想者，自因在港不能再住下去"[①]。不难看出，陈寅恪此时极欲赴英的态度背后，经济问题想已更加严重。这就涉及当时全国整体经济环境的变化。

全面抗战开始的初期，大学教授的收入虽然受到影响，但经济环境还未恶化到完全无力解决自身温饱的地步。就陈寅恪个人而言，1938年、1939年他在西南联大领到的月薪仍是480元国币（图1）。

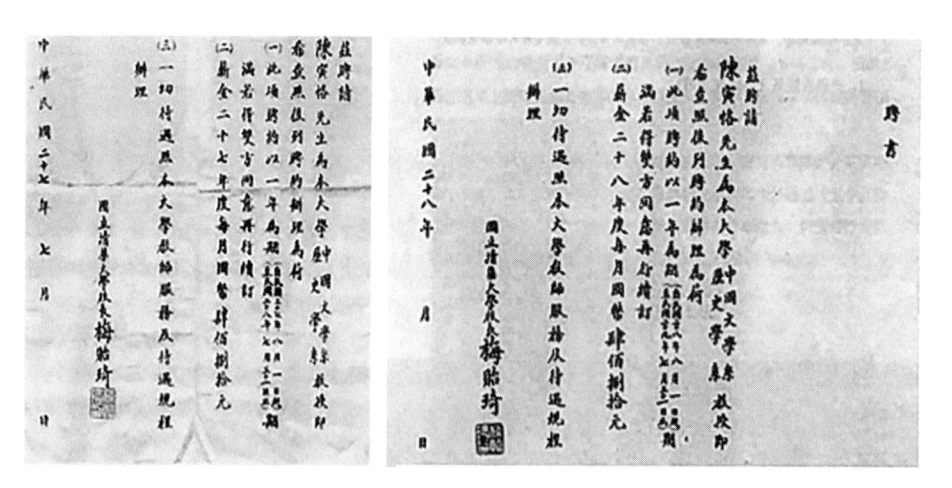

◎ 图1　1938年、1939年陈寅恪清华大学聘书

资料来源：郭长城：《陈寅恪抗日时期文物编年事辑》，载《陈寅恪研究：新史料与新问题》，九州出版社2014年版，第6、9页。

---

① 陈寅恪：《陈寅恪集·书信集》，生活·读书·新知三联书店2015年版，第63、69、71页。

按当时大学教员薪俸打折发放"共克时艰"的要求,在发放全额底薪50元后,陈寅恪的实领月薪为351元,同时,史语所仍按月发放兼任研究员的100元薪津,月收入共计在450元上下。在战争初期,经这样的折减后,大学教员的薪津尚能稳定在较低但勉强能维持基本生活的水平上。但这种稳定因愈加严重的通货膨胀而面临巨大压力。以昆明大学为例,从全面抗战时期大学教授工资实值下降情况可以看到这种压力可能给实际生活带来的崩溃性打击(表4)。

表4 全面抗战时期昆明大学教授工资实值下降情况

(单位:国币元)

时间	生活费指数	工资	工资实值
1937年上半年	100	350	350
1937年下半年	108	270	249.5
1938年下半年	168	300	178.5
1939年下半年	470	300	63.8
1940年下半年	889	330	37.1
1941年下半年	2357	770	32.6
1942年下半年	12619	1343	9.9
1943年下半年	40499	3697	8.3
1944年下半年	143364	17867	10.7
1945年上半年	430773	56650	10.9

资料来源:杨西孟:《九年来昆明大学教授的薪津及薪津实值》,《观察》1946年第1卷第3期。

根据这组数据不难判断,全面抗战期间知识分子的生活条件不断赤贫化,工资实值已经下降到接近工人阶级水平,实际上就是接近饥饿线的水平。当然,这里取的是大学教授薪资的中位数。陈寅恪作为最高一级享受特殊待遇的"教授的教授",情况稍好,但这种"稍好"是远远跑不过疯涨的物价的。他向亲友写信倾诉"家中用费极巨,挪用借款度日"时,生活已然难以为继。

1940年下半年困居香港后，陈寅恪在香港大学谋得客座教授一职，最初月薪300元港币，1941年许地山去世后，他接下许地山的课时，月薪至400元港币，但一年后生活费用已不可同日而语，"月薪港四百元，止九个月计算，故至明年五月后即无给……去年港地生活用费尚低，三百余元可勉强敷衍，今年则大异，四百元亦觉困难矣，惟有忍病不诊，或亦是一法"[①]。陈寅恪这时在香港大学的收入虽捉襟见肘，但相较西南联大的薪水仍稍高。综合而言，他对赴牛津讲学一事的态度转变，不得不说是明显偏向于从经济生活的角度考虑。牛津大学提供的850镑年薪，在1941年年初的购买力约合国币40000元（100英镑购买力≈4500元国币）。表4显示，后来国内经济环境进一步恶化，如果陈寅恪一家能够共同赴英，确实是解决生存困境的优选。遗憾的是，此时国际局势再生突变，太平洋战争爆发，日军趁机攻占香港，造成香港社会一片混乱。大学停课，交通通信全被阻断，陈寅恪一家及众多困于香港的学者都面临危局，生计陷入绝境。更为紧迫的是，日军和伪政权得知陈寅恪困居香港，百般骚扰恫吓，诱之以利，均被陈寅恪拒之门外，这也使他处于随时可能遭受迫害的境地。

不少学者考据梳理了营救陈寅恪的整个过程，曲折惊险，甚至有五位地下工作者因递送密信而遭抓捕刑讯，严刑拷打中均未供出营救计划。不仅如此，营救计划的实施也需要经济上的大力支持。时任国民党中央组织部长、代理中央研究院院长的朱家骅牵头，为此事殚精竭虑，四处奔走，通过中央研究院、西南联合大学和各方亲友，筹措了三四万元，终于于1942年5月成功营救陈寅恪一家。

陈寅恪顺利抵达桂林后，立刻致信朱家骅、叶企孙（时任中研院总干事）、王毅候（时任中研院会计处主任）和傅斯年：

> ……因银行汇款限制及电文误会迟延之故，亲友所寄之款未到者多，不得不留待当时本院（所寄五千元）及杭立武先生所寄之五千元收到，及五月

[①] 陈寅恪：《陈寅恪集·书信集》，生活·读书·新知三联书店2015年版，第79—80页。

廿六日由广州湾出发后，六月四日至玉林始知麻章商务书馆李法年君已得骝先先生电嘱，将前汇之九千九百九十元交弟，乃发一电致李君，请其将此款电汇至桂林商务书馆转交，昨日领得九千元（大约零数系李君扣除汇费之故）。故本院及杭先生及骝公所寄款，共领到一万九千元，均具有收条备查。至俞大维昆仲寄弟与曾君约农之款，止到一万五千，弟因与曾君有尽先移用之约，又曾君之弟别已派人携款至广州湾迎接，并直拨至香港，故亦移借此款，因此种种遂得抵桂林，此皆骝公及诸兄亲友之厚赐，感激之忱，非纸墨可宣也。①

百折千挠之后，学界与亲友花费重资协助陈寅恪一家脱离日军控制下的香港。一方面，可以看出亲友为其逃港一事倾尽全力。另一方面，此事也证明了陈寅恪在中国知识界、文化界的重要地位。刘文典曾为陈寅恪困于香港、拒不配合日伪之事大声疾呼："陈先生如遭不幸，中国在五十年内，不可能再有这种人才。"② 好友吴宓听闻陈寅恪从香港脱险后，写下"喜闻辛苦贼中回，天为神州惜此才"，庆幸国家得以保存下"读书种子"。

（二）转徙桂川，双俸尚贫

离开香港后，陈寅恪携家眷出广州湾，经赤坎、廉江、玉林、贵县（今属贵港市）、桂平、柳州等地，终于在1942年6月18日到达桂林，本欲转往位于四川宜宾李庄坝的史语所继续研究工作，但因多方原因未能成行，临时旅居在桂林良丰旅社，留下七律《予挈家由香港抵桂林已逾两月尚困居旅舍感而赋此》：

不生不死欲如何，二月昏昏醉梦过。

---

① 陈寅恪：《陈寅恪集·书信集》，生活·读书·新知三联书店2015年版，第82—83页。
② 章玉政：《狂人刘文典：远去的国学大师及其时代》，广西师范大学出版社2008年版，第259页。

残剩山河行旅倦,乱离骨肉病愁多。

江东旧义饥难救,浯上新文石待磨。

万里乾坤空莽荡,百年身世任蹉跎。①

  这次困居不前的原因与香港时期相比,既有同样的经济打算,又多了一些主观情感上的忧思。经过困居香港时的贫病交加、日日惊惶,陈寅恪一家人身体状况极差,夫妇二人都患有心脏疾病,每月的开销中有相当一部分用于医药支出。陈寅恪在往返香港与蒙自、昆明时,心脏病病情加重,心悸到无法入睡,对身体是极大的消磨,甚至到了"若病久不愈,则有性命之忧"的地步。不仅陈寅恪一人患病,1940年暑假,陈寅恪返港探亲后才知道唐筼不但心脏病久未缓解,还由于营养不良、免疫力下降而患上了子宫疾病。为了治病和维持生活,"每月寅支卯粮",第二年物价上涨,收入更难维生,夫妇二人"只得轮班诊治服药",始终未能恢复。在日军占港不断侵扰、身心俱疲的情况下,两个久患心脏病的中年人,领着三个幼女,逃难月余,方得一夕安寝,却不承想,一到桂林就病疾复发,再难承受舟车劳顿之苦。不仅如此,逃离香港的过程中,除各方筹措的经费,陈寅恪一家也几乎典当了所有值钱的东西,一些稍好的衣物鞋帽也一并当去还债,此时已是财力、精力均难支撑自己和家人入川。

  兄与六嫂皆患心脏病,颇不能多受汽车震动。此次由广州湾至桂林,乃乘舟溯流,故途中耽搁甚久。如全家迁乐山,恐乘车之期间过久,此应考虑者也。又由桂林至乐山,全家五人行李运费其数极巨,恐不易筹。俞表弟处已借一万五千元,似不能再借。公家既已借垫三数万元,更无再借之理,此又不能遽决者也。②

---

① 陈寅恪:《陈寅恪集·诗集》,生活·读书·新知三联书店2001年版,第33页。
② 陈寅恪:《陈寅恪集·书信集》,生活·读书·新知三联书店2015年版,第237页。

给陈登恪的家书里，陈寅恪考虑得清清楚楚。这般境况下，放弃入川计划、在桂林设法谋生，毫无疑问是客观因素起了决定性作用。经中英庚款会与广西大学商定，在广西大学为陈寅恪增设讲座课程，以每周三小时的课时领取月薪，虽也只能勉强维持基本生活，但这一变通之法暂时为陈寅恪一家提供了相对稳定的生活环境。只是这样一来，暂居桂林的安排引发了傅斯年对陈寅恪的不满。按傅斯年的计划，陈寅恪由香港返回后应直接赶去李庄的史语所就任，一来陈寅恪的人事关系挂在史语所，二来史语所多年来一直按规定发放陈寅恪的薪水，多少不论，至少是为其提供了一定的帮助，这样的安排确实在情理之中。陈寅恪当然不是不知道这里面的人情世故，只是入桂后的身体状况和经济状况均无力支撑心力交瘁的一家人，在信中多次陈情也始终不离经济考量，将"留桂林"与"到李庄"两个环境下的经济账列得清清楚楚：

> 桂林家用每月在三千元上下，前月因女工（用工人甚费，其食米及工钱无不关系）□去，本欲减省，邀家人全体劳作，弟亦躬亲提水劈柴，内子则终日作菜煮饭，小孩子不入学而作丫头，但不到数日，弟与内子（心脏衰弱）心脏病俱发，结果服药打针用去千余元。仍须雇工，桂林物价尚低于四川，若如来示所云，弟到李庄薪津约千七百元，不识何以了之也。[①]

这里陈寅恪是相当直白地表明了自己对"到李庄"的担忧，几乎是直接回绝了傅斯年的安排。但是这笔经济账背后，还有一些值得我们关注的信息。1942年8月30日写给傅斯年的信中，陈寅恪提到自己在广西大学授课，"月薪不过八九百元"，比李庄史语所能够提供的"千七百元"少了一千元，较之上文提到陈寅恪一家在桂林每月家用三千元上下，收入与支出的差距岂不更大？实际上，陈寅恪的收入结构是较为复杂的，一方面源于他身份的多元性，另一方面则是由

---

① 陈寅恪:《陈寅恪集·书信集》，生活·读书·新知三联书店2015年版，第93页。

于战争时期不断变化调整的薪酬制度。

抗日战争全面爆发之后，广大教育工作者的生活条件急剧下降。1940年开始，民国教育部就陆续出台了一系列对高等教育从业人员的补贴政策，同时不断调整薪酬制度。《大学及独立学院教员聘任待遇暂行规程》《各级学校教职员援公务员例每月发放生活补助费办法》《国立学校教职员战时生活补助办法》等制度的出台，一定程度上增加了教师群体的收入。就陈寅恪个人来说，1942年8月，民国教育部评选出的第一批"部聘教授"名单中，他以10∶14的票选结果荣膺榜首。"部聘教授"意味着由教育部派往各个高校与研究院所工作，并由教育部为其支付相关薪酬。在这笔薪酬中，由教育部直接发放的部分为"基本薪津"，由各个学校院所根据所在地物价水平及生活费指数实际核发的部分为"校发补助"。两部分薪酬汇总后，以广西大学1943年3月发放给陈寅恪的薪俸为例，他当月的薪酬如图2所示。

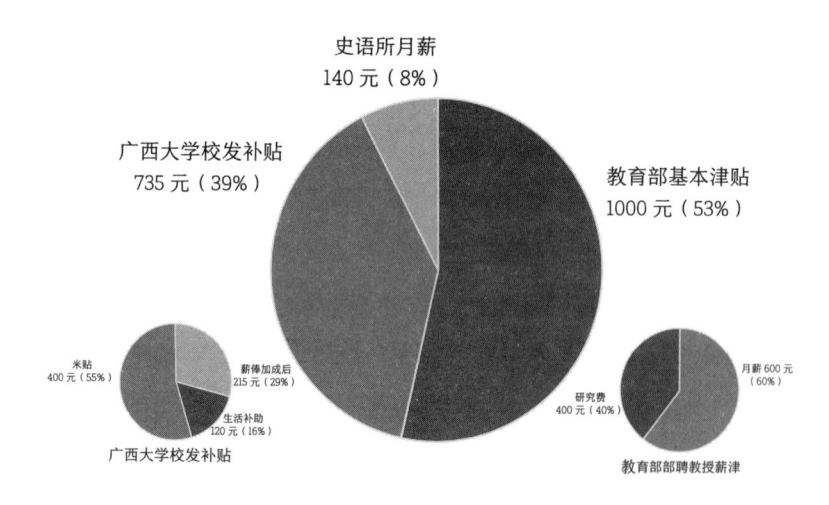

◎ 图2 1943年3月陈寅恪在广西大学的薪酬构成

资料来源：郭长城：《陈寅恪抗日时期文物编年事辑》，载《陈寅恪研究：新史料与新问题》，九州出版社2014年版，第27—28页。

陈寅恪当月薪酬总数为1875元国币。这时再对比史语所提供的"千七百元",结合当时广西与四川的消费差距,才能明白陈寅恪暂居桂林的经济考量对全家而言确实是最为适宜的选择。尽管因此与傅斯年产生的不愉快令他时有忧心,也跟朋友数次提及对人事上的担心,但贫病交加的生活状态让他在做选择时不得不时时以经济条件为第一考量要素。不仅如此,在经济压力下,陈寅恪对之后的生活还作出了进一步的计划:在去信拒绝傅斯年的同时,陈寅恪已接受梅贻宝的邀请于下一学年前往燕京大学讲学。

在牛力的考证中可以看到,"1943年1月25日,燕京大学呈文教育部,声称'曾经去函征得同意',请教育部准予调派陈寅恪为燕大历史教授。"[①] 陈寅恪拒绝傅斯年赴李庄就任的信写于1943年1月20日,而1月25日燕京大学已经确认陈寅恪愿意前往任教,这说明即便不能绝对肯定陈寅恪答复梅贻宝的时间必定早于答复傅斯年的时间,也至少证明了他"答应"和"拒绝"的表态是同时作出的。

此后,陈寅恪向教育部申领了入川的川资。教育部支付了10000元后,责成燕京大学补足其余所需数额。陈寅恪一家于1943年8月启程,经停重庆数月后,终于在1943年12月底抵达成都,结束了全面抗战后的迁徙与逃亡。

事实证明,陈寅恪就任燕京大学的决定是正确的,是经过经济上的深思熟虑的。作为一所教会大学,燕京大学的办学经费主要由美国哈佛燕京学社提供,不仅较一般国立大学的待遇更可观,就是和其他教会大学相比也更优渥。同年前往燕京大学任教的陈寅恪好友吴宓在日记里记录燕京大学的待遇,"燕京得有美国特别津贴,于教职员(及其家属子女)之疾病,可支给大量之医药费(手术、住院,以及打盘尼西林针均可)……且对全家之医药费,完全供给。"[②] 吴宓由此感慨,在西南联大时"必不可生病",而在燕京大学"则甚可生病"。仅此

---

① 牛力:《全面抗战时期陈寅恪的经济状况与就职选择》,《中山大学学报(社会科学版)》2021年第1期。
② 吴学昭编:《吴宓书信集》,生活·读书·新知三联书店2011年版,第257—260页。

一项保障，就可谓救陈寅恪于水深火热之中。这一点上，原本因陈寅恪迟迟未赴李庄而不满的傅斯年，也表示了极大的认同与支持。傅斯年专门致信梅贻宝："寅恪先生就贵校事，弟本当为敝所反对，然其未反对而专有赞成之姿势者。（兄今春所闻也，一笑。）诚缘李庄环境寅恪未必能住下。（彼处医药设备太差，一切如乡村。）故寅恪暂在贵校，似乎两得之。"[①]这不仅说明傅斯年对陈寅恪的关心并不因为两人的矛盾而减少，还能看得出来他对陈寅恪在看病用药上的开支一直以来都十分明了。傅斯年的理解和沟通也化解了二人之间的小龃龉。

到燕京大学任教后，陈寅恪的部聘教授津贴的发放方式稍有不同，薪酬构成更复杂。通过燕京大学的制度，陈寅恪的部聘教授津贴照常领取，同时燕京大学给予陈寅恪校内最高待遇（图3）。

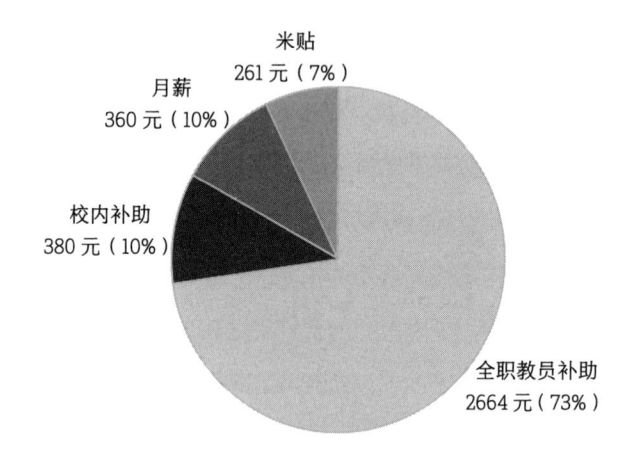

◎ 图3 1943年8月陈寅恪在燕京大学的薪酬构成

资料来源：郭长城：《陈寅恪抗日时期文物编年事辑》，载《陈寅恪研究：新史料与新问题》，九州出版社2014年版，第36—40页。

1943年8月燕京大学发放给陈寅恪的薪酬总额已达3665元，不仅是校内最

---

① 王汎森、潘光哲、吴政上主编：《傅斯年遗札》第三卷，社会科学文献出版社2015年版，第1102—1103页。

高一级的待遇，对于同时期其他大学的薪酬水平而言，更可谓丰厚。这和燕京大学对教师薪酬调整的制度有关。全面抗战时期，随着战事对经济影响越来越大，各级各类学校都从各方面给予教师补贴补助，但是大部分学校是隔几个月进行一次调整以应对消费指数的上涨，往往不够及时，造成了教师们一定程度上的经济损失。燕京大学则是每月调整一次，对外部环境的反应是最为及时的，因此相较于其他学校，该校老师们的实际生活水平得到了较好的保障。我们可以对比同时期其他大学教授的薪酬情况，对陈寅恪在燕京大学的待遇有更直观的感受（表5）。

表5　1943年8月陈寅恪与其他大学教授薪津对比

（单位：国币元）

	基本薪俸	全职教员补助	米贴	校内补助	总计
陈寅恪	360	2664	261	380	3665
成都其他教会学校教授	400	2360	261	280	3301
郑天挺	580	1470	900	348	3298
竺可桢	680	648	720	210	2258
中央大学教授	580	980	1080	290	2930

资料来源：转引自牛力《全面抗战时期陈寅恪的经济状况与就职选择》，《中山大学学报（社会科学版）》2021年第1期。

比较而言，接受梅贻宝的邀请来燕京大学任教是陈寅恪全面考虑了经济情况而作出的最优选择。在这样的条件下我们似乎可以确定，陈寅恪自困居香港以来，直到此时终于可以过上稳定无忧的生活。但在《书信集》中我们可以看到，抵达成都后，陈寅恪就写信告知傅斯年自己当前的生活状态也只是勉强维持，"大约每月非过万之收入，无以生存"[①]。连续考察陈寅恪困居香港开始在各地的收入与生活支出情况，大体可以得出这样的一个发展趋势（表6）。

————————

[①]　陈寅恪：《陈寅恪集·书信集》，生活·读书·新知三联书店2015年版，第94页。

表6 陈寅恪在不同大学任教时期的收入与支出

任教学校	取样时间	月收入（约）	月支出（约）
香港大学	1940年8月	300港元	360港元
	1941年10月	400港元	600港元
广西大学	1943年3月	1875国币元	3000国币元
燕京大学	1944年1月	6159国币元	10000国币元
	1944年11月	18824元	40000元

资料来源：陈寅恪：《陈寅恪集·书信集》，生活·读书·新知三联书店2015年版，第68、80页；郭长城：《陈寅恪抗日时期文物编年事辑》，载《陈寅恪研究：新史料与新问题》，九州出版社2014年版，第27—28、36—40页。

在通货膨胀愈演愈烈的情况下，到1944年11月，陈寅恪个人收入的实际购买力仅达到战前的7%。民国政府的各种薪酬政策，教会学校较为充裕的办学资金，都远远无法保障老师们的正常生活。陈寅恪这样受到各方关照的部聘教授尚且难以糊口，其他教师和普通百姓生活的艰难让人不忍细想。

就在这样的贫病交加中，1944年12月，陈寅恪遭受了人生中最大的打击：他的左眼视网膜脱落，面临失明的境地。虽然陈寅恪及时在成都做了手术，但结果很不理想，还增加了一笔巨额的医疗开销，给早已入不敷出的陈家带来了巨大的经济压力。燕京大学全数支付了陈寅恪20万元左右的治疗费，另有政界和学界的重要人物或根据部聘教授政策，或为表示对陈寅恪的慰问，先后送来补助金近20万元，但是手术后的用药和恢复期的药品、食品这些需要自付的费用，仍然让陈家的境况雪上加霜。1944年年底至1945年年初，陈寅恪的月薪在2万元上下，但每月家庭总开支几乎达到10万元。[①]病中的陈寅恪在《目疾未愈拟先事休养再求良医》诗中表达了"日食万钱难下箸，月支双俸尚忧贫"的忧思。

陈寅恪不得不立即考虑接下来该如何维持家庭生活和身体的恢复。1945年1月底，在陈寅恪的授意下，唐篔代写了一封信给傅斯年，请其代为向教育部交

---

① 参见陈寅恪《陈寅恪集·书信集》，生活·读书·新知三联书店2015年版，第106页。

涉经济支持的相关事宜。信中，陈寅恪提出所需交涉事项有四：一是过去一年自己只领取每月 1000 元的部聘教授薪津，而其他生活津贴总额 20 万元，并未领取；二是希望教育部能够根据实际情况，每月提供"巨款医药费之补助"；三是向教育部请假一年；四是希望教育部按国立大学部聘教授待遇补发"薪水加倍、生活津贴及食米"等补助。[①]

傅斯年跟教育部的沟通受到了一定的阻碍，因而多次致信朱家骅，希望能够推动相关事宜。经二人的不懈沟通，最终教育部在陈寅恪眼疾手术后，先后四次提供补助，总计 50 万元左右。[②] 此外，傅斯年还通过多种途径为陈寅恪提供经济上的救助，不仅想方设法从史语所哈佛补助中划拨百元美金用于陈寅恪的护理费，还与清华大学校长梅贻琦商议增加陈寅恪收入的办法。在多方努力下，陈寅恪于 1945 年 8 月再次前往欧洲治疗眼疾，后辗转美国，可惜无论医疗水平如何高超，此时已无力回天。

（三）重返清华，战火未熄

治病未果的陈寅恪再次回到清华大学时已年过半百，赴英美治病前，抗日战争胜利的喜悦犹在心头，可 1946 年 10 月 26 日重回清华大学教书时，伴随着他的则是解放战争胶着的战火。预想的安定宽松的时代环境并没有如愿到来，知识分子的经济生活仍然窘迫。

这一时期北平的经济环境较为特殊。生活物资一日一价，金圆券背后的国民政府经济政策完全无法应对通货膨胀，而北平城内已经出现共产党长城银行印制的货币。一时物价混乱，以物易物成为常态。浦江清在日记里记录，1948 年 12 月 18 日，花生米还是 16 元一斤，到了 12 月 28 日，仅仅十天时间，花生米的价格已达到五六十元一斤。肉往往无法用金圆券买到，需要用其他物资换购，

[①] 参见陈寅恪《陈寅恪集·书信集》，生活·读书·新知三联书店 2015 年版，第 106 页。
[②] 参见牛力《全面抗战时期陈寅恪的经济状况与就职选择》，《中山大学学报（社会科学版）》2021 年第 1 期。

两斤面粉约换一斤肉,而面粉的价格在 12 月中旬已是 3000 元一袋。[①] 在这样的大背景下,作为部聘教授的陈寅恪此时每月能够从清华大学和教育部共领薪水 1000 多元,另有 1000 元研究费,合计收入 2000 多元,仍属高薪。但是货币贬值的程度令人惊心,家中五口人日常开销和药品开销甚巨,高级教授的薪水也难以应对。不仅如此,在经济困顿低迷时期,国民党当局暴政频频,警察和宪兵借清查户口为由夜里私闯民宅抓捕民众,更激起陈寅恪等教授的抗议。陈寅恪这次重返清华大学,不过短短两年余,却没有一刻能够回到从前那种静静读书教书的日子。面对种种情势,陈寅恪最终接受刚刚接任广州岭南大学校长职务的陈序经邀请,于 1948 年 12 月 15 日离开北平,经上海停留一个月后,在 1949 年 1 月 19 日抵达广州,进入了他人生的最后一站。

三、风雨暮年:战后陈寅恪的经济生活

不论是战前的清华时期,还是长期辗转流离的战争时期,抑或是战后新中国的建设时期,陈寅恪在绝大多数时候都是受到国家高度重视和优待的。自陈寅恪南下广州,不论是在岭南大学还是在中山大学,学校以及政府都给予了最高待遇。1952 年秋,原中山大学与岭南大学文、理学院重组成新的中山大学。新建中山大学的领导班子对陈寅恪始终礼遇有加,在后来的政治风波中也尽最大力量给予保护。这种礼遇从经济上得见一斑。

新中国成立初的几年,政府沿用了战争时期的经济分配制度,即工分制与供给制并行。中山大学重组后,提供给陈寅恪的工分是 1000 分,折合人民币新币 270 元。1956 年,中共中央召开全面解决知识分子问题的会议,经过调研,提出《关于高级知识分子待遇问题的意见》,附有全国 860 位高级知识分子及艺人名

[①] 参见浦江清《清华园日记·西行日记》(增补本),生活·读书·新知三联书店 1999 年版,第 258—266 页。

单,通过与同时期其他教授的工资对比,可以非常直观地体会到陈寅恪在文科教授中待遇的优渥(表7)。

表7　1955年各级文科教授工资对比

(单位:新币元)

姓名	陈寅恪	许崇清(校长)	姜立夫	叶企荪	刘文典
级别	二级教授	三级教授	四级教授	五级教授	六级教授
工资	253	235	217.8	200.2	184.8

资料来源:智效民:《1955:著名文化人收入知多少》,《同舟共进(广州)》2008年第10期。

文科教授中,除李达、陈垣等极少数顶尖学者,像陈寅恪这样的工薪水平在全国范围内都是屈指可数的。不仅如此,中山大学的领导在方方面面尽量保障陈寅恪的生活,体现在以下几处:一是每月另行补助新币60元;二是《中山大学学报》发表陈寅恪文章,按每千字20元稿费支付(一般稿酬为12元);三是1956年将陈寅恪定为一级教授,月收入达485元,1957年又把他评为"特级";四是交通方面享受校长一级待遇,可随时乘坐小汽车;五是为陈寅恪配备研究助手两名;六是尽可能为其解决购药困难的问题。[①]

《书信集》中有关陈寅恪新中国成立后的信件极少,仅有的几封信中也透露出了陈寅恪在中山大学受到的礼遇。1961年8月,陈寅恪得知在重庆大学任教的好友吴宓将到广州来访,兴冲冲地写信告知吴宓到广州后的食宿行各项安排。除了分条列项地为吴宓安排好了线路、餐食、住宿的具体方法,信的最后还特地叮嘱"现在广州是雨季,请注意。夜间颇凉"[②],足可见好友将至让陈寅恪心情格外激动。不仅如此,由于吴宓是先到武汉拜访另一位好友刘永济,陈寅恪怕自

[①] 参见吴定宇《守望:陈寅恪往事》,中国社会科学出版社2014年版,第273—275页。
[②] 陈寅恪:《陈寅恪集·书信集》,生活·读书·新知三联书店2015年版,第271页。

己寄给吴宓的信不能及时送达，仅仅在四日后，也就是8月8日，再次就吴宓广州之行写信给刘永济，叮嘱再三：

> 当命次女小彭（或其他友人）以小汽车往东站（即广九站）迎接。因中大即岭南旧址，远在郊外，颇为不便。到校可住中大招待所，用膳可在本校高级膳堂。①

实际上，8月4日写给吴宓的信中，陈寅恪的建议是吴宓可以雇三轮车或乘公交车到中山大学，估计他思考再三觉得如此实在不便，决定以学校方便其出行的小汽车前往车站迎接，并特地在给刘永济的信中强调了行程的改变。待吴宓到达中山大学陈家居所后，陈寅恪每日"以市场上罕见的炖鸡、鱼、卤鸡蛋、牛奶、咖啡、果酱面包等糕点，以及自种的花生来款待这位老朋友"②。这两封信既让我们看到陈寅恪与好友的深厚情谊，好友来访时的激动心情，也为我们观察这一时期陈寅恪在中山大学受到的待遇提供了确证。在中山大学老领导们的庇护下，陈寅恪在新中国成立后的数次风波中均未受到大的影响。但1966年之后，曾经的庇护也显得无能为力。同样是两封信，让我们看到这时陈寅恪面对的是一场事先已有预兆的突变。

第一封信是1966年7月30日，陈寅恪写给时任中山大学卫生保健室主任梁绮诚的，要求保健室从8月1日起将他所有用药费用由学校公费转为自费。

第二封信，陈寅恪于1966年8月6日写给广东省委文化革命驻中山大学工作队，澄清自己在治疗和护理过程中的各种误会，特别是关于陈寅恪侮辱护理护士和非外国药不吃的不实传言。③

这种污蔑当然完全是无稽之谈，只是当我们追溯这样的传言产生的根源时，

---

① 陈寅恪：《陈寅恪集·书信集》，生活·读书·新知三联书店2015年版，第247页。
② 吴定宇：《守望：陈寅恪往事》，中国社会科学出版社2014年版，第372页。
③ 参见陈寅恪：《陈寅恪集·书信集》，生活·读书·新知三联书店2015年版，第285—287页。

也可以看到中山大学在经济上、物质上对陈寅恪的照顾长期以来都落在了实处。这种污蔑不仅源自陈寅恪的特殊待遇受到很多师生的非议,还有一件发生在1962年的意外,可以看作风波最终降临的远因。

1962年6月10日,陈寅恪在洗澡时严重摔伤,直接导致他右大腿股骨颈骨折。面对72岁高龄的老人,医生们会诊决定保守治疗,但经过半年多的治疗养护,陈寅恪的右腿仍然不能恢复正常状态。待他回到中山大学居所后,学校特批了专门经费,不但一次性补助了300元,还按月提供各类副食品,并特派三名护士协助唐筼护理陈寅恪的病体。中山大学档案馆资料显示,1963年3月,学校呈送上级领导的请示文件中附有相关开销的说明(表8)。

表8　1963年中山大学为护理陈寅恪每月所需副食品和费用

项目	数量	估价(元)	说明	备注
鸡	4只	32	约每周送1次	
鸡蛋	5斤	10	每天2只	
水果	15斤	12	每10天送1次	
鱼	10斤	20		
蘑菇	15斤	15	生蘑菇	
黄油	1斤	20		
护士	3人	153	每人每月工资	
合计		262		
进口老人牌麦片	1罐			
可可粉	1罐			
药物			进口	略

资料来源:吴定宇《守望:陈寅恪往事》,中国社会科学出版社2014年版,第357页。原件藏中山大学档案馆。

对比普通大学教授160元左右的月工资,这样的巨款在当时引起不少人的不满。"文革"开始后，陈寅恪十数年来备受优待的事全被翻了出来。不少学界好友极为担忧陈寅恪的状况。顾颉刚就在日记中表达了这种担忧："陈寅恪在中山大学，向得陶铸保护，伴以护士，任其听外国广播。今闻其家为红卫兵所抄，以其太特殊化也。此后生活未知如何。"① 可以想见，即使如我们在《书信集》中看到的那样，陈寅恪向各方澄清，并要求取消一切优待，但风雨已然扑面袭来，哪管他清者自清。年迈体病的陈寅恪在滔天浩劫中，因心力衰竭，并发多种病状，于1969年10月7日清晨凄然离世。

陈寅恪的经济困境几乎贯穿了整本《书信集》。这种困境，既是特殊年代中知识分子生存境况的缩影，也是陈寅恪个人家庭特殊情况的必然。在观察陈寅恪的经济生活时，我们既能够发现知识分子作为个体是如何在困境中挣扎求生以至生活的重大抉择都围绕着经济因素展开，也能看到在绝大多数时候，社会对陈寅恪这样优秀的学者总是给予全面与热情的尊重和帮助。偶尔，我们能够在《书信集》中看到陈寅恪"好利"的一面，他数次在信中对傅斯年说"弟好利而不好名"②，但他的"好利"背后是知识分子因为"穷困"而不得不为身体、为学术寻求经济上的支撑。双目失明后，陈寅恪自嘲"弟此生残废与否，惟在此时期之经济状况。所以急急于争利者，无钱不要，直欲保全目力以便工作，实非得已。区区之意，谅兄及诸亲友能见谅也"③，戏谑间的人之常情和学人对自我的高道德要求形成了明显的冲突。

全面抗战时期，陈寅恪曾致信傅斯年说：

> 弟之生性非得安眠饱食（弟患不消化病，能饱而消化亦是难事）不能作文，非是既富且乐，不能作诗。平生偶有安眠饱食之时，故偶可为文。而

---

① 顾颉刚：《顾颉刚日记（1966年10月22日）》（十），台湾联经出版事业股份有限公司2007年版，第549页。
② 陈寅恪：《陈寅恪集·书信集》，生活·读书·新知三联书店2015年版，第51页。
③ 陈寅恪：《陈寅恪集·书信集》，生活·读书·新知三联书店2015年版，第111页。

一生从无既富且乐之日，故总做不好诗。[①]

纵观陈寅恪的一生，这"从无既富且乐之日"似乎也是一种恰如其分的注脚。

作者简介： 薛平

华南农业大学珠江学院讲师。主要研究方向：中国现代报刊、影视文学。

[①] 陈寅恪:《陈寅恪集·书信集》，生活·读书·新知三联书店2015年版，第90页。

1978年以来当代作家日记的特点、类型与经典化实践[*]

史婷婷

摘　要：1978年以来，得益于外部环境变迁，中国文坛出现日记等作家自述材料的批量问世潮，于"文外"进一步塑造了作家形象。作为个人心史载体，作家日记具有抵抗遗忘、激活记忆、寄托心灵等共性，在用语、代际、笔法等方面则体现出教育背景、身份等个性差异。依照叙述侧重点和重心之别，可将当代作家日记区分为记事为主型日记与记思为主型日记。日记所收"事""思"，串联起作家的生命旅程和思想轨迹，具备微观史和思想史意义。与此同时，生产与问世的时间差，亦令日记成为亲属参与作家经典化的有效实践。

关键词：作家日记　抵抗遗忘　记事为主型日记　记思为主型日记　经典化

The characteristics, types and classicalization of contemporary writers' diaries since 1978

Shi Tingting

---

[*] 本文为国家社科基金2021年青年项目"中国当代作家自述史料整理与研究（1978—2020）"（21CZW052）阶段性成果。

Abstract: Thanks to the change of literature's outside circumstance, there is a public trend of writers' self-reported materials in the Chinese literary circle since 1978, which creates new images of certain writers beside their literary works. As carrier of individual soulful history, writers' diaries share the characteristics of resistance to forgetting, memory activation and heart comforting, also reflect individual differences in education background and identity. According to emphasis, contemporary writers' diaries could be divided into incident-based diaries and thinking-based diaries, which make up the whole life story and mean a lot to micro-history and intellectual history studies. Meanwhile, the time difference between production and publishment makes diaries a way of families involved classicalization.

Keywords: writers' diaries / resistance to forgetting / incident-based diaries / thinking-based diaries / classicalization

与回忆录、自传有别，日记、访谈等自述材料具有当下性和鲜活性，即时记录下特定对象的思想或行动轨迹。而与访谈的事前策划、筛选、提纲，事中采访者的引导、介入、参与不同，日记一般是独立生产的结果，与作家性情、习惯有关，通常有一定时代跨度。在中国现当代作家群体中，不乏有日记写作习惯的文人，如沈从文、叶圣陶、巴金、阳翰笙、贾植芳、陈白尘、流沙河、茹志鹃、季羡林、冯亦代、杨沫、郭小川、艾芜、舒芜、贾平凹、李杭育、韩少功、迟子建等，积累了一批日记文本。不写日记的汪曾祺则多次出现在沈从文等人的日记中，以另一种方式进入了日记文本群。除作为日常生活和习惯的日记写作，也有为特定情景、主题临时写就的日记，譬如王蒙访苏日记、阿城《威尼斯日记》、茹志鹃和王安忆母女游美日记、李杭育旅美日记、铁凝汉城日记、蒋方舟东京日记等，都是典型的旅外日记。

1978年以来，中国文坛的复苏与图书出版行业的复兴，为作家日记的批量问世提供了必要前提。除单行本、报刊零星发表等形式，日记亦以作家全集、文丛（如"大象人物日记文丛"）等方式与读者见面，与回忆性散文、采访实录共同构筑起作家"文外"形象。体例方面，除了最常见的日期、天气、行踪排布外，也存在日记夹杂于回忆录中，或是日记囊括书信、工作笔记、学习心得、抄录社论等材料的情况，甚至有李杭育《醒酒屋》中特殊的日记、小说互文现象。另外需说明的是，1978年以来首次问世的日记，并不意味着记录时段仅限于"当代"，"现代""十七年""文革"乃至新时期，皆可见于日记中。时代跨度，加之个体生命体验、微观历史视角的融入，令这批作家日记富于文献史料价值，在反映时代风貌、揭示历史细节、丰富作家形象、深度读解文学作品、重现作品生产史等方面起到不可替代的关键作用。

一、当代作家日记的共性与个性

作为一种史料保存形态，日记以新时期"回暖"为契机大批量生产，契合了"思想解放""改革开放"的时代主潮。然而，不可否认的是，"文革"时期的图书资料存续形态是1978年日记问世的背景与底色——部分"文革"前后遭查抄、后被归还或寻回的日记，构成那一时期日记的组成部分。其中，贾植芳、巴金等作家都有日记被查抄经历，严文井、冯骥才等作家则出于安全选择自行销毁日记。对此，冯骥才在回忆录中言及，当时"等到红卫兵列队撤走，趁着楼上孙家的人还未下来，我急急忙忙将塞在暖气片后边的两本硬皮日记掏出来，在卫生间撕碎冲掉。由于撕得太急，纸块太大，量太大，一度堵在管口冲不下去，费了很大劲才冲净了"[①]！这一自毁日记行为在"文革"时期并不鲜见，举动本身亦是特定时期文化生态的直接映射和缩影。

1978年以来问世的作家日记，虽有写作频率、时段、主题之别——冯亦代

---

① 冯骥才:《无路可逃》，人民文学出版社2016年版，第26页。

《悔余日录》是"反右"日记,张光年《向阳日记》、陈白尘《牛棚日记》《听梯楼日记》是鲜明的"文革"日记,韩少功《长岭记》属知青日记,贾植芳平反日记和《早春三年日记(1982—1984)》、张光年《文坛回春纪事》反映了"早春"文坛、学界乍暖还寒之际的情况,另有旅行日记、患病期间日记(如陆星儿生命日记《用力呼吸》)、谢其章等人的搜书读书日记等类型,绝大多数当代作家日记都有着抵抗遗忘、激活记忆、寄托心灵等共性。

"遗忘曲线"证明了记忆的遗忘现象及其规律,而日记起到备忘效果。如郁达夫所言,"日记的目的,本来是在给你自己一个人看,为减轻你自己一个人的苦闷,或预防你一个人的私事遗忘而写的"[1]。大部分有写日记习惯的作家,都试图以日记抵抗遗忘,记录自身存在过的痕迹。例如,诗人流沙河在回忆录中写道:

> 我何尝不知道记忆是会被冲淡的,所以我从二十一岁那年就开始写日记了。戴了"右派帽子"以后,日日照记不误。当然,评长论短的话不敢记了。文网森严嘛,一罗织便成了"坚持反动立场",一升级便要抓。不过,那一天自己做了什么事,以及何所见,何所闻,何所梦,总可以客观地挂一挂流水帐吧。后来"文革"风起,天下大乱,还记。记上瘾了,多年顽性透骨,没法戒掉,这和吃饭睡觉没法戒掉一样。一日不记,便忽忽若有所失焉,翌日必补记之。[2]

即便处于政治运动频发时期,流沙河依然选择以日记记录"何所见,何所闻,何所梦",甚至在不记日记之时产生若有所失的"戒断反应",生动表现了

---

[1] 郁达夫:《日记文学》,载《郁达夫文论集》上,吉林出版集团股份有限公司2017年版,第77页。

[2] 流沙河:《锯齿啮痕录》,生活·读书·新知三联书店1988年版,第74页。

存在于作家身上的日记瘾。补记与否，自然视实际情况而定，但也可从中看出作为一种习惯的日记的存在方式。无独有偶，不少作家都有补记日记的做法，如郭小川1957年6月9日"五时多起，补写了一个多礼拜的日记"[1]，冯亦代则在1958年11月9日"补记了前两天的日记"[2]。补写日记，或可窥视出作家性格中固执和坚持的一面，以及特定时期践行知识分子思想改造的毅力与决心。

日记固然在当下就有辅助记忆、备忘之功能，但随着时间不断后移，其在重拾过往、激活记忆方面的效用依然为作家所看重。例如对于韩少功而言，知青岁月虽已是过去式，但时隔多年再次翻阅下乡日记，仍会激起对青春的无限缅怀：

> 再次翻出这些发黄纸页，它们只是一个老人对遥远青春的致敬，也是对当年一个个共度时艰相濡以沫者的辨认和缅怀……但我代你们记住了，记住了一些碎片，就像一个义务守夜人，未经当事者们委托，也不知有无必要，为你们守护遍地月光。[3]

韩少功所守护的，是革命风起云涌时代个体有关劳作、恋爱、学习、娱乐的青春片忆，也是为响应国家号召奔赴全国各地农村、农场、兵团的知识青年的群体性记忆。与当地农民的交往、集体生活和劳动，是易逝年华、文学写作的丰沛资源，更是时过境迁后的记忆激活、自我确证。另外，杨沫曾于1948年12月14日在日记中写道："只有日记是我最知心的朋友。"[4] 对于许多作家而言，日记是精神自留地，是个体声音在时代话语挤压下的自由表达空间。对于杨沫、

---

[1] 郭小川：《郭小川全集》9日记（1957—1958），广西师范大学出版社2000年版，第322页。

[2] 冯亦代著，李辉整理：《悔余日录》，河南人民出版社2000年版，第118页。

[3] 韩少功：《长岭记》，《芙蓉》2021年第2期。

[4] 杨沫：《杨沫文集（第6卷）：自白——我的日记（上）》，北京十月文艺出版社1994年版，第72页。

郭小川这般的"中心作家"而言,革命、建设、改造是主流,是文学写作要务和重心,而内心的忧郁、烦躁、不安等"不稳定"情绪则是不宜公开表露的另一种真实;对于流沙河等受批判的作家来说,私人日记更加具有了心灵慰藉和思想表达的况味。除此之外,韩少功等作家的日记练笔初衷也颇具代表性。此外,与回忆录等自述文体相似,虽是史料载体,日记依然经过了筛选、拼接、加工,也对部分人名等信息作了字母化或"××"处理,是为共性。

尽管有着诸多共性,日记毕竟是一种私人写作形式,文中详录的天气、交游、写作、娱乐、阅读、收入、消费、身体状况、方言及用语习惯本身就是个性的生动写照。以方言及用语习惯为例,贾植芳《早春三年日记(1982—1984)》中的"小乐胃""小毛头""纸头""夜饭""落雨""棉毛衫""交交关关""白乌龟""汰浴""白相""老虎灶"体现了上海文化,"悬念""×君"等则反映了留日背景。《悔余日录》内"马郎荡"亦是上海方言,"tempo"、"Perekop"、"solitarie"(似为"solitaire"之误——引者注)、"APC"、"Salt of the Earth"等英文表述则体现译家身份。另外,在"写"与"不写"、"记"与"不记",乃至"记什么""怎样记"方面更是充分体现了个性差异。譬如关于"记什么",贾植芳只记录与己相关的人事,在1984年11月29日的日记中写道:"上午在家,客人不断,无从工作,都是些不相干的人和事,恕不详记。"[①]而像陈村、李杭育、陈染等作家,其日记偏向于琐记。以李杭育微信日记为例,访客、做客、买菜、每日烹饪菜肴、小说创作、泡吧见闻、观影感受,乃至个人画作、散文,皆被纳入日记中,反映在新媒体时代跨界写作特点的同时,日记的漫谈趋向。

此外,当代作家日记亦存在代际差异。像巴金、沈从文、茹志鹃等经历过革命或政治运动的老作家,其日记内容、笔触和"40后""50后"这批有过红卫兵经历或参加过"上山下乡"运动的较年轻作家有所不同:老作家大多具有介入现实取向,其日记多涉足历史反思话题,而年轻作家更注重自我表达,这一点

---

① 贾植芳:《早春三年日记(1982—1984)》,大象出版社2005年版,第351页。

在日记中体现得更为突出，多元、趋于碎片化叙事构成其主要特点。代际之外，日记样貌与作家个人叙述笔调和创作特点有着更为密切的关系。例如茹志鹃日记呈现强叙事性，其1947—1965年日记记录了苏平、王大爷、刘冬儿、二来、"会长"、国定、老段、"神婆"、朱爱明、江阿二、许宝奎、老蔡、刘洪德、张开发、赵书染、李玉、王安诺、王安忆、唐庆根、杨书记、叶乡长、开棉义等人的语言或外貌，诸多农业生产口号，所目睹的农田、道路等景观，令声画合一，因而出现小说化倾向。究其原因，该小说笔法一是与小说家身份有关，二是与茹志鹃将日记作为采访工作笔记、后续创作素材有很大关系。

当代作家日记普遍具有抵抗遗忘、激活记忆等特性，使得该自述文体成为记载平俗生活、人事、社会样貌的容器，如实反映了特定历史时期的政治、经济、文化、民俗情况。与此同时，作家个人的喜怒哀乐、悲欢离合、个性特点、文化背景、思想认识等也在日记中予以不同程度的申明与强调，令日记呈现个性化色彩。新时期以来这批作家日记的出版、问世使得散落于历史烟尘中的细节被重新打捞、铭记，时代、群体、个人也因之有了更多的阐释空间和余地。

二、记事为主型日记与记思为主型日记

记事以备忘构成日记写作的初衷与主要目的，作家于日记内或记录个人情绪、交游、出行、饮食、阅读、购物情况，或勾勒时代风潮、时事热点，或陈述对于特定人、事的思考与见解，皆是不同于虚构文学创作的实时写作。综观当代作家日记，形形色色的事件、思考串联起阶段性个人史，事件与相关思索往往彼此纠缠、互为因果。虽然逻辑上"事"与"思"无法完全割裂，但仍可依据整体侧重点将新时期以来的作家日记分为记事为主型日记与记思为主型日记。前者为数众多，如贾植芳、巴金、郭小川、杨沫、茹志鹃、艾芜、王安忆、韩少功、李杭育等人日记皆属此类，后者以冯亦代《悔余日录》、凸凹"日思录三部曲"为典例。

记事为主型日记以"记事"为目的，内中虽有不少"思"的成分，但"思"

一般为辅。 比如茹志鹃1947—1965年日记以"土改""下乡"等事为主线,但仍含作家对于军事题材创作、爱国主义、为兵服务等问题的认识;郭小川日记涉及工作、疾病、交游、个人收入、支出记录、阅读、文学创作构思、年度小结、政治学习笔记等内容,也表露出在中国作协期间有关诗歌创作与行政工作矛盾的困扰、忧思;同样是"中心作家"的杨沫在日记中详细记录下疾病(高血压、心脏冠状动脉硬化症、脑血管硬化症、胆囊炎、神经官能症、失眠、糖尿病等)、夫妻感情、创作等情况,也有自我检讨、反思内容,如在1947年11月26日的日记中反思自身有"懒惰,不好劳动,怕劳动""不爱惜物品,有点钱就乱花"的毛病,"存在不少小资产阶级的情感""从个人出发的英雄主义和虚荣心"[1]。 与传统日记不同,李杭育微信日记围绕创作、泡吧、烹饪等事件展开,其中亦记有作家对于《雷霆杀机》《大破天幕杀机》等中外影片、社会新闻与热点话题的看法,实时写作、实时发布的新媒体写作方式令日记在当下性方面显得格外突出。

作为记事为主型日记,韩少功《长岭记》质朴地记录了知青时期作家平整秧田、铺沙、下种、挖茶坑、插秧、薅禾、踩打谷机、做泥砖、拖石灰、挖红薯等"出工"点滴,以及在知青作家群体中颇具共性的拉歌、看书、看电影、练球、写材料、写诗、写剧本、采访、购书、备考等生活片段。 此外,日记刻画的义妹子、思妹子、辉仁、沈瓜皮、兆矮子、学迷糊、义求、志宝、小克、伟伢子、小老胡、大老胡、铁香、应贤、瑞希、爱水、贺大牛皮、叫花子、小牛鬼、胡爹、卫平、岳夫子、玉求、简书、范菊华、贺牛、细武、石拐子、芋头、世保等故人形象,间以马恩列斯毛语录、"深挖洞,广积粮,不称霸"等革命口号、民间传说、知青与农民关系、物价、农村婚俗、地名系统等,令日记成为革命的民间写照,从"前史"角度注解了知青作家乃至知青文学。

除文献史料意义,日记记录的人、事、语词还成为文学创作素材和资源,小

---

[1] 杨沫:《杨沫文集(第6卷):自白——我的日记(上)》,北京十月文艺出版社1994年版,第48页。

说《爸爸爸》《马桥词典》《西望茅草地》如此，《高高的白杨树》《阿舒》《醒酒屋》等亦如是。例如，韩少功在1972年3月28日的日记中提及药师杨爱华：

> 她接生无数，自己的儿子却是个"哈宝（呆傻）"，据说已十几岁，但还是一个长出了抬头纹的娃崽，走路踉踉跄跄、飘飘忽忽，歪着头看人，只会讲两句话。一句是见男人都喊"爸爸"。另一句是不高兴了，见谁都"×妈妈"。①

显然，此"丙崽"与彼"丙崽"之间存在原型与本事关系，知青日记、知青经历为《爸爸爸》等小说提供了创作资源，也为改革开放初期的文学带来民间和地方质素，文学的寻根继而成为一种可能。

需说明，出于不同层面考虑，记事为主型日记在"事"的选择上依旧体现时代特点。巴金曾在随想系列随笔中忆及：

> 一九六六年九月我的家被抄，四年中的日记让作家协会分会的造反派拿去。以后我停笔大半年，第二年七月又开始写日记，那时我在作协分会的"牛棚"里学习，大部分时间都给叫出去劳动。劳动的项目不过是在花园里掏阴沟、拔野草，在厨房里拣菜、洗碗、揩桌子。当时还写过《劳动日记》，给"监督组"拿去挂在走廊上，过两天就不见了，再写、再挂、再给人拿走，三四次以后就没有再写了。《劳动日记》中除了记录每天劳动的项目外，还有简单的自我批评和思想汇报……接着我又在一本练习簿上写日记，并不每天交出去审查，但下笔时总觉得"文革派"就坐在对面，便主动地写些认罪的话讨好他们。当然我在短短的日记里也记录了当天发生的大事……一九六八年我向萧珊要了一本"学习手册"，又开始写起日记

---

① 韩少功：《长岭记》，《芙蓉》2021年第2期。

来。我的用意不再是争取"坦白从宽"……我只是想记录下亲身经历的一些事情……[1]

巴金《劳动日记》显然存在"我"之外的预设读者群体,其中自然包括监督组和广大革命群众。文中有关自我批评和思想汇报的内容是外部要求和规范下的产物,而不上交的日记中的认罪之语似乎是"革命"持续作用力的体现。随后,日记回归至更为纯粹的记事文本,反思性文字自然就不再需要出现了。由此可见,日记在"事"和"思"之间的配比组合关乎个人日记写作风格,文中亦有自保的策略性考虑。

与记事为主型日记有别,记思为主型日记以读后感、思想汇报、自我剖析等为主要表现内容,具体有凸凹《石板宅日思录》《石板宅日思录续录》《石板宅日思录三录》等"记读、记思、记情、记趣、记悟、记痕"[2]之日记,以及各类读书日记。其中,冯亦代《悔余日录》颇具典型性。这部写于1958—1962年的日记,呈现思想汇报倾向,同时也是知识分子生存境遇的存照。如同记事为主型日记中不乏"思"的内容,记思为主型日记中也有不少具体"事"的记录,如常规的天气、日常起居、交游、阅读、饮食、购书、购物、疾病、作诗、劳动、抄悔改规划、写大字报稿、临帖、看戏、观影等人、事记录。不过,《悔余日录》显然更侧重于思想剖白、政治局势评判、自我鉴定。单独出版的1958—1962年日记另收思想检查、座谈会发言、悔改计划,是"思"的延展和扩充。

同属记思为主型日记,凸凹《石板宅日思录》《石板宅日思录续录》《石板宅日思录三录》兼有日记、散文特点,续录、三录的《戏论朱自清与俞平伯》等每日标题更是令日记趋于散文化。三部曲内记有天气、交游、工作、文学创作、电子游戏、购物、烹饪、饮食、观影、观展、梦境、疾病等日常生活片影,间以

---

[1] 巴金:《随想录》,生活·读书·新知三联书店1987年版,第621—623页。
[2] 凸凹:《石板宅日思录》,中国书籍出版社2014年版,自序,第2页。

对话、手机短信、邮件实录、个人童年回忆、身世介绍等，但显然更侧重于阐发对古今中外作家的倾向性看法。具体对象方面，涉及鲁迅、周作人、郁达夫、沈从文、孙犁、李国文、李锐、贾平凹、史铁生、阎连科、郑渊洁、雷抒雁、苏北、周晓枫、沃伦、威廉·斯泰伦、肖洛霍夫、巴·拉格维斯、川端康成等。另外，日思录三部曲带有购书、读书日记属性，记录凸凹购置汪曾祺《晚翠文谈新编》、木心《文学回忆录》等书籍，及阅维特根斯坦《文化与价值》、王为松编《傅斯年印象》、卢卡斯《卢卡斯散文选》、夏目漱石《梦十夜》、郑振铎《山中杂记》、卢梭《漫步遐想录》等文之心得。通过购书、阅书清单，亦可多少窥见作家个人审美旨趣和嗜好，如颇钟情于沈从文、孙犁、汪曾祺式的自然、闲淡文风，以及日记、笔记、书信等诸类作家自述文体。如凸凹自述，"我等崇拜的大师，其实都是在很低的写作姿态中，自足自适地写作"[①]。而这，恰与凸凹晚近小说的民间立场、散文的朴质风格相契合。日记中，借助直引、转引等手段，作家探讨了文学投机、私人阅读、人生幸福、写作姿态、文学评奖等话题，也不妨视作夫子自道。传统日记体例之外，日思录三部曲选择性详录的小说、诗作、散文、序文、评论、小说构思、访谈、获奖感言、书信、演讲、发言、发刊词等非常规内容，是作家身份的反复昭示，更是有意为之的自我形塑，"即有意要给自己'造像'，写一部别样的自传"[②]。

虽有"事""思"偏重之别，当代作家俱于日记内记下起居、交游、创作、身体状况、读后感、情绪、思想动向等内容，从而完成特定时期的形象速写。作为作家自述之一种，日记以私语形式袒露心声——尽管其中有的在撰写时不乏自觉的读者意识——是有别于虚构写作的个人心史剖白，更是自我经典化的重要途径。

[①] 凸凹：《石板宅日思录》，中国书籍出版社 2014 年版，第 137 页。
[②] 凸凹：《石板宅日思录三录》，中国书籍出版社 2016 年版，自序，第 3—4 页。

三、日记：亲属参与的作家经典化路径

一般而言，作家日记、书信具有两种生产方式。

一是作家在世时整理出版，贾植芳、杨沫、张光年、季羡林、陆星儿等作家日记，茹志鹃《游美百日记》等，皆属此种情况。更年轻作家，如贾平凹、韩少功、王安忆、陈染、迟子建、陈村、方方、阿城、铁凝等，更是有意识地选取特定时段公开发表日记，更不必提网络日记的实时更新式生产模式。通过发布日记，作家得以以"非虚构"之径建构自我形象。日记本身，乃至注释、前言、后记、作家相片、手迹等"副文本"均是作家存在的印记，亦可视作形象塑造途径。杨沫就在日记前言内言明："我的日记是我的历史的见证。它证实了在地球上，在人类中，在中国的大地上有一个人曾经快乐地生活过；也曾苦恼地生活过；曾经压抑着痛苦、悲伤、软弱无力地生活过；也曾满怀豪情、冲破重重艰险、勇往直前地生活过——虽然，它不能概括我的全部经历……总之，它是残缺不全地、或明或暗地反映着我的存在。"[①]其中有关日记真实性的反复申明，更是一种作家身份乃至特定理念的强调——尽管其后不久，杨沫之子老鬼便在回忆录中直指母亲文学创作中的"教训"和事后修改日记行为。

二是在作家故去后由亲属、学者等收集、整理、出版。其中，亲属提供、整理的日记占相当一部分。该现象一方面由版权归属所致，同时也是"局内人"参与作家形象建构、推动作家经典化的途径之一。如同作家自编日记，伴随正文本一同面世的，尚有作家相片、手迹、书影、小传、整理者所撰序言等，借此进一步勾勒作家形象、重申文学在场感。王安忆整理的《茹志鹃日记（1947—1965）》，陈虹整理的《牛棚日记：1966—1972》《听梯楼日记》，郭小川家属整理的《郭小川日记》，徐时霖整理的《徐铸成日记》，受家属之托由李辉整理的

---

① 杨沫：《杨沫文集（第6卷）：自白——我的日记（上）》，北京十月文艺出版社1994年版，前言，第1—2页。

《吴祖光日记（1954—1957）》、获郑尔康同意由陈福康整理的郑振铎日记，乃至方竹《日记中的爸爸舒芜》等，都是亲属参与作家经典化的实践，在实际效果层面丰富，或曰解构了既有作家形象。例如《日记中的爸爸舒芜》便突出了舒芜"对弱势群体深深的悲悯""散淡、厚道、为他人着想"，[1]这显然与贾植芳等人日记、胡风《梅志文集》或世人所熟知的"胡风事件"中的舒芜形象很是有别。

与作家事后自行整理日记一般，亲属整理日记时也有筛选、修改之举，甚至表现得尤为突出。如刘增杰所指出的，"由于种种原因，作家逝世后日记出版时被家属删改，是一种经常出现的现象。"[2]《茹志鹃日记（1947—1965）》即是如此。王安忆于《走向盛年——〈茹志鹃日记〉序》中特别交代："所以是这一些而不是其他，理由很单纯，就是从那些字迹清楚、记叙流畅的着手。"[3]具体修改方面，"一九五二年、一九五四年、一九五八年、一九六四年的日记有一些删节，因这几段日记以采访为主，所删部分多是访谈对象的述说。有一些是重复，有一些语焉不详，还有，就是一九五八年，许多是数字、报表，就需要将数字的中国字写法与阿拉伯数字写法统一。再说要有什么改动，就是错别字和笔误。"[4]《郭小川全集》收录 1944—1973 年日记，因而具有整体性和连贯性与之不同，王安忆在母亲故去后相继整理、发表的日记属于片段性日记，虽自有其排布逻辑和整理思路，整体仍多少呈现零散化特点。即便如此，《茹志鹃日记（1947—1965）》仍是以时间为经、以"土改""返沪""下乡""访日"等事件为纬，勾

---

[1] 方竹：《日记中的爸爸舒芜》，北京出版社 2017 年版，前言，第 1 页。

[2] 刘增杰：《论现代作家日记的文学史价值——兼析研究中存在的两个问题》，《文史哲》2013 年第 1 期。

[3] 王安忆：《走向盛年——〈茹志鹃日记〉序》，载茹志鹃著，王安忆整理《茹志鹃日记（1947—1965）》，大象出版社 2006 年版，第 1 页。

[4] 王安忆：《走向盛年——〈茹志鹃日记〉序》，载茹志鹃著，王安忆整理《茹志鹃日记（1947—1965）》，大象出版社 2006 年版，第 1 页。

勒出茹志鹃的革命生涯。

对于作家日记，子女的"介入"程度不一：郭小川后人选择保留原文错别字、脱字，以"［ ］"进行另外说明，用"□"替代了难辨字和他人私隐；方竹将舒芜日记作为线索，串联起父亲回忆录；同为作家的王安忆则别出新意地以日记加评注的方式出版母亲日记，以局内人身份回溯了作家茹志鹃22岁至40岁的人生旅途，从而完成了对母亲的记述、怀念和重返。除了日记原文，《茹志鹃日记（1947—1965）》特别收录王安忆八篇撰文，分别是：《走向盛年——〈茹志鹃日记〉序》《成长》《进上海记》《翻身的日子》《遭逢一九五八年》《谷雨前后，点瓜种豆》《工人》《东瀛初渡》。上述文本可视作"作家子女追述"，在呈现茹志鹃采访记录、心得之外，提供了女儿视角的别样解读，其中吸纳、言及的《阿舒》《第二步》《三走严庄》《回头卒》等小说，《痕迹》等散文，再次突出了茹志鹃勤勉的文学创作，追述文字本身亦与母亲形成跨时空对话。王安忆写道：

> 日记中可以见得，母亲将写作视为事业，一直苦恼着如何在写作上有所成就。她贪婪地收检材料，认识时代。随着时间推移，她的心情越来越从容，渐有了自信，但却并不松懈努力。至一九六五年，与前辈作家老舍、杜宣、刘白羽、张光年同团出访日本，这从某方面表明她已获得承认。[①]

作为具有革命经历的女性作家，茹志鹃在文学创作上有着颇强烈的自立、自证心态。体现在日记上，则是文本几可视为创作素材笔记。其中详细记录的人物对话，则是采访材料的拼贴组合。终于功夫不负有心人，在辛勤工作下，《百合花》等作以清新自然之气为"十七年"文学注入了新质素。1965年的访日经历，正如王安忆所言，是一种文学与政治维度的确证。另外，在"革命"之外，

[①] 王安忆：《走向盛年——〈茹志鹃日记〉序》，载茹志鹃著，王安忆整理：《茹志鹃日记（1947—1965）》，大象出版社2006年版，第2页。

茹志鹃于私人日记内不觉流露出"惆怅"、哀戚自伤之情("如我有病的话,有谁来为我呢!真是'侬今葬花人笑痴,他年葬侬知是谁'?"[①]),与《剪辑错了的故事》《母女漫游美利坚》中的作家形象,以及惯常认为的文学史中的茹志鹃形象有别。王安忆指出,"我应当承认,我妈妈身上带有小资产阶级知识分子的成分,她受教育并不多,可她喜欢读书,敏于感受,飘零的身世又使她多愁善感。"[②] 不可不谓中肯之言。通过八篇散文,在"土改"见闻、斗争、采访、创作、情感之外,王安忆读解、强调了母亲茹志鹃从"小资产阶级知识分子"成长为党员的雪泥鸿爪,分析了母亲以革命热情投身文艺创作(包括未发表小说、写作计划)的杂糅心绪,在相当程度上抵达了"了解之同情"之境。这一史料解读方式,恰如有学者所判断的那样,"王安忆看待作家父母遗存史料的通情、通达,自然与个别作家亲属的作为/伪,判然不同"[③]。

除了以日记后附读解的方式"介入"日记文本群,王安忆尚做了考订、查证日记写作年份、人名的工作。此外,王安忆还以激活个人成长记忆的方式还原了教导、养育中的舐犊之情。如上做法,看似日记中的作家"个人"隐匿在"大跃进""四清"等时代洪流下,王安忆却再次令"个体"得以凸显。孩童时期与家姐王安诺分食的糖果、饼干、游戏,娃娃头圆珠笔,父亲沦为"右派"等记忆,与母亲20世纪60年代日记、共和国史的宏观结论形成互文关系,公社机关、奋进生产、下乡、饥馑等语词也有了生命实感,乃至母女间横跨近40年的访日之旅,也因体例和文字排布而有了穿透力和生命张力。

通过整理、修订、注解、出版作家日记,亲属参与到作家经典化的场域之

---

① 茹志鹃著,王安忆整理:《茹志鹃日记(1947—1965)》,大象出版社2006年版,第75页。

② 王安忆:《成长》,载茹志鹃著,王安忆整理《茹志鹃日记(1947—1965)》,大象出版社2006年版,第25页。

③ 操乐鹏:《作家自述的"编"、"注"及"闲笔"——以黄裳、王安忆、徐德明为中心》,《传记文学》2021年第10期。

中，虽在具体操作方式、"介入"程度上存在不小的个体差异，但在作家形象塑造、经典化方面的指向皆同一。新时期以来当代作家日记的批量生产，一方面起到抵抗遗忘、激活记忆效用，亦以"日记体"方式展现了所受教育、个人遭际、写作风格等作家个性。日记所叙之事、所记之思，均是个人史组成碎片，也是重访作家精神世界、重现所处特定时代风貌的重要文献史料。另外，日记写作与发表不仅指向作家自我疏解、心灵寄托，还或明或暗地契合了读者阅读期待。如郁达夫所言，"由我个人的嗜好来讲，我在暇时翻阅旁人的著作的时候，最喜欢读的，是他的日记，其次是他的书简，最后才读他的散文或韵文的作品。以己度人，类推起来，我想无论哪一个文艺爱好者，大约是人同此心，心同此理的"[1]。读者趣味以及背后广大的阅读市场，或许也是日记生产的动因之一。

作者简介：　史婷婷
　　　　　　浙江财经大学人文与传播学院讲师。主要研究方向：中国现当代文学与文化。

---

[1] 郁达夫：《日记文学》，载《郁达夫文论集》上，吉林出版集团股份有限公司 2017 年版，第 78 页。

青年论坛

YOUTH FORUM

文界革命与柳亚子清末传记文的转型[*]

孙莹莹

摘　要： 梁启超提出的"文界革命"主张及其报刊新文体的创作实践，对柳亚子清末传记文写作有着深远影响。柳亚子清末创作的传记文可分为两个阶段，前期多以史传方式介绍古代英雄人物，宣扬保种排满思想，呈现出宣扬家国情绪和积极救国的意识，后期传记文的传主多为友朋，其文体风格倾向于回归古代传记散文体式和特质，其情感表达更为含蓄低徊。通过研究柳亚子这两类传记文体形式与文章风格的转变，可深入认识文界革命在晚清散文创作中的影响，也有助于理解南社文人在清末散文创作上的特色。

关键词： 文界革命　柳亚子　清末　传记文　南社

The transformation of Liu Yazi's biographical writing in Late Qing Dynasty: through the perspective of Literary Revolution

Sun Yingying

Abstract: As eminent literary practice at the end of Late Qing Dynasty, Liang

---

[*] 本文为国家社会科学基金后期资助项目"黄节年谱新编"（项目编号：23FZWB059）阶段性成果。

Qichao's theory of Literary Revolution and his new style of journal articles had a far-reaching influence on Liu Yazi's biographical writing. It can be divided into two stages about Liu Yazi's biographical writing during Late Qing Dynasty. In the early stage, Liu re-introduced ancient heroes and heroines in a new form of historical biographies, in order to spread the idea of preserving the ethnicity of Han and overturning the Manchuria reign. Therefore, this new form of historical biographies revealed fierce sentiment of national identity, and positive consciousness of national salvation. In the later stage, since the biographical objects changed to Liu's acquaintance, the biographical writings reversed back to the classical and traditional style. The representative characteristic was the altered way of emotional expression, which was more subtle and melancholy. Through examining the stylistic transformation of Liu Yazi's late Qing biographical writing, this article seeks to a deeper understanding of Literary Revolution in the reception perspective, and also demonstrates the characteristics of the Nanshe (the South Society) literati prose during Late Qing Dynasty.

Keywords: Literary Revolution / Liu Yazi / Late Qing Dynasty / biographical writing / the South Society

晚清以降，古典文章新变的重要标志为梁启超提出的"文界革命"理论及其创作实践。梁启超最早在《夏威夷游记》（1899）中提出"文界革命"主张，又在1902年《新民丛报》创刊号中再次强调文界革命与提升文明程度的密切关系。随着《新民丛报》《新小说》等报刊在清末知识界的风行，梁启超的新文体在读者中影响广泛，南社代表文人柳亚子的传记文即深受其影响。关于梁启超提出的文体革新主张、新文体的类型及其实践的文学史意义，学界已经有较深入的研究[①],但较少论及文界革命对清末民初散文写作的具体影响。作为南社创立者之一,柳亚子重视传记文写作,是清末报刊界的重要散文作者。而柳亚子在晚清时期的传记文创作,从文体到情感表达,皆明显受到梁启超的影响。解读柳亚子对文界革命观念的接受情形,有助于辨析柳亚子清末传记文的演变及特色,也可呈现文界革命在晚清文坛的流衍情形。

一、柳亚子清末传记文创作的两个阶段

柳亚子1887年出生,长于江苏吴江,12岁时已经能写万余字的史论文字。戊戌变法时期,柳亚子接受了维新思想。1902年柳亚子考中秀才,在接触《新民丛报》及卢梭《民约论》后,柳亚子逐渐走上革命之路。[②]柳亚子现存清末(1902—1911)各类文章共79篇[③],传记文22篇,主要以"传"为标题(参见文末附录《柳亚子清末传记文目录》)[④],约占该时期文章总数的四分之一。除个别传记外,柳亚子的传记文皆发表于清末报刊,这些出版物多带有明显的"反满"及革命倾向。

---

① 相关研究参见夏晓虹《梁启超的文界革命论与新文体》,硕士学位论文,北京大学,1984年;夏晓虹《觉世与传世——梁启超的文学道路》,中华书局2006年版;胡全章《梁启超"新文体"与20世纪初文界剧变》,《江西社会科学》2013年第9期;胡全章《梁启超与20世纪初年政论文学的繁荣》,《浙江社会科学》2014年第2期;胡全章《梁启超与20世纪初年新体传记的兴盛》,《广东社会科学》2014年第4期。

② 参见柳亚子《柳亚子自述》,群言出版社2014年版,第1—3、7—9页。

③ 柳亚子应童生试时,日常当有习作。但其《磨剑室文录》未辑录1902年以前的文稿,这显然与整理者的选文标准相关,也可见1902年在柳亚子生平中的重要意义。柳亚子现存清末文章数据以下三种柳亚子文集统计得来,分别为《磨剑室文录》(中国革命博物馆、上海人民出版社编,上海人民出版社1993年版)、《柳亚子文集补编》(郭长海、金菊贞编,社会科学文献出版社2004年版)、《柳亚子集外诗文辑存》(张明观、黄振业编,上海人民出版社2011年版)。

④ 古代传记文类包含传、行状、碑志、墓表、哀诔、祭文等,因现代传记文(biography)概念与中国古代传记文类较难一一对应,故本文所论仅限于柳亚子的传文和杂传文。

从其书写对象而言，柳亚子的清末传记文可分两类，一类是以古代人物为中心的史传文，另一类则为友朋传记。这两类文体的创作时间有明显的前后之分，以1906年为界，前期柳亚子主要致力于史传文创作，后期则转为撰写友朋传记。前期的史传文宣传保种爱国思想，风格豪放恣肆。后期主要为友朋传记，写作对象为接触新式思想的人物，抒情氛围较浓。尽管与梁启超政治立场相异，但在近代传播媒介转型的背景下，柳亚子传记文的写作对象、传播语境及言说动机更接近梁启超的新文体，而以史传文创作受到梁启超的影响最为明显。

柳亚子的新体传记文主要为史传文，是模仿梁启超"新文体"而创作的传记文章。新文体之名相对于笼罩晚清文坛的桐城文体而来，以梁启超在《新民丛报》发表的一系列传记文章为代表。《新民丛报》由梁启超于1902年2月8日在日本横滨创办，包括25个门类，传记文章收录在"史传"栏目，其中的中外传记几乎皆由梁启超包揽。其中对于国内思想界影响至深的文章包括《黄帝以后第一伟人赵武灵王传》《匈加利爱国者噶苏士传》《意大利建国三杰传》等。这些传记在思想上歌颂西方的自由、民主精神，主张推翻专制制度，篇幅较长，又结合英雄所处的时代抒发议论。梁启超的这些伟人英雄传记对于1902年后日本、中国两地发行的报刊中的历史传记有着深远影响，柳亚子的史传文作品亦在此列。

二、柳亚子新体传记文的特色

梁启超在《新民丛报》发表的文字，历来被认为实践其关于文界革命的主张："德富氏为日本三大新闻主笔之一，其文雄放隽快，善以欧西文思入日本文，实为文界别开一生面者，余甚爱之。中国若有文界革命，当亦不可不起点于是也。"[①]1902年，梁启超批评严复译著文字时认为："夫文界之宜革命久矣。欧美日本诸国文体之变化，常与其文明程度成比例。况此等学理邃赜之书，非以流

---

① 梁启超：《夏威夷游记》附录二，载《梁启超全集》第四册，北京出版社1999年版，第1220页。

畅锐达之笔行之，安能使学僮受其益乎。著译之业，将以播文明思想于国民也，非为藏山不朽之名誉也。"① 以此，文界革命从思想内容和风格两个层面对中国文章传统提出新变的要求。其中"欧西文思"是重要的内容支持，即新的西方文明思想；而风格方面的"雄放隽快"则是基于西方传记文体的要求，主张发扬传记作者的主体精神，从文章结构、句法修辞等角度对桐城派主张的雅洁文风提出反驳。

1902—1906 年，柳亚子的史传文亦从内容和风格两个层面实践了文界革命的主张。

首先，凸显对于种族革命思想的宣传。可能与柳亚子未有游学经历、外语能力较弱有关，他主要选择中国历史上彰显民族主义精神的英雄人物来宣传民族独立思想，尤其突出女性的重要贡献。柳亚子史传文改变旧史以一家一姓为纲的叙事传统，不拘身份，以陈涉、花木兰、郭从谦、夏完淳、郑成功等历史人物作为传记主人公，围绕汉民族精神的发扬，宣传革命主张。《郑成功传》述及郑成功的抗清功绩："成功自四千一百三十七年以来迄四千一百五十二年，起兵已十六载。身历大小百余战，蹉跎蹉跎，荏苒荏苒。始得保台湾尺寸地，为用兵最后之结果。成功年亦已三十有八矣。"② 郑成功在台湾去世时："四千一百五十三年五月，大星耿耿，直坠台澎。解脱尘躯，复归天国。呜呼，郑成功逝矣。呜呼，黄族已矣。"③ 有别于前代正史以帝王为正统的论说立场，柳亚子以汉民族的独立、发展为论说标准，宣扬反抗暴政、抵抗异族入侵的新式英雄话语，其目的在于以史为鉴，激发读者的革命激情。

柳亚子共有四篇女性史传文。此外还有札记体的《女雄谈屑》，记述明亡以

---

① 梁启超：《绍介新著〈原富〉》，《新民丛报》1902 年第 1 号。
② 柳亚子：《郑成功传》，载中国革命博物馆、上海人民出版社编《磨剑室文录》上，上海人民出版社 1993 年版，第 11 页。
③ 柳亚子：《郑成功传》，载中国革命博物馆、上海人民出版社编《磨剑室文录》上，上海人民出版社 1993 年版，第 12 页。

来抗志不屈、反抗清人统治的庐陵刘淑英、杨娥、太平天国徐王后等多位女性逸事，呼吁读者发扬坚强不屈的民族精神。古代史书将女性传记附于全书之末，且多以"列女"为题，其入选标准无外乎儒家三纲五常的观念。柳亚子的女性史传有同样的意识，但他以"侠""义"为标准，从古代女性中选择具有尚武和反抗品质的代表，希望以此引起读者尤其是女性读者的积极仿效。

其次，柳亚子史传文从文体角度继承了新文体的特色。梁启超新文体在晚清的影响，最早被蒋智由（观云）称为有"魔力"，认为他的文章能改变读者的思想观念，以致"有左右社会之能"①。梁启超文章的"魔力"最直接的体现是文体风格的新变。关于其特色，主要见于梁启超1920年《清代学术概论》中的总结和反思：

> 自是启超复专以宣传为业，为《新民丛报》《新小说》等诸杂志，畅其旨义，国人竞喜读之，清廷虽严禁，不能遏，每一册出，内地翻刻本辄十数；二十年来学子之思想，颇蒙其影响。启超夙不喜桐城派古文；幼年为文，学晚汉魏晋，颇尚矜炼；至是自解放，务为平易畅达，时杂以俚语韵语及外国语法，纵笔所至不检束；学者竞效之，号新文体；老辈则痛恨，诋为野狐，然其文条理明晰，笔锋常带情感，对于读者，别有一种魔力焉。②

学者多以此解读其新文体在风格上的变化，包括使用新的语词（如"合韵律的文词""西方音译词语""民间俗语、成语"），行文自由、不受文章逻辑性的束缚，议论纵横、气势磅礴这三个方面的特点。③整体而言，新文体在文体形式上最大的特点是能够摆脱桐城文"雅洁"的要求，通过新语词、气势磅礴的长

---

① 王栻主编：《严复集》第三册　书信，中华书局1986年版，第645页。
② 梁启超：《清代学术概论》，岳麓书社2010年版，第81页。
③ 参见伊丽娜《化陋邦为新国——梁启超文化革新思想研究》，黑龙江大学出版社2015年版，第76—77页。

句、排比句、注重议论等方式将题旨畅快无余地表述清楚。

柳亚子直言受到《新民丛报》的影响，而柳文受梁启超新文体影响最直接的表现是标题的相似性，二者皆喜使用夸张醒目的长标题，且在标题中以"关键词"的形式直接列出传主最有代表性的功绩。如柳亚子1904年发表的两篇史传《中国革命家第一人陈涉传》《中国第一女豪杰女军人家花木兰传》，标题结构明显模仿梁启超《黄帝以后第一伟人赵武灵王传》（1902）。这一"国别＋特征＋传主"的命名方式未见于《史记》开创的中国史传文传统，但在梁启超1902年的中外传记文中却非常普遍，诸如梁氏《近世第一女杰罗兰夫人传》（1902）、《新英国巨人克林威尔传》（1903）、《明季第一重要人物袁崇焕传》（1904）等。这种在标题突出"第一""巨人"的写法，鲜明体现了传主的身份及传者的观点，颇具夸张的宣传效果，更易吸引报纸读者。柳亚子更将此笔法用于行文中，如称聂隐娘故事中的田承嗣为"世界第一之野心家魏博节度使田承嗣"[①]，较古代史传文更增加铺张扬厉的气势。

从文体结构而言，柳亚子早期史传文也明显体现出受新文体的影响。《郑成功传》和《中国革命家第一人陈涉传》皆分章并有标题，并重视以西方史传的议论体鲜明表达传记作者的立场。这一写法的提倡源自梁启超。自1898年东渡日本之后，梁启超的论说文逐渐形成较稳定的体例，如1899年的《东籍月旦》《自由书》，皆以"发端""叙论"提出文章主旨，再引入文章的主体部分。1901年年底，梁启超完成传记《李鸿章》（又名《中国四十年来大事记》）。这篇长篇传记的《序例》第一条就标明："此书全仿西人传记之体，载述李鸿章一生行事，而加以论断，使后之读者，知其为人。"[②]同时，《序例》第二条批评中国旧史虽然名目众多，但"类皆记事，不下论赞，其有之则附于篇末耳"[③]。而《史记》开

[①] 柳亚子：《中国女剑侠红线、聂隐娘传》，载中国革命博物馆、上海人民出版社编《磨剑室文录》上，上海人民出版社1993年版，第144页。

[②] 梁启超：《梁启超全集》第二册，北京出版社1999年版，第510页。

[③] 梁启超：《梁启超全集》第二册，北京出版社1999年版，第510页。

创的夹叙夹议体凸显作者史识，应当为当下的史传作者所继承。《李鸿章》第一章即为绪论，表达传者总体观点："吾敬李鸿章之才，吾惜李鸿章之识，吾悲李鸿章之遇。"① 第二章从中国历史角度评论李鸿章所处位置，至第三章才正式介绍李鸿章的生平。而在中国传统史传文里，应当首先标出传主的生平家世。可见，梁启超的新体传记文注重凸显传记作者的主体精神，有别于中国史传文章婉而多讽的隐微修辞。

这一传记结构上的新变为此后《新民丛报》中的传记文所继承，也体现在柳亚子的史传文中。以开头为例，《中国女剑侠红线、聂隐娘传》(1904)的开头为：

> 越女何人哉？庞娥、聂姊、海曲、吕母何人哉？若安、美世儿、韦露、苏菲亚举何人哉？探头于囊，杀人于市，神奇变化不可思议，疑鬼疑佛，疑神疑仙，非神非仙，是名曰侠。潘小璜曰：吾二千年前之中国，侠国也，吾二千年前中国之民，侠民也。②

这与《近世第一女杰罗兰夫人传》(1902年)的第二段相似：

> 罗兰夫人，何人也？彼生于自由，死于自由。罗兰夫人，何人也？自由由彼而生，彼由自由而死。罗兰夫人，何人也？彼拿破仑之母也，彼梅特涅之母也，彼玛志尼、噶苏士、俾斯麦、加富尔之母也。质而言之，则十九世纪欧洲大陆一切之人物，不可不母罗兰夫人。十九世纪欧洲大陆一切之文明，不可不母罗兰夫人。何以故？法国大革命为欧洲十九世纪之母故，罗兰夫人为法国大革命之母故。③

---

① 梁启超：《梁启超全集》第二册，北京出版社1999年版，第511页。
② 柳亚子：《中国女剑侠红线、聂隐娘传》，载中国革命博物馆、上海人民出版社编《磨剑室文录》上，上海人民出版社1993年版，第142页。
③ 梁启超：《梁启超全集》第三册，北京出版社1999年版，第858页。

两段皆以探询式的口吻引起读者兴趣，接着以强烈的语气肯定传主的生平特质，然后通过并举其他同类历史人物彰显其在历史中的位置与价值。传统史传重视记录史实，通过春秋笔法的方式将史家的议论隐藏在字里行间。柳亚子接受梁启超新体史传文的影响，其文章转为由"发端"的议论开始，正文依次为传主的时代、生平经历，以作者的评语结尾。柳文重视结合当前时代形势抒发议论，行文结构上以史论为中心，以夹叙夹议的方式表现人物生平事迹。如《中国第一女豪杰女军人家花木兰传》的开头：

> 长宵载梦，历太平洋而西，神游于文明之欧美，放眼其庄严灿烂之国土，有物焉。胚胎于风俗，字育于政教，发达于历史，近之不可得而即，远之不可得而避。而矗然，植然，与百丈之国旗、千丈之纪念塔，掩映于无形之间。曰民族主义焉，曰尚武精神焉，曰军国民资格焉，吾脑筋为之震动，吾灵魂为之摇荡，吾感情为之影响而激昂。[1]

花木兰的生平仅见于北朝民歌《敕勒歌》，无论正史还是野史皆不见记载。但柳亚子基于西方民族主义思想，从古代诗歌演化出一篇花木兰传记，并将花木兰推崇为"中国第一女豪杰女军人家"。在介绍传主生平时，柳文亦重视结合民族思想论述其时代。如《郑成功传》在引出郑成功生平之前，叙写明末局势："嗟嗟，满族西侵，欧权东渐，果始收于今日，而因已布于当年。伫看吾爱国男儿之经略何如矣。"[2] 可见，柳亚子史传文的特色也在于重视议论，以夹叙夹议的方式凸显传记作者的思想意旨和叙事意图。

最后，柳亚子史传文的风格特色也具有酣畅淋漓的特点。柳亚子史传文常

---

[1] 柳亚子：《中国第一女豪杰女军人家花木兰传》，载郭长海、金菊贞编《柳亚子文集补编》，社会科学文献出版社2004年版，第8页。

[2] 亚卢：《郑成功传》，《江苏》1903年第4期。"亚卢"为柳亚子笔名。

借助反问、对偶、排比句式凸显情感，表现为铺张驰骋的风格与悲慨情绪的并存。尤其是在一个段落中，柳文连用比喻、反问、夸张、排比、对比、类比、对偶等修辞手法，反复陈说其义。以《中国革命家第一人陈涉传》开头阐释"革命"为例：

  夫革命二字，实世界上最爽快、最雄壮、最激烈、最名誉之一名词也。实天经地义，国民所一日不可无之道德也；实布帛菽麦，人类所一日不可缺之生活也。彼欧洲列国政治之所以平等者在此；法律之所以自由者在此；学术之所以进步者在此；风俗之所以改良者在此；一切有名无名之事物所以能增长发达者亦在此。吾读其书而心醉，吾读其书而神往，吾读其书而梦寐不能忘也。噫！人皆有革命，奚我独无？①

文章从正面立论凸显革命的重要意义，将其形容为欧洲社会乃至一切事物不可或缺的特质。紧接着，以人有我无引发读者对晚清社会的反思和批评。梁启超的史传文如《意大利建国三杰传》（1902）的开头也运用了这一言说视角，希望通过绝对的、夸张的言辞激发读者的同理心和爱国心：

  ……无三杰则无意大利，三杰缺一，犹无意大利。三杰以意大利为父母为性命，意大利亦以三杰为父母为性命。吁嗟乎，危哉！今日之中国，其乌可无如三杰其人者。吁嗟乎，耗哉！今日之中国，夫安所得有如三杰其人者。吾寐而叹之，吾寐而言之。②

---

① 柳亚子：《中国革命家第一人陈涉传》，载中国革命博物馆、上海人民出版社编《磨剑室文录》上，上海人民出版社1993年版，第92页。
② 梁启超：《意大利建国三杰传》，载《梁启超全集》第三册，北京出版社1999年版，第827页。

更值得注意的是，梁启超与柳亚子的史传文中皆具浓厚主观倾向的论者声音。梁文通常在行文中多次使用"呜呼""噫""吁嗟乎"以强化情感，而柳亚子在此基础上丰富了语气词，如《中国民族主义女军人梁红玉传》中的"嗟嗟""咄咄"等，将对现实的悲慨激愤之情表达得淋漓尽致："嗟嗟！望美人于天末，魂兮不归；瞻祖国之山川，天胡此醉。我日日焚香缥笔，祝二万万女同胞有继梁红玉而起，以助我杀异种、保同种之遗志者。"[①] 这一呼唤同道者的情绪在后期传记文中得以延续，但在表达方式上则更为含蓄，带有向传统史传文回归的色彩。

三、柳亚子的后期传记文

自1906年开始，柳亚子的传记文对象转为同时代的友朋，主要为受到革新思想影响的人物。这些传记文皆作于传主去世以后，既有悼念的色彩，又因文末多有"柳弃疾曰"的评述语而有史传文的特点。这一时期的传记文风格倾向于平和客观，篇幅较短，与明清以来的传记文传统接近，文章情感更为诚挚低徊。有关传记文风格的转变，柳亚子在《陶君佐虞家传》（1908）的结尾处曾解释为对"法度"的遵从：

> 余数年前曾为君撰传文，久藏弃箧中，近检视之，颇嫌其驰骋，不合于法度，而言者又以为触犯忌讳，虑无能传世而行远，爰更为篇。尼父作春秋定哀之世多微词，然而君之志节行谊，亦略可睹矣。人虐天饕，素心寥落，既伤逝者行念生存，此尤余之所为忾来横胸，不可断绝者也。[②]

---

① 柳亚子：《中国民族主义女军人梁红玉传》，载中国革命博物馆、上海人民出版社编《磨剑室文录》上，上海人民出版社1993年版，第110页。

② 柳亚子：《陶君佐虞家传》，载中国革命博物馆、上海人民出版社编《磨剑室文录》上，上海人民出版社1993年版，第220页。

陶佐虞即陶亚魂，1903年与柳亚子结识后，二人曾共同组织出版《新黎里》杂志。1904年陶亚魂去世时，柳亚子作《吴江志士陶亚魂小传》加以悼念，文中颇多铺张渲染之语。如谈及陶亚魂去世时，《吴江志士陶亚魂小传》以典故排比、反问及长句抒发作者对于同道之友早逝的痛惜之情，其中不乏对时局危急的评价：

……乃知前日凌晨一见，而生离死别俱在此瞬息之中，自今以后，碧化苌弘，石填精卫，秋坟鬼唱，宿草离离，欲求如吾二人梦寐之理想，所谓携手相将同上舞台，直捣黄龙，举杯痛饮，周旋于独立之厅，议政之堂者，固万万无复此扬眉吐气之一日，即欲握手接吻一表亲爱之情又岂可得哉！呜呼！万事本无常，人生会有死，必以吾辈孑遗之民，身受压制之惨，一奴再奴，厄运方长，觍颜斯世，亦复何乐？抑彼梦梦者无论矣，思想一开，欲室不得，赤手空拳，无裨世运，悠悠苍天，哀哀同胞，圉谁谅我心者？张目疾视，种种见闻，何一非亡国灭种之资料？仰天俯地，咄咄书空，坐以待尽，谁复能堪？[1]

这类铺张的传记写法可能指向了柳亚子《陶君佐虞家传》中反省的"驰骋"风格。就传文结构而言，《吴江志士陶亚魂小传》（1904）依照文界革命的史传文写法，结合时代评价逝者生平，夹叙夹议，突出其个人成就而未涉及其家庭，令习惯传统友朋传记的读者有未尽之感。

在考虑了"法度"和"传远"这内外两重文章标准之后，柳亚子于1908年9月重作陶亚魂传记。在新传文《陶君佐虞家传》里，柳亚子首先在文题上作了较大的更动。传主陶亚魂原名赜熊，字佐虞，受革命思想影响后改称"亚魂"。

---

[1] 柳亚子：《吴江志士陶亚魂小传》，载中国革命博物馆、上海人民出版社编《磨剑室文录》上，上海人民出版社1993年版，第123页。

柳亚子在新传中称呼其字，又将传记题目改称"家传"，既显示与传主的亲密关系，又呈现出传统的史传叙事理论，重视以线性时间顺序较全面地记录传主生平行事、希望传示子孙的倾向。行文结构方面，《陶君佐虞家传》也继承清代家传文的体例，其开头为：

>君讳赓熊，字佐虞，更名曰亚魂，号睢旦，亦称砥中，姓陶氏，吴江梓树村人也。生而颖悟机警，有应变才。剖析事理，若燃犀照影，出一语，即令人解颐……①

清后期阳湖派张惠言的名文《承拙斋家传》是为其乡贤承任所作的小传，其开头为："承君名任，字是常，自号拙斋先生。其先祖，汉侍中祭酒宫。宋南渡时有振者，及其弟采侨居毗陵，子孙世为武进太平乡篠坞里人。拙斋，采后也。父兑，以孝闻，事在郡志。"②最后以"论曰"表达对承任的敬佩之情。《陶君佐虞家传》与其结构类似，也是先介绍传主名号、籍贯家世，论述其生平行事，以"柳弃疾曰"收束全文。而柳亚子《吴江志士陶亚魂小传》的开头为："黄帝纪元四千三百九十五年甲辰八月九日得吾友陶亚魂疾亟之耗，越日而余自同里自治学社来省君病，甫入门，则素帏摇曳，哭声大作，知君已前一日辞人间世矣。"③传文使用倒装结构，虽有强化渲染悲痛情感、引起读者好奇的效果，但显然离唐宋以来形成的"家传"体例有一定的距离。

柳亚子对古典传记文传统的回归，还表现在行文布局方面对议论的集中收

---

① 柳亚子：《陶君佐虞家传》，载中国革命博物馆、上海人民出版社编《磨剑室文录》上，上海人民出版社1993年版，第219页。

② （清）张惠言著，严明、董俊珏选注评点：《张惠言文选》，苏州大学出版社2001年版，第151页。

③ 柳亚子：《吴江志士陶亚魂小传》，载中国革命博物馆、上海人民出版社编《磨剑室文录》上，上海人民出版社1993年版，第120页。

束。首先，《陶君佐虞家传》改变了前传夹叙夹议的方法，仿照古代史传文体例，将作者观点统一放在文末。其次，《陶君佐虞家传》较少使用长句和人物对话，多以简练的短句记述传主生平事迹，因此行文风格方面更为含蓄。如同样写传主去世，新传的相关文字置于文末，且只有数句："自君已，余然后知死别之悲悲于生离。而昔人山阳之赋，西州之恸，其情诚有所不能已也。"[①] 前篇传记中长篇大论的对于世事无常、生死功绩的感慨浓缩于一句"其情诚有所不能已"，其抒情低徊之意更为明显。而写于1910年的《云间赵生传》，论及同学赵增炜之逝时，其抒情典雅之意更为明显：

顾屠龙未就，赋鹏先悲，宁非命耶。昔诗人如李长吉，不幸早夭，而投溷之余，终传百世。使生闭户下帷，五年读书，纵不敢望长吉，即老夫终当让生出一头地。然生终不欲以彼而易此，斯亦青主所谓埋血千年而碧不可灭者矣。为告后来，勿以篆刻雕虫之末，掩其挥戈化杖之心可也。[②]

相比前期史传文中多次使用的"呜呼"等语气助词，《云间赵生传》仅以"耶"字有节制地表达哀恸情绪。从《云间赵生传》多用典故和对偶句如"轰雷掣电，骇龙走蛇"的使用来看，柳亚子在清末后期的传记文也向注重丽辞的骈文风格回归。

除了法度上的考虑之外，柳亚子后期传记文的用笔含蓄与当时的社会形势、"传世而行远"的受众考虑也有关联。1905年中国同盟会在日本成立后，陈家鼎、蔡元培、马君武、柳亚子及宁调元等人便积极在国内开展革命宣传，但清廷的反扑随之而来。1906年之后，清廷增加对革命活动的监视和打击，尤其在江

[①] 柳亚子：《陶君佐虞家传》，载中国革命博物馆、上海人民出版社编《磨剑室文录》上，上海人民出版社1993年版，第220页。

[②] 柳亚子：《云间赵生传》，载《中国革命博物馆、上海人民出版社编：《磨剑室文录》上，上海人民出版社1993年版，第239页。

南地区，对报刊出版的检查和控制更加严苛。1906年，端方担任两江总督，与上海道台蔡乃煌等整饬上海报界[①]，影响了柳亚子等文人宣传反清革命思想的舆论空间。1907年，徐锡麟就义于安庆、秋瑾被杀于绍兴。南社的骨干成员宁调元、陈陶遗等人也相继被捕，与之关系密切的柳亚子甚至不得不回到家乡暂避。受到政治形势恶化、出版空间受限的影响，柳亚子后期传记文出版稍晚，且发表刊物为《南社》。这可视为柳亚子后期传记文风格转型的外部因素。

从柳亚子个人喜好而言，在追随"文界革命"主张数年后，柳亚子对新文体过于铺张扬厉的叙事风格有所反思。出于对传统传记文体风格的偏爱和实用性的考虑，柳亚子后期传记文扬弃了西方传记文的书写体例，但仍延续文界革命在传播新思想方面的主张。这集中表现为突出传主生平事迹中对新思想的接受和实践。如《冯茜华女士传》《云间张女士传》等篇的传主去世时皆未满20岁，柳亚子认为传主们值得称颂的事迹为其具备保种爱国思想，能够为女学复兴贡献力量。如称冯茜华女士"读书通大义，于'春秋'内外之旨，持之尤力。尝愤中国女子，学殖放失，权利坠落，以毒其种，而为僇于世，思有以振起之"[②]，因而积极入读新式女学，学有所成之际却因病去世。柳亚子因而感慨"天祸黄裔，文武道丧"[③]，将时局之感融于文末评论。即使是年岁较长的女性，如《魏里孙母传》中的孙时英之母，柳亚子也强调其"好谈明季节烈事，慷慨陈词，志义奋发"[④]的一面，以此突出母教在传承民族思想中的重要性，并宣扬种族革命宗旨。

[①] 参见石希峤《官办商报：清末督抚控制舆论策略研究》，《近代史研究》2022年第1期。
[②] 柳亚子:《冯茜华女士传》，载中国革命博物馆、上海人民出版社编《磨剑室文录》上，上海人民出版社1993年版，第191页。
[③] 柳亚子:《冯茜华女士传》，载中国革命博物馆、上海人民出版社编《磨剑室文录》上，上海人民出版社1993年版，第192页。
[④] 柳亚子:《魏里孙母传》，载中国革命博物馆、上海人民出版社编《磨剑室文录》上，上海人民出版社1993年版，第243页。

结语

1900年发表的陶曾佑《中国文学之概观》一文，曾将柳亚子与梁启超、刘师培、章太炎同列为清末文家的代表[①]，可见柳亚子文在当时的影响。柳亚子晚清时期创作的传记文包括史传和友朋传记两种，主要发表于报刊，宣传民族主义和反清革命思想。前者的风格多受文界革命说影响。正如阿英所云，清末的传记文学"通过人物的介绍与论评，获得了很大的宣传效果"[②]。这种宣传革命、女性解放等新思想的文字，在文体结构、修辞方式和语言风格方面带有明显的新文体风格。1906年后，柳亚子的传记文转为向古典传记传统靠拢，行文骈散相间，增加了文字的音韵美和节奏感，其情感也更为含蓄低徊。尽管从文题、篇幅、书写风格角度而言更具有明清友朋传记的风貌，但后期传记文的精神内质仍与前期一致。

柳亚子对于古典传记文传统的回归，很大程度上代表了南社文人对于传统品位的回归与眷恋。相比之下，其他南社的早期参与者如陈去病和高燮、高旭叔侄的传记文章虽也宣扬保种爱国精神，但其文体形式仍以传统史传文为主。从1907年陈去病在上海组织神交社开始，南社文人的雅集聚会既与清末革命活动的需求相关，又带有风雅同道交流的意味。在此语境下，柳亚子兼及传统传记文法度与文界革命要求的做法，反映出文界革命精神在20世纪初南社散文创作中的内化。

实际上，在新文体风行的1904年，创办《中国白话报》、后加入南社的林獬已经对文界革命的学理提出不满：

> ……国事日亟，吾党之才足以作为文章、鼓吹政治活动者，已如凤毛麟

[①] 参见陶曾佑《中国文学之概观》，《著作林》1900年第13期。
[②] 阿英：《传记文学的发展——辛亥革命文谈之五》，载《阿英文集》，生活·读书·新知三联书店1981年版，第835页。

角。而近人犹复盛持文界革命、诗界革命之说。下走以为，此亦季世一种妖孽，关于世道人心靡浅也。吾国文章实足称雄世界。日本固无文字，故虽国势盛至今日，而彼中学子谈文学者，犹当事事丐于汉土。今我顾自弃国粹，而规仿文辞最简单之东籍，单词片语，奉若丘索，此真可异者矣。①

  这段文字出自林獬给高旭的书信，本为同仁之间的论文之语，但1909年高旭发表《愿无尽斋诗话》，援引此信作为自己眷恋"守国粹的""用陈旧语句"的支持。林獬与蔡元培共同创建爱国学社，1903年至1904年主编《中国白话报》，是以白话文宣传革命的重要阵地。然而，林獬仍以中国传统的雅文为尚，认为日本报刊文体远不及中国悠久的文章传统，是从文章风格角度对传统的回归。由此可见，南社文人在晚清对文界革命的态度，经历了从对其报刊文字效用的钦佩到向传统文体价值回归的过程。在此转变过程中，南社文人固有的国粹立场一以贯之，最终体现为文章品位的典雅化和传统化。从近代文章发展角度而言，这也是一种"旧瓶装新酒"的新尝试。

附录

柳亚子清末传记文目录

序号	年份	标题	出处
1	1902	《郑成功传》	《江苏》1903年第4期
2	1904	《中国革命家第一人陈涉传》	《江苏》1904年第9、10期
3	1904	《中国第一女豪杰女军人家花木兰传》	《女子世界》1904年第3期
4		《中国女剑侠红线、聂隐娘传》	《女子世界》1904年第4、5期

---

① 高旭：《诗话 愿无尽斋诗话（上）1909年》，载郭长海、金菊贞编《高旭集》，社会科学文献出版社2003年版，第544—545页。

续表

序号	年份	标题	出处
5	1904	《中国民族主义女军人梁红玉传》	《女子世界》1904年第7期
6		《女雄谈屑》	《女子世界》第9、10期
7		《为民族流血无名之女杰传》	《女子世界》1904年第11期
8		《朱霞片片录：吴江志士陶亚魂小传》	《醒狮》1905年第2期（10月28日）
9	1905	《郭从谦传》	《国粹学报》1905年第1卷第7期
10	1906	《云间张女士传》	《复报》1906年第2期（6月16日）
11		《吴日生略传》	《复报》1906年第4期（9月3日）
12		《夏内史传略》	《复报》1906年第6期（11月11日）
13		《云间俞君小传》	《复报》1906年第7期（12月15日）*
14	1907	《冯茜华女士传》	《南社丛刻》1910年第1集
15		《冯君竟任家传》	《南社丛刻》1910年第1集
16	1908	《陶君佐虞家传》	《南社丛刻》1910年第1集
17	1909	《冯君心侠家传》	手稿
18		《冯遂方女士传》	《南社丛刻》1910年第1集
19	1910	《云间赵生传》	《南社丛刻》1911年第3集
20		《魏里孙母传》	《南社丛刻》1911年第4集
21	1911	《周烈士实丹传》	《南社丛刻》1912年第5集
22		《亡友丹徒赵君传》	《民心》1911年第7卷；《南社丛刻》1912年第7集

*《柳亚子文集补编》（郭长海、金菊贞编，社会科学文献出版社2004年版，第18—19页）收录此文，文末注发表地为"《复报》第7期，1906年12月25日"，查《复报》第7期卷末注明出版日为"十月三十日"，应为公历1906年12月15日。

资料来源：中国革命博物馆、上海人民出版社编：《磨剑室文录》，上海人民出版社1993年版，第1—259页；郭长海、金菊贞：《柳亚子文集补编》，社会科学文献出版社2004年版；张明观、黄振业编：《柳亚子集外诗文辑存》，上海人民出版社2011年版。

注："传记文"指以"传"为标题的文章，不包括广义的祭文、寿序等。因传记在报刊刊载时标题略有不同，为免混乱，文章标题依据已出版的四种柳亚子文集，不另出注。

作者简介： 孙莹莹

哈尔滨工业大学（深圳）人文与社会科学学院助理教授。主要研究方向：近代文学与文化，南社。

一份刊物的诞生传（编后记）

THE BIRTH OF A JOURNAL (POSTSCRIPT)

  万物皆有历史，也就是说，万物都有一段过去，原则上可以重建，并与过去的其他部分联系起来。[①]

  汉娜·阿伦特曾说，历史叙述的要义，不是构建某种理论图式，不是揭示某种必然法则，而是要学会讲故事。在甲辰年的温暖秋日午后，当我在电脑屏幕上输入"编后记"这三个汉字的时候，跃入脑海的是汉娜·阿伦特关于人类历史故事的这段论述。

  《传记学研究》的创刊目的，已在"创刊词"中阐述。"编后记"里，我想讲讲这本以人文学科跨学科性为突出特征的学术刊物的历史故事，以我们今天所提倡的传记概念[②]来讲，即要讲讲这本刊物的诞生传。

[①] 转引自〔英〕彼得·伯克主编《历史写作的新视野》，薛向君译，北京大学出版社2023年版，第4页。

[②] 近年来，越来越多的研究证明，传记是叙述和研究一个文明、一个国家、一个社会、一个村庄、一个个体等所有与人类创造意义上的人、事、物和现象的过去历史、当下现状、未来趋势最理想的方式和方法之一。在这个意义上，讲述一本刊物的诞生经历，就是一部刊物的诞生传。

传记作为一种"诞生过去"的方式,其呈现过程必定是叙事性的,而且是阐释性的,如海登·怀特所言,"只要史学家继续使用基于日常经验的言说和写作,他们对于过去现象的表现以及对这些现象所做的思考就仍然会是'文学性的',即'诗性的'和'修辞性的'","历史学家不仅赋予过去的事件以实在性,也赋予它们意义"[①]。叙述《传记学研究》的诞生传,我讲三个故事,当然,这三个故事是我在记忆的空间中围绕"何为传记"这个核心主题所展开的事件来建构的,是为了给这个系列事件赋予意义。

第一个故事:对传统的回归。

2015年2月,我从工作了15年的中国艺术研究院文化艺术出版社调入中国艺术研究院《传记文学》编辑部,从东四八条到惠新北里甲一号,从北二环内到北四环内,从图书编辑变成杂志编辑,都是编辑,在文字的世界里与人类创造意义上的文明成果交流,汲取养分,拓展人生广度、深度、厚度,在我的认知里,这是最美好的工作。

当时的《传记文学》以发表作品为主,主要是古今中外人物传记,属于文学杂志。我在编刊的过程中,对传记作品现有叙事模式产生怀疑,即以在历史的长线中只占有以出生与死亡为分界点的一个瞬间的讲述为主,人物的死亡等于传记的结束,传记故事叙述得再励志、再精彩,总免不了给人过于单一和单薄的感觉,缺乏历史应有的厚重性、多元性、丰富性。《传记文学》是月刊,一期接着一期编辑、出版,不能因为我的困惑而停下出版的节奏,我一边编刊,一边困惑,一边寻找中西方传记研究著作,尽量在繁忙的工作中挤出断断续续的时间来阅读,希望在理论研究中打开思路,拓宽视野。韩兆琦老师的《〈史记〉与传记文学二十讲》、陈兰村老师的《中国传记文学发展史》、张新科老师的《中国古典传记文学的生命价值》等都是我那段时间的枕边书、车载书、出差必备书。

---

① [美]海登·怀特:《元史学:十九世纪欧洲的历史想像》"中译本前言",陈新译,译林出版社2004年版,第1页。

韩兆琦老师是中国《史记》研究会名誉会长，被同为《史记》研究大家张大可老师称为"当今一位卓有成就的古典传记文学的研究专家、知名学者，他对《史记》的研究情有独钟，花费了他过半的精力，成绩可观"。从韩兆琦老师的《史记》研究中，我系统认识和学习了《史记》对中国历史纪传体和传记文学文体的开创所带来的重要意义和学术价值，更是在反复研读韩兆琦老师十卷本《史记笺证》和《中国传记文学史》等著作过程中，领悟到中国传记史的发展脉络，对传记的产生、发展、演变过程有了较全面的了解。在此基础上，我结合阅读梁启超的《中国历史研究法》《中国历史研究法补编》《新史学》等史学著作，陈兰村老师、张新科老师的《中国古典传记论稿》，杨正润老师的《现代传记学》等兼有史学与传记学跨学科特征的著作，对古典传记和现代传记在继承、发扬以及反思、扬弃、转型诸方面所带来的成就及其所产生的新现象和新问题，有了新的认识。

　　我开始思考一个现象：一百多年前，随着现代各学科的产生，传记也迎来了现代转型，借鉴西方现代传记叙事模式来讲述人物传记，同时把传记纳入文学学科范畴，突出其文学性，淡化其原本最为核心的史学性。传记的现代转型，当然值得肯定，但经过百年发展，我发现今天的传记似乎丢失了一个重要的精神：传记写作越发单一化，变成只讲述人生故事的文体，《史记》中本纪、世家、列传所反映的历史进程的宏阔、复杂、多元价值，在今天的传记中再也见不到了。

　　与此同时，我发现中西方陆续出现《伦敦传》《北京传》《黄河传》等以人类自身之外其他人类创造意义上的事、物和现象为传主的传记作品，评论界也给予了关注，认为这是一种文体和内容上的创新现象。我对此持有不同意见，我认为这是传记的一种转向——传记向自身起源回归，抑或是传记将现代学科意义上的人物传记回归其最初的含义。从传记的起源来看，作为一种文体，传记最初的含义是泛指经书以及解说经书的文字，后来指关于人的生平的记述，与对经书的解释这个含义渐行渐远。现代学科的诞生，更是将人物与传记变成固定的组合，专指记述人物生平事迹的文体。司马迁的《史记》开创了以人物为中心的纪传体传记,这是现代学界共识,但我们在现代学科的发展中忽略了或没有全面认识和研究一个现象:司马迁在《史记》里记述的传记并不全是人物传记,还有《西南夷列传》《南越列传》《东越列传》《匈奴列传》《大宛列传》《货殖列传》等以非人物为传主和主体的传记,说明司马迁新开创的纪传体传记文本是对此前传记传统的继承、拓展和创新。这样的传记,符合朱文华在《传记通论》中的阐释,传记是"对某一事物发展过程的记述,含有变迁史之意"。基于这样的认识,我撰文分析了这种现象:"今天被视作创新现象的城市传、江河传,其实是传记文体回归了传统,或者说是与古代传统再度融合,延伸、拓展了现代传记以人物为主体的局限性和单一性,使传记文体的功用和价值扩展、提升到真实记载文明、历史、文化、城市等与人类自身息息相关的事物的发展过程,无论是对传记学科,还是对历史学、人类学、文学等其他学科,都是一种突破以往固有概念的新现象,亟须相关学者给予关注和研究。"①

从现代传记的发展困境追溯传记的起源和传统,反思现代学科建制下人文学科所产生的问题,促使我思考传记如何才能够良性发展,发挥应有的历史文化方面的价值。

第二个故事:创作、研究、教学。

对世间所有事物而言,永恒不变的只是变化,所有事物都在变化中,或者因守旧而停止了前进的步伐,或者因坚持而丰富了自我的历史,或者因选择而走向了另一种未来。《传记文学》的40年历史,也是如此,在时代的变迁中变化着,总是在向着前进的方向、向着未来的方向发展。

《传记文学》并非一开始就是纯粹地以发表作品为主的刊物,创刊之初以及后来的一段时间也断断续续刊发了传记文学理论研究方面的文章。1984年的"创刊号",除了原文化部副部长林默涵同志撰写的《关于传记文学(代发刊词)》之外,设置四个栏目——传记、回忆录、欣赏与借鉴、传记创作研究,

---

① 斯日:《中国传记:个体生命与他们的时代》,《中国文化报》2023年3月10日。

分别代表了他传（中国传记）、人物回忆、外国传记、传记研究四个方面。"传记创作研究"栏目以长达10页的篇幅译介《新大英百科全书》中"传记文学"条目，既介绍传记文学的要素、形式和自传的形式，又阐述西方传记文学和其他地区传记文学的发展，内容全面，介绍详尽，一文在手，可阅尽传记文学这个文类现代发展基本脉络。整个20世纪80年代以及90年代初期，理论研究文章不时出现在《传记文学》，但总体发展趋势是以发表传记作品为主，到了21世纪，理论研究文章几乎不见踪影，这与当时流行的轻阅读现象分不开。

变化始于2016年深秋。

2016年第10期，我们增加一个了新的栏目"传记课堂"，"开课的话"中写道：

  1978年，西方第一份传记研究刊物《传记：跨学科》在美国夏威夷大学创刊，从此开启了一个新的学术领域。在三十多年的时间里，传记理论与批评逐渐形成独立的话语体系，自成一家，在当代国际学术研究领域已然占有了一席之地，"传记走向了西方文化的前沿"，"传记迎来了它的时代"。

  我刊从这期开始尝试开设"传记课堂"栏目，与国内外传记研究机构携手，邀请优秀的教师，开讲传记理论与批评课程，既有理论建构与文本分析，也有宏观评述与微观品读；既回顾总结传记的发展历程，也力图阐明其未来发展趋势。我们的"传记课堂"在"传记的成熟"季节开课，相信在摘得成熟果实的同时，也一定会播下优质的种子。

"传记课堂"开课的第一篇理论文章，用了梁庆标教授的《传记时代的来临及其当代启示》，梁教授的文章立足于21世纪的当下，纵览古今中西传记演变史，认为："传记地位的凸显有多种表现，作品的大量出版是一个方面；传记批评与理论的逐步成熟则是'传记时代'的另一个重要标志，是'传记学'进入现代阶段的体现。传记已经成为一个独立文类，如今能自成一家，与虚构文学批评、历史批评鼎力相持。从深层角度看，传记对人类自我认知及自我超越的意义非同寻常，是人们认识复杂人性、丰富现代人格、完善理想自我的必要路径。""传记迎来了它的时代。"

  8年之后的秋天，2024年10月，也是深秋的季节，再次回想过往，对于《传记文学》发展而言，那个秋天确实具有非同一般的意义，只是当时未曾体味到，这也是历史、传记等以对"过去的诞生"为目的的著作令人着迷之所在，在当下纷纷扰扰的生活中不经意间却又恰如其分地添加过往的岁月和时光，使当下瞬间变得宁静而清澈，变得厚重而温暖。行文至此，秋日的阳光正透过窗户玻璃，将无数灵动而飘逸的金线，洒落在地板上、桌子上、书本上，洒落在我敲键盘的手指上，也洒落在我沉浸于历史时光的内心上，突然间理解了里尔克《秋日》的所指和能指：

  主啊！是时候了。夏日曾经很盛大。
  把你的阴影落在日规上，
  让秋风刮过田野。

  让最后的果实长得丰满，
  再给它们两天南方的气候，
  迫使它们成熟，
  把最后的甘甜酿入浓酒。

  谁这时没有房屋，就不必建筑，
  谁这时孤独，就永远孤独，
  就醒着，读着，写着长信，
  在林荫道上来回
  不安地游荡，当着落叶纷飞。

（冯至 译）

  对于《传记文学》的发展，"再给它们两天南方的气候"，"让最后的果实长得丰满","迫使它们成熟，把最后的甘甜酿入浓酒"。在接下来的几年里，每期刊发一篇传记研究文章，成为一个特点，也成为一个亮点。由此，《传记文学》以传记作品为主、以传记研究文章为辅，有实践，有理论，接续了创刊初期前辈们的愿望。"日就月将，学有缉熙于光明。"从2021年第1期开始，"传记课堂"改为"传记研究"，从课堂进入研究，无论是在数量上，还是在质量上，都达到了一个新的高度。

2019年是中华人民共和国成立70周年。以回溯历史、记录时代、讲述时代中人的精神面貌为宗旨的《传记文学》，作为传记作品主体，推出封面专题"他们是共和国艺术学科奠基人"，首次为中国艺术研究院杨荫浏、吴晓邦等十位艺术学科奠基者集体立传。与此同时，作为传记研究部分，刊发一组题为"传记文学七十年十人谈"的专题文章，我们撰写了题为"时间的厚度以及传记的魅力"的"写在前面的话"，为十位当代传记研究者和传记家代表人物在传记发展史上的继承和创新意义作了归纳和总结。

如果说，2019年第10期杂志内容在文与论的容量上达到平衡，那么，2020年第9期封面专题"传记文学课：在历史与文学之间"，可谓在《传记文学》杂志史上首次将传记研究主题推进到核心位置。这期专题，我们以访谈和自传的形式，集中展现在中国传记研究方面作出卓越贡献的当代四位传记学者的学术生涯及其突出成就。开篇是对中国《史记》研究会名誉会长韩兆琦老师进行的访谈录。当我开始对传记研究发生兴趣，但就当下研究现状有所疑惑的时候，韩兆琦老师的《史记》研究犹如从远处照射过来的一束光，为我开启了将当下与古代优秀传统相结合的思路。

2019年12月1日，我通过邮件联系韩老师，表达了对他做一次访谈的想法，韩老师回信说让我先准备一个访谈提纲给他看看。我在反复阅读韩老师关于《史记》相关著作的基础上，熬了几个晚上，写出六千多字的访谈提纲，一边修改，一边忐忑。12月6日，我将提纲发到韩老师邮箱，一周后收到韩老师邮件："请12月19日下午3时过来，访谈两个小时。"2019年12月19日，一个初冬的下午，我如约到位于林萃路的北京师范大学家属院京师园韩兆琦老师家。因为找不到停车的地方，比预约的3点晚到了十多分钟，当我忐忑不安地走出电梯门的时候，看见一位身材高大而挺拔的长者正站在电梯外等着，看见我就亲切地笑着问："是斯日吗？"看见那亲切的笑容，我的不安瞬间烟消云散，赶紧说："韩老师，我迟到了。"韩老师领我进家门后，第一句话是："你对《史记》很有研究嘛。"

一句"你对《史记》很有研究嘛"，是韩老师看了我访谈提纲后的印象，得到老师如此之高的评价，虽喜出望外，但我清楚，这是韩老师出于礼貌，对我所做的努力和工作给予的肯定。有了愉快的开场，访谈进行得很顺利，开始的时候，韩老师按照我的提纲谈《史记》的问题，一问一答，后来不知不觉中脱离了提纲，变成韩老师按照自己的思路展开了《史记》专题讲座。他文若春华，思若泉涌，妙语连珠，滔滔不绝，让我想到叶宪祖在《鸾鎞记·论心》中所说的："姱节霞褰，峭尔心胸山岳；文思泉涌，铿然咳唾珠玑。"一场访谈瞬间升级为韩老师给我一个人讲授的《史记》专题课。5年之后的今天再次回想，当时一个人独享《史记》大家的专题课，是我一生中难遇的高光时刻。

不知过了多久，韩老师忽然说："我们边吃边谈，这边有巧克力。"然后他站起来到旁边餐边柜上拿了一盒费列罗巧克力，打开盒子，放在我们进行访谈的桌子上，取出一颗递给我。我连忙致谢，一边剥金箔包装纸，一边回头，忽然发现窗外已是夜色阑珊，忙看手机，快到7点了。从下午的3点到7点，韩老师整整讲了4个小时，但丝毫看不出倦意，声音依然洪亮，神采依然奕奕。要知道，韩老师已是86岁高龄，我居然让老师不停歇地讲了4个小时，急忙站起来致歉、告辞。韩老师不急不忙，依然笑盈盈地，还劝我先把巧克力吃完，不要饿着了。有一种沉浸式的体验叫忘记时间，聆听韩老师的《史记》讲座，就是这种忘记时间和世间的体会。吃完剥好的巧克力，我跟韩老师和阿姨告辞，韩老师把我送到电梯口，当我关上电梯门的时候，韩老师依然站在原地，目送我，正如我来的时候在电梯口迎接我时一样。

我回去后，根据访谈内容整理了一篇长达3万字的文章，发给韩老师，经几番修改、增删，最后留下19000多字，以《在历史与文学之间——中国〈史记〉

研究会名誉会长韩兆琦先生访谈录》为题发表在2020年第9期《传记文学》上，分"与《史记》结缘""司马迁的文学观""《史记》的思想与艺术""《史记》与中国古代传记文学的发展""《报任安书》只是一封致朋友的信吗？"五个部分，对韩老师的《史记》研究作了详尽的介绍。鉴于韩老师对《史记》研究所做出的卓越贡献，我们想让韩老师担任我们这期杂志的封面人物，韩老师却果断地说："我不够资格作为封面人物。"他没有同意我们的请求。我们经常谈论大家风范，如韩老师这般的低调、谦虚，应是最为重要的风范。

在这期专题的"导语"中，我们曾提出："创作和研究是一门学科、一种文体发展中须臾不可分离的两个重要因素，如鸟之两翼、车之两轮，缺少一个，这门学科、这种文体将不能平衡发展。"强调创作和研究共同推进的重要性和必要性。时至今日，"传记研究"栏目已发表两百多篇优秀的传记论文，作为一个传记研究成果发表、交流、推广的专业学术平台，已成为凝聚和团结传记研究学者的专业平台。

以上诸多专题文章的策划和刊发，属于《传记文学》杂志内部改革的举措，其特性是内容上的推陈出新，在杂志的外部，我们也采取了系列举措，其特性是创新和开拓。在不断刊发传记研究文章，有效推进传记研究的同时，从2020年开始，我们又做了一系列事情——创建传记研究中心，开设传记研究论坛，整理和出版传记研究资料，撰写传记研究年度发展报告，为中文系硕士研究生开设"传记研究与写作"课程等，每一项实践，在当代传记发展史上都具有开创性意义。

（一）2020年，在院领导的支持下，创建中国艺术研究院传记研究中心，依托中国艺术研究院在科研、教学、创作方面的优势，通过课题立项、学术交流、成果推广，积极推动传记研究，加强对传记研究界的引领作用。

（二）2020年，创建"传记论坛"，至今共举办18次论坛，以时代意识、前沿意识、问题意识及专业性、连续性等特点获得学界广泛关注，《人民日报》《光明日报》《中国艺术报》《中国文化报》等主流媒体给予连续、深度的报道。

（三）推出国内第一篇传记研究年度发展报告，填补国内传记研究年度发展报告零的纪录，已发表2019年、2020年、2021年、2022年、2023年五年《中国传记研究年度发展报告》，紧扣发展与研究两大视角，探究传记领域现象与热点、创作与研究、问题与对策，研判传记研究发展趋势与走向，为传记研究发展提供值得参考的意见建议，为构建中国特色传记学科"三大体系"发挥力所能及的作用。

（四）通过课题立项推进相关研究，2018 年申报中国艺术研究院基本科研项目"中国现代作家传记资料整理和研究"。对一个学科的长足发展而言，基础资料的整理和研究是最根本和最需要的，这犹如一座大厦，若没有坚实的地基，就无从谈起大厦的建造，更遑论其建造之后的坚如磐石。国内传记研究当前最迫切的是整理基础文献资料并对之进行系统的研究，然后在这个基础上推进理论体系的建设，目前已出版《鲁迅传记研究资料汇编》。

（五）从 2020 年开始，我为中国艺术研究院研究生院中文系讲授"传记研究与写作"课，每年 32 课时。随着 2024 年中文创意写作被列入中国语言文学二级学科，传记写作课也引发各高校高度关注。传记教育是传记学学科建设中的基础实践环节，也是最为关键的要素之一。通过开设"传记研究与写作"课，推进传记教学和人才培养工作，为传记发展培养专业的人才。该课程理论与实践相结合，专业性强，特色鲜明，很受学生欢迎。2022 年毕业的一个研究生因为专修了我的这门课程，在就业考核中胜过没有专修传记研究课程的北京大学中文系博士研究生，顺利进入一家出版社工作。这在一定程度上说明，传记教育在高校人才培养中的作用和意义。

经过几年有思路、有规划、有步骤的发展，我们目前基本形成一本杂志、一个中心、一个论坛"三位一体"发展格局，通过编刊发文、课题立项、学术交流、成果推广，每年撰写发布中国传记研究年度发展报告，提出传记良性发展应突破传统传记研究学科壁垒，以跨学科理念重新思考和研究传记概念、内涵、边界、价值，建设传记学学科，积极推动传记研究和创作，以时代意识、问题意识、创新意识获得学界广泛认可，奠定了在传记界的引领作用。

第三个故事：推动传记学学科建设。

屈原曾在《离骚》中感叹："乘骐骥以驰骋兮，来吾道夫先路。"所有的事业都需要一个或一群"道夫先路"者。如果说梁启超等一批学者是现代传记研究事业的"道夫先路"者，那么，杨正润教授是当代传记研究事业的"道夫先路"者之一。2016年，我以传记研究论文《思想者的孤独与勇气——评传记电影〈汉娜·阿伦特〉》，被时任上海交通大学传记中心主任杨正润教授邀请参加学术会议，后因杂事缠身，未能赴上海在会上宣读自己的论文，虽为遗憾，但因此机缘认识了杨教授，并在接下来的几年，在传记研究以及相关工作中不断得到杨教授的指导，拓宽了思路，收获良多。

2023年3月17日，我有幸得到杨教授和上海交通大学传记中心主任刘佳林教授的邀请赴上海，担任上海交通大学传记中心、上海交通大学国家大学生文化素质教育基地联合举办的"传记与非虚构写作"工作坊的第九期嘉宾，作了题为"困境与前景：再谈传记的学科属性"的讲座。讲座中，我以近年来国内外传记理论和实践发展的例证解读当下传记热点与前沿现象，分析新时代传记的转向及其文体属性，探讨传记创作和研究在当下的发展困境及前景。综合国内外历史上关于传记文体属性的讨论，我认为，传记有文体的独立性。传记作品在其发展演变过程中，表述方法和呈现形式等趋于多样化，但这些只是变其形式而不是变其内容，更不是改变作品的本质属性。由于传记写作必须贯彻历史科学遵循的事实以及材料的真实性和可靠性原则，传记的本质属性归于史学范畴。在认定传记归于史学范畴的本质属性基础上，对于传记的学科分类才可以求得科学的认识。最后，我重提朱文华1993年出版的《传记通论》的序言"建立'传记学'"，认为无论传记与其他学科的关系如何紧密，但归根结底都是相邻学科之间的交叉关系。如近年来历史学、社会学、心理学等学科所呈现的鲜明的传记转向现象，一方面提升了传记在人文学科领域的学术价值和影响力，但另一方面则反而更强化了传记的单一的史料性甚至附属性，忽略了传记自身的系统性和独立性，我们应透过现象分析其深层的背景和原因，一定要在纷繁复杂的交叉现象中保持清醒的认识：传记具有独立性和系统性，学界应共同致力于建设传记的学科体系。①

"烟花三月下扬州。"李白三月去距离上海仅仅二百多公里的扬州，见到了烟花般盛开的鲜花，由此我以为，三月的上海一定是满城"烟花"，所以在连衣裙外只套了风衣，穿着丝袜，去了上海。没想到，上海烟雨连连，花开了不少，温度也不太低，但春雨带来的过重的湿度，却减弱了体感的温度，一丝丝寒气，带着驱散不开的湿度，侵袭着、裹挟着，使我丝毫体会不到大上海的春天之美。我穿着从北京带来的最厚的衣服，依然控制不住身体的瑟瑟发抖。上海交通大学中文系的陈玲玲老师看着我冷，把自己身上的墨绿色羊绒大衣脱给我穿，我没有丝毫客气，直接穿上，瞬间暖和了很多，也感觉到陈玲玲老师的关爱。第二天，我穿着这件墨绿色羊绒大衣，去巴金故居参观，还与故居里有名的明星黑猫合了影；也穿着这件墨绿色羊绒大衣，回了北京。在机场接我的先生和女儿，看见我穿了一件陌生的墨绿色大衣，惊讶之外夸赞很好看，听了大衣背后的故事，更是感谢陈玲玲老师的爱心。在干洗店清洗后，我将这件带来温暖的墨绿色羊绒大衣，快递给上海的陈玲玲老师。一件羊绒大衣，见证了关于传记学学科建设的论坛，见证了一段关于温暖的友谊。这是后话。

春天是万物勃发的季节。从这个春天开始，学界为传记学学科建设举行了各种活动，包括研讨会、论坛、刊发专题文章等，传记界呈现"一树春风千万枝"的态势，这种现象实属多年未见。

2023年6月30日，中国艺术研究院传记研究中心举办"探索与共识：新时代传记学学科建设"论坛，讨论中国传记发展史以及传记与其他文体的关系，现代学科分类中传记学的学科归属及制约传记学学科发展的因素和机制问题，传记的跨学科性质及未来发展方向，传记教育及教学现状、教材编写和人才培养情况，建立中国特色传记学学科的构想和对策，以及与传记学学科建设相关的其

---

① 参见《"传记与非虚构写作"工作坊第九期活动纪要｜困境与前景：再谈传记的学科属性》，"交大传记中心"微信公众号，2023年3月19日。

他前沿问题。《传记文学》在2023年第8期、第9期"传记研究"栏目中陆续推出与会专家发言，如杨正润《传记的变革与传记研究的任务》、张新科《关于传记学学科建设问题》、刘佳林《传记的制度化实践与传记学学科建设》、杨国政《在新文科背景下深化传记学学科发展》等，与学界探讨新时代传记学学科建设相关问题，为中国特色哲学社会科学"三大体系"建设提供有益的思路和探索。

2023年10月21日至22日，中国海洋大学举办"世纪先风"学术会议"理论、方法与实践：传记研究前沿论坛"，专设"传记学科建设与传记研究人才培养"圆桌论坛，围绕传记研究与教学的现状、中国传记界在传记学学科建设方面的努力、传记学学科建设的可行方案以及新机遇等议题展开深入研讨。与会专家一致认为，在当前强调文化自信、文化主体性、建设文化强国的时代背景下，传记学学科建设面临着新的机遇，亟须推动中国特色传记学"三大体系"的建设。

2023年11月16日，中国艺术研究院召开"新时代中国特色传记学学科建设学术研讨会"，中国人民大学陈剑澜、中央民族大学钟进文、首都师范大学马自力、北京师范大学杜桂萍、中国社会科学院刘跃进等来自全国高等院校和研究机构的二十多位专家、学者围绕"新时代中国特色传记学学科建设"主题展开了全面、深入的研讨。专家、学者一致认为，中国是传记大国，中国传记具有悠久的历史和丰富的文化内涵，在传承和弘扬中华优秀传统文化、塑造和凝聚中华民族精神、传播和促进人类文明交流互鉴、研究和叙述社会发展史、书写和讲述个体生命史及其与时代关系、讲好中华文明故事、传播好中国经验等诸多层面，一直在发挥着独特而重要的作用。这些价值，在继续推动文化繁荣、建设文化强国、建设中华民族现代文明，突出中华文化主体性，构建中国特色哲学社会科学学科体系、学术体系、话语体系的背景下，越发显示出其重要性、独特性、不可替代性。今天提出传记学学科建设这个学术命题，具有时代发展、学科建设发展所需要的必要性和创新性，是现代学科观念成熟的标志，也是学术繁荣的必然要求。中国特色传记学学科建设是新时代的新课题，新发布的学科目录中交叉学科门类的设置，为传记学学科独立提供了制度性通道，学界应以此为方向，致力于传记学学科在国务院学位办的学科目录中获得符合其人文社会科学领域内一门综合性的学科这一独特属性的地位，推进中国哲学社会科学自主知识体系的建设。传记学学科建设学术研讨会，第一次正式提出了建设新时代中国特色传记学学科的必要性和重要性以及建设方案等，在学术界产生了重要影响，得到《人民日报》《光明日报》《中国艺术报》等国内各大媒体广泛报道，尤其是《中国文化报》先后两次进行报道，充分体现了传记学学科建设这个新时代学术命题的重要性。

2023年12月16—17日，上海交通大学传记中心和《现代传记研究》杂志举办"数字化时代的生命写作"学术研讨会，参会学者围绕数字化时代传记文本、研究方法、学科发展等多方面问题进行深入探讨，对当下传记研究的新问题，对传记的真实性、传记的本质等传统概念进行新的阐发，拓宽传记研究的空间，充分体现传记研究在数字时代的跨学科、多元性、创新性和前沿性。

英国历史学家彼得·伯克在《历史写作的新视野》一书中阐释什么是新史学这个问题的时候提出，新史学"关注几乎每一项人类活动。正如科学家J.B.S.霍尔丹曾经写过的那样，'万物皆有历史，也就是说，万物都有一段过去，原则上可以重建，并与过去的其他部分联系起来'"[①]。在这个意义上，我们今天所提倡的传记，可以称之为"新传记"，这个"新"在于对传记主体即传主定义的拓展，即把传记的主体从以往人类的历史这个单一课题扩展到所有与人类文明相关的事物，传记的传主不应该只是人类，人类创造意义上的所有事物，或者说与人类活动息息相关的万物，都可以是传主，无论是一座山，还是一条河，还是一种草木，抑或是一只动物，等等，只要把这些事和物的发展与演变史讲述出来，即是传记。由此而来，为一本刊物的诞生史作传，同样是可以成立的。

建构是所有叙事之所以成立的策略、方式和方法，传记叙事也不例外。我在这篇"编后记"中，通过三个故事，建构了《传记学研究》这份学术刊物的

---

① ［英］彼得·伯克主编：《历史写作的新视野》，薛向君译，北京大学出版社2023年版，第4页。

诞生传，目的在于阐述创办这份学术刊物的必要性——传记作为一种历史悠久的研究方式，在当代引发诸多的现象甚至成为人文学科领域一种重要的研究方法，学界需要一份专业的刊物，对传记进行全面而深入、整体的研究。除此之外，还有一份私心，即想把另一份杂志——《传记文学》在近几年所经历的成长史讲述给大家听，让关注她、关心她并希望她越来越好的读者，对她有更多的了解，这也是一份对读者的回馈吧。

关于《传记文学》以及《传记学研究》的前世、今生、未来，我想惠特曼的《有一个孩子，每天向前走去》是最贴切的注脚——

> 有一个孩子，每天向前走去，他最初看到，并且以或赞叹、或怜悯、或热爱或恐惧的情感感受到了什么，他就会成为什么。
>
> 他的所见成了他生命的一部分，在那一天，或那一天的某些时间，或者在很多年里，甚至延续终生。
>
> 那早开的紫丁香，成了这个孩子的一部分，那青草，红色的白色的牵牛花和三叶草，以及菲比鸟的歌声，那三月出生的小羊羔，猪妈妈淡粉色的小宝宝，以及母马的马驹宝宝和牛妈妈的宝宝们，那场院里或泥泞的池塘边吵吵闹闹的小鸡一家……那深藏在池中、令人好奇的鱼儿，以及那美丽的迷人的湖水还有那优雅摇曳的池中的水草，所有这一切，都成了这个孩子的一部分。
>
> ……

（黄晓燕　译）

斯日

2024 年 10—11 月

稿约

NOTICE TO CONTRIBUTORS

  《传记学研究》（集刊）为中国艺术研究院主办、传记研究中心编辑出版的专业学术刊物，为国内第一份以传记学命名的学术刊物，2024年创办，面向国内外公开发行。

  本刊旨在聚焦中外传记领域热点问题、前沿动态，梳理中外传记发展史，发掘人文学科领域文献档案资料，推动跨学科视域下的传记学研究，致力于传记学学科体系、学术体系、话语体系的建构。本刊重点刊发立足传记学前沿现象、视野宏阔、理念创新、材料扎实、论证严谨的研究成果，设立"中国传记学自主知识体系建构研究""跨学科视域下的传记学""传记史研究""理论探索""作品研究""传记批评""传记学者生命史叙事""口述传记""文献与档案""青年论坛"等栏目，面向国内外相关学科研究者征稿。

  来稿注意事项：

  一、稿件字数在8000—20000，须确保原创性、科学性；未以任何形式在任何媒体（包括新媒体）发表。作者对所投稿件（包括图片）拥有完整的著作权，作者署名须无争议；如有抄袭，文责自负。切勿一稿多投。

  二、稿件须符合学术规范，材料扎实，论证严谨，文通字顺，达到出版要求。

  三、稿件须采用学术论文规范格式，包含要素有：文章标题、作者姓名、内容摘要（300字以内）、关键词（一般为3—5个）、正文、注释、参考文献、基金项目，文末附作者简介（包括姓名、工作单位、职称、职务、研究方向、通信地址、电子邮箱、联系电话、邮政编码等信息，150字以内）。

四、稿件唯一投稿邮箱：zjxyj2024@163.com。来稿请用文档格式，按"投稿栏目+文章标题+作者姓名"标注邮件标题。稿件正文、图片资料等请以附件形式发送。

五、稿件注释格式

（一）注释统一采用页下脚注的格式，每页单独编号，使用①②③（依此类推）。

（二）专著的引用格式

责任者及责任方式，文献题名/卷册，出版社，出版时间，页码。

示例：

韩兆琦编著：《史记笺证》（第9卷），江西人民出版社2017年版，第5253页。

（三）期刊与集刊文章的引用格式

1. 期刊文章的引用

责任者，文章篇名，刊名刊期。

示例：

全展：《2019年传记文学研究著作盘点》，《传记文学》2020年第6期。

2. 集刊文章的引用

责任者，文章篇名，刊名刊期，出版社，出版时间，页码。

示例：

毛旭：《元传记刍议》，《现代传记研究》第21期，上海交通大学出版社2023年版，第39页。

（四）外文文献

遵照该文种注释标准。下列格式仅适用于英文文献。

责任者，文献题名或文章篇名（斜体），出版地：出版社，出版时间，页码。

示例：

Georg Misch, *A History of Autobiography in Antiquity*, London:Routledge, 1950, p. 4.

六、本刊实行匿名审稿制度，审稿期为三个月，自投稿之日三个月后未见回复，作者可自行处理。

七、本刊对拟用稿件有删改权，如有不同意者请在投稿时申明。

八、本刊对来稿及图片资料等概不退还，请作者自留底稿。

九、来稿一经刊出，即奉样刊 2 册。

《传记学研究》编辑部